東京自叙伝

奥泉　光

集英社文庫

東京自叙伝

目次

東京自叙伝

第一章

柿《かき》崎《ざき》幸《さち》緒《お》

天狗の子

私の記憶と云うのは大変に古くまで遡《さかのぼ》るのですが、その大半は切れ切れの断片にすぎず、だから纏《まと》った人生の記憶の始まりと云う事になると、弘化《こうか》二年、西暦で云えば一八四五年、この年の正月二十四日、青山権田原三筋町《あおやまごんだわらみすじまち》から火が出て、一帯を焼いた火事がありました。これが最初の記憶だ。私は五歳くらい。真っ青な冬空から吹きこぼれる北風に煽《あお》られて、黒い煙を吐いてのたうつ火焔《かえん》の竜が町屋や武家屋敷を次々と呑み込んでいくのを眺めていたのを覚えています。雨と降る火の粉のなか、逃げ惑う人に混じって吃驚《びっく》りするほどたくさんの犬が路地から飛び出し、鬣《たてがみ》に火のついた黒馬が焼けた木橋を踏み抜いて、棒立ちになったまま掘割にザブンと落ちたのが物凄かった。空は立ちこめる煙のせいで夕暮れと見間違うほど真っ暗になり、突風で煙が吹き払われ青空が垣間見えれば、翼が金色に輝く群鳥が悠然と南へ飛び行くのでした。

午《ひる》過ぎに出た火は夜半に至ってなお消えず、ようやく収まったときには、モウ日が出ていた。どこをどう逃げたものか、私はいつの間にやら青山大膳亮《だいぜんのすけ》の邸内に入り込んでいた。あそこは後に青山墓地になった所ですが、私はそれこそ子供のお化けよろしく築地《ついじ》の脇の柳の下に突っ立っていたそうです。

私は一旦芝の宋蓮寺《そうれんじ》に預けられ、町役が親兄弟を捜したが、これがドウも見つからない。大方火事で焼け死んだんだろうが、親戚なり知り合いなりがどこぞにあるはずだと、こちらも手を尽くしたが駄目。肝心の私が、オマエはどこの子だと訊かれて答えない。答えられない。五歳にもなれば口が利けないと云う事はないはずで、火事の衝撃でソンナ風になったんだろうと、周りは同情してくれた。実のところ、私自身産みの親や生家の記憶が全然なくて、自分では分からなかったけれども、やはり衝撃はあったんでしょう。一切合切が火事騒ぎで奇麗サッパリ消えてしまい、火事場に忽然《こつぜん》湧いて出た具合だ。とうとう係累は見つからず、ドコの誰だか身元も分からずじまい。これじゃあほとんど天狗《てんぐ》の子です。

御家人の養子となる

私はしばらく宋蓮寺に居て、まもなく檀家《だんか》の者に貰われた。私を貰ったのは柿崎幸衛《かきざきさちえ》門《もん》と云って、下谷三味線堀《したやさみせんぼり》に住む御家人、宋蓮寺で講釈か何かの会があって来た際、私を見初め、頭の鉢が大きくて鼠《ねずみ》を捕りそうだというんで、住職に談判して貰ってきた。鼠云々《うんぬん》は冗談ですが、マア猫の子みたいなもんです。

柿崎幸衛門は御徒《おかち》組に属し、同じ三味線堀の組屋敷には、後に箱館《はこだて》戦争を起こした榎《えの》本武揚《もとたけあき》の家もありました。俸禄《ほうろく》は七十俵五人扶持《ぶち》。家禄だけでは生活は苦しく、御徒の家ではどこでも、屋敷地の一部を人に貸したり内職をして糊口《ここう》をしのいでいたが、幸衛門は金貸しをしていた。金貸しといえば賤業《せんぎょう》中でもまずは大関格、断じて武士のなすべき事業ではない。どうしたって蔑《さげす》まれざるを得ず、実際幸衛門は蔑まれていた。それでも本人は蛙の面に小便、いっこう平気なもので、商才もあったんだろう、上方芝居や見世物興行に出資して小金を稼ぎ、妾《めかけ》も一人、本所相生町《ほんじょあいおいちょう》に囲っていました。

幸衛門の伯父は行田《ぎょうだ》あたりで紙商売をして財をなした人で、晩年に御徒の株を買い、甥《おい》の幸衛門に跡を継がせたので、つまり我が養父には商売人の血が脈々と流れていたわけです。株を買って商人や百姓から武士に成り上がった者は結構ありました。当時御徒の株は五百両はした。だいぶ勿体ない気がするが、それまでして武士になりたがる者は大勢いたわけで、たとえ貧乏でも武士にはそれだけ権威があったということでしょう。

養い親の家は百三十坪の敷地に四十坪くらいの屋敷が建っていた。地借はなかったが畑はあって、茄子や南瓜《かぼちゃ》を作っていた。後に羽振りがよかった時代には、母屋の隣に湯殿が建ちました。これは幸衛門自慢の風呂場で、茅葺《かやぶ》きの書院造風はなるほど洒落ていたけれど、世間様から掠《かす》めたカネで建てた泥棒風呂だと近所は悪口をいい、湯船にはしばしば犬の死骸が投げ込まれました。

幸衛門の女房は同じ御徒の娘で、これがまた類のない陰気な女だった。妙な信心に凝り固まって、朝から晩まで念仏とも詩吟ともつかぬものをブツブツ唱えているのが子供には気味が悪かった。幸衛門は酒に酔うと女房をよく殴っていました。子供は二男二女があったが、長男はチフスで早くに死に、十五歳になる長女は旗本屋敷に奉公に出ていたから、私が貰われたときには次男と次女が家に居ました。この次男は私より七つ歳上で、最初は随分と虐《いじ》められましたが、そのうち逆転した。と申すのも、この兄というのがカラキシ意気地のない男で、芝居の声色と道端で銭を拾うのが特技だと云うのだからツマラナイ。こりゃ駄目だと幸衛門も早々見切りをつけて、その分私に期待を寄せるふうが見て取れ、そうなると兄としては面白くない。勉学でも剣術でもいよいよ怠ける。家の金子をコッソリ持ち出し悪い所へ通うようにもなる。一度こんなことがありました。

不孝地獄より兄を救う

寝ている明け方、雨戸がとんとんと鳴って、兄がチョイト開けておくれヨと呼ぶ。目を擦りつつ開けてやると、白粉《おしろい》の匂いをさせた兄が縁先からのその這い上がってきた。兄は良い機嫌で、聞けば博打《ばくち》で大勝ちしたという。私にまで小遣いをくれたから驚いた。この日は幸衛門は出張で留守だったから、兄は気が大きくなり、台所から酒を持ち出してきて、チョット付き合えという。私は十二、三歳くらいだったが、小遣いを貰った義理がある。この頃はソンナ酒好きでもなかったがマア付き合った。後年私が大酒飲みとなったのはもっぱらこの兄の責任です。兄はずっしり重い巾着袋を懐から出して見せ、ドウダ凄いだろうと自慢しつつ盃を傾け、そのうちに酔漢特有の気分の変転に見舞われて、急に殊勝な気持ちになったと見え、いままで家から持ち出したものをこっそり返したいといい出した。それは良い心がけだ、孝行の鑑《かがみ》だというと、「そうか、オマエもそう思うか、オレは不孝を重ねてきたが、これからは心を入れ替え孝行に励みたい」と涙を零《こぼ》すので感心しました。

そのうち兄はグウグウ寝てしまった。私は剣術の稽古と手習いに出て、午過ぎに戻ってみると、兄は起きてまた飲んでいる。夕方には幸衛門が戻るから、いまのうちにカネを返した方がよかろうと助言すると、兄はこういった。実は自分は他所《よそ》にも借金がある。そちらは返さぬと命に係るカネである。だが、そっちを返してしまうと後にはあまり残らない。自分としてはこの際、幸衛門にはただ返すだけでなく利子をつけて返したい。だから今晩モウ一勝負して、持ち金を増やしてから返すのがいいといって飛び出していった。それで翌朝戻った時にはグッタリ戸板に載っていました。不忍池《しのばずのいけ》に蓮《はす》と一緒に浮かんでいるところを助けられたそうで、命には別状なかったものの、顔は茶饅頭《ちゃまんじゅう》みたいに膨れ、骨があちこち折れていた。唸《うな》る元気もなく戸板に長く伸びた姿はまるで干物のカマスだ。

何があったか、なんとなく分かる気がしたが、本人が口を利かぬので本当のところは分からない。三月《みつき》ほどで怪我は癒え、しかし今度は肋膜炎《ろくまくえん》に罹《かか》って幽冥界《ゆうめいかい》を彷徨《さまよ》い、なんとか生還したときにはすっかり腑抜《ふぬ》けになっていた。兄はある日ふらりと家を出たきり二度と帰りませんでした。面倒事を起こされると困るので、幸衛門が迅速に勘当したのは当然の処置だろう。その後兄は講釈師に弟子入りしたという話でしたが、それも長くは続かなかったようで、御一新の時分、石川島《いしかわじま》で褌《ふんどし》もしない真裸で魚網を引いているのを見た人があったのを最後に消息は途絶えました。

それでも兄は孝行をしなかったわけじゃない。と申すのも、兄が鉄火場へ飛び出して行く前に、私がこっそりカネを巾着から抜いて幸衛門に返しておいたからです。兄に気づかれては拙《まず》いので、巾着にはカネの代わりに石ころを入れておいた。兄に博才《ばくさい》のないことを私は子供ながら深く確信していました。モウ一勝負して勝つ道理がない。ならばカネを失くす前に返しておいてやろうと、親切心を起こしたわけです。ただし利子分は手間賃として私が貰いましたが。戸板に載った兄の耳元へ、「兄上はしかと孝行をしたのですよ」と囁くと、兄は涙を流しつつ、ウン、ソウカ、ソウカと何度も頷いた。それを見た私も鼻の奥がツンとなり、兄弟相擁して泣きました。私の咄嗟の機転が兄をして不孝地獄から救い出したと云う一幕。

剣術修行

私は宋蓮寺の住職から宋吉《そうきち》の名前を貰い、近所の荻原義治《おぎわらよしはる》師の下で手習いを始めました。一年ほど経《た》つと、今度は上村典了《かみむらてんりょう》師に入門して漢学を、鈴木辰之助《すずきたつのすけ》師の下で算術を教わる。これらは武士たる者の必須の教養課目だ。幸衛門が私を一人前に育てる気があったことがこれで分かる。剣術も習い出しました。

当時の江戸の剣術道場では、千葉周作《ちばしゅうさく》の玄武館、斎藤弥九郎《さいとうやくろう》の練兵館、桃井春蔵《もものいしゅんぞう》の士学館が、三大道場と云うことで人気を集めていた。私が入門したのはソンナ有名所ではない。浅草橋場《あさくさはしば》の大川端《おおかわ》に道場を構えていた三田村平助《みたむらへいすけ》と云う中年の剣術使いで、これは無流派超流と称していた。つまりはあらゆる流派を超越した流派と云うわけで、気宇は壮大だが道場はぼろかった。門人も総勢二十名くらいの小所帯で、奥州の小藩の家臣などが在籍していました。

出羽《でわ》出身の三田村師は、骨も凍る蝦夷《えぞ》の山奥で鹿や熊を相手に修行したと云う人で、そのせいか寒さには強く、反対に暑熱には滅法弱かった。夏場は大概風通しのよい道場の床板にナメクジみたいにへばりついている。泥鰌《どじょう》が大の好物で、年柄年中田圃《たんぼ》の水路に出ては、尻はしょりになって泥鰌を笊《ざる》ですくい、我々門人もすくわされた。あそこは剣術道場じゃなくて泥鰌すくい道場だと近所からは笑われる始末。それでも稽古は厳しかった。当時は竹刀稽古が流行で、千葉道場などもそうでしたが、三田村道場は木剣を使い、形を学ぶ際には真剣でやったりした。三田村師は竹刀稽古を、アンナものは糞の役にも立たぬと端《はな》から馬鹿にして、竹刀稽古を一日やるより木立に向かって真剣を半刻構え気息を整える方が遥かに力がつくと断じ、実際、真剣をただ長時間構えるだけと云う稽古をやらされた。これは局外《はた》からは楽そうに見えますが、腕は重くなるわ、腰は痛いわ、退屈だわで、けっこう大変なものがある。

千葉の北辰一刀流《ほくしんいっとうりゅう》をはじめ、人気流派はどこも実戦的であることを売りにしていた。

幕末の騒然たる世情がそうした風潮をもたらしたんでしょう。ソンナなか三田村師は我が無流派超流こそ実戦派の最右翼であると嘯《うそぶ》き、戦闘の必勝法を弟子どもに伝授した。まずは複数の者同士で闘う場合、文字通り衆寡敵せず、必ず敵より多い人数で戦うべしと説いた。最低でも三倍の数はあるべきで、一対二ではだいぶ危ない、一対三ならば必ず一人が背中から襲えるのであると、弟子を立たせ実演しつつ教えたものです。とはいえ、いつでも数の優勢を保てるとは限らぬのが問題だ。一対一、乃至《ないし》こちらが劣勢の場合は如何《いかん》。これについても師匠は奥義を惜しまず伝授した。芥子《からし》と石灰を混ぜた目潰しの作り方を実地に教え、決闘場に陥穽《おとしあな》を掘っておく技法や、踏むと火薬が爆発する地雷の作り方を懇切に教えた。

戦《いくさ》に卑怯なし。これが師の高く掲ぐる標語で、卑怯と云うなら、刀剣弓矢を使うこと自体が卑怯である。熊は刀を持たない。熊からしたら鉄砲を持つ人くらい卑怯な者はない。つまるところ剣術槍《そう》術と云う技芸そのものが卑怯を基盤としているのである。なかなかどうして筋が通っている。三田村師の薫陶を私は随分と受けました。

三味線堀の悪童

朝はまだ暗い裡《うち》に起き出す。三田村師から命じられた木剣の素振りを二百回やってから軀を拭いて、本郷《ほんごう》の阿部伊勢守《あべいせのかみ》様御屋敷内にある上村典了師の宅まで行って論語や孟子を習う。一度自宅へ戻り、朝飯を食い、今度は荻原の所で手習い。終わると腰弁当で浅草橋場の剣術道場へ。ここへ三日に一度、鈴木の算術の授業が割り込んでくるのだから、子供ながら中々忙しい。とはいえ、近所の悪童連とつるんで、魚釣りをしたり、川で泳いだり、祭りの夜店を冷やかしたりと、普通の子供と同じように遊ぶ時間もそれなりにありました。

同じ三味線堀に住む鉄砲組頭の三男に中岡新之助《なかおかしんのすけ》と云うのが居て、これが手の付けられぬ悪童だった。私はこの新公と組んで天狗党と云うのを拵《こしら》えた。もちろん水戸天狗党とは何の関係もない。侍の子に限らず職人や商人の子を糾合し徒党を組んで、近隣の悪童連と喧嘩した。新公が首領で私は参謀格。思えばこの頃から私には参謀の才があった。数奇屋町《すきやちょう》に兎次郎《うじろう》、鵜三郎《うさぶろう》と云う鳶《とび》の子供の兄弟があって、これが天狗党とは仇敵《きゅうてき》同士。あるとき私の策戦で、兎次郎一味を金杉橋《かなすぎばし》の路地に誘い込んで陥穽に嵌《は》め、犬の糞や百足《むかで》を浴びせかけて散々な目に遭わせてやった。新公は頭はないが度胸はある。私とは本当にいい組《コンビ》でした。

コンナ具合で、下級武士の子弟として平凡に暮らしながら、一方で私は、自分が他の子供とはどこか違っている事に気づき始めてもいました。周りの者は皆自分は自分だと考えてまるで疑う様子がない。自分と云う器にスッポリ嵌《はま》って満足しているらしい。ところが私は違う。自分と云う物に何だか収まりが悪くて、早い話が自分で自分がいまひとつ分からない。自分が何かよそよそしい他人のように思えてならぬ。そんな風で、言葉を学んで考える力がつくにつれ、いよいよ自分が分からなくなった。

その頃の私は、自分の五体こそが自分である、あるいは自分の肉体に自分の実体が宿って居る、と云う風にしか思っていなかったのだから分からぬのも無理はない。それでも漠然とではあったが、私と云う者が現今の私の肉体に限定されるのでなく、鍋から吹き零れた湯玉のごとく方々へ散らばって居るとの感覚は抱いて居《お》った。私の存在はいまここに限定されるものではない。天壌世界に万遍なく広がっている。私はいまここに在《あ》るばかりでなく、昔にも在ったし、未来にも在り、宇宙の他の場所にも在る。そう云う感覚だ。異常と云えばたしかに異常です。

幼い頃は誰しもそうだろうと思って安心して居った。ところが長ずるに及んで、どうも自分だけのことらしいと気がついて、だいぶ不安になりました。変に口にすると狂人扱いされかねぬ。そんな虞《おそ》れも生じた。私は誰にも喋らぬと心に決め、一方で、これは一時の気の迷いにすぎぬと、努めて軽く考えようとした。ところがある時、一遍に事の実相を鼻先に突きつけられる出来事が起こった。安政《あんせい》の大地震です。

安政の大地震　我が実相を知る

黒船騒ぎの余燼《よじん》くすぶるなかはじまった安政と云う時代は無闇と地震が起こったもので、駿河《するが》の方でいきなり揺れたのに続いて紀州《きしゅう》でも大きいのがあり、安政二年の秋、大《おお》鯰《なまず》はとうとう江戸表まで出張する。十五歳になっていた私は相変わらず三味線堀の家に起居していましたが、その日は偶々《たまたま》夜稽古で三田村道場に居った。亥《い》の上刻、門弟一同襷袴《たすきばかま》で道場に集合していたところへグラグラッときた。慌てて外へ飛び出したら地面が波打っている。コリャ大変と、師弟打ち揃って竹藪に逃げ込んだはいいが、大川が溢れ、足下に水がドンドンと流れ込んで嵩を増してくるのには閉口しました。

　そのうち水は退いて、竹藪からヤット這い出ると、乱れ打ちの半鐘のなか、対岸の向《むこう》島《じま》や本所で火《ひ》の手が上がっている。まずは三味線堀の家へ戻ろうと歩き出したが、浅草近辺は軒並み家が潰れ、こちらも方々で火事だ。煙に巻かれてはとても先へ進めぬので、屋根の落ちた道場へ戻って、あとは大川端で紅い火炎を映した川面《かわも》がユラユラ揺れるのを茫《ぼう》と眺めていた。その火が異様なまでに美しい。一体に私は火と云う物が好きで、道端に焚火《たきび》があれば必ず足をとめるし、朝、飯を炊くへっついの火をつい凝視してしまう。このときも陶然と火を見詰めて居った、その時だ。

　一個の確信が私に出し抜けに押し寄せた。即ち、私が地震に遭うのは今回がはじめてではないとの確信だ。ずっと以前にも私は地震に遭っている。いや、これはモウ確信なんて平凡な代物じゃとてもない。いま居る場所から己《おの》が拉《らっ》し去られて、どことも分からぬ地境へと真っ逆様に投げ込まれたと思ったら、そこからさらに別の地から地へと転瞬裏に経巡る間に、四方に散らばるたくさんの己が姿を心眼に見た。云えばそんな印象だ。葉裏に蝟集《いしゅう》せる蟷螂《かまきり》の卵が一斉に孵《かえ》ったがごとく、無数の記憶が一遍に脳中に溢れかえった。溢れかえって飛び回り、飛び回って沸騰した。よく気が狂わなかったものです。

　この時、私に迫った記憶のなかで最も鮮明かつ印象の強い記憶は富士の噴火だ。あのときはたしか夜半に地震があって、明けて雪が降るのかと思えば、これがナント灰で、西の空に黒雲が群がり起こって稲妻がピカリピカリと閃《ひらめ》いた。富士が火を噴いたのだと駆けてきた誰かが教え、坂の上から黒雲を眺める私は、炒《い》り豆を齧《かじ》りながら、なるほど富士が爆発したのか、いよいよ世も末らしいと独り考えている。そういう記憶です。

この時の私がいかなる私なのか、判然とはしませんが、調べてみると、この富士の噴火とは宝永《ほうえい》の大噴火らしく思われる。西暦でいえば一七〇七年、つまりこの時すでに私は江戸に居たことになる。この時ばかりじゃない。富士と云うことに限っても、『日本後紀』に記された延暦《えんりやく》の噴火や、樹海で有名な青木ヶ原へ溶岩が押し出した貞観《じようがん》六年の噴火時にも私は居た。「居た、とは、どこにどんな風にして居たのか？」と正面から問われると困惑するが、居た所はあくまで東京、つまり江戸、と云うか、そのように後に名付けられた湾の奥、砂州と葦原《あしはら》の平野に居たと答える他ない。とは云え、延暦や貞観といったら頼朝《よりとも》公が鎌倉《かまくら》に幕府を開くよりずっと前、坂上田村麻呂《さかのうえのたむらまろ》や清和《せいわ》天皇の時代だとなれば、ソンナ昔に何故私が居たのか。居られたのか。当然の疑問です。

なんといっても自分の事なので、私はこの不思議をずっと考えてきた。いわば「私問題」の玄人だ。しかし、その玄人にしていまだ納得できる解答は得られていない。肉体はやがて衰え滅びる。人は老いて死ぬ。死んで埋められ腐る。あるいは焼かれて灰になる。普通はそれで「私」はおしまいになる。であるはずなのに、この私に限っては、また別の肉体を持った「私」がヒョイと出てくるらしい。どうもそう考えるより他ない。

輪廻転生の説を知った時、そうか、これかと、私が膝を打ったのは当然でしょう。私は仏典を繙《ひもと》き、後には当代随一の学識と謳われた千住法相寺《せんじゅほっそうじ》の白玄《はくげん》和尚の知己を得て、親しく尋ねてみたこともある。けれども、いくら書を読み講釈を聞いても釈然としない。何より古印度《インド》に始まる輪廻の学説自体錯綜を極め素人の生齧りを寄せ付けぬ事もあるが、何より不審なのは、なんで私ばかりが転生の事実を認識できているのかとの疑問だ。世の衆生が果てなく輪廻転生しているのだとして、そのことに普段は気づかず、来世では池の蛙や床下の鼠になるとも知らずに呑気に暮らしている。逆に、前世で塵芥溜《ごみため》のミミズや墓場の烏《からす》だった者が威張っていたりする。知らぬが仏ではないが、何も知らずに人は一生涯をやり過ごす。然《しか》るに、私はその一々を覚えている。いや、一々判然《はっき》り覚えているわけではないが、何とはない記憶の連続がある。

もし輪廻転生せる己の前世を知る者があるとしたらどうだろう。白玄師に恐々尋ねてみたことがある。すると和尚が、それはもはや菩薩《ぼさつ》の悟りの境地デアルというから、そうか、自分は菩薩だったのかと思い、そう云うと嫌な顔をされました。マアたしかに菩薩と云う感じは自分であまりしない。私は頭は悪い方じゃないと自分では思うが、頭脳の働きが実用方面に偏って、哲学だの芸術だのには一向働かぬ傾向がある。これでもし私に哲学の才があったなら、いま頃は菩薩とまではいかずとも、親鸞日蓮《しんらんにちれん》級の大宗教家に成りおおせ、衆生を光輝溢るる真理世界へと導いていたことは疑えない。これはまた後の話ですが、ひょんなことから私は宗教に係ることになった。しかしこのときも経済には大いに気が向いたが、真理には欠片《かけら》も関心を抱かなかった。この顚末《てんまつ》はいずれ語られましょうが、人類文化の進歩発展にとってはかえすがえすも残念な事です。

地霊の説

これは昭和の、戦争が終わった後の話ですが、私は一度だけ自分についてやや詳しく語ったことがある。場所は新宿《しんじゅく》二丁目にあった「ニュー・ハワイアン・パラダイス」の裏の空地。晩秋の夜、私は焚火にあたっている。ゆらめく焔がバラックの板壁に濃い翳《かげ》を作っていたのを覚えています。一緒に焚火で暖まりながら、私が私を語った相手は進駐軍の日系二世の男で、火を見詰めながら私が一通り語り終えた時、ケニー神野――と云うのが男の名前ですが、このケニー神野が面白い事をいった。すなわち、世界の土地土地にはそれぞれ地霊と云う物が棲《す》む。もちろん東京にも地霊はあり、太古の時代からこの辺りの土地に棲息《せいそく》する。而《しか》して「ユーは地霊に取り憑《つ》かれてるんだヨ」とケニー神野はいったのです。

ケニー神野の話を私がそのまま信じたわけではない。だいたい地霊が取り憑くとどうして私が沢山になるのか。まるで理屈に合わぬ。にもかかわらず何故だかこの説がしっくりきたのだから不思議だ。話を聞いた瞬間には、板壁にムクムク動く黒い影が地霊そのもののように思えて、ギクリとさえなった。私は私の不可解な状態について、色々な解釈を試みてきた。が、地霊説以上にピンときた説は他にない。実際何かに取り憑かれた感じと云うのは少しあって、もっともそれが直ちに地霊であるとの保証はない。そもそも地霊が何であるのか、私がカラキシ知識を欠いているのだから仕様がない。

まあ、それくらいの理解で不便はないのだから構わないと云えば構わない。と申していいのかどうか、それもよく分かりませんが、とりあえず現在までのところ堪え難い苦しみを舐《な》めてはいない。だいぶイイ加減なようだが、人間は誰だって己が宿命を従容《しようよう》として受け入れる以外に生きる方途が無いのだから、愚図々々考えたって仕方があるまい。万事なるようにしかならぬ。と、スッカリ開き直った具合ですが、思えばはじめて私と云う者の不可解な有様を鼻先へ突きつけられた地震の晩の大川端で、既に私は、あ あソウか、これが俺と云う人間の宿命なんで、ここからは到底逃れられるもんじゃない、だったらその制限内で精一杯生きて行こうと決心していた気がする。言葉はもっと幼稚だったろうが、いまと本然において変わらぬ一種の悟りの境地に達していたように思われる。もし私に本当に地霊が憑いているとしたら、この地霊はずいぶんと諦めの早い奴なんでしょう。

元服し柿崎幸緒を名乗る

それで話を安政に戻しますが、大地の鳴動に呼応するかのように、この頃から世間が俄然《がぜん》騒がしくなってくる。尊王攘夷《じようい》の大嵐が、太平を謳歌《おうか》してきた徳川《とくがわ》将軍お膝下、江戸の町にも吹き荒れ出します。まずは下田《しもだ》にハリスが来て鎖国の夢に止めを刺す。将軍家では家定《いえさだ》様が亡くなり、紀州家から慶福《よしとみ》様が御城に入って十四代となるや、コロリが流行って人がばたばた死ぬ傍らで、井伊《いい》様が幕政の実権を握って攘夷派を弾圧したかと思えば、桜田門外で水戸浪士に首を落とされてしまう。長州《ちょうしゅう》薩摩《さつま》ら西国雄藩が威勢をふるう一方、江戸でも台場《だいば》に砲台を作るやら軍装を西洋式に変えるやらで慌ただしい。盤石《ばんじゃく》不動と見えた徳川幕藩体制ががらがらと音をたてて崩れ落ちて行きます。

御徒組だって幕藩体制のなかにある以上、こうした成り行きに無縁であるはずがない。それどころかほどなく幕府そのものが失くなって、御徒はおろか士分と云う身分自体が消えてしまう。とは申せ、人間、本当にそうなるまでは事態に気づかぬもので、死ぬときになってはじめてアア人は死ぬのだナと知るのと同然でしょう。私の経験でも、人間は死ぬ間際まで自分は決して死なぬと信じているものです。と云う次第で、いよいよとなるまで御徒組はじめ御家人らは呑気に暮らしていた。決められた刻限に決められた服装で御城に出仕し、いつもどおり内職に精を出した。

私も変わらず学問剣術の修行にいそしんでいた。少なくともいそしんでいる格好はしていた。手習いは往来物を使って御家流の手を習い、漢学は四書五経の素読に加え、会読に進んだ。しかし学問には身が入らず、もはや漢学の季節ではないとの声が他所から聴こえてくればさらにやる気は失せる。他方で剣術修行には次第に熱が入ってきた。才能も少しはあったんでしょう。最初は辛いばかりだったものが段々と面白味が分かってくる。面白ければまた一所懸命稽古するから、勢い技倆《ぎりょう》は向上する。地震の翌年、私は目録を与えられ、これは同門中では早い方で、いよいよその気になった。目録を得てまもなく前髪を落としました。名を幸衛門の一字をとって幸緒《さちお》とし、宋吉も宋之介《そうのすけ》と変えて、柿崎宋之介幸緒となった。このとき幸衛門の伯父が大刀を贈ってくれました。金箔《きんぱく》散らしの黒鞘《さや》に収まった二尺五寸の長尺は当時の流行、柄《つか》は赤銅《あかがね》造り、反りの少ない刀身の板目が肌立ち、大切っ先がぎらり光って、いかにも実戦向きの持ち応えだ。無銘ではありましたがいい刀でした。私は日々の手入れを怠らず、大切に扱っていましたが、むろん刀は腰の飾りじゃない。あくまで人を斬る目的で存在する。毎日々々鞘から抜いて眺めているうちに、是非とも人を斬ってみたくなるのは人情のしからしむところ。私が斬りたくなったと云うより刀の方が私に斬れ斬れと唆《そそのか》してきたとは申せ、やたら人を斬るわけにもいかぬ。では一つ斬られてみますか、などと云ってくれる奇特な人があろうはずもない。強盗でも入れば斬る機会も生じようが、そうそう都合良く賊は来ない。犬猫を斬っても詰まらない。アア一度人を斬ってみたいものだと私が嘆息していると、同門の宮沢嘉六《みやざわかろく》と云う者がニヤリ笑って、だったら一度斬ってみるかと誘ってくれた。

宮沢は私より十歳ほど年長の信州《しんしゅう》浪人で、聞けばすでに三人斬っていると云う。いわゆる辻斬りだ。この時分、やはり人の気が立っていたのか、江戸では辻斬りが多かった。一度斬ると癖になってまた斬りたくなるぜと宮沢は物凄く笑い、私は非常に嫌な気がした。宮沢と云う男は、腕は立つが、全体に下卑た風があって、元々私は嫌っていた。ソンナ者に教えを請うのは不愉快だったが、人を斬りたい誘惑がそのときは優《まさ》りました。

辻斬り志願

富岡八幡宮《とみおかはちまんぐう》の大祭のすぐ後の蒸し暑い晩でした。私は向島の長命寺《ちょうめいじ》裏にある宮沢の住処《すまい》を訪れました。宮沢は妻子を信州諏訪《すわ》に残した独り暮らし、破れ障子の棟割り長屋は絵に描いたような浪人の栖《すみか》だ。蚊が多いのには閉口しました。私が持参した酒を酌み交わしながら、まずは宮沢が人斬りのコツを教示してくれる。最初は場所の選定。人通りが繁華でもよろしくないが、かといって人が居ないのでは話にならない。自宅や道場の近所は当然ながら拙い。しかしあまり遠方では草臥《くたび》れるから、深川《ふかがわ》あたりがいいかもしらんと、宮沢は赭《あか》い顔で宣《のたま》った。次に返り血の件。人を斬ると驚くほど血が噴き出る。これを避けないでいると着物が血塗《ちまみ》れになって後が大変だから注意しなければならない。斬った直後は夢見が悪く飯が不味《まず》いが、旬日を経ずして旧《もと》に復し、却《かえ》って飯は旨くなる。前より健康になる。もちろん剣術の腕は一段も二段も上がる。何より自信がつく。それで肝心の誰を斬るかだが、酔ってふらつく町人くらいが適当だろうと、なかなかに懇切だ。

四つを過ぎて、そろそろいい頃合いかと思ったが、先生一向に腰を上げる様子がない。宮沢は好きな癖に酒に弱く、見ている方が苛々するほどちびちびとしか飲《や》らない。私は上戸の口だが、いまから人を斬ると思えば控えざるを得ず、だから大徳利《おおとっくり》が中々減らない。で、ヤット飲み終わったと思ったら、宮沢はグウグウ大鼾《おおいびき》をかいて寝てしまった。ちょっとやそっとでは起きそうにない。これじゃアただ酒飲ませただけだ、丸損だと思った私は、一通りやり方は教わったことだし、一人で斬りに出かけることにした。

それで出ようとすると、宮沢の絣《かすり》の稽古着が長押《なげし》の釘に掛かっているのに目がとまった。継ぎはぎだらけの、絣の名が泣き出すような襤褸《ぼろ》で、つい先頃稽古着を新調した私に、古い方を呉《く》れないかと宮沢がしきりと頼んでいたのがふと思い出された。私が古着をやればこの襤褸はモウ用なしである。私は着ていた小袖を脱ぎ、臭いのを我慢して宮沢の稽古着に着替えた。やはり返り血が気になったわけです。私の小袖は麻織のチョイト洒落たやつで、できれば汚したくなかった。借りた稽古着が汚れた時は、別のを明日道場へ行く前に届けてやればいい。そう算段して表へ出た。

小田原《おだわら》提灯《ぢようちん》は懐に持参していたが、月の明るい晩で、まずは灯りなしで歩けるのが具合が良い。とりあえず宮沢の教えた通り深川方向へ下って行った。表通りを避け、人通りの少なそうな路を選んで行くが、四つ半を過ぎたと云うのに、両国方面から来る提灯がけっこうある。夏の夜だけに涼みがてら藪蚊と一緒にふらふらする者があるらしい。横川堀に沿って進むと、ますます人が増えてくる。これじゃア朝まで人は斬れそうにない。ええい、なにも深川でなくとも構うまいと、急に方針を変えた私は押上《おしあげ》村の方向へ進路をとった。

それで成《な》る可《べ》く淋しい方へ淋しい方へと進んだら、今度は寺ばかりが集まる一画に彷徨《さまよ》い込んでしまった。辺りは深閑として人気《ひとけ》が無い。樹葉の隙間から月の蒼《あお》い光が寺院の甍《いらか》にしんしんと降り注いでいる。田圃で蛙が鳴いて、遠くで犬が吠える。こりゃ駄目だと踵《きびす》を返そうとした時だ。杉木立の奥に弓張提灯が揺れるのが見えた。寺の門から誰か出て来たらしい。好機だが、ひょっとしたら坊さんかも知れず、坊主を斬るのは寝覚めが悪いと思ったものの、少し考えて坊主なら日頃から念仏を唱えているから成仏し易いだろうと結論したのだからだいぶ乱暴です。この時は兎《と》に角《かく》斬りたい一心で凝り固まっていたから、相手が誰だなんて考えやしない。考えている余裕が無い。

うまい具合に提灯は杉木立の小径をこちらへ向かってくる。ユラユラ揺れる灯りは鮒《ふな》の鼻先に落ちたミミズさながら、いかにも斬ってくれと云わんばかりの風情だ。自分は運がいいと私は嬉しくなった。いわゆる初心者の幸運《ビギナーズラック》と云う奴です。私は愛刀の鯉口を切り、樹の陰で待ち伏せた。さすがに胸の鼓動がドクドクと大音量を立てる。冷汗が背中を濡らす。提灯はすぐに近づくようで中々近づかぬ。心臓の拍音を聴かれるんじゃないかと思うと気が気じゃない。ああいう場合の時間は本当に長く感じられるものです。

提灯がとうとう三間ばかりの所まで近づいた。私は樹の陰から躍り出て大刀をスラリ引き抜く。「誰だ?」と誰何《すいか》の声が上がって、「辻斬りだな?」と続いた時には、私は激しい狼狽《ろうばい》に見舞われた。つまり自分が辻斬りであるのは確かだが、それを相手からこうもズバリ指摘されるとは思っていなかったからです。哲人ソクラテスではないが、本質の指摘は常に人を驚かすものだ。しかもその時、私は自分が頭巾をしていない事に気がついた。冷静なつもりでやはり浮き足立っていたんでしょう、持参の頭巾を被るのを失念していた。私はいよいよ狼狽し、顔を見られた以上何が何でも斬るしかないと思えば、失策への恐怖に襲われ出した。重圧に軀をギュウと押し潰されながらも、逆に重しを撥《は》ね除《の》けるように一歩二歩と踏み込むと、物も云わずに袈裟懸《けさが》けに刀を振るった。肩口から胴体をスッパリ斬った。積もりだったが、的は外れて、頭の鉢に当たった鉄《かね》がゴンと鈍い音をたてる。だいぶ慌てていたとしか思えない。今思えば自分の脚を斬らなかっただけでも上出来だ。

「やりヤがったナ」と叫んだ男は、逃げるかと思いきや、匕首《あいくち》を握ってこちらへ向かって突進してくるから仰天した。後で知ったのですが、男は松平阿波守《まつだいらあわのかみ》様屋敷の渡り中《ちゅう》間《げん》で、そこらの寺で開かれた博打場から帰る途中だったらしい。男が向かってきてくれたのはこの際は幸い、逃げ出されたら面倒な事になっていた。なんとか懐に飛び込まれる前に胸元へ切っ先を突き入れる事ができました。断末魔の悲鳴を喉から迸《ほとばし》らせつつ、池の鯉みたいなまん丸な目を剝いて私を睨《ね》めつけた男の顔はいまも忘れられません。渡り中間などと云う者には碌《ろく》なものがなく、害をなしこそすれ世間の役にはカラキシ立たない。だいたいが死んでよい人間です。とはいえあの男には悪い事をしたと思います。

辻斬り後日談

しかし、それからがまた大変だ。悲鳴を聞きつけた者どもが、辻斬りだ、辻斬りだと、口々に叫んで走り出したから慌てた。私は草履を懐に仕舞うとモウ一目散に駆け出した。本所松倉町《まつくらちょう》の辻まで来て、前方から追っ手の提灯がばらばら現れた時には肝を冷やしました。停めてあった大八車の陰に隠れて追っ手をやり過ごし、それからまた駆けに駆けて、ようやく宮沢の長屋に戻ってみると、呆れたことに破れ長屋の先生はいまだ白河夜船の最中だ。急いで私は着替え、そのまま家へ戻って、あとは蒲団《ふとん》に入って寝てしまった。

翌日道場へ行くと門人らが騒いでいる。何だろうと思えば、宮沢嘉六が斬られたと云う。詳しく聞けば、渡り中間を辻斬りして仲間に見つかり、長屋に逃げ込んだところを大勢に囲まれ、搦《から》め捕られかかって暴れた挙げ句討ち死にしたと云うから驚いた。宮沢は辻斬りなぞしていないと強く否定したが、血染めの稽古着が動かぬ証拠となったらしい。と、そこまで話が進んで私はハッとなった。稽古着の件をスッカリ忘れていた。血で汚れたのに気づかず、脱いだなり土間に置きっ放しにしたのは拙かったナ、といまさらながらに思い返せば、そういえば宮沢の宅を出て大川の方へ歩いている時、後ろの方がなんだかワーワー騒がしくなった。そんな事も思い出した。私を追ってきた連中は辻斬りが逃げ込んだのはこの辺りだと見当をつけ、長屋を片っ端から叩き起こして、宮沢の所で血塗れの着物を見つけたらしい。

さすがに私は青くなりました。宮沢が死んだのはいいとして、その口から私の名前が漏れ出たのではと思えば恐ろしい。私は熱を出して寝込んでしまった。幸いにして役人が捕縛に来る気配はなく、二、三日して起き出し道場へ出てみると、宮沢も馬鹿をしたナとしきりと皆が噂をしていて、辻斬りは宮沢の仕業で決着したと知って安心しました。どうして宮沢が私の名前を出さなかったのか、それは分かりません。推測するに、いきなり気の荒い連中に踏み込まれて寝惚けたまま刀を振るい、逆に斬られたんでしょう。長生きしても業績をあげる見込みはなく、無駄に幕末江戸の空気を鼻から吐呑《とどん》するだけの人間だったとはいえ、本当に可哀想なことをしました。

金貸し幸衛門の吝嗇

幸衛門は人の顔を見ればあちこち痛いと愚痴を云い、そろそろ隠居したいようなことを口にしていましたが、いざとなるとなかなか隠居しない。これはもっぱら幸衛門の吝《りん》嗇《しょく》が原因、家督を譲るとなると、御披露目だ挨拶だと物入りで、それが嫌だったと考えられる。私は三田村道場で師範代を務める一方、幸衛門の助手をやり出した。早い話が借金の取り立てだ。カネを借りた以上は返すのが当たり前、とはいかぬのが世の常、貸す方にもいろいろと苦心がある。私はよく督促にやられました。しかし、世の中これくらい嫌な仕事もない。だいたい督促が必要な者は、返すカネがないか、端から返す気がないかのどちらかなのだから、何だかんだはぐらかされてまず返してもらえない。もっとも幸衛門も私が行って返されるとは思っておらぬので、最後に真打ち登場となる。私はマア露払いか前座みたいなもんだ。それで幸衛門が出ればだいたい上手くいくのだから感心する。宥《なだ》めたりすかしたり脅したりと手管を使い、それでも相手が士分だと幸衛門を見下す気持ちがあるから、平気で返さない者がある。その場合、幸衛門は最後の手段に出る。最後の手段とは、訪《おと》なった家で腹を切るゾと脅すのだから凄いもんです。

たしかに家中で借金取りから切腹されては外聞が悪い。それで済めばいいが、咎めを受ける危険もある。ナニあんなのは芝居だ、本当に切る気はあるまいとタカをくくる者もあって、そうした際には、幸衛門は徐《おもむろ》に生白いぼて腹を空に晒し、持参の小刀をズブリ突き立てる。そのあたりで借りた方は、わかったわかった、モウやめてくれと泣きつくことになる。幸衛門の腹はだからいつも生傷が絶えない。縁側でよく腹を日に当てて蝦蟇油《がまのあぶら》を擦り込んでいました。これは度胸蛮勇だけでは駄目で、相手の呼吸を巧みに計らねば成功しない。いずれ大した芸でした。

幸衛門は小金を貯め込んでいましたが、当然ながら私にはあまりくれない。くれる道理がない。幸衛門が家督を譲らぬのは私にカネを使われるのが嫌だったのもあるんでしょう。しかし私だってカネは要る。岡場所通いをはじめいろいろ悪い遊びを覚えて、面白くって仕様がない年頃だから、カネはいくらあっても足らない。チョットずつくすねて用を足していたが、敵もさる者で用心する。どこぞに隠して容易には持ち出させない。幸衛門の女房は隠し場所を知っているようだったが、これまた死人以上に口が堅い。元来この養母と云う者は私を信用していない。だから幸衛門以上に警戒的だ。そこで私は一計を案じました。

計略失敗　幸衛門斬死す

幼馴染みに中岡新之助と云う者がある事は前に話したと思います。新公は麹町《こうじまち》の医者の家に奉公に出されたが、そこを失策《しくじ》って破落戸《ごろつき》のようになっていた。相も変わらず遊び仲間だった私は、新公に幸衛門の家に強盗に入る事を勧めた。いま考えると酷い話です。が、その時はカネが欲しい、カネが欲しいばっかりで、後先を考えない。考えられない。

幸衛門が金貸しであるのは広く知られていたから、どうしても賊に狙われやすい。だから普段から戸締まりは厳重で、心張り棒も閂《かんぬき》も特別誂《あつら》えの品を使っていた。ことに幸衛門が留守の時は、養母は早々に岩に付いた牡蠣《かき》よろしく家に閉じこもる。だから強盗に入るといっても容易じゃない。そこで幸衛門の留守を見計らい、縁先の戸に細工をして新公を手引きする策戦を考えた。

幸衛門は二の付く日と八の付く日は、公務がない限り宋蓮寺の句会や講釈の会に出て、夜は本所の妾宅《しょうたく》に泊まる。師走の二日だったか、夕刻私は家を出た。その頃は下の娘も嫁いで、家には私と養母と下女しか居らなかったから、養母は幸衛門の留守中に私が夜出かけるのを非常に嫌がった。その日も是非家に居てくれといわれたが、どうしても用があるといって無理に出た。もちろん戸に細工をしてです。材木町の居酒屋で新公と落ち合い、日がとっぷり暮れるのを待って、新公が三味線堀へ独りで向かう。細工した戸をこじ開け忍び込み、光るのをちらつかせて脅せば、幸衛門の女房はお化けが怖くて一人で厠《かわや》へも行けないというくらい肝の小さい者だから、簡単にカネの在処《ありか》を白状するだろう。

打ち合わせた通り、私は居酒屋を後からゆっくり出て、伊勢屋《いせや》の角の稲荷《いなり》神社の石段で新公を待った。ところが先生、なかなか来ない。じりじりした挙げ句、新公の奴、カネを独り占めして逃げやがったナと思いはじめた頃合い、ようやく新公が来た。それはいいが、なんだか様子がおかしい。頬がぱっくり割れて、腕から血が流れている。どうしたと訊けば、手筈通りに押し入ったところ、居ないはずの幸衛門が居て斬り合いになったと手短に教えた新公は、こうなったのは何もかもオマエのせいだと悪態をつき、オレは逃げるゼ、といって千住の方へ消えていった。後から知ったのですが、新公は新富《しんとみ》町《ちょう》の香具師《やし》連中と揉め事を起こし、江戸に居られぬ事情があったらしい。まとまったカネを摑んで逃げる算段をしていたんでしょう。あれきり新公とは会っていない。どこぞで野垂れ死んだものか、その後は噂も聴きませんでした。

急ぎ三味線堀へ帰ってみると大変な騒ぎだ。下女は厠に逃げ込んで無事、幸衛門の女房も気を失っただけで怪我はなかったものの、肝心の幸衛門が胸の辺りをグサリやられて虫の息。詳しい事情は分かりませんが、偶々《たまたま》この夜は妾宅に泊まらず、帰宅したところで新公と鉢合わせになったらしい。医者が呼ばれて手当したが、幸衛門は翌日の午過ぎに亡くなった。全くあっけないもんです。不幸な話ですが、しかし不幸中の幸いというべきは、強盗が新公だとは誰も気づかなかった点だ。逃げる姿を見た者もあったが、新公は頬かむりをしていたし、空は小雨模様で月がなかったのが幸いした。あるいは幸衛門は気づいたかもしれんが、死人は二度と口を開かぬ。賊が新公と分からなければ、私が手引きをしたと知られる恐れはない。不幸中の幸いとはつまりそういう意味だ。金貸しなんかするからコンナ目に遭うのだ、天罰覿面《てきめん》だと、世間は冷たい目で事件を眺め、何がなんでも犯人を探し出せと云う声もあまり聴こえませんでした。

幸衛門には気の毒をしましたが、この年、幸衛門は占術でいう大殺界に星回りが入り、手相見から死相が出ていると指摘されたりしていましたから、避けようのない運命だったと思われます。人間ドウ足掻《あが》いても定められた宿星からは逃れられるものではないのかもしれません。

御徒組出仕　幕府の改革

文久《ぶんきゅう》二年の春、私は柿崎の家督を継ぎました。賊に押し入られて斬られるとは武士の風上にも置けぬ、となるのは当然で、御家断絶となっても文句はいえぬところでしたが、伯父が奔走してくれてなんとか相続に漕ぎ着けた。当時は大身の旗本あたりでもひどい例がいくらもあった。御徒頭への挨拶やら同役への御礼参りをすませ、六月には御徒として初出仕しました。

御徒は要するに将軍を警護する役目。黒羽織が制服代わり。二十の組で交替で御城に詰めたり、増上寺《ぞうじょうじ》や寛永寺《かんえいじ》への御成りの警護をする。いまでいうSPだ。上下関係の規律がやかましくて、新参者は先輩に絶対服従しなければならない。一年目は随分と馬鹿々しい目に遭いました。それでも二年目には後輩ができ、俄然安楽になるのは、後の軍隊と同様。他にも旧弊ゆえの馬鹿な仕来りや面倒事は多々あったが、逆にいい目を見る事もあるからあまり文句はいえない。

将軍SPである以上、剣術や槍術が達者であることを求められるのは当然として、他に強調されたのが水練だ。夏場は大川の教練場で稽古する。普通の泳ぎはもちろん、甲《かっ》冑《ちゅう》を着て泳いだり、水中で扇子に詩を書いたり、団体で揃って河を渡ったりと、将軍上覧に備えて種々の芸を覚えねばならぬ。御徒と云うよりほとんど曲技団です。ここでも新参者はわざと沈められるなどの虐めを受け、なかには溺れ死ぬ者があったりする。私は子供の頃から泳ぎは得意で、例の新公と河童の兄弟の異名をとっていたくらいだから、さほど苦労はなかった。とはいえ一人が潜って馬になり一人が乗って泳ぐ人馬などと云う演目があって、馬をやらされたりすると本当に阿呆らしく、コンナことをしているから幕府は駄目だと開明派から批評されるのだと思ったりしました。

もっとも幕府だって旧態を墨守しているばかりではない。いろいろと改革を進めては居った。軍制改編がその一つで、砲術の修練を御徒にさせたり、西洋風の軍装に変えて銃を持たせたりした。しかし急に鉄砲だなんだといわれても、こっちは剣一筋で来ているわけだから、ハイハイとは参らぬ。何より御徒を軽歩兵にするとかで、百姓町人出の者と同じ筒袖にダンブクロの格好にさせられるのが我慢ならない。コンナ風に西洋かぶれしているから幕府が軽んじられるのだと、ここでも私は悲憤慷慨《こうがい》した。思えば、あの頃私はやたら悲憤慷慨して居った。何に対して悲憤慷慨したのか、概していえば攘夷を断行しない幕府の弱腰にと云うことだろうが、兎に角、道場の仲間と飲んだりすれば、一同打ち揃って悲憤慷慨したあげく、気炎をあげて吉原《よしわら》辺りに繰り出した。懐に余裕があればの話ですが。その頃生麦《なまむぎ》をはじめ各地で異人が斬られる騒ぎが起こって、その度に私たちは快哉《かいさい》を叫び、酒盛りとなり、最後には必ず悲憤慷慨した。何か理由があって悲憤慷慨すると云うより悲憤慷慨するためにあれこれネタを探す、ソンナ風でした。今となっては不思議ですが、そういう時代だったとしかいいようがない。

照子様で一儲け

幸衛門が遺してくれたカネがあったので、当座の用には間に合ったものの、御徒の禄だけでは家政は苦しくなる一方。私としては遊ぶカネだって欲しい。となれば副収入の路を考える必要があるわけで、幸衛門の跡を襲って金貸しも考えたが、向きじゃないとスッパリ諦めた。腹切りの真似はドウ考えても嫌だ。とりあえず屋敷地を貸しに出そうと思ったが、いざ探してみれば案外と借り手がつかぬ。困っていたら、ひょんな所から収入の路が開けたのだから分からないものです。

幸衛門の女房は夫亡き後も以前と変わらず陰々滅々と暮らして居ったのですが、ある時、風邪をこじらせ七日あまり生死の境を彷徨ったあげく、ようやく生還したと思ったらスッカリ箍《たが》が外れていた。元々言動におかしな所はあったが、とうとう発狂した。いうに事欠いて、妾《わらわ》はアマテラスの古い知り合いなり、と申告し出したのには呆れました。アマテラスはいうまでもなく天照大神《アマテラスオオミカミ》のことだ。初めのうちは天照大神の侍女くらいで我慢していたが、そのうち認められて祐筆《ゆうひつ》に出世したそうで、天照大神から一文字取った照子《てるこ》と云う名前も頂戴したらしい。全く馬鹿な話ですが、ソンナ狂人の所へ相談を持ち込む人間があるのにはモット驚いた。幸衛門の女房も女房で、失せものなど相談されると、アマテラス様に御相談してさしあげませう、などと変に高い声を出して応えるから可笑しい。ところが、これが当たると評判になり、次々占って欲しい者が来る。照子サマ、照子サマなどと呼ばわっては、なにがしかの謝礼を置いて行くから二度吃驚《びっく》りした。人間とは根本において馬鹿な者ではないかと私が考え出したのはこの時からかもしれない。

回向院《えこういん》の斜向《はすむか》いに野田と云う料理茶屋があって、ある時、そこの主人夫婦が八つになる娘が神隠しに遭ったと相談に来た。幸衛門の女房は例によってアマテラス様に御相談申し上げませうといって、二日後にまた来た野田の夫婦に、娘御は生きて丑寅《うしとら》の方角にありと厳《おごそ》かに宣った。江戸から丑寅といったら日光街道だと云うので、人を使って探したところ、栗橋《くりはし》宿に居るのが見つかった。どうしてソンナ所に居たかと云えば、どうしても東照宮《とうしょうぐう》の竜が見てみたくて一人で歩いて行ったんだそうだ。栗橋在の博徒が気に入り養女にしようとしていたが無事連れ戻されたと云う。野田はすっかり恩に着て五十両の謝礼を出した。それからは評判が評判を呼んで客が引きもきらない。

　これだと、私は膝を打ちました。一度着想が浮かべば私くらい仕事の速い者はない。大工を入れ、長らく使っていなかった湯殿を神殿風に改装して、そこへ「照子様」を安置することにした。ただ置いても有り難みが少ないので公家風の格好をさせた。といっても弥生町《やよいちょう》の古着屋で買った金糸銀糸の入った羽織を着せて頭に銅の冠を載せただけの話。これじゃ公家だか何だか分からない。幸衛門の女房は、夫の生きている間は夜な夜な生き血でも吸われているかと思うくらい痩せて顔色が悪かったものが、様づけで呼ばれているうちに増長したのか、それとも喰い物がいいせいか、ぶくぶくと血色よく肥えてすっかり貫禄がついてきた。威厳も増したようで、アマテラス様に叱られますゾ、などと面と向かって云われると私自身畏《おそ》れ入る感じになるのが妙だった。

　ちょうど上の姉が離縁されて戻っていたので、こっちには巫女風の衣装を着せて助手をさせた。占って欲しい客はまずは母屋で私に向かって依頼事項を申し述べる。照子様は御多忙ゆえ依頼に応じるのは難しかろうと私がすげなくいうと、そこをなんとかかと相手が頭を下げつつ金子を差し出すので、それでは今回に限って、とか何とかおためごかしを口にしつつ、助手を呼んで神殿に案内させるという段取りです。早い話がマネージャーだ。料金は紹介者からそれとなく伝わるようにしてあるから、こちらが金額を口にする必要はない。客によっては丁寧に占って貰おうとでも思うのか、多目にカネを出す者さえある。向こうからカネを払いたくって仕方がないのだから、金貸し商売と較べたら夢のようだ。私は庭に新しく湯殿を建て、今度は照子様の沐浴場ということにしたので、犬の死骸が投げ込まれるどころか花や薫香などが供えられたのだから、ずいぶんな変わりようです。

照子様はアマテラスの祐筆から中臈《ちゅうろう》になり、やがて御年寄に出世した。それにつれていよいよ高慢になり、私のことまで顎で使うのが癪に障ったが、金のなる木を伐るほど私も馬鹿じゃない。ハイハイと受け流しておけば何と云うこともない。幸い幸衛門の女房はカネや着物には執着がなく、ひたすら食い意地だけが張っている。藤むらの羊羹や秀玉堂《しゅうぎょくどう》の団子さえ与えておけば満足の様子だから助かりました。ただ時おり疑り深い眼で私を睨んで、オマエは地獄の鬼の子、火炎の子、火付け強盗の大悪党だ、などと罵ってくる。そんな時は思い切り撲《なぐ》ってやる。親を撲るとは何事かといわれるかもしれんが、これは一種の治療なので、実際私が二発、三発と撲ったり蹴ったりしてやると、大いに効き目が出て、大概は大人しくなる。と、こうした次第で、家政は安泰となり、私が遊ぶカネに困ることもなくなりました。

歩兵隊中隊長となる

そうこうしているうちに、元治《げんじ》から慶応《けいおう》と年号が変わって、いよいよ御一新の足音は高くなる。私は長州討伐へ御進発された家茂《いえもち》様御上洛のお供で大坂へ向かった。公務とはいえはじめての上方、清水《きよみず》の舞台とはどんなものか見てみたい、祇園《ぎおん》や島原《しまばら》へも行ってみたいと、行く前は楽しみにしていたのですが、いざ行ってみるとどうも水が合わない。京《きよう》にもしばらく宿したものの、ほとんど宿泊所から出なかった。勤王佐幕入り乱れ、段平かざした志士連中がうろうろして物騒だということもあるが、京の町そのものになんだか気後れして、宿に閉じ籠って借りてきた猫になっていたのだから情けない。どうやら私と云う人間は、これも一種の内弁慶と云うのでしょうか、江戸東京を離れると急に意気地がなくなる性向があるらしいと知ったのはこのときです。

旅先の大坂で家茂様は亡くなる。私は御遺骸と一緒に江戸へ戻る。一橋慶喜《ひとつばしよしのぶ》様が十五代になる。もはや鉄砲でなければ長州には太刀打ちできぬというので、御徒組は廃止になり、銃隊と云うものに変わる。間もなく私は歩兵隊の中隊長を拝命しました。歩兵隊とは百姓町人から徴募した軍隊で、これがドウにも質《たち》がよろしくない。やたら乱暴狼藉を働く。立場上これを私は取り締まらねばならぬ。ある時、配下の兵卒が吉原で暴れ、地回りの若い衆にふん縛られる事件があった。私が身柄を引き取りに行くと、町役から罵詈雑言を投げつけられる。悪いのはこっちだから平身低頭、ひたすら謝って帰ってきたが、どうにも不愉快でならぬ。隊に戻って飲んでいたら段々腹がふくれてきて、部下に向かって、今度はモット滅茶苦茶やってやれ、なんなら火を付けてやれと唆《そそのか》したのだから、トンデモナイ隊長もあったものです。その夜、江戸町から出火して吉原が全焼する火事がありました。まさか本当に歩兵隊の者が火を付けたわけではないでしょうが、私の怒りの焔が乗り移ったような具合でした。

神兵隊結成　上野に布陣

それから私は再び銃隊に戻される。直後に二条城に居られる慶喜公の警護で京へ向かう。今度の上方出張もずっと腹が下って元気が出ないでいると、いきなりの大政奉還。王政復古の喇叭《ラッパ》が高らかに響き渡る。サアそれからが大変だ。慶喜公が京から大坂城へ移って旧幕軍と薩摩が睨み合う。明けて慶応四年、江戸で薩摩と旧幕軍との戦が始まったとの報せが届けば、とうとう出陣だ。といっても私は将軍警護役で大坂城の居残り組。主力は鳥羽伏見《とばふしみ》で薩長軍と激突。敗北。慶喜公は錦の御旗に恐れをなして尻に帆をかけサッサと江戸へ帰ってしまう。仕様がないので私らも這々《ほうほう》の体《てい》で江戸へ逃げ帰る。元々私は江戸へ帰りたくて仕方がない。だからこの帰還は嬉しかった。浦賀《うらが》で船を下り、歩いて品川を過ぎ、門々の松飾りと獅子舞を見た時には、アア江戸の春であるナと、敗軍の士とは思えぬほどに清々しい気持ちになりました。

やがて官軍が江戸へ迫る。慶喜公は意気地なく寛永寺に引き籠る。主の居ない江戸城では主戦派、恭順派が口に唾して論争を繰り返したものの、結局は勝安房《かつあわ》と西郷《さいごう》が会って江戸の無血開城を決める。慶喜公は水戸へ引っ込む。旧幕臣にも恭順するよう通達がくる。しかし、このままでは薩摩の芋どもに江戸の町は蹂躙《じゅうりん》されるばかりだ、モウ慶喜公などは当てにならん、自分らで何とかする他ない。そう考えた旧幕の志士らが眦《まなじり》を決して立ち上がり、彰義隊《しょうぎたい》をはじめ有志による遊撃隊が次々組織される。私は歩兵隊の取締役だったかつての上司、内田兼篤《うちだかねあつ》の旗の下に馳せ参じ、歩兵隊の者や御家人を糾合して神兵隊と云うのを結成した。私は内田の片腕の格で、かつての御徒をはじめ旧幕臣を説いて回り、本所の竜仙寺《りゅうせんじ》で行われた結成式には四十名ほどの有志が集まって、血判で誓約を交わしました。

彰義隊は輪王寺宮《りんのうじのみや》を擁立して寛永寺に陣を敷く。神兵隊も他の部隊や新撰組の残党などと一緒に上野の山へ立て籠る。江戸の町を荒らされてなるものか。一念に凝り固まって私は歯ぎしりした。悲壮の覚悟をもって虚空を睨んだ。この時ほど江戸東京への我が愛情を自覚した時はない。

脱走者を斬って孤立

私ども主戦派の旧幕臣は全体のなかでは少数派、大多数は巻き添えを怖れて日和見を決め込む。腰抜けめ、と私は軽蔑したが、腰抜けには腰抜けなりの理屈はあって、幕府に出仕している以上将軍の意向に従うべきだ、事を構えず陣を解くべきだと、旧同僚からはしきりと勧めがくる。そうなると、神兵隊には性根の据わらぬ町人出の者もあり、加わった士分も私が無理に誘った者が多かったせいか、逃げ出す人間がポロポロと出てくる。これを放置しては組織の存続に関わる。第一、血盟の意味がない。最初に逃げた三人は捕まえ損なったが、次に逃げようとした二人は、こっちも注意していたので今度は逃がさなかった。

寛永寺裏手の松林、神兵隊の面々が取り囲む輪のなかへ二名の脱走者が引き出される。早暁の刻、東雲《しののめ》が赤黒く染まり、明星が樹間に瞬いていました。総裁の内田兼篤は高潔の士ではあるが、性格にはやや惰弱なところがある。まずは二名の者の弁明を聴こうと云うので、いかな理由があるにせよ脱走は断じて許されるものではないと発言した私は、いきなり剣を抜いてアッと云う間もなく縛られた二人を斬った。辻斬りで稽古しておいたのがよかったのか、自分でも吃驚《びっく》りするほど首尾よくいった。我ながら鮮やかだった。私の手練の業に一同は息を呑み立ち竦《すく》んでいる。私は残心の気を放ちつつ血糊を懐紙で拭い、刀を鞘に静かに収める。誰も口をきかぬ。周囲に立つ者らの血潮がドクドクと音をたてて流れるのが薄闇に聴こえるようだ。すると突然、血の匂いを嗅ぎつけたのか、烏がギャアギャアと喧《やかま》しく騒ぎ出しました。

この後さらに四名の脱走未遂者を私は斬った。いくら裏切者でも、仲間を斬るのは気分のいいもんじゃない。できれば斬りたくないに決まっている。だが立場上、あの際はやむを得なかった。ああする他に選択肢はなかった。内田も仕方ないと思っていたはずだが、なんだか私によそよそしくなったのは、マア人間心理として理解できなくもない。できなくもないが、薄気味悪いものでも見る眼付きで私を見てくるのが不愉快きわまりない。内田だけじゃない。他の隊士も私を遠ざけるようになる。寛永寺に入ってから私たちは毎晩のように酒盛りをしていたのですが、次第に私一人が除け者にされる。内田を中心に車座で飲んでいる所へ私が現れると、さあモウ寝よう、などといって磯のフナムシみたいにサアッと居なくなる。責任ある立場と云うのは孤独なものです。

同僚の説得により転向す

私は一人で居るのはわりに平気な方だ。それでも淋しくなる時はままある。その夜、私は一人で橋場近くの料理屋へ飲みに出ました。兎汁で有名な四万《しまん》と云う店だ。二階へ上がって鳥鍋で飲んでいると、御徒組で同僚だった島岡《しまおか》と云う者に偶然会った。私より三歳ほど下の島岡は大変な秀才で、いずれは要職に就いて幕政を率いていく人物と目されていたが、一つ欠点があって、これが度を越した女好きである。絶えず女の肌身に触れていないと瘧《おこり》が起こるというから大変だ。早々に貰った妻女は夜ごとの房事に耐えきれず逃げてしまい、岡場所にはほとんど住んでいるも同然、春をひさぐ者に遭遇すれば、どんな下等な種類でも試さずにはおかぬのだから凄まじい。犬鶏はもちろん木の叉《また》だってかまわぬという口だ。ある時品川に一緒に流連《いつづけ》しての帰路、藪から飛び出した裸の女に誘われた。これはだいぶ汚くて、いかにも危ない、いくら何でも避くべきと思っていたら、ちょっと行ってくるのでお先へどうぞと挨拶して土手下の暗がりに消えたのには呆れました。

島岡は品川からの帰りがけだそうで、耳にした話をいろいろと教えてくれる。官軍の総指揮官は長州の大村益次郎《おおむらますじろう》と云う漢《おとこ》。これは西郷と違って人情の通じぬ朴念仁であり、上野の山を攻撃する策戦を聴いた西郷が、「全滅させるおつもりか？」と訊いたら「しかとさよう」と応えたという。この際は旧幕軍に勝ち目はなく、今後も東北諸藩が抵抗するだろうが、それも長くは続くまい。長州薩摩を中心に御一新が断行されるのは歴史の流れというものである。もはや誰も逆らえるもんじゃない、ならば早めに流れに乗るのが得策であると島岡は説いた。勝ち馬に乗る、の伝でいけば、幕府はもはや馬ですらなく、ただの鼠であって、乗ることは到底不可能。馬はいまや官軍の一頭しか居ないのだから、乗るならこれに乗るしかない。と、さすがに御徒組随一の秀才だけあって理路整然としている。しかも島岡は勝安房から密かに頼まれ旧幕軍に陣を解くよう説得する役目を負っていると云うから驚いた。再び勝ち馬に乗る伝でいけば、西郷は麒麟《きりん》だと島岡は折り紙を付け、鼠と一緒に死に絶えるか、麒麟に乗って天翔《あまがけ》るか、貴兄はどちらを取るのか、と迫られてとうとう私の心も動きました。

思えば私は我が愛する江戸の町が田舎者に蹂躙されるのが嫌だっただけである。が、蹂躙するといったって何をするのか。よくよく考えれば官軍がそんなに酷い事をするとは思えぬ。そも江戸の街と云うのは思う以上に懐が広い。そのうち薩摩の芋や長州の猿どもを逆に飲み込んでいくに違いないと思ったら、ここで戦を起こすのは得策でない事がすんなり腑に落ちました。ね、そうでしょう？　と島岡から眼を覗き込まれれば、もはやうんと頷くしかない。

歴史の流れには逆らえず

島岡に協力を約した私は、上野に帰って早速内田に会い、官軍に抵抗する事の非を論じ、迅速に陣を解くべきと説いた。ところが内田はなかなかうんといわない。頑固者と云うのは全く手に負えぬもので、私と内田がウンウン押し問答をしている所へ橋本と云う者が二名の隊士を連れてやってきた。橋本は元八丁堀の同心、江戸の裏世界ではチョイト顔の知られた男だったが、この時は私と並んで神兵隊の取締役を務めていた。この橋本が内田以上に頑固だ。いまさら陣を解くなどあり得ぬ、ソンナことをするくらいだったら、いまここで腹を斬ると云うので、だったら斬れと云うと、激昂した橋本がいきなり斬り掛かってきた。サッと身を躱《かわ》して切っ先を避けた私は、抜き身で橋本の胴を横薙ぎに払った。うっと呻《うめ》いて倒れたところへ止めを刺す。橋本が剣術があまり得意でなかったので助かった。返り血で真っ赤になった私は内田と残り二人に血糊の付いた刃を向け、従わぬなら斬るゾと、肚の底から声を出せば、私の気魄《きはく》に度肝を抜かれたのか、三人とも大人しく頷いた。場合によっては四人とも斬らざるを得ぬかと覚悟していたので、だいぶ安心しました。

こうなるとモウ逆らう人間はいない。その夜のうちに神兵隊は上野を引き払った。陣営から裏切が出たと云うので、彰義隊あたりにもだいぶ動揺があったらしい。脱走する者も出たと後から聞きました。上野の戦が予想より早く決着したのは神兵隊の動きにあったと、関ヶ原における小早川秀秋《こばやかわひであき》に類比する評論も明治になって出たりした。いずれにしても、翌日、雨のなか官軍の攻撃は始まり、夕方までには決着した。彰義隊は壊滅。残党が北へ逃げ、一番最後は箱館五稜郭に籠りましたが、結局は降参した。島岡がいったように、これも歴史の流れ。誰にも逆らえるもんじゃない。もしもあのまま上野に残っていたら神兵隊が全滅していたのは疑えぬ。むろん私だって逃げるのは辛かった。けれども、私のあの英断と胆力があったればこそ、神兵隊三十余名があたら命を落とさずにすんだわけです。

武士の旧弊を脱す

武士と云うのは昔から妙に意地を張る所がある。と申しますか、意地を張る者を称して士分と呼ぶのだと主張する向きさえある。けれども大事なのは意地より新時代の建設だ。西洋列国に追いつくのに懸命な日本人に意地なんか張っている暇はない。意地などは一銭にもならぬ。体面より利を重んじる。義は脇へおいて益に殉じる。そう云う態度でなければ弱肉強食の世界では通用しない。意地のために死ぬなどは愚の骨頂。新日本建設にとっては大変な損失だ。と、その辺りの事情がカラキシ分からぬのだから旧時代の人間は駄目なんだ。上野戦争から三日目には、私は早くも右の意見を口にして、欧米列強に負けぬ強い日本建設目指して共に励もうではないかと、旧神兵隊の者らに演説して居った。

少なくとも神兵隊の人間は私に感謝していいはずです。であるにもかかわらず、維新後しばらく経った頃、某所で偶々内田に会い、私が懐かしさのあまり親しく話しかけると、内田はプイと横を向いてどこぞへ行ってしまったのだから、肝の小さい人間と云うのはツマランもんだ。もっとも維新後の内田は貧窮に陥り、苦しい目に遭ったらしいから、性格がねじ曲がるのもマア仕方がないのかもしれぬ。貧すれば鈍すとはこのことでしょう。

新政府官員となる

徳川家を継いだ家達《いえさと》公は静岡へ移封となる。家臣は無禄覚悟で静岡へ随《つ》いていくか、禄を離れるかの判断を迫られる。徳川家に義理立てする理由はもはやない。無禄で随いていく人間が居るとは到底思えなかったが、これが結構な数あったから驚きました。むろん私は江戸に残る。しばらくは遊んでいましたが、一足先に新政府の官員になっていた島岡の手蔓《てづる》で兵部省に雇われました。最初は兵卒でしたがすぐに下士になった。妻も貰った。これは二十歳になる島岡の妹で、島岡が是非貰えというから、マア十人並みの器量なので貰うことにした。民部省の会計局長だった田中志摩男《たなかしまお》に媒酌を頼んだのは、田中が島岡の上司だったからで、このあたり島岡の活躍ぶりには目を見張るものがある。が、それには理由があった。

「照子様」人気は御一新を挟んでも一向衰えず、占って欲しい者が後を絶たない。その頃姉は上野広小路の酒屋の倅《せがれ》と再婚して、私は「照子様」のマネージメントを姉夫婦に任せる事にした。と申すのも、幸衛門の女房はいよいよ私を毛嫌いするようになって、顔をあわせると、鬼の子だ、閻魔の陰間だと、もの凄い形相で私に向かって悪態をつく。まるで火炎を吐く竜さながらだ。とても手に負えるもんじゃない。私は売りに出ていた入谷《いりや》の百姓家を買い取り、「照子様」の「御座所」に改造し、私は牛込弁天町《うしごめべんてんちょう》に別の家を借りて住んだ。その上で定期的に占いの「あがり」を徴収する方式に変えたと云う次第。自分が直接仕切っていた時に較べると収入は目減りしたが、それでも結構な額になる。島岡が私に就職の世話したり妹を嫁がせたりと、色々親切にしたのは、早い話がこのカネが目当てだ。島岡は依然女遊びがやまず、絶えず借金に苦しんでいたから、彼としても必死だったわけです。その島岡がある時血相を変えて飛び込んできた。

照子様始末記

アマテラスはまずいゾと島岡は云う。なんのことだと聞けば、天照大神は天子様の御先祖デアル、勝手に天照大神の親戚だなどと謳うのは不敬の極みデアル、と述べて問題視する者が民部省にあり、取締りに乗り出しそうだと教える。御一新を越えて幸衛門の女房はいよいよ血気盛ん、自分は天照大神の姪ゾナ、などと云い出して、一方、京から江戸城へ乗り込んできた帝とか天子とか称するあの者は、アマテラス様の孫などとはとんでもない法螺《ほら》で、ただの下足番だった男にすぎないと嘯いてはばからぬから痛快だ。

江戸はすでに東京と名を変えていたが、江戸を東の都と決めたのはアマテラス様であって、アマテラス様が統《す》べるべき都に土足でずかずか踏み込むあの者どもはドウ仕様もない不逞《ふてい》の輩《やから》だとも云う。将軍様が追い出され、薩長の芋猿連中に威張られるのを面白く思わぬ者のなかには、「照子様」の舌鋒《ぜつぽう》に溜飲《りゆういん》を下げる者もありました。私自身、新政府へ出仕しながら、親玉である帝が近所に来てからと云うもの、喉に小骨が刺さった具合、と云うのも変だが、なんだか気が晴れなかったから、「照子様」の悪口には密かに快哉を叫んで居った。

とは申せ江戸の庶民は大御所様以来の伝統で畏れ入る癖がついている。東京と名が変わったくらいでそうそう性質は変化するもんじゃない。習い性とはよくいったもので、やっぱり天子様には畏れ入った方がいいらしいぜと、周りを横目で窺いつつ平身低頭するようになる。一度そうなれば今度はモウめったやたらに畏れ入る。となると天子様の悪口を云う者が怪しまれるようになる。幸衛門の女房をそのままにしておくのはまずいゾと、目端の利く島岡にいわれて私も頷いた。本人が咎めを受けるのはかまわぬが、こっちにまで累が及んでは剣呑だ。

まずはアマテラスはやめにして基督《キリスト》にしたらどうかと勧めてみた。西洋人はこぞって基督を神と崇めている。将来は分からぬが、いまの時点では基督が一番強力なのは間違いない。基督の親戚の方がツブシが利くし、外国でも通用する。西洋事情に詳しい人間から基督の母親はマリヤと云う女だと聞いたので、マリヤの腹違いの妹くらいでどうだろうと勧めてみたが断られました。かえって下足番は基督と一緒に江戸から出て行けなど大声でいうから弱った。

　こうなるとモウどこぞに押し込めるか何かするしかないわけですが、私も金蔓を失うのは痛い。加えて「照子様」を崇める者らが楯になってこれを阻止する。姉夫婦は完全に「照子様」の下僕となり果て、もしも新政府が弾圧をしてきたら神殿に立て籠って殉死する覚悟だなどと物騒なことまでいい出す始末。

　弱りきった私は一計を案じた。と申すのも、水田《みずた》惣八《そうはち》と云う佐賀の郷士があって、その頃は新政府の吏となっていたが、夜寝ているとどうも胸のあたりが重苦しいので、医者にかかったり薬を嚥《の》んだりしたが一向に良くならぬ。それを耳にした島岡が「照子様」を紹介したところ、先祖の墓から呻き声が聞こえるゾヨ、と御託宣が下った。そこで実家の墓の廟《びょう》を検《あらた》めたところ、篠竹が骨壺を貫いていたのが見つかった。それからというもの水田はすっかり信者になって居ったのですが、私はこの水田に相談して「照子様」を佐賀に行かせることにした。とりあえず帝のお膝元から遠ざけることにしたわけです。

　幸衛門の女房は最初は渋っていたが、西国方面にもアマテラス様の助言が欲しい者が大勢いて、珍しい菓子など用意して待っているといわれて食欲が動いたらしい。向こうに水田が住まいを調えてくれ、これでひとまず安心だと思っていたら、三月ほどして佐賀から使いの者が来た。携えてきた「照子様」の書状を開けば、これがナント決起を促す檄文だ。その時分佐賀では野に下った江藤新平《えとうしんぺい》らを首領とする不平士族の叛乱《はんらん》が起こって居った。使者の話では、これを「照子様」は不埒《ふらち》な下足番を叩きのめす好機と考え、旧士族に叛乱軍への合流を説いて回っていると云う。青くなりつつ、水田はどうしたと問えば、政府の吏員は辞めて、「照子様」とともに死ぬる覚悟で叛乱軍の急先鋒となり、新政府打倒を天に向かって吼えていると云うからいよいよ驚いた。

愕然となっている私に、使者が「照子様」の通信をよく読んで欲しいと云うので、続きを読めば妙な事が書いてある。いままで自分は御前様を悪魔の子だ、地獄の鬼だと決めつけてきたが、それは間違いだった。たしかに御前様は尋常の者ではないが、何者なのかずっと分からないでいた。だが江戸を離れてみてようやく分かった。即ち、御前様ハ平将門《たいらのまさかど》デアル。首ヲ斬ラレシ将門ノ怨霊ガ火中カラ燃エ出シ乗リ移レル者デアル、とコウ書いた上で、将門である以上は燃えさかる火の玉となって都を蹂躙する帝一味を討つのは当然であり、つまりは佐賀の叛乱に呼応せよと命令が書いてある。

全く狂人と云うのは何を考え出すか分からんもんだ。もちろん私に叛乱軍に加わる理由などあろうはずがない。あったにしても、その頃私は兵部省から工部省に移って道路普請や海浜埋め立ての計画立案の仕事に就いていた。モウ段平など振り回すご時世じゃないわけで、刀剣もとっくに売り払っていた。いまさら戦など冗談じゃないと、一笑に付して使いの者を追い返しました。

佐賀の叛乱はほどなく鎮圧されて、首謀者の江藤新平らは晒し首になる。「照子様」

はどうしたかといえば、水田や姉夫婦らと一緒に焼け死んだと報せが届いた。どう云う経緯でそうなったかは、いまひとつ判然りしない。家に立て籠っていたところを政府軍に包囲されて火をかけられたとも、自ら火を放ったのち自刃したともいわれ、いや、叛乱とは関係ない、盗賊に入られ皆殺しになったのだとの説や、夜中にいきなり火柱が立って燃えたのだと云う話も後には伝わりました。

この時「照子様」を慕う者の多くが佐賀で一緒に付き従っていたから、「照子様」信者は御本尊もろとも死に絶えた。佐賀で落ち着いたら一定のアガリを東京まで送らせるつもりでいた私の目論みは、跳ね上がり士族の御陰で泡と消えましたが、面倒事が一時に消えてくれたと思えば、マア清々しました。

将門時分の思い出

幸衛門の女房がいった将門については、少しだけ思い当たる節があって、と申すのは、かつてそんな風な者だったような記憶が私にあるからです。もっとも将門だと明瞭には分からぬ。それでも自分が将門らしい心持ちで――と云うのは全体どんな心持ちなのだと正面から問われると少々困るのですが、兎に角そんな風な心持ちでもって騎乗し、富士の影を弓手《ゆんで》に眺めつつ薄原《すすきはら》のなかゆるゆると馬を進めゆく画が脳裏に刻まれて居るのは間違いない。冬の夕暮れなんでしょう、頬にあたる風が冷たく、秩父《ちちぶ》から丹沢《たんざわ》へ続く峰々に夕陽が沈みかかって、雲のない暗紫の空に雁が飛ぶ。手綱を握った手が凍えて、足先が痺れた。騎馬の列は薄原の前方へ長く伸びて、清冽な水の流れる小川にかかった木橋を一頭また一頭、コッコツ蹄《ひづめ》の音をたてて越えていく。原に点在する黒い森から野火の煙が幾筋かあがり、富士が燠《おき》に似てあかく燃えていました。

私は、淋しいような、哀しいような、面白いような、泣きたいような、笑いたいような、何ともいえぬ複雑な心境でいて、ただ一つだけはっきりしているのは、もうすぐ自分が死ぬとの確信だ。私は間近に迫る死を真っ向鼻面に見据えつつ、赤富士を騎上より眺めやっている。

史書によると、平将門は天慶《てんぎよう》二年、西暦で云えば九三九年、関東一円を支配して「新皇」と称したものの、翌天慶三年には、朝廷の討伐軍に下総《しもうさ》川口の戦で敗れ、以後は転々と落ち延びつつ最後は猿島《さしま》郡北山にて討ち取られて、首を京に運ばれ獄門となった。赤富士騎乗の一場面は、武運凋落後の、各所を転々としていた時のものなのでしょう。もっともそんな気がするだけで、本当に自分が将門だったと云う証拠にはなりませんが。

夢も見ます。私は首だけになって高い木台に載せられている。大勢の人間がじろじろ不躾《ぶしつけ》に自分を眺めているのは京の大路らしい。私はそんな場所で晒し首になっているのが嫌でならず、また東国に帰りたくて堪《たま》らず、首のまんまで空へ飛びあがる。見物人があっけにとられるなか、首の私は高く飛んで、野を越え山を越え、いよいよ故郷の下総だなと思ったあたりで烏に突かれ、ごろんと落ちたところは江戸である。そんな夢です。こんな夢も見る。首の私は土に埋められて、そこは首塚になっている。場所はもちろん大手町は将門の首塚だ。するとそこへ私が——というのは柿崎幸緒の私ですが、その私が鍬《くわ》をふるって首を掘り出し、耳元に口を寄せて幸衛門の女房の伝言を伝える。佐賀へ飛んで敵を蹴散らせとの伝言だ。飛び上がった首の私は青い火の玉となり、佐賀まで一息に飛んで、しかし向かった先は政府軍の陣ではなく、幸衛門の女房が籠る農家である。十二単《ひとえ》のごとき着物に粉餅《こなもち》よろしく顔を白く塗った「照子様」がいる。すっかり肥えて畜牛みたいになった姉がいる。土塀以上に顔色の悪い姉の亭主がいる。水田がいる。他にも大勢の見知った者らがいる。そこへ私は一直線に飛び込んで、家にはあっという間に火が回り、なかにいた人間は全員焼け死んでしまう。そんな夢です。

マア夢は所詮夢にすぎない。夢では自分が将門だった証拠にはならぬ。私が将門だったと云うのは、ソンナ気がするだけだとしかいいようがない。本当を云えば、私には地に深く根を張る大樹のごとき確信があるのですが、信じない人はどこまでいっても信じないだろうから、これ以上は申し上げません。

柿崎幸緒のその後

柿崎幸緒はその後、神戸に出向になって港湾整備などに携わったが、明治十八年に工部省が解体されるのにともない逓信省に移って、通信事業局に次長として配属になりました。が、ほどなく収賄が発覚して自ら職を辞し、『大阪自由新報』の主筆となって、自由民権運動の先鋒として活躍したらしい。と、なんだか他人事のようですが、実際のところ、神戸に移った頃から、私にはほとんど柿崎としての記憶がない。その辺で私は柿崎幸緒から離れた——というか柿崎幸緒である私は消えたと思われる。これは柿崎幸緒が東京から離れたことと関係があるのかもしれぬ。ないかもしれぬ。そのあたりはよく分からぬ。どちらにしても、柿崎はその後半生において、短期の出張や旅行を別にすれば東京へ戻る機会がほとんどなかったのは間違いない。神戸時代以降の柿崎幸緒の履歴については、後に自分でも調べたのですが、以下に述べるのは今回新たに調べ直して貰ったものである点を断っておきます。なお本回想記をものすにあたっては、それと云って集めていただいた資料を参考にしている点もここで申しておきたいと思います。

明治二十三年、五十歳の時、第一回衆議院議員総選挙に立候補して落選。翌年神戸で輸入雑貨の店を開き、さらに大阪梅田に珈琲店を開いたのは、日本における喫茶店の先駆けといわれる。店には若い女給を置き、お色気サービスもあったところから、後のカフェーの走りであるともいわれる。明治二十六年、岡山県庁の嘱託となって教育行政に携わり、校長として赴任した箕輪《みのわ》小学校に御真影と教育勅語を安置する廟を建てる。これは日本で最初の奉安殿であるとの評価がある。一方で柿崎幸緒は姫路の年増芸者に無理心中されかかるなど、醜聞も校長時代に幾つか遺した。

柿崎幸緒は正妻との間に一男三女を儲けたが、長男は幼くして亡くなり、郵船会社の社員を長女の婿に迎えた。次女は小豆島《しょうどしま》の醤油製造業者に嫁ぎ、三女は新劇役者になって舞台に立ち、映画にも端役で出演した。また妾腹の息子の一人は、法曹の道に進んで大阪一円を縄張りとする博徒組織の顧問弁護士をのちに務めた。

明治二十八年三月二十二日、新潟の教育団体から講演を依頼され新潟市に赴いた柿崎幸緒は、古町《ふるまち》の旅館で火事に遭い死んだ。享年五十五歳。波瀾万丈と云えば波瀾万丈、平凡と云えば平凡な人生でもある。と、どうしても他人事になるのは、このあたり、ほとんど自分と云う感じがしないのだから仕方がない。と申しますか、神戸以後の柿崎はもはや私ではないと断じてかまわないと思う。私は柿崎から離れて——離れてどうなったかは、次章で語ります。

第二章

榊《さかき》春《はる》彦《ひこ》

地霊は人に限らず

さて、柿崎から離れた私はどうなったか。猫になった。と云うと怒り出す向きもあろうかと思いますが、マア聴いてもらいたい。かりに私が地霊のごときものなのだとしたら、人に限って取り憑かなければならんと云う法はない。江戸東京に住んで居るのは人間だけじゃない。むしろ人間は新参者にすぎない。一方で、猫がいつ頃から居るかは知らんが、遅くとも人間と一緒頃に住みはじめたのは疑えぬ。であるなら猫になって悪い道理はないはずだ。そも人間が思う以上に猫には猫なりの自分と云うものがある。もっとも柿崎幸緒に踵を接して猫になったかどうかは判然としない。と申すのも猫の他にも兎や蛙や十姉妹《じゅうしまつ》やら、いろいろな物になったからで、そのあたりの交替は目まぐるしくて一々は覚えていない。いくつかの場面だけが記憶に残っています。

カゲロウとなり浅蜊となる

あるときの私はカゲロウでした。晩春の夕暮れ時、水藻の茎を伝い水流からにじり出た私は、まだ濡れた翅《はね》を震わせ、朱《あけ》に染まる西の空へ向かって飛び立ちました。潮の香りがするのは海が近いからなんだろう。紫煙る葦原の空高く飛んだ私は方向を少しずつ変えて旋回する。気がついてみると、大勢の同族が私についてくる。と云うより、何百万何千万と蚊柱をなして群れるカゲロウの、どれが私でどれが私でないと云うことはなく、いってみれば全体がまるごと私である。

やがて赤い陽はたなびく雲の紗幕《しゃまく》から丘陵の陰へと沈みこむ。星が瞬き、月が出る。満月です。私は半透明の翅を刺し貫く光の清冽な冷たさに焼かれ、痺れ、もっともっと光を浴びたくて、月へ向かって高く飛ぼうと翅をピリリと震わせる。けれども、カゲロウの薄くて頼りない翅ではどこまでも昇ることは叶わず、やがて力つき、気流に押されるままきりもみに落下する。群れはワッとばかりに崩れ、とまた私は懲りずに飛び上がり、群れは再び濃い影の渦をなす。

そんなことを何度か繰り返すうち、今度は別の光が見えてきた。月とは違う、熱を帯びた赤黒く濁った光です。私はその血の色をした光に急激に惹かれ出した。それは月とは逆方向、岩石密なる大地にある。そう知ったとたん、私はおりからの気流に乗って一目散に赤い火めがけて飛んでいった。火が何であったか、正体は分かりません。野焼きか、溶鉱炉のごとき工場の火か、あるいは人家の火災だったのかもしれない。どちらにしても私は火に真っすぐ飛び込んで、そのまま焼け死んでしまったんでしょう。

浅蜊《あさり》だったこともあります。江戸湾入り江の、青黒い川水の流れ込む砂地に私は半ば埋もれ、ゆるやかに波立つ水面を透かし射し込む月の光を浴びている。あるいは潮の満ち引きをやわらかい触手に感じながら、雲母がキラキラ輝く磯の砂をころころと転がる。すると、軀中を刺青で埋め尽くした鋭い歯の男たちが、威勢よく声を挙げ、浅瀬の水を蹴散らして、漁《すなどり》の木舟を白波の立つ沖へと押し出しました。緑松の繁る浜が銀色に光って、海と空が驚くほど蒼い。この最後の映像は、視点から考えて、浅蜊時代ではなく、人間だったときのものかもしれません。いつだかは分からない。湾の奥が江戸と呼ばれる遥か昔、ひょっとすると大森に貝塚が築かれた頃なのかもしれない。とマア、こうした具合で、私はだいぶ下等な生き物にもなってきたわけで、猫ぐらいでいちいち驚いている場合じゃない。

恵比寿麦酒工場の猫たち

猫には何度かなった。何になるかを自分で選べるわけじゃないが、猫になる回数が多かったのは、私が猫を気に入っていたせいなんだろう。うまく云えませんが、猫でいる時が一番私が私らしくいられる感じはあったと思う。雀や狸も悪くないが、猫が一番面白い。暮らしぶりも、飼い猫なら鼠を獲らぬのを叱られるくらいで全般に安楽だし、野良は野良で生活は厳しいが全般にのびのびできる。

最初は麦酒《ビール》工場で飼われました。原料の大麦を鼠から護るためなんだろう、猫が十数匹集められたなかに私もいた。それがどこであるか、板柵で囲われただだっ広い地面に無闇と大きな建物が幾つもあるとしか猫の認識力では分からなかったが、これは恵比寿麦酒の工場だと思われる。とすれば場所は荏原《えばら》郡目黒村。この頃はまだ草深い田舎だ。

朝夕、我々猫軍団は工場の小使いから残飯を貰い、あとは昼寝をしたり蝶々を追いかけたりして思い思いに過ごす。もちろんときには鼠も獲る。猫が鼠を獲るのは、もともとは餌にするためだったんだろうが、少なくとも近代日本猫にとってはスポーツに近いものがある。趣味と云おうか、一種の娯楽である。鼠を狩った猫が、どうだ、すごいだろう、とばかりに得意顔で人間に見せに行くのはそのためだ。誰かに褒められたい気持ちは人猫選ぶところはない。恵比寿麦酒の工場では、鼠を獲っていくと小使いが褒美に煮干しをくれた。これが猫には嬉しい。いよいよ熱心に鼠を獲ることになるわけです。

敷地の北西角にある煉瓦煙突のついた建物は醸造場だったんでしょう、いつでも発酵臭がしていた。鼠はこの臭いは平気だが、猫は嫌う。必然近辺に鼠影は濃くなる。一方私は、人間だった時代の酒好きの癖が残存したからなのか、アルコホル混じりのこの臭いは決して厭じゃない。だから醸造場に近づく猫と云えば、私ともう一匹、少々頭の弱い白黒ぶちの雌猫だけ。競争がないぶん鼠は獲りやすい。しかもそのうち私は、自分ではあまり獲らずに、白黒の獲ったのを横取りするようになった。白黒は鈍いようでいて鼠狩りが上手い。どんどんと獲る。それを私が横から掠めて小使いの居る詰め所まで運んで煮干しを頂戴する。白黒はもちろん怒るが、忘れっぽいのか、ものにこだわらぬ質《たち》なのか、私が物陰で煮干しを平らげ戻ってみれば、何事もなかったかのようにまた鼠狩りにいそしんでいる。で、獲るのを待ってまた掠める。卑怯といわれるかもしれんが、猫に卑怯と云う概念は存在しない。だからこれは全然卑怯ではない。

煮干しを毎日喰うせいか、私は骨が強くなり、縞柄の毛艶《けづや》はよくなった。眼も炯々《けいけい》と光ってくる。月夜の猫集会で私は大いに幅を利かせ、他猫を圧倒するようになりました。恵比寿麦酒の虎縞と云えば、アアあの首領《ボス》猫かと、人にも認められるようになる。もっとも猫は犬と違って群れる動物ではない。殊更に首領の権力を恣《ほしいまま》にして、一般猫の支配を目論むわけじゃない。ただ雌猫の恋情を一手に集めるのはこの場合は仕方がない。近所の野良を含め、常時七、八匹の雌猫と私は付き合っていました。子供も相当数作った。例の白黒ぶちも私に言い寄ってきました。白黒ぶちは猫には珍しい働き者で、鼠をよく獲る。その獲った鼠を私にくれるわけですから、私としては恩義がある。糟糠《そうこう》の妻ではないが、私が強猫になれたのはもっぱら白黒の御陰である。けれども義理と恋愛は別だ。義理で恋情を催すことは猫にだってできない。私はむしろ白黒ぶちが嫌いで、女房気取りでいるのがますます気に入らない。尻尾が短いのも嫌なら、耳が片方千切れているのも気分が悪い。私は白黒ぶちが近づいてくると、後ろ肢でぱっと土をかけて追い払う。白黒ぶちはニャーゴとひとつ恨めしげに鳴いて、のたのたと去っていく。それがまたひどい悪声で、これみよがしに哀し気な後ろ姿がいよいよ憎らしい。その後白黒ぶちは敷地に紛れ込んだ犬に嚙まれて肢を引きずるようになり、それでも時々は私に鼠を獲ってくれていましたが、だんだん衰弱して餌を喰わなくなり、ある夜ゼイゼイと変な息遣いをしているなと思ったら、朝には死んでいました。猫は元来自分勝手な生き物とはいえ、ちょっと可哀想なことをしたと思います。

魚市場の弁天小僧

猫はさほど寿命の長い生き物ではない。恵比寿麦酒の虎縞はそのうちに死んだんでしょう。次に私がなったキジ猫は、日本橋界隈を根城にする弁天小僧と異名をとる野良だ。築地に魚市場ができたのは大震災の後で、当時は日本橋周辺に魚市場は集合して居った。魚市場となれば魚があるのは当然で、魚を猫が狙うのも当然なら、魚商売の人間が猫の恣な振る舞いを許さぬのもまた当然、警戒は厳重を極める。大概の猫は魚を捌《さば》いた腸《はらわた》だとか頭だとかを放って貰って満足していたが、私はそこらの凡猫とは違う。笊や板台に寝転んだ鱗のぴかぴか光るやつを端から狙う。弁天小僧の異名を賜ったのはもちろん私がしばしば魚奪取に成功したからに他ならない。何より私は足が滅法速い。どうやら私であるキジ猫には西洋猫の血が入っていたらしい。魚をくわえて路地へ駆け込む速さはさながらアフリカの草原でインパラを襲うチータのごとく、あるいは一気に敵ディフェンダーを置き去りにする快速ウイングのごとくである。いまこうして記憶の幻影裏に我が姿を映しても惚れ惚れしてしまう。

日本橋には私の他にもう一匹、隻眼の黒猫が居て、此奴《こいつ》がまた剛胆なこと無類である。日本駄右衛門《にっぽんだえもん》の異名をとっていましたが、私はよく彼と連携して仕事をした。図体の大きな黒猫が板台の脇へぬっと現れる。こらッと叱声を発して人間は追い払おうとする。が、そこは肝の太い日本駄右衛門、声で脅されたくらいでは逃げ出さない。涼しい顔で後ろ肢で頭を掻いたりするのが図々しい。業を煮やした人間は引っ摑んだ得物を振りかざして猫を追う格好になる。そこへ物陰に潜んでいた私が飛び出して魚をさらう寸法です。つまりは陽動作戦というわけで、これが実にうまくいく。猫は自分本位な生き物であるから連携などとてもできまいと思われがちだが、案外とそうでもない。猫は猫なりに阿吽《あうん》の呼吸と云うものがある。もっとも私自身はさらった魚を独り占めしたいと毎回考えるのだが、日本駄右衛門もそこは抜かりなく、必ず私の向かう先々へ現れるから大したものだ。日本駄右衛門は近隣に睨みを利かしていたから、脇から御相伴にあずかろうと飛び出してくる横着猫もいない。獲物は私と日本駄右衛門で悠々と喰い散らかす。

日本駄右衛門、弁天小僧の白浪コンビの名は鳴り響き、『萬朝報《よろずちようほう》』にも書かれたくらいだったが、栄枯盛衰は世の常、ある時、私が魚をくわえて走っていたら、前に赤犬が飛び出した。板塀に挟まれた狭い路地のこと、後ろからは人間が追ってくるからサア大変だ。咄嗟に私は邪魔な魚を地面にポトリ落として板塀に駆け上がった。するといつのまにかついて来ていた日本駄右衛門が魚をくわえ、そのせいで一瞬逃げ遅れ、天秤棒でしたたか打たれてしまった。これは必ずしも日本駄右衛門の迂闊を嗤《わら》えぬので、彼が魚をくわえたのは欲に駆られたからではなく、猫と云う生き物には眼の前に獲物があればこれをくわえずにはいられぬ性質がある。私が魚を落としたのも策戦のように見えるかもしらんが、犬に吠えられて慌てたと云うのが真相だ。どちらにしても運悪く日本駄右衛門は私からパスを受けたところを猛烈なタックルを喰らう破目になった。

日本駄右衛門は背骨が曲がって歩行が不自由になり、そうなると野良は辛いもので、みるみる痩せ衰え、黒檀のごとくだった毛衣も薄汚れて、そのうちに界隈から姿を消した。私もなんだか気が抜けてしまい、それからは他猫に混ざって大人しく残飯など漁って短い余生を送りました。その辺りで私は「次」へ移ったと思われるのですが、弁天小僧は最後は三味線になったらしい。と申すのも、これは昭和になってからの話ですが、神楽坂の料亭で飲んでいた時、年増芸者の持つ三味線にふいに眼がとまり、ああ、そうか、これは弁天小僧だ、と気がつくことが後にあったからです。あのときの懐かしいような、恐いような、可笑しいような、不思議な気持ちはなかなか忘れられません。

漱石の猫

弁天小僧だったのは日清の戦の頃。次に私が猫になったのは日露戦役の最中、千駄木《せんだぎ》の教師の家の飼い猫になった。家は屋根にぺんぺん草の生えた陋屋《ろうおく》、近所に三毛猫を飼う二弦琴の師匠が住み、車屋には黒猫がいて、裏手に中学校があって喧《やかま》しい、といえば思い当たる人も多いことでしょう。その通り。『吾輩は猫である』だ。千駄木の教師とは夏目金之助《なつめきんのすけ》、すなわち夏目漱石その人。而《しか》して誰あろう、私こそかの古典的名作のモデル猫である、と云うと嘘のような話だが本当だ。もっとも飼われていた時は家の主人が夏目漱石だとは知らなかった。だいぶのちになって『吾輩は猫である』を読んでハタと膝を打ったと云う次第。

苦汁にまみれた鼠時代

鼠にもずいぶんなりました。大小種類によっても異なるが、鼠は長くて二年くらいしか寿命が保たぬ。ときには一、二週間で死ぬ場合もある。となると、この鼠からあの鼠へと云う具合に「私」の交替が目まぐるしくなりそうだが、実際そうならぬのは、猫と違って一匹一匹の個別性が鼠は薄いからだ。群れ全体をひとまとめに私デアルと云う具合になる。だから一匹、二匹死んだくらいでは大勢に影響はない。とはいえカゲロウのごとく全体が一枚岩ではなく、それぞれの個別性も少しは残るから、結果、記憶ははなはだしく錯綜する。あの鼠この鼠の体験がゴチャッと鍋で煮込まれどろどろの粥になった感じとなる。しかもこの粥はひどい悪臭がするときているから剣呑だ。鼠は鼬《いたち》やスカンクに較べて格別臭う生き物ではないが、下水道やドブに棲息して腐った物を喰うせいか、体がどうしても臭くなる。自分が鼠でいる時は気にならぬが、後になって振り返るとしごく不愉快に思えるのだから、鼠と云うのはつくづく因果な生き物です。

総じて鼠時代にはいい思い出がない。絶えず飢餓に苛まれ半狂乱になって餌を追い求めるのが辛い。始終餓えていると云うのは大多数の動物の基本の有り方なのだろうが、ミミズだとかイモリだとか、鼠より下等な生き物の場合は、神経が未発達だからなのかさほど苦痛を覚えない。対して鼠はいくぶん上等なだけ苦しみ痛みが神経に障るらしい。

ここで不可解なのは、私の柿崎幸緒時代や猫時代、それと並行して私が鼠として存在していた事実である。つまり複数の私が同時的に存在する。そう考えてよいらしい。証拠は地震です。

我が基本形は鼠なり

沈没する船から鼠はいち早く逃げ出すといわれますが、鼠に異変を予知する能力が備わっているのは本当だ。地震が来る前などには髭にぴりり電気が走って尻尾が痺れ、そうなると鼠はキイキイ歯を鳴らして一目散に駆け出す。これは別に危険から逃れようというのではない。尻尾の痺れにえも云われぬ快感があるからで、モウ我を忘れて無闇と走り回ってしまうと云うのが真相だ。つまり鼠は地震が大好きなんである。ことに大地震ともなれば大地の鳴動に生命の律動が同調し、軀に詰まった燃料が盛んに燃焼してエンジンみたいに発動する感覚が得られる。私は鼠として大きな地震を何度も経験しました。それは我が記憶の非常に古くて深い場所、裏山の古祠《こし》みたいな場所に仕舞い込まれている。

江戸東京の大地震と云えば、前にもいった貞観や安政の地震があるわけですが、鼠時代に私はそれら天変地異を経験したと思われる。一方で貞観安政の両地震の際に私は人間でもあった。となると、私は人間であり同時に鼠だった事になる。これは理屈で考えるとチト妙だが、こちらの気分としてはそうでもない。と申しますか、むしろ「私」と云う者は一貫して鼠だったと云うふうにも思える。どういうことかと申せば、つまり、「私」なる者の基本形はあくまで鼠であり、ときどき鼠からはみ出して猫や人間に乗り移ってきたと云うのが事の真相らしい。はみ出すのはやはり鼠でいるのが嫌だからだろう。例の地霊説で考えれば、地霊は普段、鼠ないしもっと下等なミミズとか螻蛄《おけら》とか浅蜊とかいった生き物の姿で地下に蠢《うごめ》いていて、それが何かの拍子で光あふれる地上に飛び出し、より上等の生き物に取り憑くものと考えられる。マア確証のある話ではありませんが。しかし、そんな感覚をはっきりと得たと思うのは関東大震災の時だ。

関東大震災

東京に地震が来たのは、大正《たいしょう》十二年、西暦で云えば一九二三年の九月一日。時刻は午の少し前。その日は夜の明ける前から東京に棲む鼠どもは落ち着かなかった。鼠と云う生き物は活動時間の大半を餌探しに費やすのが常態である。餌を求めて四六時中駆け回るのが日々の明け暮れ。しかるに黎明《れいめい》から異様に生暖かい西風の吹くこの日に限っては、餌も喰わずに走り回り跳ね回る鼠の姿が方々で見られたのは、人間で云うなら、常日頃地道に働く堅気衆が酒に酔って浮かれ騒ぎ、神輿《みこし》を担いで我を忘れる祭礼を想ってもらえばいいかもしれない。

そしてその日、私は浅草にいた。私——と云うのは、**榊春彦**《さかきはるひこ》の私です。榊春彦が誰かはあとで詳しく述べますが、榊春彦である私は午前中に麻布の聯隊《れんたい》から三宅坂《みやけざか》の陸軍省へ書類を届けに行った。役所と云うのはどこも同じだが、大概長く待たされる。ところがこの日は、幼年学校時代の教官で、軍務局の課員になっていた岸田《きしだ》中尉に廊下でばったり会い、どうしたと訊くから、これこれですというと、それなら俺が預かるヨ、と気軽にいってくれたので簡単に用がすんだ。聯隊には午過ぎまでに帰ればよい。そこで私はちょっと浅草に寄り道をすることにした。柿崎幸緒にとってもそうでしたが、榊春彦の浅草も子供時分の思い出の詰まった懐かしい場所だ。私はまず観音様に参り、それから仲見世を覗き、六区をぶらついて、最後に浅草十二階に上った。大正末の当時、世界的な軍縮の風が吹くなか軍人に対する世間の眼は冷ややかで、普段なら軍服で盛り場をうろつくような真似はしないのだが、私もまた知らぬうちに鼠どもの浮かれ騒ぎに同調していたんでしょう。

浅草十二階へは子供の頃から何度か来たことがありました。もともと私は高い所が大好きである。これは地霊説から考えるといくぶん奇妙で、つまり地の霊というくらいだから、地下の暗がりに親しいはずだ。なるべく地面の下に居たいと思うのが本来ではあるまいか。あるいは普段地べたに這いつくばっていればこそ、高い所に憧れると云うことがあるのかもしれませんが、人猫時代を通じて私が高所を好んだのは間違いない。柿崎時代にはよく山登りに行ったし、弁天小僧時代にはしばしば火見櫓《ひのみやぐら》に上って月を眺めたものです。

それで浅草十二階だ。正式名称、凌雲閣《りょううんかく》。英国人ウイリアム・バルトンが設計した八角の塔は、いまなら大したことはありませんが、当時は断然背が高くて周囲を睥睨《へいげい》して居った。眺望は素晴らしい。東京市街はもちろん、関東平野をぐるり囲んだ山波が奇麗に見える。丹沢の向こうに富士が聳え、隅田川が陽に煌めき、白帆の浮かんだ品川の海が水銀めいて広がる。玩具みたいな街路を豆粒大の人間や力車が行き来する。入場料は大人八銭、最上階の展望室に上るのにさらに一銭が必要だったと思います。この日はエレベーターが動いていなかったので、私は階段を使って上っていった。時刻はおそらく十一時半頃だったでしょう。

凌雲閣の死者たち

展望室には十数人の人がいました。思い思いに手摺にもたれて景色を眺めたり、備え付けの望遠鏡を覗いたりしている。薄曇りの空は埃っぽい黄土色で、生暖かい西風が吹いていました。

と、そのときふいに私は軍靴を履いた足下がぞわぞわするのを感じた。なんだと思って見れば、鼠だ。たくさんの鼠が床一面に溢れている。その様子はまるで鼠の絨毯である。ぎょっとなった途端、今度は眼下の景色が一変した。火事だ。それも一所ではなく、方々で火の手が上がって、太い黒煙がむくむく湧き出すなか、真っ赤な焰の舌が倒壊した家々を舐める姿はさながら八岐大蛇《ヤマタノオロチ》のごとくである。これはそれから数十秒後に起こった地震直後の景色だったのか、あるいはもっと昔の江戸の大火なのか、どちらにしても私は劫火《ごうか》に見舞われる街を幻視し、コレハ地獄ノ火デアルナと、目眩を覚えつつ考えたその転瞬、私は一遍に理解していた。何を理解したのかといえば、かつて柿崎幸緒が安政の地震の際に大川端で感得したのと同じ事実、すなわち、たくさんの私がこの宇宙に存している事実を、です。

もっとも榊春彦の私がそれを知ったのはこの時がはじめてじゃない。すでに十歳の時、知る機会があったから、これが二度目。だから理解したと云うより理解を深めたと云うのが正確だろう。加えてこの時は、足下に群がり騒ぐ鼠どもが私と云う者の一部分である、と云うか、鼠こそが私の本体デアルとの直観をも得ていて、あ、たったいま「私」の中身が鼠から離れてこっちへ来やがったナ、との感じが肝のあたりに生じていた気がする。少なくとも自分は自分で鼠は鼠と云う区別が失われ、私が鼠であり鼠が私であると、通常なら納得しにくい事実をまるごと胃の腑に呑み込んだのは間違いない。私は鼠の私が体験した太古来の天変地異を一遍に思い出し、とたんに架空の尻尾に電気が走ってビリビリ痺れて、たまらずひゃあああと頓狂な声を喉からあげた。

周りにいた人たちがいっせいに軍服の男、つまり私に視線を向けてきました。それらの顔の一つ一つを、記憶の器に焼印が押されたかのごとく、私はいまでもはっきり覚えている。浅草十二階は八階から上が地震で完全に崩れ落ちた。だから彼らは全員が、その数十秒後に死んだ人たちです。死相ガ浮カンデ居ルナ。私はたしかにそう思った。どれもが幽鬼のように見えた。悪寒がして冷たい汗が全身から吹き出した。怖くなった私は展望室から飛び出し、すると足下に群れていた鼠どもがついてくる。と云うより、先に逃げたのは鼠で、私はあとを追いかけたのだった気もする。どちらにしても私と鼠はもつれあうようにして階段を駆け下り、前庭によろめき出た時、グラッときた。

震災の損害は凄まじく、家屋が軒並み倒壊して、火事も出た。もちろん浅草も火の海となったが、鼠に導かれた私は上野方面へ逃れて九死に一生を得ました。助かったのは全く鼠の御陰と云っていい。しかし鼠に助けられたのはこれがはじめてじゃない。

家族焼死　鼠に助けられる

十歳の時です。当時の私――榊春彦は、本郷の元町二丁目、後の後楽園スタヂアムからほど近い壱岐坂《いきざか》に家族と住み、近所の元町尋常小学校へ通っていた。天長節の前日のことだ。夜中に眼を覚ました私は便所に立った。小用を足して廊下を歩いていると、勝手の土間でゴソゴソ音がする。なんだろうと思って覗けば、鼠である。それも一匹や二匹じゃない。竈《かまど》の周りから流しの下までウジャウジャいる。格子窓から差す月明かりに鼠の毛衣が銀色に光るのが砂鉄の山のように見えました。磁石を使って紙の上の砂鉄を動かすのが当時子供らの間で流行っていた。床下に磁石があって砂鉄がむくむくと蠢いている。そんなふうに見えた。恐くなってしかるべきだと思うのですが、むしろ魅了されて台所へ踏み入って行ったのは、夢を視ている感覚だったのかもしれぬ。

私は鼠の軀を素足に感じながら勝手口まで歩いて戸を開けた。どうしてそうしたのかはよく分かりませんが、開けたとたん鼠が蛇口の水みたいに外へ飛び出した。私は裸足のまま後を追った。これもなぜだか分からない。夢のなかで脈絡なく出来事が連続するのと同じふうだったと覚えている。海底を泳ぎ進むエイみたいな形になった鼠の群れを私は追い、壱岐坂を下って本郷から御茶ノ水駅の方へ進み、さらに湯島、上野公園、谷《や》中《なか》墓地、そこから今度は西に転じて駒込、白山《はくさん》、小石川といった具合に、一晩中ぐるぐると東京中を巡って、最後は植物園脇の交番で保護された。それで巡査に付き添われて壱岐坂に戻ってきたら家が燃えていた。

ジャンジャンと半鐘が打ち鳴らされ、消防が出て、あたりはモウ騒然となっている。呆然と立ち尽くした私は、夜空に摑みかかるかのごとく火の粉を噴きあげる焔を見詰めていた。この世界には私がたくさん居る、その事実を榊春彦の私が理解したのはこの時だ。同時に自分が鼠に助けられたのを知りました。と云うのは火事で家族の者は全員焼け死んだからです。家からふらり彷徨《さまよ》い出た私一人が助かった。

不審火の由来

死んだのは祖父と母と二人の妹。祖父も母も長男の私を大事にしてくれていましたから、家族が死んで悲しいはずなのに、あまりそういうふうではなかったと覚えている。いずれこうなるのが運命だったのだと、至極冷淡に事態を受け止めていた気がする。火元は私の家で、近隣十数軒が焼け、他に五人ほどが焼け死んだ。火事の原因は、火の気の無い真夜中のこと、祖父が煙草を喫《の》んで不始末をした可能性もないではないが、付火《つけび》の線が一番濃いと警察消防は考えたらしい。となると夢中で家から飛び出た長男に不審の目が向けられるのは必然の成り行きだ。ましてこの長男は家族が死んだと云うのに妙に恬然《てんぜん》として居るのが怪しい。が、ちょうど火が出た時刻に交番で巡査に呼び止められていたので疑いは晴れた。その後警察は躍起となって捜査したが放火犯は結局捕まらずじまい。

すると後に妙な噂が伝わった。東の空から青い火の玉が飛んで家に落つるを見た者があったと云うのです。榊の先祖の罪業の報いだとまことしやかに語る者も出てきた。火の玉と云えば、将門の首塚から飛び出した火の玉のことがどうしたって思い出される。幸衛門の女房や水田を佐賀で焼いた例の火の玉だ。それを思うとなんだか落ち着かぬ気分になったものの、マアあくまで夢の話、あまりくよくよ考えても仕方がないと思っていたら、ある人から、火の玉は大手町の将門の首塚から飛んできたに相違ないと指摘されてギクリとなった。ある人とは私の父親だ。父親は当時、狂を発し、病院に居りました。

岩永聖徳王は我が父なり

大言壮語の妄想狂と云えば葦原将軍が有名ですが、これに劣らぬ人気を一時誇った人物に岩永聖徳王《いわながしょうとくおう》がある。この岩永聖徳王が私の実の父親だと云えば、驚く向きもあるでしょう。苗字が違うのは、入り婿の父親が入院前後に離縁され旧姓に戻ったからです。御陰で私が岩永聖徳王の息子だと広く知られずにすんだのは、マア幸いでした。父親の本名は岩永平太郎。狂を発してからは聖徳王を名乗って大気炎を吐き、世間では岩永聖徳瘋癲《ふうてん》大王で通っていた。

　ここで面白いのは、岩永聖徳王が天照大神の弟と称していた事実だ。天照大神といえば祐筆にはじまり姪にまで出世した幸衛門の女房が思い出されるわけで、この一致は私には頗《すこぶ》る興味深く感じられる。「岩永聖徳王」がアマテラスの弟で「照子様」が姪ならば、両者は親子と云うことになりはしまいか。だから何だ、所詮は狂人の戯言《ざれごと》だろう、と云われればそれまでなのですが。

　どちらにしても岩永聖徳王は、天皇陛下が天照大神の孫ならば自分は陛下の大叔父にあたると号し、葦原将軍と競って奇抜な勅語やら談話やらを連発しては、ジャーナリズムを賑わせたのはよく知られているところ。大震災の直後には、皇室を災害から護るが急務である、この際帝都を移転して火星に置くべしと建議した。金本位制移行問題がやかましく議論されていた頃には、スルメ本位制を主張して話題となった。スルメ本位制とは一体どこから出てきたんだろうと首をかしげる世間に、岩永聖徳王の大好物がスルメであるとの記事が載るに及んで爆笑は弾け、スルメの見舞い品が各地から送られてきたというから可笑しい。

その岩永聖徳王が火事から少しして私に手紙を寄越した。家族が死んだことを悼み、生き残った息子を激励する文面はごくまともなもので、とても狂人の筆になるものとは思えぬ。ただ一カ所、火事は将門の首塚から飛んで来た火の玉のせいであり、将門の怨霊の仕業であるからして今後も注意せよとあるのが妙で、「其ノ方面ノ事ハ君ノ方ガズット詳シイト思フガネ」と書いてある。どうも行間からは、火事を起こしたのはお前だろうとの含意が伝わってくるのが怪しい。火事を起こした覚えはむろんないが、それでも私はギクリとなった。幸衛門の女房もそうでしたが、父親は狭隘《きょうあい》尖鋭なる直感力をもって私と云う者の本質を見抜いていたのかもしれぬ。私がかつて将門だったことも知っていた可能性がある。どうして狂人といってなかなか侮れるもんじゃない。父親はずっと病院で暮らし、昭和の二十年代まで生きていました。

新潟の親類に預けられる

コンナわけで父親はあてにできず、私は新潟で旅館業を営む母親の遠縁に預けられました。ここでまたも因縁を思わぬわけにはいかぬのは、この旅館こそかつて柿崎幸緒が出張に来て焼け死んだ古町の旅館だったからだ。後年、それを知った私は不思議な気持ちになりましたが、マア不思議と云うなら、私と云う存在そのものが無類の不思議さを備えているわけで、それと較べれば大したことではないとも云える。旅館の屋号は稜雲《りょううん》閣《かく》、前沢《まえざわ》と云う中年の主人夫婦が三、四人の使用人を使い、子供は女ばかり四人ありました。旅館と同じ敷地に建った家から私は近所の尋常小学校へ通い出した。

新潟時代はいい思い出がない。と云うか、あまり記憶がない。ただ東京が恋しくてならない、その思いだけが強烈に残っている。稜雲閣は明治二十八年に焼けたあと再建されて、景気のよい時もあったらしいが、私が預けられた大正初め頃はだいぶ傾いていた。先代から引き継いだ主人が歩く死人と渾名されるくらいに陰気臭く、女房の女将がまたこれに輪をかけて陰々滅々としていたことがあったんだろう。しかも二人揃って酒癖が悪かった。私はとくに虐められたりこき使われたりと云うことはなかったものの、最後まで家の者には馴染めずじまい。

尋常小学校を卒業すると高等小学校へ進みました。かつかつ食うのがやっとの前沢の家に親戚の子を上級学校へやるような余裕はなかったが、小学校の校長が師範学校へ進んだらどうかと勧めてくれた。家が貧しい出来のよい子供のお定まりコースです。しかし私は気が進まなかった。師範学校となれば新潟師範へ行くことになるわけですが、これが嬉しくない。東京へ出たくてたまらない。東京師範へ行かしてもらえないかといちおういってみたが駄目である。そこで私は一計を案じました。陸軍幼年学校の受験を申し出たのです。

東京のほか眼中になし

陸軍幼年学校は東京のほか、仙台、大阪、名古屋、広島、熊本にありましたが、もちろん東京以外眼中にない。陸幼は全寮制、着る物食べる物全部学校で用意してくれる。もっとも全くカネがかからぬと云うわけではなかったが、祖父の恩給のカネが少しだけあった。とにかく陸幼に入れば誰憚《はばか》ることなく東京に居られる。これが私が陸幼を志望した唯一無二の理由だ。自由主義思想を奉じる校長は反対しましたが、死んだ祖父が陸軍の軍人であり、遺志をどうしても継ぎたいのだと教え子から云われては、ウンというしかない。かえって理科が苦手な私のために特訓までしてくれました。

実のところ祖父は、軍人にだけは決してなるなと、事あるごとに私に説教していた。私自身も軍人になりたいなどとの気持ちはこれっぽっちもなかった。むしろ軍人も軍隊も大嫌いだった。ただただ東京に出たい、その一心で陸幼受験に邁進しました。一番の問題は陸幼が師範などとは較べものにならぬほどの難関である点だ。中学一、二年生から受ける者が大抵で、高等小学校卒で受かる者はまずいないと云われていた。私は必死で勉強しました。あれほど勉強したことはあとにも先にもない。一念岩をも通すではないが、それほどまでに東京へ行きたい気持ちは強かった。

校長は陸幼に落ちたら師範を受ければいいと云ってくれましたが、落ちた場合は奉公に出ると、私はあえて退路を断ちました。奉公先も、古町の旅館組合長のツテで神楽坂の料亭旅館を探してもらった。奉公先がありそうだと知らされたのは筆記試験に東京へ向かう前日のことで、陸幼の合格通知を受け取ったときより私は嬉しかった。これでドッチに転んでも東京へ出られる。早い話が東京に行けさえすれば何でもよかったわけです。

新潟から夜汽車に乗って、朝、上野に着いた時には、ようやく生き返ったような気持ちになった。光の結晶のごとくキンと空気が引き締まった冬晴れの朝、中央本線で市ヶ谷まで向かう電車から見る東京の風景は美しかった。空はすがすがしく澄みわたり、水鳥の浮かぶ御堀の水が陽に煌めいていた。陸幼なんてモウどうでもよかったが、気が楽になったのがかえってよかったのか、試験は上手くいきました。

苦手な理科では電気の回路図と生物の系統樹に山を張ったのがマンマとあたり、「人生で一番感激したこと」と云う題で課された作文では、かつて陸軍士官だった祖父が火事で亡くなった晩、日清戦争を戦った話をしてくれ、兵の生命を預かる士官の責任の重さに深く感じ入ったと書いた。なぜそのような話を祖父が急に居ずまいを正してしたのか、その時は分からなかったけれど、同じ夜に祖父が亡くなったことを思うと、死を予感した祖父は己が遺志を最後の最後に孫に伝えたかったのかもしれない。などとまるっきりの嘘を並べて手応えを得ました。

実際の火事の夜は、退役将校会の集まりから酔っぱらって帰った祖父はステテコ姿で畳に寝そべり、世の中軍人くらい馬鹿な者はないと、いつもの持論をクドクド述べたあと、集まりで聞いてきたらしい、女優の松井須磨子《まついすまこ》が鼻に整形手術を受けていると云う話を、あたかも重大な秘密を明かす調子で孫の私に教えたのでした。

陸軍幼年学校へ入学

私が東京陸軍幼年学校に入学したのは大正七年、西暦で云えば一九一八年だから欧州戦争の終わった年だ。モウ戦争は懲り懲りだというので、世界列強は平和主義へと舵を切りはじめる。そんな時期に軍人になる学校へ入ったわけですが、子供には世界情勢など分からない。大人だって分かりませんが。もっともそれからほんの二十年ばかりで軍人の天下となったわけで、マア先のことなど人間見通せるもんじゃない。

幼年学校と云うのは陸軍将校を養成するための学校で、卒業生は全員が予科士官学校へ進む。起床喇叭から消灯喇叭まで万事が軍隊式である。ただ一日中教練をしているものでもない。日課の大半は普通の中学と同じ学科の授業、午前午後と学科があって、午後二時頃から四時頃までが術科——教練や体操や武術になる。その後が随意運動の時間、いまで云うクラブ活動である。自由時間もあるにはあるが、衣服の手入れやら掃除やら何やらに追われ、食事当番だ、風呂だ、自習だ、軍歌練習だと、団体生活の制約も何かと多い。後から思えば、当時の陸幼にはおかしな精神主義がはびこらず、学科担当の文官教員も明朗で優秀な人が多かった。生徒の自主性も尊重されていた。とは云え姿婆の世間は欧州大戦後の好景気に浮かれ、大正リベラリズムの賑やかな花が咲き出す時節。盛り場には赤いネオンのカフェーが軒を並べ、銀ブラなどと云う言葉が流行るかと思えば、店先からジャズが流れ、銀幕のチャップリンに拍手喝采が湧き起こる。巷《ちまた》がそんなふうだから、軍隊式が窮屈に思えるのは仕方がない。外出の許される日曜祝日が待ち遠しくてならない。

外出日は、東京に実家のある者は大概が家に帰る。地方出身者は生徒監や教官の家を訪ねたりする。東京在住の同級生の家に誘われる者もある。外出時の飲食店への出入りは禁止で、女を買ったり酒を飲んだりする年齢でもないから、酒保で購った菓子を食べながら生徒集会所でゴロゴロする者も多い。が、私は必ず外出した。

行き先はまず元町尋常小学校の校長宅。その頃は文部省で役職に就いていましたが、元校長のところへは身元引き受けを頼んだ義理から顔を出さぬわけにはいかぬ。家は馬《ま》込《ごめ》で、行けばいろいろ御馳走してくれる。食べ盛りの年頃だから御馳走は有り難いが、校長相手では窮屈きわまりなく、だからどちらかといえば行きたくない。行きたくはないが、親代わりである以上、行かぬのも具合が悪い。そこで私は午頃を狙って飯だけ食わしてもらい、あとは帰って学科の復習をしたいからと理由をつけて早々に引き上げた。それも次第に間遠になって、二月《ふたつき》に一回くらい、義務を果たす積もりで馬込に向かいました。それで余った時間は何をしたかと云えば、別に何をしたわけでもない。ただ東京中をひたすら歩き回った。

東京を歩いて興趣深し

朝の点呼と服装検査が終わると直ちに外出許可となり、夕方は五時までに戻ればよい。

校門を出た私はどこと云うあてても目的もないまま、今日は海の方にでも向かってみるかと、気儘《きまま》に歩き出す。グルグルと巡り歩いて、馬込に行く日は最寄りの鉄道駅で電車に乗って大森から歩く。校長宅で御馳走になり、それからまた歩いて、夕方、満足を覚えつつ校門を潜る。馬込に行かぬ日は屋台で買ったパンを公園のベンチで食べて腹を満たし、モウ一日中思うさま歩く。西は吉祥寺の井の頭池から府中の大國魂《おおくにたま》神社まで足を延ばしたし、南は京浜電車で六郷《ろくごう》の土手から穴守《あなもり》稲荷、北は飛鳥山から王子を越えて赤羽へ、あるいは千住から竹ノ塚近辺へ、東は荒川放水路を越えて江戸川べりの小岩や柴又帝釈天まで、よくもまあアンナに歩いたものだと思うくらい広範囲に足跡を印しました。とはいえ郊外へ行くのは稀で、だいたいは東京市街、一番行ったのは渋谷から青山を抜けて高輪《たかなわ》泉岳寺方面へのルート、あるいは新宿から四谷、九段、神保町を通って浅草へ抜けるルートで、日本橋から永代橋を渡って深川、月島方面、浅草から隅田川を越えて両国から押上、向島方面にもよく行った。

何が面白かったのかと問われると少々困るが、久しぶりに故郷に帰った人が山河の景色に心を震わせるのと同じ心持ち、とでも申せばよいか。目に映じる一々が懐かしくて堪らない。九段坂から眺める富士、両国橋眼下の大川の流れ、芝浦浜に立って頬に浴びる潮風。いや、そんな風光明媚な場所でなくとも、細々とした品の並ぶ商家の店先であれ、ゴミ箱の置かれた路地裏であれ、御屋敷の変哲のない土塀であれ、それら平凡な風景が清水のように軀に染み込んで魂に潤いを与えてくれるのだからやめられない。雨なら雨、風なら風、雪なら雪で、それもまた興趣が深い。

東京散策をやめられず

押上近辺を歩いていた時のことです。光明寺と云う寺の前を過ぎて地蔵堂のある辻に出た時、私はハッとなった。ここにはかつて一度来たことがある。強い確信が生じた。こう云うのを通常は既視感《デジャブ》と呼んで、心理学上の説明はあるらしいが、私に限っては心理学などは関係ない。周囲の景色はスッカリ変わっていたが、その場所こそ柿崎幸緒が渡り中間を斬った場所に他ならぬのだから、来たことがあるのも当然だ。しかし、これに気づいた時の心持ちと云うのは実に言葉に尽くし難いものがある。恐いような不安なような、面白くて嬉しいような、どちらにしても非常にゾクゾクした。そのゾクゾクにえもいわれぬ魅惑があって、こうなると東京歩きがいよいよ面白くなる。恵比寿麦酒の工場で麦麴の臭いを嗅いだ時も、日本駄右衛門が打たれた路地を覗いた時も、ゾッと身の毛がよだつような昂奮を味わいました。

護国寺の近くを歩いていた時には突然半鐘が鳴り出した。きな臭い煙も漂って、ソレッ火事ダ、と思って駆け出した瞬間には、明暦明和《めいれきめいわ》をはじめ江戸の大火の記憶が一遍に脳中に押し寄せて、私は目眩に倒れ込みそうになりながら、おおうッと歓喜の雄叫びに似た声を喉から漏らしたりした。といった次第で、東京歩きはなかなかやめられなかった。

要領を押さえて絶好調

軍隊は万事が要領だ。と云うのは軍隊経験のある者なら誰もが抱く感想ですが、私はこの普遍的真理を幼年学校入校三日目には早くも発見していたから偉いもんだ。生徒は何かにつけボヤボヤするなとどやされ、何事も手早く丁寧にといわれる。しかし手早くと丁寧は原理的に相容れない。丁寧にやれば遅くなるし、手早くやれば雑になるのは必然だ。であるからして、どこを集中して丁寧にやるか、どこで手を抜くか、その辺りの選択判断が肝要となる。

起床喇叭が鳴ってから朝飯までの時間は、洗面だ寝台の片付けだ何だと一日のうちで一番忙しい。ただでさえ時間がないのに、乾布摩擦をやって校庭の護国神社に参拝して、皇居と親の住む方角に向かって礼拝し、軍人勅諭を唱えなければならぬのだから大変だ。読めば分かるが、軍人勅諭と云うのは結構長い。だから「我か国の軍隊は世々天皇の統率し給ふ所にそある」で始まる前文と五か条だけ唱えればいいことになっていたが、それでもまだだいぶある。そこで前文は「我か国の軍隊は世々天皇の統率し給ふ所にそある」だけに思い切って省略し、いきなり五か条に進んでおしまいにする。これなら早い。私に限らず大概の者がそうしていたが、糞真面目な人間と云うのはどこにもいるもので、そう云う者は頭からしまいまで万遍なく唱えないと承知しない。当然時間がかかるので、あとの業務が押せ押せとなる。あげく模範生徒や生徒監からどやされる。これは理不尽だ。理不尽だが、実のところ軍隊学校に限らず世間一般は理不尽が基本。理不尽を土台に万事が打ち立てられる。そこのところを押さえぬととんでもない目に遭う。

学校では何かにつけ誠心誠意が強調された。が、誠心も誠意も目には見えぬのだから、そのままでは意味がない。誰かに知られてこその誠心であり誠意であるのは、マアどこの世界でも変わりません。誠心誠意を見せる相手を選ぶことも大切だ。どうでもいい人間に見せても一銭の得にもならない。自分の運命を左右しかねぬ人物を選ぶのはだから当然で、会社や官庁ならまずは上司、幼年学校の場合は生徒監、士官学校なら中隊長や区隊長と云うことになる。私の幼年学校の生徒監は鎌田大尉と云って、千葉出身のベテラン士官だったが、私はこの人に誠心誠意を見せることに専念し、結果、ずいぶんと可愛がってもらいました。

我が経験は連続せず

鎌田大尉は剣道五段。陸軍屈指の剣術使いであるとなれば、とりわけ剣道、剣道と口にするわけじゃないが、生徒に稽古をつけるのが嬉しいのは人情というもの。そこを見越した私は率先して稽古をつけてもらう。鎌田大尉だってそういう生徒が可愛くないわけがない。剣道の才能も少しはあった。と云うか、私が柿崎幸緒だったことを考えると、もっと上手くてもいいと思うのだが、案外とそうでもないのは、やはり違う人間だからだろう。かつて鳥だったからといっていま飛べないのと同じ理屈だ。前にも述べましたが、私と云う者の人生経験は膨大である。経験の量だけでいえば何百年何千年と生きた人間と同等で、全部蓄積していたら聖賢のごとき知恵を得ていいはずである。ところがまるでそうならない。なって居らない。理由はよく分からぬが、どうも私において連続するのは記憶のみで、経験は全然連続しないらしい。記憶が溜まれば経験も溜まりそうなものだが、そうならぬのは記憶と経験が根本から違うものだからなんだろう。私においては全体に経験と云うことが薄い。

ただ或る時の稽古の最中、「榊は人を斬ったことがあるような目をして居るナ」と鎌田大尉からいわれてギクリとなりました。自分では気づかぬところで別の私の性質性格が発現することがあるらしい。そう云えば、私は無性に油が舐めたくなる時がある。これは猫時代の名残なのかもしれません。

長期休暇の過ごし方

幼年学校にも中学と同様夏休み冬休みがある。これが私には鬼門だった。と申すのも、長期休暇となれば新潟に帰らねばならぬからで、新潟では死んだも同然になってしまう。はじめての夏休みは大人しく新潟へ戻って死人となって暮らしました。ただいいことも少しはあって、それは酒が飲めたことだ。十四歳にして早くも酒好きとなっていたのは、やはり柿崎幸緒の名残なんだろう。最初は好奇心から味見をし、乙だと思えばまた飲みたくなって、飲めばいよいよ味がよくなって、自然と酒が恋しくなる。帰省中私は進んで旅館を手伝い養父母から感謝されたが、それには理由があって、つまりは客の飲み残しの酒が目当てだ。ちょっとした宴席があれば残り酒は結構な量になる。これを徳利から麦酒瓶に移して溜め、夜中にこっそり飲んだ。客が少ないと残り酒もあまりない。そんな場合は炊事場の地下倉から少しずつ持ち出してまた飲む。一夏ですっかり酒飲みになったと云う次第。

　酒は飲めても新潟は嬉しくない。面白くない。冬休みまでは嫌々帰っていましたが、次の春休みは同級生の家に居候させてもらう算段をした。井原為信《いはらためのぶ》と云う浮世絵師みたいな名前の同級生が居て、実家が代々木にあった。井原とは特別に親しい間柄でもなかったが、頼んでみたら来てもよいと云うので行くことにした。ところがこれがとんだ目算違い。と云うのは、平田《ひらた》篤胤《あつたね》の研究家で國學院《こくがくいん》で教鞭を執ったこともある井原の父親は、貴流会とか云う国粋団体を設立して、白木造りの道場に大勢の書生や食客を飼い、私も井原も道場に寝泊まりさせられたのはいいとして、朝五時に叩き起こされ、掃除だ、勉強だ、神社奉仕だと、一日のスケジュールがびっしり詰まっているのには参りました。

　加えて井原の父親が考案したと云う変な体操をやらされるのには閉口した。壁に向かって逆立ちして、丹田に力を籠め、ウシガエルを真似てボウボウと声を出すと云うもので、この呼吸法さえ会得すれば肺病に冒される気遣いはないと、井原の父親は力説するのだけれど、道場の壁に多勢が一列に逆立ちし、力一杯ボウボウ、ボウボウ鳴く姿は全く馬鹿らしい。食事も一汁一菜が原則、ときどきメザシかナマリ節がつけば上等というのだから、禅僧も驚く質素さ加減。これじゃあ学校の方がよっぽど楽だと愚痴ると、まったくそうなんだヨと井原は頷き、早く学校が始まるといいネと、気弱に微笑むのには全く弱った。それでもこのとき井原の父親、井原正恒《まさつね》との間に縁が生じたことが私の人生行路にとって少なからぬ意味を持ったのだから、なかなか分からんものです。

悪友とつるんで遊ぶ

井原に懲りた私は、居候させてくれそうな別の同級生を探すことにしたのですが、元来人とワイワイ群れるのを好まぬところへもってきて、おべっか使いの評判も加わり、同級生からは疎まれる傾向があった。そもそも幼年学校から陸士の同級とは、腹蔵ない仲間内の雰囲気に包まれてはいるものの、一皮めくれば出世競争の敵同士である。陸士の同期から大将になれるのはほんの数名、大半は佐官級で予備役入りとなる。そのあたりの事情を私は若年にして固有のリアリズムでもって洞察して居った。だから生徒監や教官にはいい顔を見せても、同級の者に親しむ理由はいささかも見出せないでいたところ、ここにおいてそうもしていられないと悟ったわけです。私は訓育班でやるコンパの幹事役を率先して引き受け、演芸会や肝試しなど同級生との交わりにも積極的に参加するようになった。「榊はずいぶんと変わったナ」と同級生からは概ね好意的に受け取られ、すると生徒監や教官の評価も吊られて上がる。なるほどと膝を打った私が、大衆支持の大切さを知ったのはこの時です。

二年生の夏休みは水谷禮次郎《みずたにれいじろう》の実家にやっかいになった。水谷は深川白河町にある洋品問屋の次男坊、歯切れのいい東京弁を喋る生粋の東京っ子で、隠し芸で披露する落語や縁日の啖呵売《たんかばい》の声色は絶品だった。小柄だが運動神経がよく、要領のよさでは私と双璧、一年生の時はお互い気に喰わなく思っていたが、二年になって私の方から近づき仲良くなった。水谷の実家は自由放任主義に貫かれて、粋筋の出らしい母親は私たちを芝居見物に連れて行き、精養軒《せいようけん》や凮月堂《ふうげつどう》でごちそうしてくれたから、逆立ちしてボウボウやっていた春休みとは天地の差だ。水谷本人も捌けた男で、花火見物やら寄席やら活動写真やらへしきりと私を誘う。むろん盛り場への出入りは学校で禁止されているが、十四、五歳といえば規則を破ってみたい年頃だ。使うカネも小遣いの潤沢な水谷が出してくれるとなれば、私に誘いを断る理由は一つもない。秋になって以降も、外出日には水谷の家で私服に着替えて二人で遊びに出るようなことをずいぶんとしました。

玉の井にて鋭気を養う

　これは後に予科士官学校へ入ってからの話ですが、その時分も私は引き続き水谷とつるんでいた。ある時水谷が、「榊は女を知っているか?」と訊いてきた。なんでそんなことを訊くのかと問えば、なんとなく榊は女を知っているような感じがするからだと答える。榊春彦の私は童貞でしたが、柿崎幸緒時代の知識があるせいで、そんなふうに見えたんでしょう。私自身はとくに女を抱きたい気持ちはなかったけれど、その気があるならば然るべき場所へ連れていってもよいと私は申し出ました。普段カネのない私は遊びに行けばいつでも水谷に払って貰っていた。だから恩返しがしたい、と云うか、負債を返したい気持ちがあった。アテはありました。日頃東京中を歩き回っていれば、そのテの悪場所はいやでも眼につく。向島の玉《たま》の井《い》がいいだろうと私は算段して、次の外出日、水谷の家で背広とマントに着替え、鳥打ち帽を被って、業平橋《なりひらばし》から東武鉄道で玉の井に向かった。

当時の玉の井は、軍隊用語で云うところのピー屋——銘酒屋と称していましたが、それが細い路地に軒を並べていた。木造長屋の一階に女が居て客をひき、二階で商売する。柿崎時代の知識を呼び起こし、筆下ろしには好適と思われる、いくぶん年増の大人しそうな女を水谷に選んでやった。これも柿崎の知識で、軍資金は一人三円もあれば大丈夫だろうといってあったので、水谷は私にも三円を寄越し、マアせっかくなので私も遊びました。

駅で落ち合った水谷にどうだったと訊けば、ウン、なかなかよかったヨというので、この辺りの娼家はちょんの間なら一円で済みそうだとか、ウラを返すと馴染みになってサービスがよくなるとか、帰り道にあれこれ助言していると、「榊、お前はいったい何者なんだ？」と水谷が恐そうな顔になったのには慌てました。ナニ書物からの請売《うけう》りサ、と誤魔化して、京橋で餡餅を食べて市ヶ谷へ帰還しました。

士官学校の『生徒心得』には、外出の目的について「専ラ心気ヲ更新シ鋭気ヲ養ヒ」

とあって、故に外出の際には、進んで宮城《きゅうじょう》あるいは神社に参拝し、山野を歩いて浩然《こうぜん》の気を養い、史蹟を訪ねて先哲偉人を偲び、先輩旧師を訪問して薫陶を受けろと書いてあった。私と水谷の場合は、主に活動写真や寄席小屋に出入りしつつ、玉の井や洲崎《すさき》方面へ出撃することで、専ラ心気ヲ更新シ鋭気ヲ養ッていたと云う次第。マアいい時代でした。

士官候補生

水谷から話が漏れたのか、「その道」の権威として私が密かな尊崇を集めることになったのは当然だろう。俺も連れて行けヨと頼んでくる者もあって、私はまとめて面倒をみてやった。そのテの軟派は大概が中学出の生徒で、幼年学校あがりは硬派揃い、悪場所通いなどはもちろん、些細な規則違反さえ杓子定規に避ける傾向があったから、私と水谷はマア例外だったんでしょう。幼年学校から予科士官学校まで、私は学業には身が入らなかった。盛り場に漂う放埒《ほうらつ》な空気を存分に呼吸した身には、学校の窮屈さが阿呆らしくてたまらない。加えて世間はあげて軍縮の大合唱。制服を着て道を歩いていると、この税金泥棒メ、と云う眼で冷たく見られる。

なんで軍人になろうなどと考えたのか。私は己の迂闊を深く嘆いた。とは申せ料亭旅館の丁稚《でっち》が楽だったとはとても思えず、マア落第しない程度に課業をこなしていれば東京に居られるのだからと、自分を慰めていたところ、とんでもない事実にまもなく気がついた。すなわち学校には永遠には居られぬと云う事実だ。学校と云う所は、教師なら定年まで居座ることも可能だろうが、生徒はトコロテン式に押し出される仕組みになっている。ソンナ当然至極のことに改めて気づいたのだから、こっちの方が余ッ程迂闊です。

予科の卒業が近づくと兵種の決定がある。歩騎砲工輜重《しちょう》、五つの中から希望を出す。一番人気はなんといっても野戦の華、歩兵。逆に不人気は輜重兵。私は機械いじりは苦手なので、砲兵工兵は向きじゃない。馬は好きだが、騎兵といっても実際は戦車兵で、あんな狭苦しい鉄箱に閉じ込められるかと思うと気が滅入る。輜重兵はむろん嫌だ。となると、結局は歩兵しか残らない。それで希望を出した。もっとも希望はあくまで希望であって、最後は否応なく振り分けられる。成績の芳しくない私は半ば諦めていたが、意外なことに歩兵の組に入った。必ずしも成績順で振り分けるのではないようで、たしかにそうしないとボンクラばかり集まる兵種ができてしまうわけです。

私は己が幸運を素直に喜んだが、そうそういい目が出続けるものではないと思えば不安になった。と申しますのは、兵種に続いて配属先の聯隊《れんたい》の決定があったからです。予科を出ると半年間、士官候補生として聯隊に勤務する。そのあと士官学校本科に入校となる。この時派遣される聯隊は本籍みたいなもので、生涯ついて回る。歩兵聯隊は全国各地に散らばり、東京に所在地があるのは、歩兵第一聯隊と第三聯隊、あとは近衛の三聯隊しかない。他は全部地方。私は青くなった。

これもいちおう希望を出すが、近衛聯隊は成績優秀かつ家柄のよい者でないと無理だと云う。となると歩一か歩三しかない。が、もちろんここでも希望はあくまで希望にすぎぬ。青森だとか熊本だとかに遣られる可能性は高い。水谷なんかとつるんで遊び惚けていたのをこのときほど悔やんだことはありません。予科に進んでからは、やはり遊び事に気をとられて、区隊長や教官の歓心を買うべき諸活動を怠っていたのも手抜かりだった。だが嘆いていてもはじまらぬので、幼年学校時代に可愛がってもらった鎌田大尉に急遽手紙を書いた。陸士本科の中隊長は牧《まき》大尉と云う人で、牧大尉が鎌田大尉と同じく歩一に籍を持っているのを知って、口を利いて貰おうと画策したわけです。これは後になって聞いたのですが、榊は見所のある男だから是非とも歩一でとるべしと、鎌田大尉は後輩に向かって熱弁をふるい、鎌田さんがそこまでいうのならと、牧大尉が人事に働きかけたらしい。幼年学校時代の貯金がものをいったわけです。私の場合、おべっかと云う言葉は必ずしも正しくないが、他に適当な言葉が見つからないので云いますが、使えるおべっかはなるべく使っておくべきだと、改めて確信した次第。季節季節の付け届けはやはり大切です。

　かくて麻布の歩兵第一聯隊で士官候補生となった私は、予科時代とはうってかわって身を慎み、隊務に専心した。誠心誠意働いた。と云っても既に述べたように、上級者の目に見えるところ、見えるところを選んで活動したのはいうまでもない。関東大震災が起こったのは、私が聯隊付だったこの時代。非常時こそ我が誠心誠意の見せ場だと大いに張り切った。

震災警備で面目を施す

前にも述べたように、私は浅草から上野方面に逃れて、不忍池付近にしばらく居たのち、麻布の聯隊に戻ったのは午後の四時近くだった。営庭には人が溢れて、訊けば震災から避難してきたばかりでなく、朝鮮人をはじめ不逞の輩《やから》の襲撃を恐れ逃げてきたのだという。部隊は被災者の救出保護のために出動したが、私は青山墓地に逃げ込んでくる避難民に不逞の徒が入り込む懸念ありと、中隊長に誠心から具申し諒《りょう》とされた。下士官兵数名をひきつれた私は霞町《かすみちょう》の辻で警備にあたった。怪しい者が通れば誰何して、明瞭な返事がなければ捕縛する。逃げ出そうとしたり、歯向かう者は、容赦なく軍刀で斬りつけ、あるいは棍棒でもって撲り倒した。見た目は大人しそうでも、どんな奸計《かんけい》を秘め隠しているか分からぬと思えば油断はできない。

震災からだいぶ経って、朝鮮人の暴動云々はデマだったと云う話が伝わった。必ずしも不逞の徒とはいえぬ者が殺されたり怪我を負わされたりしたのではないかと疑う者もあった。たしかにそうした事実は一部にはあったと思います。が、私が警備した地域に限っては、ないと断じ切る自信がある。なぜなら私が斬ったり捕らえたりした者は誰がドウ見ても怪しかったからだ。彼らは怪しさの蒸気を全身から立ちのぼらせて歩いていた。怪しい者ですヨ、と顔に大書してうろついていた。そういう者だけを選《よ》って私はやっつけた。もちろん可能性だけをあげつらうなら、なかに一人や二人、無実の者が紛れ込んでいた可能性は否定できない。が、ああいう非常の際だ、瑣細《ささい》な間違いはどうしても避けられぬ。少々の犠牲はやむを得ない。それより僅かな間違いを恐れるあまり取り返しのつかぬ事態を招く方が恐ろしい。私はそう思います。

恩賜の銀時計目指して猛勉強

東京に居りたい一心で陸軍の学校に入ったわけですが、軍人がやたら転勤の多い職業であるとまでは考えなかったのは、子供の浅知恵だったとしか云いようがない。籍はとりあえず歩兵第一聯隊に置けたものの、いつ何時地方や外地に飛ばされぬとも限らぬと思えば非常に不安になった。加えて大正末年から昭和はじめのこの頃は、世をあげての軍縮平和ムードのなか、軍人は非常に肩身が狭かった。この際軍人などはやめて別の仕事に就こうかと考えもしたが、具体的なあてがない。第一、せっかくここまで窮屈を我慢してきたのだからと思えば惜しくもある。だいたい軍人をやめても徴兵されたら同じことだ。軍隊に居るなら兵隊より士官がいいに決まっている。

かりに将来自分が地方に飛ばされるとして、それを決めるのは誰かといえば、陸軍省の人事局の人間である。だとしたら自分がそういう立場になればいいのでは、と私はさよう思案した。それには陸士の成績が上位でなければならない。調べてみたところ、陸軍省や参謀本部の中枢に据わる人たちはだいたいが恩賜の時計組である。ならばそれを目指すしかあるまい。私は俄然決意した。聯隊から戻って陸士本科に入った私は猛烈に勉強をはじめた。いわゆるガリ勉と云うやつだ。

陸軍士官学校と云う所は朝から晩までスケジュールが決まっている。夜の七時から九時が自習時間で、予科のときはだいたい居眠りに過ごしていたが、今度はみっちり勉強して、外出日も机に一日中貼り付いたのだから偉いもんだ。予科の時だって怠けているわりに成績はまずまずだったから、みるみる順位を上げたのは当然、それでも恩賜の銀時計には手が届きそうにない。この際手段を選んでいる場合ではないと考えた私は、苦手科目はカンニングでもって突破を図った。試験官の目を盗むカンニングは一種の謀略であるからして、軍人としては決して恥ずべき行為ではない。摘発できない試験官が間抜けなのである。さように私は考えて居ったのだけれど、世の中には堅物と云うやっかいな人間の一種類が存する。今岡《いまおか》と云う広幼から来た男があったが、これが全く古餅みたいに固い。この今岡が雄健《おたけび》神社まで来いと私を呼び出した。

腹斬り騒動

入浴を終えて自習になる時刻、学校敷地の外れにある神社に寄ると、社殿の脇に月明かりを浴びた今岡が立っている。今岡は背の高い男で、地面の砂利に延びた影が異様に長い。何か用かと問うと、「榊、貴様、カンニングしたな?」という。していないとまずは誤魔化しにかかると、「嘘をいうな。オレはこの眼で見ていた」と譲る気配がない。

そこで、カンニングくらいは誰でもやっている、少しくらいいいではないかと笑うと、「貴様、恥を知れ！」ときた。それから小刀を私に手渡して、この場で潔く腹を斬れと命じたから呆れました。

全く馬鹿々々しい話ですが、相手はだいぶ頭に血が上っている様子なので、ここで争うのは得策ではないと私は判断した。密告はカンニング以上に恥知らずな行為だと今岡は考えているはずで、でなければこっそり呼び出して腹を斬れなどと云うはずがない。だから今岡が私の不正を区隊長に報告する気遣いはない。そう素早く計算した私は、「分かった、腹を斬る」と宣言して、しかし、その前に遺書を書くなど身辺の整理をさせて欲しい、そのうえで白装束に着替えて腹を斬りたいと謹んで願い出た。「よし分かった、武士に二言はあるまいな」と今岡が云うので、武士に二言はないと請け合って、その場は逃れました。ナニ白装束なんてものを一生徒が持っているわけがない。だいいち私は武士じゃない。

二日経ち、三日経ち、私が一向に腹を斬る様子がないので、今岡も不審になったらしい。再び私を呼び出して、一体いつになったら腹を斬るのだと迫ってきた。もうすぐ斬るから少しだけ待ってくれ、あと一日待ってくれと、その都度私は拝んで、じゃあ、あと一日だけ待ってやる、明日は必ず斬るんだゾと今岡。これじゃまるで借金の取り立てです。私としては、そのうちに今岡の熱も冷めるだろうくらいに考えていたのだが、先生なかなかそうならぬから困った。顔をあわせるたびに斬れ斬れとしつこい。しかも区隊こそ違えど、同じ学校に居る以上、始終顔を見る。

困《こう》じ果てた私は水谷に相談した。本科生になっても水谷の遊びはやまず、と云うかむしろ昂じて、私の介添えなしでも玉の井方面に出張する進歩を見せていた。その水谷にかくかくしかじかなのだと訴えると、よしオレに任せろと請け合うので、どうするのだと問えば、今岡を玉の井に連れて行くと、とんでもないことを云い出した。「ああいうヒカチイは少し柔らかくした方がいいんだ」と笑う。ヒカチイとは学生用語で固いと云う意味です。しかし、そんなことが本当にできるんだろうかと、私は半信半疑でしたが、しばらくして本当に連れて行ったと水谷が報告したから仰天した。

一体どうやったんだと訊くと、向島方面に隠れた名刹《めいさつ》がある、そこは男子たる者が一度は訪れ拝むべき尊い観音様が祀ってあるのだと説いて誘い出したと云うから、落語の『明烏《あけがらす》』そのままだ。全くもって呆れたが、それでどうなったと訊けば、「先生、観音様をしっかり参拝したらしいゼ」と水谷が伝えたから二人で大笑いしました。

とにかく私も今岡の弱みを摑んだわけで、これでモウ大丈夫だと安心していたら、しばらくして今岡の方が腹を斬った。堅物と云うのは恐ろしいもので、今岡は玉の井の妓《おんな》にすっかり入れあげて心中未遂をやらかし、挙げ句、腹を斬るに至ったものらしい。幸い一命をとりとめはしたものの、しばらく入院して、そのまま学校からは去りました。成績優秀な今岡は恩賜の銀時計が確実視されていた。ライバルが一人減ったことは、今岡にはまことに気の毒ですが、私にとっては幸運でした。

陸大合格

私が陸士を卒業したのは大正十四年、西暦で一九二五年、後半の努力の甲斐あって、席次は六番か七番、恩賜の銀時計を目出たく頂戴しました。すぐに歩兵第一聯隊付の見習士官となり、三ヶ月後に少尉に任官する。歩兵第一聯隊は昭和十四年には北満に派遣されますが、事変前のこの頃は外地へ行かされるような気配はなく、それでもまだ安心できない私は、隊務をこなす傍ら、茶屋遊びに興じる同僚を尻目にまたもガリ勉をはじめました。三宅坂の省部の枢要に食い込むには、陸軍大学校に入るのが早道である。と申しますか、陸大卒業徽章《きしょう》、俗にいう天保銭を胸に着けていないと陸軍ではのしていけない。そのことに気づいたからです。

それで昭和三年に中尉に進級すると同時に陸大を受験した。中尉になるのを待ったのは受験資格が二十歳代の大尉中尉だったから。ほかに聯隊長の推薦が必要でしたが、そのあたりは抜かりない。日頃から誠心誠意を見せつけて、むしろ聯隊長の方から是非とも陸大を受けろヨと奨めてきた。ガリ勉の甲斐あって見事合格。私は隊付時代から引き続いて四谷塩町三丁目の下宿に住み、市電で青山北一丁目の陸大まで通った。陸軍では学校の成績が万事ものを云う。このことをいよいよ深く胸に刻んだ私は当然のように首席を狙ったものの、結局は三、四番あたりで、それでもどうにか恩賜の軍刀は頂戴しました。この軍刀が今後ものを云うわけです。卒業したのは昭和七年、聯隊に戻る間もなく近衛第二師団の参謀になった。と述べていくと平坦無事のようだが、実はそうではない。と申しますか時代が全然平坦でない。

青年士官の国家改造に与す

大震災の後始末が済まぬうちに、昭和の幕開けとともに金融恐慌が日本を襲う。と思ったら昭和四年には世界恐慌が勃発。かつてない不況の大波が極東にまで押し寄せる。農村は餓え、都市に失業者が溢れる。貧乏人を踏みつけ暴利を貪る財閥や、私利私欲から党派抗争に明け暮れる政治家への怨嗟の声が轟然と巷に響き渡る。抜本的な社会改造、国家改造が必要だ、と云うのが学識のあるなし左翼右翼を問わず一般の共通認識となる。むろん陸軍だって例外じゃない。と云うより陸軍こそが国家改造の総本山となる。

軍の手で一遍に変革を成し遂げんと志を抱く人間が、上は大将級から下は士官学校生徒に至るまで、幅広く簇生《そうせい》し、蠢動《しゅんどう》を開始する。昭和三年には張作霖《ちょうさくりん》爆殺なる怪事件もあったけれど、陸軍の動きが判然り世の中を揺るがし出したのは昭和六年だ。まずは三月に大規模なクーデター計画があった。これは参謀本部ロシア班長、橋本欣五郎《はしもときんごろう》中佐らが、宇垣一成《うがきかずしげ》陸相ほかの軍上層部や民間右翼と組んで、一気に軍事政権を作ってしまうべく企画し、決行直前で沙汰やみとなったものだ。

橋本中佐は中堅将校を糾合して桜会なる組織を結成し、来るべき国家改造の主役となるべきこの団体には、陸大の学生だった私も参加していました。会合にも毎回出席した。

出所は知らぬが、桜会は資金が潤沢で、会合は神楽坂あたりの料亭で行われたから、酒が飲めるのが酒好きには嬉しい。妓がはべるのも楽しい。ガリ勉陸大生唯一の息抜きの趣、と云うとやや不謹慎ではありますが、酒盛りの肴に天下国家を論ずるのは気分がいい。弁天小僧の三味線を見たのはこの頃です。

弁天小僧との意外な再会

その日も「後楽」と云う名の店に七、八人の有志が集って、酒盛りしつつあれこれ談義していた。最初のうちこそ天下の趨勢《すうせい》を憂い、国家の行く末を嘆じ、口に泡して議論して居ったが、そのうち妓を呼ぼうと云うことになって手を打てば、老若とり混ぜた五人ほどの芸妓《げいぎ》が座敷へなだれこんでくる。三味と太鼓を伴奏に踊りがはじまる。私は芸事色事には関心が薄く、まずは酒一辺倒の口。いつもは朴念仁呼ばわりを甘受しつつ黙然と飲み続けるのだが、なぜかこの時に限っては三味線の音色が気になって仕方がない。撥《ばち》で弦を弾いているのは年寄りで、私があんまり見詰めるからだろう、ひょっとして榊はババアが趣味なのか？　と周りからからかわれる始末。私は苦笑して、しかし、どうも気になる。と、二階座敷の窓に猫がひょっこり現れた。野良らしい真っ黒な猫だ。猫が三味線の音に合わせるようにしきりとニャーニャー鳴く。それを聞いているうち、私は突然気がついた。黒猫は何代目かの日本駄右衛門である。そう直観すれば、猫の云っていることが分かる気がしてきて、すなわち、あの三味線の皮こそは、弁天小僧の成れの果て、浮世の潮のまにまに浮かぶ、花の哀れもきわまれり、と云ったふうな具合に日本駄右衛門は歌っているのでした。私は恐怖と歓喜が一つになった不思議な戦慄のなかで、やがてはこの私もまた——というのは榊春彦の私のことですが、非業の運命にまみえることになるのだろうと、漠然と予感し、背筋から尻のあたりを震わせました。結局のところこの予感は正しかったわけですが、そのことはまた後に語ります。

桜会クーデターは失敗

クーデター実現の暁には、桜会が軍や国家を支配するのである以上、顔を出しておいた方が得策だとの計算があったことは否めない。会の趣旨にも反対じゃない。と云うか、賛成である。農家の貧窮と云われてもいま一つピンとこなかったものの、国家改造の必要性は私も日頃から痛感して居った。満蒙問題を解決し、庶民の怨嗟の声に耳を傾けぬまま悪政を続ける奸臣《かんしん》を打ち払うべしとは、以前より我が抱ける所説に他ならなかった。ある時の会合で、榊も意見を開陳しろといわれて、畳に立って喋りはじめたら、悲憤慷慨の念が灼熱のマグマとなって湧き上がるのを止め難く、塗炭の苦しみを舐める国民を救い、主上の大権を顕《あき》らけくするには、首相をはじめ重臣と名のつく者は悉《ことごと》く首を刎《は》ねねばならぬと、血涙下る演説をして居並ぶ佐官連中の拍手喝采を浴びました。

だから計画が軍上層部の優柔不断から中止となったと聞いた時には、眼から火花が出るほどの怒りに駆られました。仲間とともに橋本中佐のところへ押し掛け、憤懣をぶつけたりもした。「気持ちは分かるが、マアそういきりたつな、少し待て」と宥《なだ》められても簡単には納得できぬ。こうしているうちにも農家の娘が女衒《ぜげん》に売り飛ばされ、欠食児童がいよいよ痩せ細るかと思えば苛立ちは収まらない。腹中に怒気の瓦斯《ガス》をもやもや溜めたまま夏を過ごして、秋風が吹きはじめた頃だ。関東軍がやってくれた。米英の意向をびくびく気にする軟弱政府の意向など一顧だにせず、鉄槌《てつつい》でもって大岩を叩き割るように、奉天、長春を占領して錦州《きんしゆう》を爆撃した。快挙に拍手喝采していると、関東軍に呼応して内地でもついに軍が立つと云うので勇み立った。

伝えられた計画は、十月二十四日の早暁を期し、桜会の将校が近衛の兵を十個中隊ほど動かして、政府を転覆し、荒木貞夫《あらきさだお》中将を担ぎ上げて軍事政権を打ち立てると云うものだ。私も抜刀隊として参加する手筈で、何度か神楽坂で打ち合わせた。三月の失敗を踏まえて、今度は軍上層部には内密に話を進めていたところ、十七日前後だったか、橋本欣五郎中佐以下桜会中枢メンバーが憲兵隊に検挙されてしまった。計画が事前に漏れたらしい。そもそも桜会周辺の士官の会合は、幕末の勤王志士よろしく酒盛りしつつの高歌放吟が常態だったから、漏れない方がおかしい。

思えば私自身、陸大の教官である村尾中佐からクーデター計画や桜会のことを訊かれ、問われるままあれこれと喋っていた。村尾中佐こそは陸大において私が誠心誠意を見せつけるべき筆頭の人物だったからです。実を申せば、昭和六年当時、橋本欣五郎中佐も陸大の教官で、だからこちらにも誠心誠意を示す必要があり、桜会への参加はそう云う意味合いもあった。困ったことに橋本中佐と村尾中佐は犬猿の仲。私としては両方の顔を立てねばならぬから大変だ。

村尾中佐は当然桜会を快く思っていない。私が桜会の会合に出ているのも気に入らないはずだ。となると、村尾中佐に誠心誠意を示すには、進んで桜会の情報を提供するくらいしか方法がない。ことさらに歓心を買うつもりはなかったものの、「桜会の様子をいろいろと教えてくれよ。頼りにしているゾ」と云われては悪い気はしない。もっと喜ばせたくなるのは人情のしからしむところ。そもそも同じ陸軍の飯を食う仲間である以上、村尾中佐も橋本中佐も憂国の士に変わりはないはずである。

と、私はさように簡単に考えて居ったわけですが、あとから思えば、村尾中佐は軍事課長だった永田《ながた》鉄山《てつざん》大佐の懐刀で、永田大佐こそが桜会のクーデター計画を潰し、首謀者の責任追及を率先主導した人物だったことを考えると、やや軽率だったかと反省もされる。さりながら後の二・二六事件を参照すれば明らかなように、クーデターが仮に実行されたとして、徒《いたずら》に血が流されるばかりで大した成果はあげられなかったと想像される以上、結果的にはあれでよかったのだと思います。

参謀本部付を拝命す

橋本中佐は重謹慎二十日の後、野砲兵第十聯隊に飛ばされる。他の幹部も似たような処分を受ける。これが重いのか軽いのかはよく分かりませんが、とりあえず武力をもってする国家改造の動きは沈静化した。と云うより運動の主体が佐官級から尉官級、いわゆる隊付の青年将校へと移っていった。幹部でもない私はお咎めなし。隊付青年将校の動きは次第に活発になり、昭和七年には五・一五事件が起こりましたが、これは海軍が中心。先を越されたと、陸軍各部隊の将校連はだいぶ歯ぎしりしたらしい。

同じ年の秋に陸大を卒業した私は、半年間近衛第二師団の参謀を務めたあと、八年の春には早速参謀本部付となる。配属先は第一部作戦課。課長は加藤貢《かとうみつぐ》大佐だ。島根出身の加藤大佐は、永田鉄山少将や東条英機《とうじょうひでき》少将と並ぶ、いわゆる陸軍統制派の代表的人物。統制派とはクーデターのごとき非合法手段を用いずに国政の舵を取ろうと考える人たちだ。これと敵対するのが皇道派で、各地の聯隊付青年将校に祭り上げられた将官級の人々がそれ。後に二・二六事件を起こすのがこの人たちだ。天保銭組のエリートで固めた統制派が三宅坂を牛耳《ぎゅうじ》る勢いとなるや両派の対立は激化する。

加藤大佐の膝下にあった私が自然と統制派に馴染んでくるのは仕方がないところ。一方で私は桜会以来の関係で皇道派とも繫がりを保っていた。その結び目にいたのが井原正恒だ。幼年学校時代の私に逆立ちでボウボウ鳴かせた例の国士です。井原正恒の道場には皇道派の青年将校が多数出入りし、国家改造についての研究や講義がさかんに行われて、私も時々顔を出して居った。べつにスパイをしようと云うのではない。統制派の考えに馴染みつつも、私は武力による国家改造にも未練を残し、実際、井原の道場で青森や松山の聯隊から出張にかこつけ上京してきた過激派大尉中尉連の話を聞いていると、一刻も早く奸臣を斬らねばならぬとの思いに血が沸くようで、思わずいきり立って抜刀し、若い少尉からたしなめられたりするほどだった。それでいて、三宅坂に戻って、皇軍を私的に動かすなどは統帥権を根底から否定する大犯罪デアル、との加藤大佐の訓示を耳にすれば、それはたしかにそうだナとも思えてくる。べつに血など流さずとも、いずれ熟柿《じゆくし》の落つるがごとく、国家の舵は軍の手に落ちる。そう諭されれば、まことにもっともだと頷かされる。結果、加藤大佐に井原道場での見聞を逐一伝えることになる。スパイをしようとしたわけではない。そうではないが、過激派将校が憲兵にマークされ、外地にやられたり予備役へ回されたりしたのには、私のもたらした情報が役にたったのだと思います。べつにスパイをしたわけではありませんが。

しかし、もし私があのまま三宅坂に留まっていたら、相沢事件は防げたと思う。相沢事件とは、相沢三郎中佐が統制派の総帥、永田鉄山軍務局長を斬殺した事件ですが、私は相沢中佐とも井原道場で何度か会っていた。古武士のごとき立ち居振る舞いや、頑固一徹な人となりにも親しく接していた。あのとき東京に私が居れば、相沢中佐の動向を加藤大佐を通じて永田少将に連絡できた可能性が高い。永田少将が白昼執務室で斬られるなどの事態は避けられたはずだ。そうなれば東条ではなく永田が首相になったかもしれず、昭和の歴史は違っていただろう。いや、それどころか、私が東京に居れば二・二六事件だって事前に防げたかもしれぬ。ところがその時期、私は英国に留学して、日本を留守にしていました。

惨憺たる英国留学

私が武器兵站《へいたん》研究視察のために英国へ留学したのは昭和九年の秋だ。三年間の滞英を命じられた日は悄然として三宅坂から四谷まで歩きました。風呂屋の煙突の向こうに帰雁飛ぶ夕焼け空が奇麗だった。空地に咲くコスモスが風に揺れていた。私が気落ちしているのは留学先がドイツやロシアでなかったためだと周りは思ったようで、いずれ支那《しな》の権益をめぐって英国とは一戦交えざるをえない、だから榊が敵状をよく見てきてくれヨと、先輩同輩から激励されて横浜から船に乗ったわけですが、船が岸壁を離れた途端ホームシックに罹り、船室の寝台に乾いたナメクジみたいに貼り付きました。元気がでないのはべつに英国とは関係ない。ドイツだろうがどこだろうが駄目に決まっている。

霧のロンドンに着いて、まずは語学学校で英語を学び、それからサンドハーストにある王立陸軍士官学校で研修を受けた。といってもほとんど形だけ。だいたい英国と云う所は毎日雨ばかりで寒い。陰鬱な雲が重く垂れ込める日が続くのが厭で堪らない。私はずっと胃が重たく、絶えず咳が出て、船から引き続いて下宿の寝台でナメクジになって暮らした。夕方からパブで麦酒《エール》を呑むのが唯一の日課と云う退嬰《たいえい》も極まった生活ぶり。と申しますか、英国時代のことは、寒かった暗かったばかりで、あとはあまりよく覚えていない。記憶がごく薄い。

私の消沈ぶりに大使館の人間が心配したらしく、榊氏はだいぶ参っているようだと本国に伝えてくれたのか、留学生仲間が様子を見に来て、こりゃ駄目だと思ったんでしょう、昭和十一年の八月には留学を切り上げ帰って来いと命令を受けました。三年の予定が二年になったわけで、私はモウ欣喜雀躍《きんきじゃくやく》、と云いたいところですが、榊は使えない男だとの評価が下されてしまうのが今度は心配になる。

留学後には報告書を提出するのが決まり。失点を挽回するにはこれしかない。東京へ帰れると決まって俄然元気を取り戻した私は、方々駆け回って資料を集め、帰りの船では寄港地で観光をすることもなく船室に閉じこもって読み込んだ。そうして東京に着いた途端、貯め込んだエネルギーが一遍に爆発した具合となって、一種の狂的な昂奮状態のなか、一週間飲まず食わず、ほとんど一睡もせず、一気呵成《かせい》に報告書を書き上げた。戦後になってヒロポンを打ちつつ三日三晩博打に興じたことがありましたが、それに比すべき高揚感だった。しかも薬なしにそうなったのですから、我ながら凄いもんだ。東京と云う土地が私にとってはヒロポン以上の活力源になるらしい。

英国陸軍恐るに足らず。これが我が報告書の基調であり結論であり、つまりは主張のすべて。この単一の主題をあれやこれや変奏して作文した。大日本帝国陸軍では、果敢な攻撃精神、不屈の敢闘精神が何より価値ありとされる。英国陸軍などは我が皇軍の力をもってすれば鎧袖《がいしゅう》一触である。明確な根拠があったわけじゃないが、マアこれは当時の陸軍の常識と云えば常識で、英軍の駄目さ加減を鮮やかに印象づけることにのみ心を砕いた。英軍は腐っても鯛だと云う者もあるが、英軍ハ腐レル鰯《いわし》ニスギズとは、私の報告書にある警句です。私の報告書については、空疎な作文であると否定する人間も一部にはあったものの、総じては大変に良いと高評価を部内で与えられた。「たしかに榊には三年はいらんかった。二年で十分だったナ」とまで云う将官がいたとあとで聴き、まずは安堵の息を吐きました。

ソ連研究と結婚

東京へ戻ってしばらくは陸大の教官助手と云う形で居たが、翌十二年の一月には水戸の歩兵第二聯隊の中隊長に転出となりました。一度くらいは実動部隊の中隊長を経験しておくべきとの配慮からの人事だったらしい。私にとっては迷惑以外の何物でもないが、水戸が東京にわりと近いのが救いでした。週末には必ず東京へ戻り、他にも何かと理屈をつけては東京まで通った。英国留学時代もそうだが、この水戸時代もあまり記憶がない。

そうこうしているうちに世界情勢は風雲急を告げる。盧溝橋《ろこうきょう》事件が起こったのがこの年の七月。日本は中国との泥沼の戦に突入していくわけですが、この時点では大した戦争になるとは誰も思わぬ。支那くらいは煮豆でも潰すように簡単に片付くと考えている。実際十二月には日本軍が南京を占領、済南《チーナン》だ青島《チンタオ》だ廈門《アモイ》だと次々落としていく。私の魂が激しく燃焼しはじめたのは、思えばこの頃からだ。

我が皇軍、向かうところ敵なし！　こうなるともはや世界制覇だって夢じゃない。むろんいますぐ西欧列強を敵に回して屈服させることは無理だけれど、まずはアジア全域を手中に収め、さらなる実力を蓄えた暁には地球全体を支配下に置くこともあながち夢物語ではないのではないか。世界征服の可能性が地平線の彼方からズズイと姿を現すのを目のあたりにすれば、世界帝国ニッポンのイメージが頭にちらついて離れなくなった。何より肝心なのは、世界帝国の首都が、パリでもロンドンでもワシントンでもベルリンでもなく、我が大東京である、この点だ。そう思うと夜も眠れぬほどに昂奮した。

水戸に居たのはほんの半年。私はすぐにまた参謀本部に呼び戻された。配属先は第二部のロシア課、英国留学した私がなぜロシア課配属になったのか、理由はよく分からない。が、世界征服の野望に燃えさかる私は、猛然たる勢いでもって、まずは我が当面の敵であるロシア、つまりソ連の研究に没頭した。日本帝国の生命線、満蒙を保全するに最大の敵が、国境を接するソ連であるのは云うまでもない。当時のソ連はスターリン独裁下、第二次五カ年計画が終了する時期にあたって、重工業部門の生産量を飛躍的に伸ばし、シベリア鉄道も順次整備して、日本にとって脅威だった。もっとも北方の熊には弱点もある。まずは反共で固まる西欧を手隙にできない以上、極東方面には兵力を大幅に割けぬ事情がある。加えてスターリンの独裁体制は恐怖が全体を支配しており、将兵の国への忠誠心は薄い。実際十三年の六月には、ソ連共産党中央委員のゲンリフ・リュシコフが粛清を恐れて満州へ逃げてくる事件が起こったりした。私はこのリュシコフからの聴き取り調査を一部担当しました。

とにかくソ連の体制が脆弱であるのは疑えぬ。そもそもロシア兵は餓えや寒さには滅法強いが、ほとんどが酔っぱらいか間抜けであって、頭数だけは揃っても率先して戦う意欲などかけらもない木偶《でく》の坊にすぎぬ。思えばロシアは雌雄を決する戦いで日本に一度負けているわけで、負け犬根性が骨身に染み付いてしまっている。その辺りの論点を中心にせっせと研究を重ねました。

私のソ連研究は各方面で高評価を受けた。元来人間には欲目と云うものがある。勝ち目がないといわれるより、絶対に勝てるといわれた方が嬉しいのは、軍隊に居る者の人情だ。その辺りを私は深く洞察して居った。参謀本部の同僚に西野能美《にしのよしみ》大尉と云う男がいました。西野大尉は陸大で私より一期上の軍刀組で、頭脳優秀は折り紙付き、人柄家柄もよく、黙っていても三宅坂の中枢に据わるべき人物、未来の陸相と目されていた。ところがこの西野大尉、何を血迷ったか、向こう十年以内の対米戦争は日本が必敗デアルとの報告書を提出して一部将官連の勘気をこうむった結果、台湾へ飛ばされてしまった。人間、頭が切れすぎるのも考えものだ。マア西野大尉の分析は実際には正しかったわけですが。

同じ年に私は結婚しました。相手は満鉄の理事をしていた板倉善蔵《いたくらぜんぞう》元中将の娘で、人に勧められて貰うことにした。駒込東片町《ひがしかたまち》に家を借りて、そこから三宅坂まで通った。新妻は香草入りの茶をたてたり、麵麭《パン》を焼くのが趣味と云う、なかなかハイカラな女で、見た目も悪くなく、マア居心地は悪くなかった。このまま同じ調子で暮らせたらと、柄にもなく思ったりしましたが、軍隊に転勤はつきものだ。人生なかなか思うようには参りません。まもなく私は満州へ行くことになった。

皇国の生命線満州の地に立つ

私が関東軍参謀部付配属の命を受けたのが昭和十四年三月。これは関東軍作戦主任参謀の服部卓四郎《はっとりたくしろう》中佐が、私のソ連研究に眼をとめ、是非とも呼びたいと云って実現した人事だったらしい。私は作戦参謀補佐と云う形で、身重の妻を東京に残し、独り早春の新京に赴任しました。

ここで興味深いのは、東京を離れながら私が意気消沈しなかった事実である。何度も語ってきたように、元来私は、たとえば西の方角なら、多摩川を越えた辺りから具合が悪くなり、箱根に至ればモウ全然駄目になる。塩を振られたナメクジみたいになってしまう。まして大陸満州の原野となれば、息も絶え絶えになって然るべきである。実際転勤の命令を受けたときには呆然自失、泣きながら妻の焼いた麺麭を毟《むし》りつつ酒を飲んだ。ところがです。新京に着いて却って元気になったのだから不思議です。ヨーシやってやるゾと、意気軒昂、魂の奥底に燃え上がるものがあった。理由はよく分かりません。家が東京にあると思って安心したのか、あるいは日支事変以来我が魂に芽生えた世界征服の野望と関係があるのかもしれない。この辺りの土地は我が東京が直接支配する土地デアル。そんなふうに思った可能性はある。新京などは東京の出先のようなもんだ。そんなふうに感じていたらしい。とにかく満州は水が合いました。

かくて私は大いに張り切って業務に取り組んだ。嬉しいことに、同じ参謀で直属の上司格である辻政信《つじまさのぶ》少佐とは非常にウマが合った。参謀長をはじめ服部中佐や他の参謀連ともうまくいって、毎日が愉快だった。関東軍は当時「満ソ国境紛争処理要綱」なる文書を作成して対ソ連軍の方針としていた。これは辻参謀が起草したもので、国境線がはっきりしない地域では、防衛軍司令部が自主的に国境を策定し、万が一双方が衝突した際には徹底的に敵を打破すると云う内容だ。あとから考えると、政府や大本営の指示なしに勝手に戦争をはじめちゃうゾと云っているわけで、だいぶ無茶な感じはある。が、当時は他の参謀連と同様、おかしいとは全然思わなかった。むしろソ連から満蒙を防衛するには、国境付近にいる敵軍に一撃を喰らわせ、気を挫《くじ》くべきだと考えていた。猛獣だって一度痛い目に遭えばなかなか襲ってこないようになる。恐い人間の姿を見て尻尾を巻いて逃げ出すようになる。かような私の主張は大いに喝采を浴びました。

「満ソ国境紛争処理要綱」に沿って有事の際の作戦計画を練るよう辻参謀から命じられた私は、鋭意作戦立案に没頭した。実をいえば、参謀本部から関東軍へ移る際、上司だった村尾中佐からは、くれぐれもソ連とは事を構えぬようにせよ、関東軍の暴走を抑えるようにせよと、きつく云われていた。ソ連とはいずれ一戦交えざるをえないにしても、国内体制の整備がいまだ不十分であり、簡単に片付くはずだった日支事変が長引いて、広大な支那本土に大部隊を展開せざるをえない現状では、ソ連と戦うわけにはいかぬ。

国境の紛争は全面戦争に至らぬよう穏便に事を収めるべきである。と云うのが、村尾中佐をはじめ三宅坂の参謀らの意見で、なるほどと私も深く納得して居った。たしかに日支事変が片付かぬうちにソ連と戦うなどはトンデモない。

ところが、満州の地に立ち、遥か地平線まで丘陵波うつ曠野《こうや》を眺め、臭いマオタイを飲んでいるうちに、自重の気持ちはスッカリ消し飛んでしまった。オレらを誰だと思っている！　世に聞こえた精鋭関東軍だゼ。そう景気よく嘯けば、我が威容と実力を敵味方に見せつけたくて、モウうずうずして堪らない。そもも関東軍と云えば、臆病風に吹かれる政府や軍首脳を尻目に満州を迅速果敢に手中へ落とした栄光の軍隊だ。いわば内外の秩序を一新する革命軍であり、皇国による世界征服の先陣部隊である。国境警備のソ連軍などはものの数ではない。そんな気分でいたところへ、ノモンハン方面で敵が国境を侵してきたとの一報が飛び込んできた。

ノモンハンの蠢動

ノモンハンといわれても最初はどこだか分からない。地図を見て、ハイラルの南方二百キロメートルの近辺だとようやく分かった。ここら辺はハルハ河が国境。といっても、これはあくまで我が満州国側の線引き。蒙古側ソ連側はハルハ河を越えた東に国境を設定していたから、揉めるのはマア当然です。現地へ立つと分かりますが、あの辺りは見渡す限りの無人の原っぱで、国境線が十キロや二十キロ違ったところでどうということはないとも云える。だが、国境警備の任にあたる軍隊にしたらそうはいかぬ。なにより面子があるし、図々しく振る舞う敵を放置しては弱腰だと侮られる。

　西北方面防衛の任にあるハイラルの第二三師団は、はじめのうちこそのんびり構えて居ったが、越境敵軍を断固叩くべしと、我々参謀が強く意見を云うや、本格的に部隊を編制して現地へ送り込んだ。マアこちらが出て行けばコソコソ退散するだろうと、師団長以下誰もが予想して居った。強く出れば敵は退く。我々参謀もさように考え、そうして実際、部隊が現地に到着した時にはすでに敵は逃げ去った後でした。

　しかしそれでは面白くない。このとき新京からハイラルに派遣参謀として出張していた私は、これを機会に深いダメージを敵軍に与えることはできぬものかと密かに思案して居った。柵から出たがる犬の頭を棒で一発ガツンとやっておけば、二度と出ようなどとは思うまい。例の一撃論と云うやつだ。とは申せ、敵部隊が出て来てくれなければ戦闘にはならぬ。ガツンとやれぬ。そう思いつつ新京から飛んで偵察機から降りた基地では、軽爆隊の中隊長が飛び出したくてうずうずしている。さながら脱兎を檻から見詰める猟犬だ。ならばヤッテシマエ、と私はけしかけた。もちろんそんなことを云う権限は私にはない。ところが血気に逸《はや》る中隊長は関東軍の参謀から許可を貰ったのだからと独り決めして、五機ほどの九七軽爆で敵軍を攻撃したのだから激しい。

　軽爆機は当然ながらハルハ河を遠く越えて活動したわけで、あとから考えると、これは立派な国境侵犯だ。本来なら大元帥たる天皇陛下の裁可なくしてなしうる業じゃない。

それを下っ端参謀と中隊長がやったんだからすごいもんだ。滅茶苦茶といえば滅茶苦茶ですが、周りは誰も変だとは思っていない。命令系統の少々のずれや独断専行は日常茶飯事、誰も深く考えない。満州事変がいい例ですが、命令がなくとも、勝手にズンズンやってしまえば、あとからいくらでも追認して貰える。勲章だって貰える。そもそも考えてみれば、いいことは原理上いいことなのだから、命令のあるなしにかかわらずやった方がいいに決まっている。戦争は生き物だから刻々情勢は変化する。上の命令を愚図々々待っていたら、時機を逸して、大魚どころか池のメダカだって獲れるもんじゃない。

この越境爆撃が挑発となったかどうか、すぐさまソ連軍は本格的に挑戦してきた。これぞまさしく思う壺、犬ならぬ熊の頭を一発撲るチャンスだと、私は手を打って喜びました。

極東ソ連軍を侮る

後から考えると、ソ連軍をやや侮っていたきらいがあった事実は否めません。亡命してきたゲンリフ・リュシコフの聴き取り調査を私が一部担当したことは語りましたが、当然ソ満国境のソ連軍兵力についても聴いていた。飛行機は日本軍の六倍にあたる二千機、戦車は十倍以上の千九百両あると云う話で、総兵力では一対五。これは大変だと参謀本部は一時青ざめた。しかし、少し考えてみれば、数字においてはたしかに大差ではあるけれど、なにしろ相手はロシアである。飛行機を操縦するのもロシア人なら、戦車を運転するのもロシア人。この点を勘案すれば一対五くらいはどうということはない。数字だけで物事は測れるもんじゃない。そもそも極東地域で重職に就いていたリュシコフが逃げ出してきたこと自体、ソ連防衛軍の脆弱さを示す証拠以外の何物でもない。

ソ連軍の兵力を軽視すべきでないと云う意見は部内にあるにはあった。あるにはあったけれども、別にたいしたことはないヨと侮る声に掻き消されてしまった。私も掻き消した口だ。リュシコフから得た数字は、報告をあげるだけはしたものの、脅威を成る可く低く見積もるよう工夫して作文した。数字はいちおう正しく示しながら、報告書を読んだ人間が、極東ソ連軍はヤッパリ駄目だナ、問題外だナと、思わず頷くような文章作成を心がけた。ソ連軽視は上から下まで陸軍全体の気分であり、私としてはその気分をできるだけ害したくない。極東ソ連軍などは鎧袖一触だとする優越感に水を差したくない。結果、そのような作文となった次第。ところが、ノモンハンにおいて私はリュシコフの云った数字の力を目の当たりにすることになる。

参謀本部とは決裂

ソ連軍蒙古軍は自分たちの主張する国境線、すなわちハルハ河を越えて東側へ押し出して来る。西岸にも続々と火力を配備する。これは座視できぬと、我々関東軍参謀は東岸の敵軍を包囲殲滅《せんめつ》する作戦を立案しました。五月半ば、第二三師団は山県武光《やまがたたけみつ》大佐が指揮する二千人規模の部隊を派遣する。まずは東八百蔵《あずまやおぞう》中佐の率いる探索隊二百余名が先行して、川又と呼ばれる地点の軍橋を封鎖し、敵を袋の鼠に追い込んだのち主力が殲滅する作戦だ。東探索隊は作戦どおり夜陰に乗じて川又へ到達した。「夜陰に乗じる」のは我が陸軍の十八番。ここまでは上手く行った。が、その後がいけない。肝心の山県支隊主力が敵戦車に行く手を阻まれ、通信連絡の不備も重なって、東隊は孤立、逆に包囲されて全滅した。

作戦が拙かったとは思いません。むしろ私たちの作戦は世界的な水準から見ても出来がよかったと思う。ただ先にも云いましたが、敵の実力をやや甘く見た嫌いはあった。そもそも偵察が不十分で、敵の兵力を精確に摑んでいなかった。いや、摑んではいたが重視しなかった。所詮はロシア人のやることだ、と軽く考えていた。だが、一番よくなかったのは、連絡の不備がいい例だが、第二三師団が編制されたばかりの兵団で、錬成が不十分だった点にある。

とは云え、ソンナ不利のなか、我が将兵はよく戦い、敵側にも我が方に劣らぬ損害を与えたわけで、マア今回は引き分けだナと、我々関東軍参謀部は総括したうえで、「ノモンハンのことは片付きましたから御心配は無用です」と東京へは報告した。

実際あれだけの損害を受けた以上、敵もしばらくは大人しくしているだろうと我々は考えて居った。ところがである。何を血迷ったか、ソ連軍はノモンハン方面の兵力を増強したばかりか、こちらの領土内に空爆までしてきたから驚いた。全く太々《ふてぶて》しい態度と云うほかない。なにを小癪な、舐められてたまるかとばかりに、直ちに反撃の用意にかかったところ、自重せよと三宅坂が云ってきたのには呆れました。ことに越境しての航空爆撃は絶対にいかんと参謀本部は云う。だが、元々火力が劣勢なところへもってきて、こちらだけ飛行機が使えぬのでは、長槍相手に小刀で戦うようなもんだ。とても国境の保全などできるもんじゃないと云ってやると、ソンナ原ッパの国境などは十キロや二十キロ違ったってかまいやしないと返事を寄越したから頭にきた。ここで退いたら敵は図に乗ってドンドンとはみ出してくるだろう。そうなれば我がニッポンの生命線であるところの満州国全体の防衛が危うくなる。だいいち国境防衛のために奮戦した英霊に対しドウ申し開きするのだ！

ここにおいて関東軍と参謀本部は決裂しました。我々は三宅坂の意向を無視して計画を立案、今度は戦車隊を主力に一万五千名の大兵力を動員した。これを二手に分け、一隊がハルハ河を渡河して、目障りな西岸コマツ台の砲兵陣地を壊滅させるとともに川又軍橋を封鎖する一方で、別動隊がハルハ河東岸に閉じ込められた敵軍を一網打尽に撃破する。そう云う作戦です。ハルハ河を渡るのは明らかな越境行為、参謀本部が厳に慎むよう命じてきたところ。が、そんなことにかまっちゃいられない。戦争をしているのはコッチだ。総攻撃に先立ちタムスクの航空基地も爆撃した。

三宅坂からは再三再四、自重を求める電信が届いたが一切無視。電信の幾つかは、軍司令官には見せぬまま我々参謀が握りつぶした。これは疑いなく軍規違反だが、指揮官のなかには我々の作戦計画を見て、中央に断りなくここまでやっていいのかと、たぶん保身からなんでしょう、臆病風に吹かれる者もあったから、あの際は仕方のない処置だったと思います。

作戦頓挫

かくて七月の初頭、満を持して作戦を開始した。気力は十分、戦意横溢《おういつ》、各指揮官も我々参謀も自信たっぷりだったが、蓋をあけてみたら、たった二日で作戦が頓挫したのには呆れました。

敵の圧倒的な火力に遭いながらも、ハルハ河東岸では互角の戦いだった。ところが河を越えて西岸に突入した部隊がまるで駄目。原因は敵の戦力を甘く見たことにもあるが、何より痛かったのは渡河のための橋が一本しかかけられなかった点だ。資材の集積が間に合わなかったからだが、大部隊が渡るにただ一本の浮き橋ではいかにも頼りない。なんとか渡るだけは渡ったものの、今度は補給が滞る。兵隊は二日分の食糧しか持たされていない。弾薬ならば尽きても肉弾で戦えばいいが、腹が減っては肉弾だって動かない。しかも河を離れてしまえば水源がなく、炎暑の下すぐに水筒は空になる。どうしたって補給が要るわけなのに、それが一本橋では難しい。

我が陸軍に退却の言葉はない。西岸の部隊は当初の目的を果たさぬまま一本橋を逆に渡って東岸に「転進」した。その頃ちょうど私は偵察機から戦場を眺める機会があったのですが、橋を真ん中にして人間や自動車が左右扇形に広がる姿が、まるで砂時計のようじゃないか、といたく感心したのを覚えています。この失敗は敢闘精神ばかりを強調して兵站をないがしろにする帝国陸軍の体質に原因があるとしかいいようがない。いや、陸軍の、と云うよりは、ただひたすらに武を尊び、潔く散るをよしとする、日本人の血に流れる美意識のせいなのかもしれない。だからドウ仕様もない。一参謀にどうこうできる話じゃない。

まずは「転進」して、東岸で態勢を立て直し再び攻撃に転じたものの、潰せぬままの敵砲台の火力は強く、味方戦車隊の迫力はいまひとつで、どうにも埒が明かない。縦深陣地や敵戦車隊への白兵攻撃の果てに全滅する中隊が次々出てくる。コリャ駄目だと、参謀部では協議を重ね、とりあえずここまでも引き分けと云うことにして、仕切り直しを図ることに決めた。

歩兵をいったん退かせて、砲兵による砲撃で優勢に立とうと云うのが次なる作戦だ。関東軍司令官の発令で砲兵隊が急ぎ編制され現場に配備された。考えてみると、敵大砲陣地のある西岸コマツ台は、戦場を見下ろす絶好の位置にある。そこからならばハルハ河周辺に散開する日本軍を温泉場の射的よろしく狙い撃ちにできる。だからまずはコマツ台を砲撃で破壊しようというわけで、そうなればモウこっちのものだ。あとはまた夜襲の白兵戦でいける。

だったらはじめからそうすればよかったじゃないかと云うかもしらんが、それは戦争を知らぬ人間の言い草だ。戦争はそう簡単なものじゃない。実際にやってみるとよく分かる。戦力の逐次投入は愚だなどと云うが、机上の演習と実戦では違う。ここまで砲兵の支援なく陣地獲得のために奮闘戦死した兵隊の犠牲は何だったのだ、との意見もあろうし、実際そう云って怒った指揮官もあったけれど、戦争に犠牲はつきものなのだから仕方がありません。だいたいが砲撃砲撃と簡単に云うが、大砲の弾だってタダじゃない。一発何十円もする。一方兵隊の方は一銭五厘の葉書でいくらでも集められる。早い話がだいぶ安い。安い方から消耗させるのは、戦争経済の原則からすれば理に適っていないこともない。とマアこんなことを云うと叱られそうですが。

それで砲撃ですが、これがまた上手く行かなかったのだから弱りました。不調の原因は幾つかあるが、まずは大砲の性能の差がある。射程距離が段違いなうえに、機動性でも日本軍は劣っていた。しかし何よりも弾の数。こっちが一発撃つ間に向こうは何十発も撃ってくるのだから堪らない。加えて台地に布置する敵陣の様子がよく分からない。その分からぬ所へ闇雲に撃つのだから効果が出ぬのも仕方がない。もっとちゃんと偵察をすればよかったわけですが、マア大丈夫だろうと考えて、なんとなくしなかった。ここまで砲撃なしの戦いでそこそこやれていたのだから、これで砲撃が加わったら負けるはずがないじゃないか。そんなふうに考えていたと思われる。と云うわけで、砲撃開始から三日で今度の作戦もあえなく頓挫しました。

敗戦は悪しき伝統に遠因あり

現地指揮官は再び白兵攻撃に戻すと云ってきたが、我々参謀はそれを許さず、いったん攻撃を中止して、現在の位置で築城するよう関東軍司令官を通じて下命した。弾薬資材が不足気味なこともありましたが、五月の戦闘以来味方の死傷者は四千五百人近くに達していた。ちょっとした国境紛争と思っていたものが、ここまでになったのは全くって驚きですが、とにかくこれ以上犠牲を増やすべきではないと判断した。

しかし、我々参謀が何より気にしたのは、満州東部、北部のソ連軍の動きだ。ソ連軍が全面衝突を辞さず満州国になだれ込む可能性ありとの情報がしきりと入ってくる。これには青くなりました。本当だとしたら備えがいる。軍の弾発性を確保するのが急務となる。ノモンハンばかりに兵力を割いてはいられない。考えてみれば、ノモンハンなどは人気《ひとけ》の無いただの原ッパである。国境線が十キロや二十キロくらい違ったところでどうということはない。

と云う次第で、ハルハ河からはだいぶ東に後退してしまったが、とりあえず陣地を構築して、冬に備えて持久戦態勢をとることにした。ところが、八月になって、ソ連軍の方から攻めてきたのは予想外だった。陣地といっても地面に円匙《えんぴ》で穴を掘っただけの素朴なもの。ベトンで固めた敵の縦深陣地とは較べものにならない。しかも持久戦ならそんなに火力はいらんだろうと、弾薬も節約していた。むろんそれくらいでヘコタレル精鋭関東軍ではない。またもや肉弾による白兵戦で対抗した。将兵一丸となって奮戦した。

しかし不利は否めない。九月の停戦までに戦死者だけで七千五百名を超える損害を出したのは残念でした。生き残った指揮官の多くも責任をとって自決した。繰り返しになりますが、ちょっとした国境紛争と思っていたものが、ここまで拡大したのには驚かされる。人生同様戦争も一寸先は闇としか云いようがない。この失敗は、先にも云いましたが、兵站を軽蔑し、勇ましく散るをよしとする我が国民の血に流れる悪しき伝統に遠因がある。戦死者らはいわば自分らの血に殺されたと云ってよいのかもしれません。

最終的な国境は、翌年になって外交交渉で合意に達し、ソ連側が主張していた線でほぼ決着した。マア最初からそうしておけば犠牲は出さずに済んだわけで、亡くなった方々は本当に気の毒です。政府と軍中央の責任は非常に重いといわざるをえません。

我々関東軍参謀にも反省すべき点は多々あったが、しかし私はノモンハンの戦況の行く末を見届けることはできなかった。八月一日付けで陸軍戸山学校へ転出になったからです。

帰京　大戦の勃発

この異動にノモンハン事件関係者への懲罰の意味合いがあったのは疑えない。それが証拠に、九月になって、関東軍参謀の多くが予備役編入になったり左遷されたりした。磯谷《いそがい》参謀長は予備役入り、服部主任参謀が千葉の陸軍歩兵学校へ、辻参謀が漢口の第一一軍司令部付にそれぞれ転出した。つまり一足早く私は異動になったわけで、この人事は榊にだけ責任を取らせようと云う一種の人身御供《ひとみごくう》だと、送別会の宴で参謀の方々が憤慨してくれたのには感激しました。

しかし、私は周りの同情とは裏腹に、モウ嬉しくって仕方がなかった。小躍りしたい気分だった。むろん東京へ戻れたからです。残暑の巣鴨でとげぬき地蔵の縁日を冷やかし、銀座ライオンで麦酒《ビール》なぞ飲んでいれば、満州での出来事はまるで遠い夢のようである。血みどろの戦闘も、硝煙の匂いも、迫撃砲の地響きも、偵察機から眺めた不毛の草原も、何もかもが原野の蜃気楼のごとく思われ、ただマオタイの味だけが深く記憶に残りました。あれは最初のうちは臭くてドウ仕様もないが、慣れるにつれて忘れ難くなる。

戸山学校では剣術を少し教えるくらいで、あとは書類に判子を捺すだけの閑職。私は士官学校時代同様、暇を見つけては東京中を歩き回りました。しばらく居なかったあいだに、国防ムードと云うのか、派手な催しや華美な服装は自粛されて、門松が全廃されたのもこの年の暮れだ。やや淋しくはありましたが、東京は東京に違いない。歩いているだけで嬉しくなる。坂から眺める富士は美しく、繁華街の賑わいは以前と変わらない。

東京へ戻って、戦場からは遠ざかったものの、我が魂に燃えさかる世界制覇への欲望の火は消えなかった。むしろ盛んとなった。一見平穏な戸山学校時代は力をためる時機だったかもしれません。この頃の私はほとんど隠居のような暮らしぶりだったが、世界情勢が私をして隠居させておかぬ。

九月にはヒトラーの独軍がポーランドへ侵攻して第二次世界大戦が勃発。日本政府は欧州戦争不介入の立場をとったが、今次の動乱は日本帝国によるアジア覇権確立の好機でなければならぬと、私は勇んで考えた。それにはまず日支事変を片付けなければならぬ。蔣介石《しょうかいせき》の重慶《じゅうけい》政府を降参させよう、大幅な譲歩を引き出そうと、軍も政府もあれこれ手を尽くしているようだが、なかなか捗《はかど》らない。その最大の障害は、蔣介石を支援する英国であり、背後に居る米国である。米英憎しの感情が私のなかに鬱勃として湧き起こったのはこの頃だ。

大東亜共栄圏

それまでは、英国はともかく、米国に対してことさらな悪感情を私は持っていませんでした。いやむしろ好きだった。音楽趣味の妻が蓄音機で聴くジャズにも耳を傾けたし、アメリカ映画もよく観に行っていた。米国文化の、欧州とは違うどこか呑気な明るさも好ましかった。それが急に憎くなってきた。日本の大陸政策にやたら嘴《くちばし》を挟んで邪魔してくるのが許せなくなってきた。日本などは四流国のままでいればよいとばかりに、頭から押さえつけてくる横柄な態度が癪に障った。

いずれ米国とは雌雄を決せざるをえないだろう。私は覚悟を決めた。が、それには問題が一つあって、石油をはじめ、戦争遂行に必要な物資のほとんどを日本が米国から輸入している点だ。これでは喧嘩相手から武器を貸してもらって喧嘩するようなもの。ドウ考えてもうまくない。思う存分喧嘩するには自給自足するしかないが、残念なことに日本には資源がない。ここにおいて仏印蘭印が眼に入ってくるのは必然です。あの辺には石油がある。ボーキサイトやらタングステンやらゴムやらも豊富にある。うまいことに欧州ではオランダもフランスもドイツから一方的にやられている。これは千載一遇の好機以外の何物でもない。しかも仏印を押さえれば英国の援蔣ルートを遮断できる。そう思うと日本が南方を押さえぬのがむしろおかしいとさえ思えてきた。

仏印に進駐し、蘭印を手中に収め、さらにはタイやビルマを併呑する。英国がドイツに敗れれば、マレーや印度だって我が手中に落ちる。そうなれば日支事変も自然と片付く。大東亜共栄圏の建設！　その大構想が勃然と腹中に湧き起こったのはこのときだ。日本がアジアを束ねさえすれば、米国に十分対抗できる。

ちなみに大東亜共栄圏なる言葉を発明したのは私です。意外に思うかもしらんが本当だ。それまでは大東亜経済圏だとか大東亜新秩序とか云っていたものをそう名付けて文書にした。それが巷間《こうかん》伝わって普通に使われるようになった。歴史の本には最初にこの言葉を使ったのは松岡洋右《まつおかようすけ》外相だと書いてありますが、これは間違い。この私です。

かくて戸山学校で淡々と業務をこなす一方、私は独自に南方作戦の研究を開始した。沸々として滾《たぎ》るものが胸中にあって、私をして研究に駆り立ててやまなかった。勉強中は恐くて近寄れないと妻がこぼしたほどだ。あるときなどは、南方作戦をあれこれ思案しながら散歩していて、ふと神社が眼についたので参拝しようと思い、社の前で柏手《かしわで》を打ったとたん、社殿の奥からメラメラと赤い焔が立ちのぼったことさえあった。マアなかに居た誰かがたまたま火事を出したんでしょうが、あたかも私の内なる劫火が燃え移った具合だった。

人間の気魄と云うものは自然に伝わるものだ。私の研究ぶりが部内に知られたんでしょう、昭和十五年の四月に私は参謀本部に呼び戻された。マア当然と云えば当然の人事だったと思います。

バスに乗り遅れるな

私が配属になったのは参謀本部第一部作戦課の作戦班。作戦を司る第一部長は対米強硬派で知られる冨永恭次《とみながきようじ》少将。その指示の下、私は南方作戦の研究に邁進しました。するとし十月になって、第一部長は冨永少将より一段と武闘派色の濃い田中新一《たなかしんいち》少将に代わり、関東軍で上司だった服部卓四郎大佐が作戦班の班長に栄転してきて、翌年には作戦課長になった。同時に辻政信中佐も呼び戻されて兵站班長になってみれば、なんのことはない、かつての関東軍参謀スタッフが再結集して、三宅坂の中枢に据わって大東亜戦争の指導を行うことになったわけです。これはモウ最強の布陣だゾと、我々参謀の意気は大いにあがった。こうなってみると、みな均しく左遷されたこともかえって楽しく思える。再会を喜んだ私たちは、ノモンハンの思い出話に花を咲かせつつ一夜痛飲しました。

私が三宅坂に戻ったときは、海軍の米内《よない》内閣の下で、ドイツとの同盟問題がやかましく議論されていた。我が陸軍としては、ドイツが英国をやっつけるのが時間の問題である以上、南進政策を円滑に実施するためにもドイツとの同盟はどうしても必要だと考えていた。ところが政府や海軍は、ドイツとの同盟は英米との戦争に結びつく虞《おそ》れありと、及び腰である。むろん私は米国とは一戦交えざるをえないと端《はな》から考えている。だからイライラして仕様がない。こうなったら誰か民間人に頼んで米内を暗殺してしまうのが手っ取り早いと、例のボウボウ蛙鳴きの井原に相談したりした。が、拳銃の準備などしているうちに、米内内閣は倒れ、近衛文麿《このえふみまろ》が再度総理の座につく。

とにかく一刻も早くドイツと組んで仏印を押さえねばならぬ。これが陸軍の総意である。仏印の方は、マア陸軍で勝手にやってしまえばいい。満州の時と同じで、既成事実さえ作ってしまえば政府は追認するしかない。実際十五年の九月には、作戦部長の冨永恭次少将と南支那方面軍にいた佐藤賢了《さとうけんりょう》大佐、二人の参謀の指導で北部仏印への進駐が行われました。この際には部内の反対者への説得に回るなど、私も大いに働いた。しかしドイツとの同盟となると陸軍だけではできない。政府を動かさなければどうにもならぬ。

当時の陸軍では、二・二六事件の反省を踏まえ、外部との政治折衝は陸軍省軍務局が一括して取り仕切る決まりになっていた。だから参謀本部所属の私が政治に首を突っ込むことは許されない。が、そんな悠長なことを云っている時節ではないとばかりに、私は外務省や企画院の若手官僚と積極的に会い、海軍士官とも誼《よし》みを通じ、ドイツとの同盟を説いて回った。「バスに乗り遅れるな」と云う標語が人口に膾炙《かいしゃ》しましたが、この文句を最初に使ったのは私だ。ある会合で挨拶した私が云ったのを、誰かが他で使って広まったらしい。結局、北部仏印進駐から一週間もしないうちに日独伊三国軍事同盟はなりました。

帝国国策と陸軍の基本戦略

昭和十六年の声を聞く頃には日米の緊張はいよいよ高まってくる。こちらとしては南部仏印まで一気に獲ってしまいたい。フランスのヴィシー政府も日本の進駐を認めている。ならば遠慮はいらぬ、と云いたいところだが、かたやアメリカは、そんなことをしたらただじゃおかないゾと、しきりに脅しをかけてくる。しかしアメリカは容易には動かんだろう、と云うのが私に限らず一般の観測で、だいたいアメリカは図体がでかい。大型船と同じでそう機敏に動きは起こせまい。加えて白黒赤黄、人種混合個人主義の国柄、容易に一枚岩にはなれない。かりに政府が戦争を決意したとして、世論をまとめるまでには時間がかかる。だから早いところやっちまえと、方面軍をけしかけているところへドイツのソ連侵攻のニュースが入ってきた。ヒトラーも余計なことをしてくれるものだが、こうなったからにはドイツに呼応してソ連を討つのがよいと、「北進」を唱える者が出てくるのは必然、状況は錯綜する。

私は部長の命を受けて、「帝国国策と陸軍の基本戦略」と題する文書を起草しました。

ドイツがソ連を圧伏させるのは容易ではなく、戦線は膠着すると予想される、だから帝国としては、まず「南進」して資源を確保し、「北進」を視野におさめつつ、きたるべき英米との対決に備え国力増強に努むべしとの要旨で、北進派南進派どちらの顔もたてたところに我が苦心はあった。つまりは陸軍部内の空気を忠実に写し取ったので、マアこの手の作文をさせたら私の右に出る者はない。人々が読みたいと願っているものをたちどころに書いてしまう。この時も私の作文は好評をもって迎えられ、印刷して各方面に配布された。六月の大本営政府連絡懇談会でも私の論に沿って話が進み、七月二日の御前会議で南部仏印進駐の決定に至りました。

ところが予想外だったのはアメリカの反応だ。日本が進駐を開始すると同時に、石油禁輸の措置にでたから驚いた。まさかそこまでやるとは誰も思っていない。在米資産凍結までならともかく、石油を禁輸されたら日本は死ぬ。となれば日本が一か八かの勝負に出るのは目に見えているわけで、だからアメリカはそこまではやらないだろうとの読みは完全に外れた。マア考えてみれば、私はアメリカ大統領でもないのだから、向こうさんの考えていることが何から何まで分かる道理がない。

近衛暗殺計画

いずれにしても「帝国国策と陸軍の基本戦略」は、アメリカは日本の行動を座視するほかないとの前提で書かれていたから、話は全然違ってしまったわけですが、しかしこうなればモウ仕方がない。腹を括るしかない。と考えるのが常識だと思っていたら、この期に及んでなお話し合いでなんとかならぬものかと足掻く外交音痴がいたのには呆れ果てました。一番の障害は近衛首相その人だ。妥協の余地などあろうはずがないのに、愚図々々交渉を続けようとするのが見苦しい。そもそもアメリカは日本と話し合う気など端《はな》からない。だのに続けているのは時間を稼いで戦争準備を進めたいからだ。つまり戦端を開くなら早ければ早いほどいい。戦機を逸したら取り返しがつかない。と、これは作戦の常識なわけですが、それがお公家さんには分からぬのだから困る。その頃の三宅坂ではギリギリと鳴る歯ぎしりの音があちこちから聞こえるようでした。

それでも九月六日の御前会議で「帝国国策遂行要領」が決定された。十月に入ってなお日米交渉に目途がたたぬ場合、直ちに英米蘭に対して開戦すると云う内容で、サアいよいよだと背筋を伸ばしていると、近衛が単身アメリカに飛んでルーズベルトと会談するとの怪情報が飛び込んできた。近衛は支那撤兵ばかりか、満州からの撤兵までをも約束する肚らしいとの話もあって、むろんこれは断じて許せる類のものではない。満州からの撤兵となれば、日清日露以来の、我が帝国陸軍の苦労と犠牲はいったい何だったのかと云うことになる。明治維新からこっち、先人らが苦労に苦労を重ね築きあげた日本近代の全否定とならざるをえない。

これはモウ近衛を殺《や》るしかないと決意した私は、またも井原に相談した。すると井原は、実は別筋でも近衛暗殺計画が進んでいると漏らし、それを企画したのが辻中佐だと云うから驚きました。近衛が横須賀に向かう途中で六郷橋ごと吹き飛ばす計画だとも教えられた。さすがは辻中佐、やることが素早い。結局、近衛の米国行きは向こうの都合で中止となって、近衛は命拾いをしました。ほどなく近衛内閣は総辞職、東条英機中将に大命が降下した。

愚図つく東条　聖慮を疑う

東条中将と云えば対米主戦論者の代表格。サア今度こそいよいよ戦争だ、と緊張して身構えていたところ、なんだか様子がおかしい。陸軍省の態度がハッキリしない。すると間もなく、九月六日の決定は白紙に戻して日米交渉を継続する方針らしいとの話が伝わってきた。これには統帥部もいきりたった。おんなじ事を何度繰り返せば気が済むのか！　開戦するならもはや一刻の猶予もならぬ、一分一秒ごとに不利になっていく。東条は何を考えて居るんだ、と切歯扼腕《せっしやくわん》しているところへ、交渉継続は聖慮であって、東条首相は陛下から直々に避戦の命令を受けたのだとの情報が漏れてきた。なるほどそれなら陸軍省の愚図つきぶりも理解できる。なにしろ東条と云う人は、承詔必謹、陛下の忠臣中の忠臣を自任する者である。マアそのあたりが東条の器が小さいところだと、私は密かに観察しておった。私だけじゃない。同じく考える人間が陸軍部内には結構いたはずだ。

国家存亡の危機に際して戦うべきは断固戦う。それが真の聖慮と云うものである。もし陛下が誤れるなら、命を賭してでも諫言《かんげん》申し上げる。それこそが真の忠臣である。さように、ハッキリ語る者もあって、私は大いに頷いた。実をいえば、私はもともと天皇と云う者をあまり尊崇していないところがある。敬神の感じがごく薄い。これはつまり、天子などと称してはいても所詮はアマテラスの下足番にすぎぬと、幸衛門の女房ともども嗤っていた柿崎幸緒時代の記憶が残存したせいかもしれない。江戸東京と云うことでいうなら、天皇家などは所詮よそ者、こちらが大家だとしたら向こうは店子《たなこ》だ、くらいの感覚がどこかで私にはあった。だから油断するとつい陛下を馬鹿にしたような口ぶりになってしまう。その辺りは神経を使いました。

とにかくこのままでは日本はジリ貧、四流国に転落する。大東亜共栄圏などは夢のまた夢に成り果てる。陛下が障害であるならば、陛下を断固除かねばならぬ。そう私が考えたのはある意味必然だ。が、これはさすがに井原には相談できない。同志を見つけるのも難しい。やるなら私一人でやるしかない。とは申せ一介の参謀に陛下に近づくチャンスなどはそうあるもんじゃない。私は一人悶々として居った。

米英憎しの世論醸成　ついに開戦

一方で私は、米国との戦争に国民が思い切って邁進できるよう、機運を盛り上げる工作に奔走していました。思えばこの頃の私は八面六臂《ろっぴ》の大活躍といって過言でない。私は作家や評論家といった連中に連絡をとって饗応《きようおう》し、反米の論陣を張るよう依頼して回った。新聞雑誌の経営者や主幹といった者らにも同じくした。費用はむろん参謀本部から出る。「弱小国亜米利加《アメリカ》」と題する新聞連載が話題になったのを覚えている人もあるでしょう。書いたのは村尾啓卓《ひろたか》と云う評論家だが、書かせたのは私だ。

米英が日本の東亜解放と云う崇高な事業を妨害するのは狭隘な白人至上主義ゆえのこと。アングロは日本人が優等人種であると認めるのが悔しいのである。とは云え、アメリカが対日制裁を続けているのは、ルーズベルトと一部側近の方針にすぎず、一般国民は極東の政治情勢などには無関心である。だから、サア戦争だと、政府がいくらかけ声をかけたって国民は動くものではない。個人主義を信奉し、家族と牛が何より大事なアメリカ人に、わざわざアジアくんだりまできて戦争をする理由などあるわけがない。かりに戦争になったとして、婦人が男を尻に敷くアメリカでは、すぐさま反戦の声があがるに決まっている。戦力ではアメリカが日本を上回ると云う数字があるけれど、これはあくまで数字にすぎぬ。そもそもアメリカには歴史がない。したがって国体と云うものがない。そんな国民に死ぬ気の戦いなどできるだろうか。だいたいアメリカは大きな対外戦争を一度も経験したことがないではないか。前の欧州大戦ではあとからチョコット顔を出して勝ち馬に乗っただけの話。戦争してみて少しでも辛ければ、すぐに引っ込むのがアメリカである。戦争するよりダンスホールで踊っていたいのがアメリカ人である。そんな国に三千年の歴史が培う国民精神を盾にした我が皇国が負ける道理があろうか。かりに日本を双葉山とするならば、アメリカなどは栄養過多の肥満児にすぎぬ。

と、コンナ調子で村尾は論じていたが、これは私の書いたメモが元ネタになっている。双葉山云々の喩えも私の発明だ。この頃似たようなアメリカ蔑視の論が方々に出たが、どれも私のメモを参考にしていた。もちろん私の名前は誰も出しませんでしたが。

かくて国民間には米英憎しの感情が燃えだした。一度火がついてしまえば、あとは放っておいても燎原《りょうげん》の火となって燃え広がる。議会では米英討つべしと議員が大合唱し、陸軍には連日激励の手紙が届く。こうなればいかに聖慮といえども流れは押し戻し難い。民衆の声こそ真の聖慮なりと、立場上天皇陛下だって考えぬわけにはいかんだろう。たとえアマテラスが出張してきたって、走り出した民衆の勢いは止められるもんじゃない。

かくて十二月八日未明、南方軍がマレー半島コタ・バルに上陸し、続いて海軍機動部隊が真珠湾を奇襲して、対英米戦争の幕は切って落とされました。

緒戦勝利の歓喜は続かず

緒戦は連戦連勝。勝報が入るたびに参謀本部は沸き立った。ことに海軍航空部隊の活躍は目覚ましく、日頃陸軍とは何かと反目しがちな海軍ではあったけれど、マレー沖で英国海軍が誇るプリンス・オブ・ウェールズとレパルスを機動部隊が撃沈したときには、モウ我がことのように嬉しかった。英国留学時代の鬱憤が一遍に晴れたのを覚えています。こと戦争において勝利以上の潤滑油はない。多少の内部対立などはたちまち雲散霧消してしまう。逆に貧すれば鈍すとはよくいったもので、戦局が不利になるにつれて陸海の溝は取り返しがつかぬほどに深くなっていったのだから、マア分かりやすいと云えば分かりやすい。もっとも反目もなにも、ほどなく陸海軍とも消えてなくなったわけですが。

思えば十七年の正月から夏頃までが我が日本軍の最盛期、我が精神もまた爆発的といってよいほどの高揚ぶりを呈した。私は家族とともに団子坂の借家に住み、千駄木から三宅坂まで毎日市電で通っていたが、朝夕車窓から眺める東京の街並みは、戦時体制下で派手な装飾が取り払われ、街行く人々も国防服やモンぺばかりとなって、全体にくすんだ印象であるにもかかわらず、キンと引き締まった空気のなか、内側から力が漲《みなぎ》って強い光を放つように思えた。帝都東京はいまや宝玉の輝きを放ち、その眩《まばゆ》い光は高く天にまで上り、世界のあらゆる場所へと雪のごとく降り落ちている。世界中の人間が大東京を仰ぎ見ている。無敵皇軍を擁する日本帝国の首都東京、それへ憧憬《しょうけい》と畏怖《いふ》の視線を差し向けている。その誇らしい感覚が我が魂をして高く舞い上がらせ、踊り出したいような気分で私は毎日暮らしていた。実際この頃の私はよく踊りました。家には猫がいたのですが、私が帰るとピョンと飛びついてくるので、そのままの勢いで猫と一緒にグルグル踊り回り、妻や子供たちから笑われたりしました。

だが、高揚は長くは続かなかった。戦局の転換点は十七年六月のミッドウェー海戦。まずはここで海軍が敗北した。続くガダルカナル島をめぐる攻防が天王山。私は参謀本部になお在ってガダルカナル戦の作戦立案の中枢に係っていたから、戦局の推移は詳しく知っている。

八月、日本軍が飛行場を建設しつつあったガダルカナル島へ米軍が上陸、占領したのがふりだし。西太平洋から追い払われていた敵の最初の反攻だ。緒戦で出鼻を挫かれた米軍、再起には時間がかかるだろうとの予想は外れたが、向こうが出てきた以上ここはピシャリ鼻面《はなづら》をひっぱたく必要がある。ガダルカナルの戦略的な価値については首を傾げる向きも部内にはあったけれど、ここで退いては侮られる、敵の戦意を高揚させるばかりだと考えた我々参謀は、何が何でもガダルカナルを奪還する決意を固めたわけですが、思えばこれが間違いだった。そもそも本土から六千キロも離れた島の話である。かりに奪還に成功したとしても、今度は敵の反攻から守り抜くのが難しい。もっと内側に防衛線を引いて徹底的に守備を固めるべきだった。それ以外に米国相手に戦う方法はなかった。と、後知恵ならいくらでも云えますが、この時は向かうところ敵なしの自信にあふれ、アメリカなぞ何するものぞの意気は盛んだったから、守備に徹するなどと云う後ろ向きの発想は出てきようがない。

で、結論だけを述べるならば、この戦いで我が軍は手痛い敗北を喫した。いやモウ手痛いなんてもんじゃない。数次にわたって投入した兵力三万名強のうち、死者不明者が二万名の数字はなかなか半端じゃない。何のことはない、無敵皇軍は二万人の日本人を南洋の島に運搬して熱帯ジャングルの土にしてしまったわけです。しかもその大半が飢餓からくる戦病死なのだから悲惨だ。海軍も航空機や駆逐艦を多数失ってダウン寸前にまで追いつめられた。

敗因は、戦力の逐次投入がどうの、補給や索敵を軽視した杜撰《ずさん》な作戦計画がこうのと云いますが、これも全ては後知恵。要は物量の差だ。こっちが民間から金属を徴収したりなんだり物資調達にヒイヒイ云っている間に、敵は潤沢な資源にものをいわせて船でも弾薬でも飛行機でも大量生産方式でドンドン作ってくる。陸幼の同期、例の遊び人水谷は技術畑に進んで、当時は陸軍技術研究所に居ましたが、その水谷は、アメリカの飛行機や船は実用一点張り、雅なところがない、粋じゃないと、やたらクサしていたが、雅や粋では戦争には勝てません。

少しく冷静になって勘案してみるならば、鉄鋼など重工業製品の生産力は日米で一対十。人口も向こうがだいぶ多い。つまりそもそも勝てる戦じゃなかったわけです。それを精神力やら気魄やらでカバーできると思ってしまうあたりが、日本人の悪癖といっていい。日本人種の血に脈々と流れる精神主義、これはもはや宿痾《しゅくあ》といってよく、無謀かつ不毛な精神主義が、情報軽視、兵站軽視の風土を育み、闇雲な吶喊《とっかん》主義がはびこる原因となった。早い話が島国根性がよくない。と云っていまさら島国をやめるわけにもいかぬわけで、これは陸軍がどうの話じゃない。ましてや一参謀などがどうこうできるわけもない。ほとんど文明論レベルの問題です。

敗色濃厚

十九年になれば坂道を転げ落ちる石ころさながら、日本は敗北の泥沼にまっしぐら。

マーシャルが陥ち、サイパン、グアムを奪われ、レイテで負ける。B29が本土に爆弾をばら撒きに来る。私は引き続き三宅坂に居てインパール作戦の立案に携わりましたが、これもあえなく失敗に終わった。もはやドウ足掻いても勢力を挽回できる情勢ではない。こうなるとあとは神頼み、それこそ神風《かみかぜ》にでも吹いてもらうしかない。突然大風が起こって、B29を彼方へ吹き飛ばし、米軍の艦船を一遍に沈めてしまう、そんな夢を見て暮らすうち、十九年の三月に私は作戦から外され戦争指導班に異動になりました。

私に与えられた仕事は国民の戦意を維持高揚すべき宣伝工作。開戦前村尾啓卓に新聞に書かせたりした実績が評価されたらしい。敗勢は国民には伏せられていたが、敵機が爆弾を降らしに来るようでは敗色濃厚は誰の目にも明らか。景気のいい話が新聞に載らぬ一方で、戦死者が身内や近所でやたらと出るわ、配給が滞りがちとなって生活が苦しくなるわでは、厭戦《えんせん》気分が広がるのは避けがたい。

この時点ではまだ硫黄島や沖縄は敵の手に落ちていなかったけれど、そうなるのは時間の問題。ソンナことは口が裂けてもいえないが、大本営の中枢にいる人間なら誰だって知っている。となると最後は本土決戦である。上陸してくる米海兵隊を迎え撃つのは兵隊だけじゃない、子供から女から年寄りから、モウ日本人全員が竹槍でもって吶喊する。日本人全員がゲリラとなって侵略軍と戦う。最後の一人になるまで戦い抜く。と、こうなれば、いくら火力を誇る米軍とて容易には勝てない。殺しても殺してもあとからあとからシラミのごとくに湧き出てくる日本人。これは嫌だ。戦いは十年二十年と長引いて、そうなれば、それこそ神風じゃないが、何が起こるか分からない。むしろ米兵の方に厭戦気分が広がる可能性は高い。

つまり私の任務は、湿りがちな国民の戦意の炎をかき立て、本土決戦まで保たせること。開戦前は日本の道義を訴える一方で、アメリカ恐るに足らずとの侮蔑心を植え付けるのに腐心したが、今度はその程度じゃ駄目である。憎悪と恐怖。これしかないと私は考えた。うまい具合に、負けたら男は去勢され、女は慰み者になるとの風説があったので、これをふくらませつつ、地面に並べた日本人傷病兵を米兵がゲラゲラ笑いながら戦車で轢き殺しただとか、日本兵の骨で米兵がペーパーナイフを作っただとか、アジア人種だけを選択して殺す細菌の研究をフロリダでしているだとかいった話を創作して、文字通り鬼畜米英のイメージを流通させることに心を砕いた。前にも云いましたが、こういうことをさせたら私の右に出る者はない。人々が薄々抱き居る不安を鼻面に突きつけ、密かな恐怖を明るみに引きずり出してしまう。ひょっとして私には小説家の才能があるのかもしれません。

野川畔の幻影

やや余談になりますが、この頃も私は評論家の村尾啓卓を使い、新聞雑誌に書かせていた。打ち合わせで会うときは大抵村尾が三宅坂まで足を運んできたが、私の方から村尾の家まで出向いたことが一度だけある。村尾は当時調布に住んで居った。その日私がわざわざ調布まで足を延ばしたのは、帝都防衛の飛行隊基地である調布飛行場をついでに見ておきたいと考えたから、と云うより飛行場を視察したついでに村尾の家に寄ったと云うのが正しい。飛行場では掩体壕《えんたいごう》がいくつも作られていました。掩体壕とは、敵の爆撃でやられぬよう飛行機を隠す混凝土《コンクリート》の構造物だ。帝都に侵入する敵を撃破すべき航空隊がヤドカリよろしくコソコソ隠れているようじゃ駄目だナ、といまさら落胆するでもなく批評しながら村尾の家に向かったときにはモウ日が落ちていた。村尾の家までは飛行場から歩いていけるはずで、地図は貰ってありましたが、私は迷ってしまった。

で、しばらく歩いていたら、川にぶつかった。野川に違いなく、川に沿って深大寺《じんだいじ》の方向へ行けばいいはずだと、さらに歩いていたら、火が見えた。河岸の崖下で火が焚かれ、結構な人数の者がこれを囲んでいる。と思えばカンコンカンコンと太鼓の音が聞こえた。土鈴らしい音もする。なんだと思って近づいて行けば、太鼓に合わせて人が踊っているのは、何かの祭りらしい。髪に鳥の羽根や草花を編んだ飾りをつけ、顔や裸の胴に絵の具で文様を描いた人たちが、焚火の周りを円を描いて動いている。オオウッと私が思わず声を漏らしたのは、懐かしかったからです。私も昔、コンナふうにして、川辺の月明かりの下で踊ったことがあった。しかしあれはいつのことだっただろうかと、星空の下、思いを巡らせているうちに、踊る人々はいつのまにか消えてしまった。

早い話がひとときの幻影だったわけですが、しかしこれはただの幻覚ではない。土地を覆い漂う霊気に触れて我が記憶の古層からにじみ出てきた映像に違いないと私は確信した。つまりその昔、私はこの場所でコンナふうにして踊っていたことがあるのだ。この場合の昔と云うのは、少なくとも三千年以上の昔、と分かるのは、野川の近辺には、縄文遺跡がたくさんあると、後で調べて知ったからです。

野川の畔《ほとり》で踊る人々の幻影を見た時点では縄文云々までは分かりませんでしたが、自分が太古の時代から人としてこの場所に居たことは再確認できた。と、面白いことに、その途端、アアこの戦争は負けだナ、との感想がポッカリ心に浮かんできた。戦争に負ける。そんなことはあってはならぬし、考えてはならぬ。しかし間違いなくそうなる。でも、そうなったからと云って野川がなくなるわけでもない。星空も変わらぬままだろう。だったらこの際は負けてもいいのかも、わりと大丈夫なのかもと、妙に軽快な気持ちになって夜道をまた歩き出したのをよく覚えています。

参謀本部を離れる

いよいよ日本の力が萎んでいくなか、十九年の十二月に、私は長らく勤めた参謀本部を離れ、関東軍参謀に転出しました。昭和十四年以来の満州赴任だったが、無敵皇軍の世界制覇を夢見つつ早春の新京に降り立った、かつての高揚感はもはやなかったと、たぶん思われる。たぶん思われる、などと推測で書くのは、このあたりの記憶が私にはないからです。つまりこの時点では榊春彦はモウ私じゃなくなっていた。

私が榊春彦から離れたのは、大東亜戦争が始まってちょうど三年、大詔奉戴日《たいしょうほうたいび》前日の十九年十二月七日。と日付が特定できるのは、この日、地震が起こったからです。昭和東南海地震と呼ばれる地震は、戦時の情報統制下で一般には伝えられなかったが、家屋の倒壊と直後の津波で愛知静岡を中心に千人以上の死者を出すほどの大地震だった。私は旅先の諏訪でたまたまこの地震に遭遇しました。

旅行嫌いの私がわざわざ諏訪まで出向いたのは妻子が疎開していたから。満州赴任前に貰った短い休暇を使い、諏訪へ行ったのは、夏に義父が亡くなり、菩提寺に葬られていたこともある。出張中で葬式に出られなかった私としては、一度ぐらいは墓参りをしないと義理が悪かった。そうでもなければ東京を離れて諏訪くんだりまで出かけたりはしない。

案の定というべきか、新宿から汽車に乗って、大月あたりまできたところで具合が悪くなり、早朝諏訪に着いた時には意識朦朧《もうろう》、駅長が医者を呼ぶ騒ぎになった。それでも這いつくばるようにして妻の実家に辿り着き、しばらく休んでから墓所のある光妙寺《こうみようじ》と云う寺を訪れた。妻と義母、それから女中が一人ついてきていたと思います。真冬の曇天なのに妙に生暖かい風が吹き、裏山の竹林が終始ざわめいて、何事か囁くようだったのを覚えている。

境内の一角にある墓に参ったあと、簡単な昼餐《ちゆうさん》の用意があるというので、住職が案内して庫裏へ向かって歩く途中、私の眼は一つの墓石にふととまった。

諏訪にて昭和東南海地震に遭遇

人の背丈より幾分大きい大谷石に格別目立つところがあったわけではない。長らく墓参者がないのか、風化が進んで角の取れた矩形《くけい》の石が枯れススキのなかに埋もれている。それでも石肌に刻まれた「宮沢家代々の墓」の文字は読めた。この墓は？　と訊くと、宮沢は有力な郷士の家だったが、絶えてしまったのだと説明した住職が、墓に向かって合掌する姿を見ていたら、直感が一閃した。この家に宮沢嘉六と云う江戸に出た者がなかったかと問えば、その人のことなら聞いたことがある、と住職は答え、たしか三代前の当主の弟が嘉六と云って、幕末に江戸へ出て学問していたが、私闘の果てに斬り死にしたと聞くに及んで、私は確信しました。ここにある宮沢家とは、柿崎幸緒だった私に辻斬りを指南してくれた宮沢嘉六の出た家だったのです！

宮沢嘉六も葬られているんだろうかと問えば、遺骨を江戸から運んでくれた者があったらしい、だからここに眠っているはずだと答えがあった。何ともいえぬ感興に捉えられて、柄にもなく深々と合掌している私に向かって、宮沢とはいかなる因縁がありやと、住職が不思議そうに尋ねたその時です。

天地が轟《ゴー》と鳴ったかと思うや、尻に電気が走ってビリッときた。うわわわッと思わず声を出したとたん、私の声に応じるかのように宮沢の墓がグラリと揺れて、墓石の下から黒い物がドッと溢れてきたのは、鼠だ。たくさんの鼠が地面の下から走り出て私の軍靴にまとわりつけば、いよいよ架空の尻尾が痙攣する。堪えきれず、ひゃあああああッと、とても人の声とは思えぬ悲鳴を喉から絞り出した次の瞬間、宮沢の墓石が踊りでも踊るかのごとく枯れススキのなかから飛び出して、私に向かって突進してきた。無表情なはずの墓石が酔ッパライがゲラゲラ笑うようなのが不気味きわまりない。私はそのまま墓石にのしかかられて、意識はそこで途切れました。

榊から離れる

そこから先は覚えていない。おそらくあの光妙寺の墓場で私は榊から離れたのだと思う。離れてどうしたかは判然としないが、とにかく地震のさなか離れたのは間違いない。墓石に衝突した榊春彦の怪我は大したことなかった。と分かるのは、榊春彦が予定通り満州へ飛んでいるからです。榊春彦は新京で終戦を迎え、ソ連軍の捕虜となり、抑留された。このあたりはすべて後に知った話。私とはあまり関係がない。榊春彦は七年あまりハバロフスクの収容所などシベリアに居た後、昭和二十七年に日本へ戻って、大阪の日望商会に相談役として迎えられた。その頃になって再び榊春彦と私は因縁を結ぶことになるのですが、それはまた後で語るとして、まずは榊春彦から離れて私がどうなったかですが、以下は次章で。

第三章　曽根《そね》大吾《だいご》

地霊の基本形　東京大空襲

精神の病気の一つに解離性同一性障害と云うものがあります。俗に多重人格症と呼ばれるもので、そう云えば、アアあれか、と頷く人も多いかと思いますが、つまりは一個の人間のなかにたくさんの人格が同居してしまう病気だ。これを材に米国人作家が書いた小説を私も読みましたが、一つきりしかない身体を幾人もの人間で分け合うのだから厄介きわまりない。と、なぜこんなことを急に話し出したのかと云えば、一個の私が複数の身体に棲みつく私の状態は、これとちょうど正反対だからで、鬱病に対して躁病のあるがごとく、何かしら病名がつくものではないかと考えてみたわけです。

あるいは二重身なる現象もあると聞く。これは自分が別の自分を見かけるものだそうで、私の有様はなるほどこれに近い感じもなくはないが、既述のごとく、私の場合、複数の身体と云っても人間のばかりじゃない。猫だとか鼠だとか、生き物の垣根を越えていろいろにまたがることを思うと、病気とはまた違うと考えるのがやはり正しそうだ。と云うかこれがもし病気なら途轍《とてつ》もない病気だろう。医学百科からあえて近いものを選ぶなら、妄想症と云うことになるのかもしらんが、肝心の本人が病気の感じが全然しないのだから致し方がない。むしろ精神の健康と云うことなら、誰にも負けぬだけの自信が私にはある。私くらい正気の人間もまず珍しいと思う。となると、これも前に語りましたが、地霊説と云うのがヤッパリ一番近い感じがしてくる。もっとも地霊の正体が何であるのか、私には皆目見当がついていないのですが。

かりに私が地霊の類だとして、コウ振り返ってみて、我ハ東京ノ地霊ナリと、よくは分からぬながら一番強く実感したと思うのは、昭和二十年の春頃だ。その頃、と申すは、前年の十二月に諏訪で地震に遭ってからしばらくの間のことですが、私はたぶん鼠だった。いや、鼠とは限らない。螻蛄とかミミズとか、あまり上等とはいえぬ生き物の姿で地下で暮らしていたらしい。諏訪の墓所で私に群がった鼠が東京へ移動したのか、それとも私の本隊、と云うか主力はズット東京に居続けたのか、その辺の事情はよく分からない。どちらにしても地霊の基本形が鼠やミミズだと思うと、やや残念な気がしますが、とにかくそういう形で私は東京に在ったと思われる。

鼠は土竜《もぐら》と違って地下ばかりに居るわけじゃないが、地下に棲む生き物と云うのは、絶えず餌の獲得に追われ、慌ただしい明け暮れを普段からしている。が、この終戦の年の春ほど落ち着かなかったときはない。と申すのは空襲です。

東京の空襲と云うと三月十日が有名ですが、前年の秋口からボチボチはじまって、三月十日が下町一帯、四月に入って城北方面と大森地区、五月には山の手がやられて、市街地の半分が焼けてしまった。縁の下や下水道に棲息する鼠にとって直撃弾はさほど怖くないが、剣呑なのは焼夷弾だ。普通の火事だって空気が乾いて火の廻りが速いと恐ろしいもんだが、バラバラと霰《あられ》のごとくに降りくる焼夷弾は、地面に落つるやたちまち火を噴く蛇を孵して、何十匹何百匹が方々でのたうつのだから堪《たま》らない。慌てて走り逃げるのだけれど、どちらへ向かっても燃え盛る火また火。轟と鳴って迫る熱に尻尾は焦げ、髭が燃える。溝《どぶ》に逃げても泥水は蒸発するし、下水道は濛々《もうもう》と蒸気をあげて沸騰する。どちらにしても助からない。それでも鼠は走れるからまだいいが、これがミミズや螻蛄ともなると、地中に伝わる熱で哀れ蒸し焼きになっておしまい。私——と云うか私たちはたくさんが焼け死にました。鼠やミミズにだって神経はあるから焼け死ぬのは苦しい。痛いし辛い。むろん全部が一遍には死なぬから、私の本隊は残るものの、苦痛は半端じゃない。人間でいえば身体の半分が火傷で爛《ただ》れるようなものでしょう。

もちろん鼠と人間では感じ方が違う。当時の私がどんなふうな気持ちでいたのか、言葉にしにくい面はありますが、ただ一つ確実なのは、私に矯激《きょうげき》な怒りのあったことです。いずれ鼠のことだから、東京を滅茶滅茶にする米軍に対する恨み、ないしは馬鹿な戦争を起こした連中への憤り、と云ったふうに整頓されたものではなかったけれど、我が愛郷を黒焦げにする者どもへの怒りがあったのだけは疑えない。劫火から逃げ惑う私の毛衣は憤怒のあまり青白く燃えあがった。断固赦《ゆる》さじ、世の末まで呪い抜かんと、歯ぎしりしては焦げた尻尾をブンブンと振り回した。そんなふうにしている鼠を空襲下で見かけたとしたら、それはきっと私です。

マア地霊にしたら己の棲家に爆弾をドカドカ落とされて愉快なわけがない。筋目正しい地霊ならば、火柱くらいは立ててB29の一機や二機は撃ち落とすところなんだろうが、そんなこともなかったところをみると、かりに地霊だとしても大した地霊じゃないんでしょう。相撲で申せば幕下あたり、それが証拠に空襲が終わってしまえば痛憤も何も忘れてケロリとなってしまう。かえってそこらじゅうに死骸が転がっているのが鼠の身には嬉しくて、久々の大御馳走に涎を垂らしてハシャギ回るあたり、浅ましいとしか云いようがない。所詮鼠は鼠だ。焦土に残煙漂い流れるなか、人間の死骸はもちろん、猫やら犬やら、もちろん同族だって区別なく貪り食う。

鼠に齧られる

私も危うく喰われそうになった。この場合の私と云うのは**曽根大吾**《そねだいご》の私です。曽根大吾が誰であるかは以下順次語っていきますが、とにかくその日——とは昭和二十年の五月二十六日だと思われますが、私は青山墓地に居た。前夜、山の手を襲った爆撃から逃れて避難したのがその場所、疲れ果てて眠っていたのか、昏倒していたのか、いずれ眼を覚ましたときにはスッカリ空は明るくなって、気づいてみると、黒く焦げた柳の下、混凝土《コンクリート》の側溝に私はスッポリ嵌っていた。なんだか首のあたりがムズムズするナと思ったら、鼠だ。鼠が耳を齧ろうとしている。ウワッと声をあげて跳ね起きれば、側溝がモウ真っ黒になるほどに鼠が群がっている。なんのことはない、鼠の布団に寝ていたと云う次第。まったく気色が悪いゼ、と呟きつつ見回せば、ほかに何人もの人間が溝に嵌っている。確かめもしませんでしたが、多分どれも死んでいたんでしょう。なんでソンナ所で寝ていたのか。喉の渇きに耐えかね、よろめき歩いて墓地の水場にたどりついたときには思い出していた。前日、曽根大吾は桜上水の友人宅へ遊びに行った。夕刻になって帰ろうと、京王電車で新宿に向かう途中、空襲警報が出て電車が止まってしまい、幡ヶ谷駅から穏田《おんでん》二丁目の自宅まで歩いていたところ、省線の線路を越えたあたりで空襲が本格的にはじまって、火災と機銃掃射に追われたあげく青山墓地に逃げ込んだのでした。

いまさら云うのもナンですが、空襲と云うのは気持ちのいいもんじゃない。無数の大太鼓がドロドロと鳴るがごとき機関音が地を揺るがすなか、落下する爆裂弾がたてる金属音はじつに神経に障るもので、口から胃袋がはみ出しそうな気持ちになる。とは云え、路上の死体もそうですが、この頃にはスッカリ慣れっこになっていたから、爆弾が空から降り始めても、当たるなら当たれとばかりに私は傲然と歩いて居った。ただし機銃掃射だけは別だ。操縦席の米兵の顔が分かるほどの至近から狙いをつけて撃ってくるのだから参る。動員先の工場でも死にかかったことがありましたが、このときも間一髪、明治通り沿いの豆腐屋に硝子戸《ガラスど》をぶち破って頭から飛び込み九死に一生を得た辺り、チョットした活劇です。もっともやっている本人は必死だ。

チクショー、アメ公メ、と一つ毒づいてから、また歩き出せば今度はあたりが火の海になっていく。これも困る。爆弾に当たるのはかまわなくても、火で炙《あぶ》られるのは嫌だ。大勢と一緒になって右往左往、逃げ回るしかない。私が私である、と曽根大吾の私が忽然悟ったのは、警報と爆撃の轟音のなか、火の粉を浴び黒煙に咽《む》せつつ燃え上がる東京の街を眼に映したこのときだ。

渋谷の災禍　意想外の偶会

私が私である――。もはや説明は不要でしょうが、私が宇宙にたくさん居ると云う例の感覚だ。そのときの私は、たぶん宮益坂の上にある神社の境内、具体的にどこかは判然としないのですが、高台の神社に居て、渋谷駅の方向を眺めていた。渋谷と云うくらいで、あの一帯は谷になっている。だから坂の上からは一帯が見渡せる。あるいは私が居たのは道玄坂だったかもしれない。その辺はシカとは分からぬ。どちらにしても、崖になった所から、椿か何か低木の枝葉を透かして渋谷駅方面を見下ろしていたのは間違いない。

空爆はまさに闌《たけなわ》、渋谷の谷底は夜闇と区別のつかぬ黒煙の汚泥で埋め尽くされ、ぶあつい油泥の層を貫いて、いくつもの火炎が噴火するように立ち上っては赤黒い舌となって家並みを舐めているのがもの凄い。明治通り青山通りの百貨店や銀行のビルディングは、憤懣を吐き出すかのごとくに窓と云う窓から煙を吹き、ときに生き物めいて伸び出した赤い火炎が壁面を焦がしている。給水塔の鉄が飴みたいにグニャリとなる。火玉が鬼火めいて飛んで弾ける。雷鳴のごとき轟音を響かせ、群れをなし飛ぶ爆撃機の、鉛色の翼が、投光器の光線を浴びて夜空に浮かび上がれば、ゴミでも投げ捨てるかのごとくに撒かれた爆弾は、最初はのんびり落ち来ると見えたものが、地面に近づくにつれ加速をつけ、絞め殺される巨獣の断末魔もかくやと思える金切り声をあげる。

それで爆発の地鳴りだ。烈風が煙幕を払うや、火炎に生気が吹きこまれ、まるで地面から涌いて出たかに見える焼夷弾の火蛇が狂喜してのたうつかと思えば、背後から頭上を掠め降下する爆撃機が浮かれリズムを刻んで機銃を掃射する。と見れば、稠密《ちょうみつ》な炎の絨毯の一画、欅《けやき》か楠《くすのき》か、黒き影なす一本の樹があった。大樹は孤塁を守るがごとくに葉を茂らせ大地に屹立《きつりつ》している。イヤ実に偉いもんだと感心した途端、根元から葉先までがワッとばかりに燃え上がり、巨大な松明《たいまつ》と化した樹は、優しく身を伏せるように、フワリ倒れました。

火の熱を全身に浴び、煤煙《ばいえん》に咽せながら、私は魅入られたかのごとく、破壊される東京に眼を据えていた。と云うより、ほかにドウ仕様もない。それは美しく、蠱惑《こわく》的で、かつ爽快だった。こうした場面に自分は幾度も遭遇してきたノデアル。太古の昔から繰り返し体験してきたノデアル——と痺れるような感覚とともに認識が脳中に涌いて出た、そのときだ、私の背後に立つ人が耳元で囁いた。「分かったぞ。君は榊春彦だな」

バリバリバリと撥で何かを激しく打つような音がして、神社地に焼夷弾が落ちてきたのは次の瞬間だ。揮発油をしみ込ませてあったかと思えるほどの迅速さで社殿が燃えあがり、悲鳴をあげて人々は走り出す。熱波を顔面にまともに浴びた私も駆け、だから声をかけてきた人物をじっくり観察する暇はなかったのだけれど、それでも先刻まで京王電車で一緒だった男だろうとはかろうじて見当がついた。

男と申すのは、四垂《しで》の付いた杖を持ち、鼠色の妙な道服を着た総髪の年寄りだ。明大前で乗ってきた時から異彩を放っていたが、間もなく車内で演説をはじめたからいやでも注目を集める。で、爺さん曰く、日本が負けてアメリカに占領されるは時間の問題デアル、男は奴隷、女は妾となる定め、コンナ馬鹿なことになった責任は誰にありや、政府か軍部か、はたまた宮城におわすアノ方かと、中身はだいぶ不穏である。マア頭の螺《ね》子《じ》が緩んでいる様子だから、まともに相手をしても仕方があるまいと、乗客らは薄ら笑いでもって男の演説を遇していた。もっとも反応したのはほんの一部分で、大半が無表情のままでいたのは、敗戦間近のこの時期、誰も彼もが疲れきっていたからだろう。

私もすぐに関心を失ったが、そのおかしな爺さんがコッチへまっすぐ歩いてきたから驚いた。それればかりか、吊革に摑まる私のすぐ横に立って、「君は何者だ？」と憤然とした調子で誰何してくる。なんだ？　と思う間もなく、爺さんがまた口を開いて、「我輩は岩永聖徳王と云う者だ」と名乗りをあげてきた。岩永聖徳王とはどこかで聞いた名前だナと思ったとき、電車がガタンと止まって、空襲警報が出たのでここから先へは行かないと案内があった。それで電車から降りて歩き出したわけですが、知らぬうちに爺さんは私と行動を共にしていたらしい。あんな年寄りが十八歳の脚に随《つ》いてこられたとは思えず、だから不思議なのですが、とにかく同じ男が渋谷坂上の神社に居たのは間違いない。

それで岩永聖徳王ですが、これは申すまでもなく、脳病院にいた榊春彦の父親だ。病院は京王沿線にあったから、明大前から岩永聖徳王が電車に乗ってきたのは不思議じゃない。不思議なのは、岩永聖徳王が私を榊春彦だと決めつけたこと。しかし、モウお分かりとは思いますが、辻褄《つじつま》はマア合っている。私はたしかに榊春彦だ。と云うか、榊春彦だった者だ。そのあたりを岩永聖徳王は看破したんでしょう。狂人の直感力にはまことに侮りがたいものがある。

岩永聖徳王の墓所

あの日、何の用で岩永聖徳王が外出していたのかは分かりません。坂上の神社から逃げた後どうしたか、それも分からぬ。が、病院へは無事戻ったらしい。と申すのは、のちに私は病院を訪れ確かめてみたからです。記録では岩永聖徳王は大正四年に入院、一度も退院することなく、昭和二十三年の七月に死んでいた。死因は敗血症。「シギタ病院の名物男死去」と新聞にも小さく載った。戒名は高堯院《こうぎょういん》広言風発居士《こじ》。地下鉄丸ノ内線、中野坂上駅から五分ほど歩いた、正保寺と云う寺にいまも墓はあります。

神隠しに遭う　我が奇妙さの由来

それで話を空襲の一夜が明けたところへ戻せば、青山墓地で鼠と一緒に眼を覚ました時点ですでに、私は自分が先頃まで榊春彦だったことを含め、私と云う者の実相を理解し了《おえ》ていた。スッカリ胃の腑に呑み込んでしまっていた。ここで興味深いのは私が眼を覚ましたのが柳の樹の下だった事実だ。青山墓地はかつての青山大膳亮の屋敷跡、火事で焼けだされた五歳の柿崎幸緒が保護されたのが同じ屋敷の築地脇の柳の樹の下。柳までが同じかどうかは分かりませんが、この符合はチョット面白い。ついでに云うなら、孤児となった榊春彦が父親の岩永聖徳王から手紙を貰ったことは前に話しましたが、そのなかに君ハ青山墓地カラ拾ツテキタ子供ナノダヨ云々、なる一文があって、そのときは狂人の戯言としか考えませんでしたが、ひょっとして一片の真実を含んでいた可能性があるとも思えてくる。マアいまとなっては確かめようもありませんが、いずれあそこに私は縁があるらしい。心霊スポット云々といった話をときおり耳にしますが、アア云う場所があるいはそうなのかもしれません。

それで新しく私となった男は誰かと云うなら、名前はモウ紹介しましたが、曽根大吾と云う学生だ。ここで簡単に曽根大吾の生い立ちを紹介すれば、曽根大吾は滝野川の西ヶ原町に生まれ育ち、滝野川第八小学校から新宿の府立六中に進んだ。両親は共に教師で、曽根大吾が中学へ進む前後に妹二人を連れて満州へ移住し、息子一人が伯父の家にやっかいになる形で東京に残ったが、二年次半ばに高輪の城南商業に転校したのは六中を放校になったから——と云う具合に、私が空襲の日以前の出来事を記憶しているのは、曽根大吾の私が私になったのはそれより前だったからだと考えるしかありませんが、では、一体いつなったのかと云えば判然としない。が、思い当たる節はある。これは親から聞いた話なのですが、曽根大吾は五歳のときに神隠しにあったらしい。一緒に遊んでいた友成光宏《ともなりみつひろ》と云う友達と二人していなくなり、近所が総出で探したが見つからない。当時跋扈《ばっこ》が噂されていた人さらいの仕業かもしれぬと、警察が大々的な捜索に乗り出したところ、一週間後、地下鉄銀座線神田駅の地下引き込み線で見つかった。なんでそんなところに這入《はい》ったのかと問えば、電車を見たくて万世橋下の穴ぼこから地下へ潜ったと答えたと云う。子供が一週間も飲まず食わずで居られるはずはないが、マアどこかで盗むか拾うかして食いつないだんだろうと推測されたらしい。この出来事は新聞にも載りました。「神隠しの児童無事保護さる、地下鉄電車を見たくて」の記事が、昭和七年の五月、海軍青年将校らによる犬養総理暗殺を伝えた『東京朝日』の三面にあります。私には全然記憶がない。が、この神隠し事件を契機に私は私になった可能性は高いと思われる。小学校から中学校、どうも他の子供とは違うと漠然と感じることはあって、しかし深くは考えぬまま過ごして、あの空襲の夜一気に実相を鼻面に突きつけられたと云うことなんでしょう。もっとも実相を摑んだからといって考え方や生き方に格別の違いが生じぬあたりが、私と云う者の目立った特性と云えるかもしれない。曽根大吾は札付きの不良学生でしたが、「覚醒」後も不良性は一向改まらぬ、どころかより深まって本格極道へと邁進したのだから、一貫性があると云えばある。マア時代のせいもあったんでしょう。

　ここでまた興味深いのは、かりに神隠し事件を契機に私が私になったんだとすると、その頃は榊春彦の私もまだ私だったわけで、つまり私が二人、この世に同時的に存在したことになる。これはだいぶ奇妙です。しかしマア猫や鼠になることに較べたら大したことはないとも云える。前にも話しましたが、私と云う者の基本形は鼠を代表とする地下の生き物であるらしく、その魂魄《こんぱく》と云うか、生命電波と云うか、そう云ったものが飛び散って人に憑くんだとしたら、一人に限って憑かねばならぬと云う法はないだろう。

　私が私に出会ったらどう云うことになるのか。実際、榊時代にも、道を歩いていて猫に遇《あ》い、アアこの猫は私だナ、と思ったことがある。逆に、猫の私が靖国神社の相撲場の塀でひなたぼっこをしていたら、外濠《そとぼり》の方から来る軍服軍帽があって、ヤア私だナ、と思ったのも覚えている。こう云うと、そんなのはただの妄想だと決めつける向きもあるでしょう。そうしたくなる気持ちは私にも理解できる。戦後もしばらくした頃、新宿の青線に馴染みの女が居たのですが、この女が妙な女で、部屋に這入ってきた猫を指して、「この子は私なの」と宣った。「馬鹿を云うな。そんなことあるわけねえだろ」と決めつけ猫を虐めると、「その子は私なんだからよして頂戴」と訴える。私はなんだか苛々して、「そんなのは妄想だ！」と一層ひどく虐めたことがあった。いま思えば、女が云う意味は私のとは違っていた気もしますが、人と猫が同時的に私だなんてことがあるわけないと、私も常識では思う。とは云え、この私に限っては、その非常識事がごく当たり前に起こっているとしか思えぬ。いくら妄想だと嗤われたって、そうとは感じられぬのだから、これはモウどうにも仕方がありません。

靖国神社では、塀に寝そべった猫の私がニャーゴと挨拶したのに対し、軍人の私は嫌そうにプイと顔を背け向こうへ行ってしまった。猫は人より鈍感だからあまり感じないが、人にしたら気持ちが悪いのは当然だろう。私としては私にはあまり会いたくない。猫の私ならまだしも人の私は嫌だ。とは云え長い人生、会ってしまうこともあるわけで――と、これはまた後で述べます。

新宿の不良少年

それで曽根大吾の私だ。曽根大吾が六中を放校になったのは、新宿二幸《にこう》裏の喫茶店にたむろしていたとき、室岡《むろおか》と云うテキ屋と知り合いになり、海軍横流しのウイスキーを銀座新橋辺りの飲食店に売り捌く手伝いをして小遣いを貰っていたのがバレたのが原因。危うく少年教護院に送られかけたが、伯父の家に同居していた祖母の嘆願でなんとか難を逃れ、心を入れ替えると誓約した上で城南商業に入り直した。むろん心は電球じゃないから入れ替えるなんてことが簡単にできるわけがない。加えて城南商業は不良学生の巣窟とも云うべき学校だったから大変だ。私はたちまち校風に馴染んで、我が不良性に俄然磨きをかけた。と云うのはあまり自慢になりませんが、転入した城南商業では、新宿時代に少しは鳴らしていたこともあって、すぐにイイ顔になりました。

もともと勉強する気などないが、学校の方も教える気がない。授業そっちのけで連日の工場動員。我々は航空機の燃料タンクを作る府中の工場へ行かされていたが、ここの工員と云うのがじつに質が悪く、何かと難癖をつけては学生を殴る。素手ならまだしも、スパナや鉄棒でがんがん殴りつけるから乱暴だ。頭にきた私たちは、なかで一番悪質なのを三人選んで、倉庫の裏手に呼び出して痛めつけた。

やったのは私と岡沢朋生《おかざわともお》と云う同級生。この岡沢はとにかく喧嘩が強い。ステゴロ――素手の戦いなら、その後玄人素人含めいろいろな奴にまみえましたが、岡沢がナンバーワンだと私は断言する。まずは体格が桁違い。加えて肝も太くて空手は有段となれば、不良仲間ではほぼ無敵。岡沢も私と同じときに城南商業に転入してきた。早速私たちは対決する。私も腕力こそないが、度胸と敏捷性を武器に喧嘩なら誰にも負けぬだけの自信がある。加えて匕首で武装し、剃刀《かみそり》を指に挟んで拳を振るう技法など、日頃から喧嘩技の開発研究に余念がない。スイと相手に近づき、いきなり剃刀で切りつける早業は誰にも真似できぬ。「カミソリ大吾」が私の通り名、頬を切られた者が切られたとは気づかず、だいぶ歩いてから血が吹き出て慌てるなんてこともあった。ほとんど剣豪です。「足らぬ足らぬは工夫が足らぬ」と云う標語が当時ありましたが、喧嘩技の分野限定で工夫を重ねていたのだから、馬鹿と云えば馬鹿だ。

空地で私と岡沢は対峙した。場所はいまの新宿歌舞伎町あたり、当時はススキの茂る原っぱだ。向かい合ってすぐ、強敵だと知った私は匕首を抜いた。こちらだけ刃物を使うのは卑怯ではないか、などと云う観念は私に限っては持ち合わせていない。戦《いくさ》に卑怯なし。これが我が信条。柿崎幸緒の私が無流派超流三田村平助師から伝授された信条と同じだ。この頃の曽根大吾はまだ十全には「私」になりきっていなかったわけですが、この信条ばかりは最初から保持していたのだから面白い。

しばらく二人して睨み合っていたが、ややあってどちらからともなく力を抜いた。後で岡沢は、これはどちらかが死ぬナと思ったと述懐した。私も同じく感じていたので、マア引き分けと云うわけです。これをきっかけに私と岡沢は仲良くなり、同級上級を問わず学校中の不良を呼び出しては順番に制圧して行った。結果、一月も経ぬうちに岡沢が番長の座に君臨する。傍から見れば笑止でしょうが、城南商業で番を張ると申せば斯《し》界《かい》では相当なもの。私は兄弟分の参謀格、どうも参謀と云うのが私の身には合うらしい。

ソンナ私と岡沢であるから、動員先の先輩工員をやっつけるくらいわけはない。それでも万事に慎重な私は、仲間五人を倉庫の陰に伏兵として配置し、万が一私と岡沢が不利になった場合は飛び出すよう指示したあたりも、三田村師の教えが身に備わっていたとしか思えない。気の毒なのは先輩工員だ。グッタリなったところへ、もし教師や配属将校に言いつけたらただじゃおかないゾと脅したうえで、「お前らが食料倉庫から砂糖や米を持ち出している件をバラす、第三者の証人も確保してあるからな」と加えるのを忘れなかった。さらには今後食料倉庫へ盗み入った場合は、一部をカスリとして上納することを約束させた。この辺りの差し引きは私の独壇場、「カミソリ大吾」の異名は剃刀を使うからばかりではない。

家を失う

五月二十五日の空襲で新宿渋谷一帯は焼け、穏田二丁目の伯父の家もやられて一家は全滅した。伯父伯母祖母は亡くなり、戦地にいた伯父の二人の息子、つまり従兄弟たちも戦死した。正確には、海軍士官だった長男は沖縄で陸戦隊を指揮して玉砕し、次男はビルマで戦病死した。

伯父たちの遺骸は黒焦げで、電気局病院の庭に集められた焼死体の山から探し出すのは難しく、役所でまとめて焼いた骨を後で少し分けて貰いました。遺骨を従兄弟に渡そうと思っていたのですが、従兄弟たちが戻らなかったためそのままになり、骨壺もどこかへ行ってしまったのは、申し訳ない気がしますが、マア混乱期なので致し方のない面はある。

それより家がなくなった私は雨露をしのがねばならぬ。とりあえず桜上水の仲間のところへ転がり込んだ。これは多崎満《たざきみつる》といって、六中のときの同級生。父親は荻窪で大きな医院を営んでいたが、息子の方は私同様、学校をさぼって二幸裏にたむろしていた口。多崎は離れ屋に一人で住んでいたから、気兼ねがいらぬのが嬉しい。放任主義と云うのか、多崎の家の者は息子が少々のことをしでかしても全然かまわない。実際多崎は百貨店の売り子を部屋に連れ込んだりしていました。当時多崎の母親は肺結核で寝付いて居り、多崎が離れ屋に住んだのは病気がうつるのを心配されたかららしい。父親も他所の女のところへ泊まることが多く、多崎や私の飯の世話などは住み込みの女中がしてくれた。かくて多崎がグレる要素は十分、もっとも家庭が不幸な者全部が不良になるわけじゃありませんが。

寝床と飯を確保した私は、桜上水から学校へ、と云うか動員先へ通い出した。連絡を受けた父親から仕送りも届いて、多崎にそれほど頭を下げなくとも生きていかれるようになったのには安心しました。多崎は恩着せがましい人間ではないが、借りはなるだけ減らしたい。仕送りだけでは足りず、焼跡から金目の物を掘り出して小金を稼いだりしていたが、そのうち焼け残った家に忍び込んで品物を持ち出すようになったのは、立派な泥棒だが、どうせ兵隊にとられて死んじまうんだとの気持ちがあるから、怖い物がない。ある時、多崎が珍しく真剣な様子で話してきた。

我が戦争観および天皇観

「大ちゃんよ、俺さ、予科練に行こうと思う」と多崎は切り出した。「ほう、そうかい」と私が応じると、多崎は離れ屋の窓から見える竹林にしばらく眼を遣った後、「大ちゃんは、この戦争をどう思う?」と訊いて、そのまま言葉を継いで云うには、御国の為に死ぬのは自分はかまわない、むしろ予科練へ行って特攻で死ねるなら本望である。が、自分がそうやって死ぬことに本当に意味があるんだろうか。自分一人が死んだって日本が勝てるわけじゃない、だから死にたくないと云うんじゃない、そうじゃないが、自分が死ぬ一方で得をしている人間が居るんじゃないかと思うと死ぬのがなんだか嫌になる。そんなふうに云う。

「大ちゃんはどう思う？」と訊くから、「戦争で死んだって馬鹿をみるだけだぜ」と私は即答した。「戦争をはじめたり作戦を立ててる連中は、俺らの命なんて屁のかけらとも思っちゃいねえ。てめえらの都合で、ああだこうだ、もっともらしく云うだけでよ」そう口にして私は自分で驚いた。不良とは申せ私もまた物心ついて以来一貫して皇国少年だったからで、こんなふうな戦争否定の文句がスラリ口から飛び出たのに驚いたわけです。しかし考えてみれば、自分がつい先頃まで榊春彦だったことを思えば全然不思議じゃない。いずれにせよ、この時点で私は、こんな戦争で死んでなるものかと、深く決意を固めていた。

「そんなもんかな」と頷いて多崎は竹林に眼を遣る。それから云うには、「でもよ、天皇陛下は違うんじゃねえの。天皇陛下は俺たちのことを考えてくれてんじゃねえの」「考えてねえよ」私はまたも即答した。「朕《ちん》は朕は、なんて威張っちゃいるが、あんなのはただの下足番よ」「下足番？」多崎が不思議そうな顔をしたのは無理もない。私も自分で云って可笑しくなり、「なんでもねえよ」と誤魔化せば、「大ちゃんは、なんだか怖ええところがあるよ」と多崎が本当に怖そうな顔になったから慌てました。

焦土と化した新宿に立つ私が、東京をコンナ風にしたのはどこのどいつだと、鼠時代に引き続き、身体がぶるぶると震え出すほどの怒りに駆られていたのは間違いない。今度は人間だから少しは筋道立てて考えられる。東京を破壊したのは、直接には米軍である。しかし馬鹿な戦争を起こした日本の指導者も悪い。が、それより何より天皇とか云う者が江戸城に入ったのが災いの元だと強く観念されたのは、やはり柿崎幸緒時代の記憶のせいなんだろう。もっと遡れば、そもそも家康《いえやす》が江戸へ入府したのが拙かった、いや、太田道灌《おおたどうかん》が縄張りしたのがいけなかった、と云った具合で、怒りは鬱々と内向し、通りがかりの人間にちょっとしたことで難癖を付けては殴りかかったり、剃刀で切りつけたりしていたのだから、ほとんど狂犬ですが、原爆落として大勢を一遍に焼き殺すことに比べたらマア可愛いもんだ。

かくて終戦を迎えてなお私の怒りは消えずにいたが、そのうち怒ってばかりもいられなくなった。とにかく食わねばならぬ。

戦争孤児となる

満州から家族は戻って来ませんでした。連絡も途絶えた。理由は分かりません。大方向こうで死んじまったんだろうとアッサリ片付けて、あとは考えもしなかったのは、非情なようですが、あの時代、家族を亡くす人間など珍しくもなかった。私は天涯孤独の身となった。と云うと悲愴な感じになりますが、そうした者も大勢いた。焼けビルや地下道には浮浪児がゴロゴロしていた。私もマア似たようなものだ。結局予科練には行かなかった多崎の所に依然世話になっていたが、食い扶持くらいは自分で稼がねばならぬ。世間は未曾有の食糧難だから大変だ。

学校は九月から再開されたものの、学校へ行っても飯は食えぬ。稼ぐなら馴染みの新宿だとばかりに、野良犬よろしく焼跡をウロつき回った。実際新宿の立ち直りには恐ろしく素早いものがありました。敗戦から三日目には尾津組の闇市が東口に立つ。武蔵野《むさしの》館から南口一帯には和田組が、西口には安田組が葭簀《よしず》張りの店を並べる。不敵な生命力でもって新宿はいち早く「復興」する。闇市のバラックには様々な物品が並んで、怪しげな食い物屋も出る。呑み屋も葭簀の軒を並べる。むろんどれもが非合法。と云ったって、法律を仕切る国家の影が薄いのだからそれも当然。力と才覚だけが頼りの一大無法地帯が出現した。

昔ながらの博徒やテキ屋に加え、朝鮮人や中国人のグループ、不良学生や軍隊帰りの愚連隊、その他諸々物騒な連中が揉み合い押し合いして、モウ毎日が戦争だ。隙を見せればたちまち身ぐるみ剝がれ、尻の穴の毛まで毟られる。一刻も油断できぬ。生き馬の眼を抜くどころか、馬などはあっと云う間に解体されて骨までしゃぶられてしまう。

私は顔馴染みのテキ屋に雇われて運び屋をしていましたが、そのうち知り合いになった千葉の農家からどぶろくや干し豆を仕入れて、自分で卸しの真似事をはじめました。多崎の家でも食料の入手には苦労していて、居候の私がむしろ頼りにされるようになった。ことに母親には滋養のある物を食わさねばならぬ。私は鶏や家鴨《あひる》の生肝を持って帰って家の者からはずいぶんと感謝されました。

私は仕入れ先を広げ、扱う品物も増やして、そうなると一人ではとても捌きれない。多崎をはじめ学校の仲間や後輩に手伝わせ、そのうち会社ふうの組織にして、十人くらいを使えば結構な稼ぎになったが、あんまり目立って荒稼ぎすればただじゃ済まされぬのは、出る杭は打たれるの諺通り。

愚連隊時代の喧嘩出入り

もともとカスリは闇店を仕切る組に支払っていた。ところが、最初に私を雇った蓑田《みのだ》と云うのが、仕入れ先を横取りされたと因縁をつけてきた。マア横取りしたのはその通りなのですが、ぼんやりしている方が悪いとも云える。蓑田がアガリの半分を寄越せと云ってきたのには呆れました。冗談もほどほどにしろと一蹴すれば、東武電車で仲間が蓑田の手下に殴られ物品を奪われる事件が起こった。となればこちらも黙って引っ込んじゃいられない。蓑田を襲うことにした。

城南商業で組《コンビ》だった岡沢朋生は相変わらず暴れ回っていて、渋谷品川あたりではイイ顔になっていた。私は学校はやめてしまったが、岡沢とは以前と変わらず付き合っていたので、声をかけると、二、三十人ならすぐに集められると応じるから頼もしい。じゃあ頼む、と云うわけで、二幸裏の「白十字《はくじゅうじ》」に仲間が集合した。蓑田の仕切る店は西口にあったので、まずは人をやって偵察させると、蓑田は女にやらせている呑み屋に居ると報告がある。ヨシッと云うんで、二十人ほどで西口へ向かう途中、靖国通りの大ガードで若い者を連れた蓑田とバッタリ出くわした。こいつは好都合とばかりに、いきなりぶちのめしにかかれば、向こうも光るのを抜いて応戦してくる。が、多勢に無勢のところへもってきて、こちらは端から喧嘩するつもりで突進していたから勢いが違う。たちまち足腰立たぬまでに叩きのめしてしまった。

こうなると蓑田だってやられっぱなしではいられない。学生に毛の生えた愚連隊にのされたとあっては男が立たぬし、商売にも差し支える。親筋にあたる銀流会《ぎんりゅうかい》の沢村清蔵《さわむらせいぞう》に泣きついて復讐を誓う。まもなく銀流会から使いが来て、蓑田に詫びを入れていくらか支払えば今回のことは不問に付すと云ってきた。「冗談じゃねえ」と私は撥ね付けた。となればウカウカしてはいられない。本格的な喧嘩に備え人数を集める、武器を集める。匕首や日本刀はもちろん、知り合いの中国人から拳銃も一丁譲り受けました。

相手が攻めてくるのをただ待つのでは芸がない。いつ来るかいつ来るかとビクビクしているのも馬鹿らしい。と云うんでこちらから先制攻撃することにした。沢村清蔵と云えば、中野から荻窪あたりを縄張りにする香具師の大親分。そこへいきなり殴り込もうと云うのですから無茶苦茶な話だ。マアこのあたりの跳ね上がりぶりが戦後愚連隊の特徴と云えば特徴。私と岡沢を先頭に二十人ほどが、夜、阿佐谷《あさがや》の銀流会の事務所へ向かいました。

事務所と云っても広い庭のついた日本家屋だ。阿佐谷も駅周辺は空襲でだいぶやられたが、十分ほど歩いた御屋敷の並ぶ一画は焼けず、板塀黒塀生垣が連なっている。誰かの屋敷を買い取ったんだろう、黒松の枝下に緋鯉の泳ぐ池のある庭も黒瓦の二階家もなかなかに立派である。

出入りの鍼灸師を買収して、なかの様子は摑んでありました。夜間は五人ほどの若い衆が一階の座敷に寝泊まりして、昼近くになると幹部が来ると云う。庭に犬は居らず、勝手口の戸が簡単に蹴倒せるのも分かっていた。これは篠井《ささい》と云う名教大空手部の男が御用聞きのふりをして事前に調べてきた。夜陰に乗じて黒塀を乗り越え、勝手口を蹴破って寝込みを襲う作戦です。

敵の手薄なところを優勢な戦力で一気に攻略する。戦術の基本とは云え、我ながら周到な作戦だ。しかしマア考えてみれば、つい先頃まで私は陸軍随一の作戦参謀と謳われた榊春彦だったのだから、当たり前と云えば当たり前の話。そこらの素人とはわけが違う。夜襲好みも旧陸軍の伝統に則っている。一方でノモンハンで見たごとく、榊春彦の私は偵察を軽視するきらいがあった。索敵にも甘いところがあった。が、今回は違う。さすがに自分の命がかかるとなると、人間慎重になるものです。と云うと、榊の私がいい加減だったようですが、その辺は神ならぬ人の身、仕方のない面はある。他人事ではどこかで本気になれんもんだ。下手をすると自分が死ぬかもしれぬ。そう思えばこそ真剣になれる。これは理の当然です。

沢村一家へ殴り込み

大勢が一遍に行動しては目立つので、二人三人と別々に動いて、夜中の二時に、屋敷裏手の空地に集合しました。正月の六日か七日、松の内の寒風吹きすさぶ夜で、満天に星が煌めいていたのを覚えています。私は匕首の他にスミス&ウェッソンの38口径を上着の内ポケットに忍ばせていた。他の連中も日本刀やら鉄棒やらを外套《がいとう》の内に隠し持って寒そうに立っている。様子を窺うと、一階に明かりがある。まだ寝静まってはおらぬ様子だ。しかしこうなりゃかまうもんかと、作戦通りに黒塀を乗り越え、勝手口を蹴破って室《へや》になだれ込んだ。

沢村清蔵は座敷で子分と酒盛りの最中、御機嫌で飲んでいたところへ、いきなり段平かざした連中が徳利酒盃蹴散らし乱入してきたんだから、さぞかし驚いたに違いない。とは申せ、そこは親分の貫禄だ。暴れ出そうとする子分どもを制して、「君らは誰だ?」と落ち着いた声で誰何してくる。「俺は新宿の曽根大吾と云う者だ」と答えると、「君が、曽根くんか」と云った沢村は、「蓑田のことだろう。まあ飲みながら話そうじゃないか」と盃を差し出してくる。これには私も危うく呑まれかけましたが、相手のペースに乗ってはならじと、沢村の横まで畳をスイと進んだ私は、スミス&ウェッソンをこめかみに突きつけた。これにはさすがの親分も震え出す。その耳へ台詞を流し込んだ。

「蓑田に詫びろなんざ冗談じゃねえ。そんなことをするくれえなら、てめえをぶっ殺して、蓑田も殺ってやる。覚悟しやがれ」私が啖呵を切れば、沢村は慌てて、「分かった、そっちのいいようにしてくれ」と降参する。しかしそうなると私も困ってしまった。このまま引き上げたんでは、昼になって舎弟や子分が集まり次第、報復に来られるのは眼に見えている。かと云って本当に殺すのも馬鹿らしい。勝つまでの作戦は考えてあったが、戦後処理にまで頭が回っていなかったのは、マア二十歳にもならぬチンピラならば仕方のないところ。とにかくあまり愚図々々はできない。迷っている姿は敵にも味方にも見せられぬ。面倒だからいっそのこと殺っちまうかとも思ったが、短気は損気と思い直し、沢村を新宿まで運ぶことにした。

「一緒に来てもらおうか」と沢村を立たせたとき、さすがに我慢しきれなくなった子分の一人が懐から得物を出す動きを見せ、すると電光石火、岡沢のパンチが其奴《そいつ》の顔面に炸裂した。私の啖呵に煽られたんだろう、岡沢は暴れたくてうずうずしていたから、獲物が目の前にひょいと飛び出してはモウとめられるもんじゃない。襖をぶち破って倒れた男がパッと鼻血の花を咲かせれば、血に興奮した岡沢はいよいよ持ち前の凶暴さを剝き出しにして、子分たちを次々吹っ飛ばし、となれば向こうも破れかぶれで向かってくる。そこを待ってましたとばかりに血気に逸る連中がめちゃくちゃに殴る蹴るのだから、モウひどいもんです。あっという間に全員がのびちまった。

物置にリヤカーがあったので、縄で縛った沢村を乗っけて新宿まで走り、大久保の線路脇に借りていた倉庫へまずは放り込んだ。で、あとどうするか。いい思案がない。まずは飯でも食おうと、西口の屋台店で豚汁を啜っていたら、観世栄太郎《かんぜえいたろう》に会った。観世は城南商業の大先輩、戦前から新宿の不良のボス的存在で、戦後は反共団体を旗揚げして政治活動をしていたが、私や岡沢は何かと面倒をみてもらっていた。マア兄貴分みたいなものだ。昨夜《ゆうべ》の事を話すと「本当に沢村親分をさらってきちゃったのかい？」と呆れるから、「さらっちゃいないが、無理矢理連れてきた」と答えると、「馬鹿野郎、それをさらうってんだ」と笑い、「よし、俺に任せておけ」と云うので、万事よろしくと、ここは平身低頭、謹んでお願いしました。

観世は、都議会議員で沢村とは兄弟筋にあたる、目黒品川辺を縄張りにする太井幸吉《ふといこうきち》に話をつけてくれた。太井の仲介で沢村とは無事手打ちがなりました。しかし蓑田とはその後も小競り合いが続いた。

闇屋商売に才覚発揮

闇商売はそれなりに儲かってはいましたが、田舎へ行って品物を調達するのは骨が折れる。そう嘆じていると、だったら仲卸に徹すればいいと多崎が知恵を出した。多崎は親の意向で私大の医学部へ進んでいましたが、生まれつき商才のある男で、運び屋と闇店の仲介に立ってこれを仕切れば面倒がなくて儲かる、運び屋にしても集めた品物を必ず買いとってくれる仲買人がいれば嬉しいいし、闇店だって途切れずに商品が供給されるのは便利がいいと云う。なるほどと手をうった私は早速倉庫を拡張して仲卸商売をはじめたところ、これが非常に味が良い。

運び屋にとって一番のやっかい事は警察の手入れ。総武線や中央本線の上り列車では定期的に摘発が行われる。玄人素人区別なく闇物資は全部没収だ。なけなしの着物や家財を芋や麦と交換してきた堅気の人は泣くに泣けなかったことだろう。むろん玄人だって痛いには変わりない。そこで私は取締官に鼻薬を嗅がせ、私のところへ卸す物品を運ぶ者に限って目こぼしして貰うようにした。こうなると運び屋はこぞってこっちへ品物を卸すようになる。いよいよ商売は拡大して闇取引の中枢を握ることになる。

となるとやはり出る杭で、いろいろと軋轢が起こって、対応に忙殺されるようになる。対応とは早い話が力での決着だ。蓑田も懲りずに挑戦してきた。私と同じような仲卸の商売を新宿ではじめるのだから度胸がいい。と云うか、最初にはじめたのは蓑田で、私の方が横から手を伸ばした面も実はある。しかし、何であれ、商売敵は潰すしかない。そうと決めれば私の行動は素早い。岡沢以下二十人ほどで花園神社の裏手にあった蓑田の事務所を襲いました。

このときの襲撃に私は参加しなかった。と申すのも、前夜に事務所に居たとき、足下で鼠が騒いだからです。何匹も現れては私の履くコンビの靴を掠めて走る。こう見えて私だってモト鼠。鼠の考えは何となく分かる。嫌な予感に襲われた私は明日の襲撃には断然行きたくなくなった。しかし、ただ行かないでは臆病風に吹かれたようで岡沢たちの手前うまくない。そこで一計を案じ、事務所に集合した面々に向かって、実は観世の兄貴から蓑田と手打ちをしないかと云ってきたんだヨ、と嘘の報告をした。むろん岡沢はおさまらない。それでなくても頭に血が上りやすいところへもってきて、岡沢などは脳味噌の足りぬゴリラみたいなもんだから、上野の動物園にでも入れておくのがいいぜと、蓑田が悪口を云っていたらしいと、さんざん吹き込んでおいたから尚更だ。しかしゴリラとは、だいぶアホらしいが、岡沢にゴリラ並みの頭脳しかないのは事実。観世の兄貴の顔を潰すわけにはいかないと、私が引き止めると、「観世の兄貴のことは聞かなかったことにして、俺は行くぜ。大ちゃんは、まずいんなら、ここにいなよ」と云って岡沢が出て行ったのはまずは計算通り。

私の予感は的中した。岡沢もそこまでやるつもりはなかったんだろうが、蓑田を殴り殺してしまったのだから、ものの弾みとは恐ろしい。蓑田には気の毒なことをしましたが、極道の険路を選んだ以上はマアやむを得ない。詰まらぬことで命を落とすのが極道の宿命、あの手の者はむしろ死んだ方が世のため人のためとも云える。

このとき蓑田は死んだばかりか、岡沢の手刀を喰らって左耳を削がれてしまったのだから地獄の閻魔もさぞや驚いたことだろう。岡沢は傷害致死で未成年ながら懲役三年を喰らい、それまでは学生に片足をかけていたものが、出所後は純正極道へと見事「更生」を遂げたのだから、日本の刑務所の感化力も大したものだ。「耳削ぎ岡沢」の異名を得た岡沢はいよいよ恐れられる。二年半後に岡沢が娑婆へ戻ってきたとき、組織を大きくしていた私が岡沢を篤く遇したのは義理からして当然ですが、野放しにしてはやっかいだとの理由も幾分かはあった。キレると何をしでかすか分からぬ岡沢の存在は味方にとっては戦力だが、痛し痒しの面もあって、ことに酔っぱらうとドウ仕様もない。人を見境なく殴るのはいいとして、私にまで絡んでくるのには閉口した。が、その後岡沢はヒロポン中毒にかかり、出所後二年しないうちに赤羽の病院で死にました。私は親友の早世を悼み嘆いたが、ホッとした気分があったのも事実だ。

ちなみにその頃、私の組織はヒロポンも扱っていて、組員には常用するなと厳命していましたが、岡沢にだけは融通していた。本当はしたくはなかったが、駄目と云ったって人の話を聞くような男じゃない。欲しけりゃ勝手に強奪してくるに決まっている。岡沢が面倒を起こせば、こっちに火の粉が降りかかる。それで仕方なく云われるままに回していたら、完全なポン中になってしまったと云う次第。

岡沢にヒロポンを最初に勧めたのは私です。木炭自動車にぶつけられた腰が痛くて仕方がないと云うから、「これをやってごらんよ」と注射してやったのが始まり。そう考えると、私が殺したようなもんだと云われそうだが、もちろん私にそんな気はない。親友を殺したいなどと思うわけがない。そもそも岡沢が死んだ原因は肝臓疾患で、肝炎を患っているところへ悪い酒を浴びるように飲んだせいだ。あの頃はメチルを飲んで死ぬ人間は結構あった。膂力《りょりょく》はあったが、岡沢はああ見えて内臓は脆かったんでしょう。人は見かけによらぬものですが、とにかくヒロポンが直接の死因ではない。だから私のせいではない。マア岡沢のような人間はどのみち長生きできないとしたものなんでしょう。

暴力団将門興業

ヒロポンは云うまでもなく覚醒剤ですが、戦前は普通に店で売られていた。軍隊では大いに使われ、だから海軍陸軍とも大量にヒロポンを備蓄していて、敗戦の混乱に紛れてこれを隠匿した旧軍人や軍属が居た。そこから闇市場に流れ出ていたわけです。そうしたルートの一つに私も食い込んだのですが、許永徳《きょえいとく》と云う朝鮮系の男の用心棒をしたのがそのはじまり。当時朝鮮人、中国人はいわゆる第三国人と云うやつで、警察の手の及ばぬ治外法権の場所にいた。だからモウ遣りたい放題し放題、新宿でもどこでも表通りに堂々と賭場を開いて大儲けしていた。

私は沢村清蔵の一件をはじめ、いくつもの抗争で名をあげたおかげで、いろいろな所から用心棒や助っ人を頼まれ、そちらが本業のようになっていた。昭和二十二年の暮れには、仲卸の仕事は多崎に任せ、新宿西口、十二社《じゅうにそう》の熊野神社近くに事務所を構えて暴力団として本格的に出発しました。もちろん新宿副都心の高層ビルが建つズット前だ。表向きの商売は興行と不動産売買。将門興業の名前で会社登記もした。社員、と云うか組員は二十人ほど。と云ってもこれは幹部級の人間で、下にはそれぞれが抱える舎弟や子分がいるから、組織全体では結構な数になる。暴力で売る以上は実戦力で劣るわけにはいきません。ピストルやライフルはもちろん、マシンガンや手榴弾まで調達して、いざの場合に備えつつ他を威嚇するのは、マア国家と一緒だ。実際に使わなくとも、武器があると云うだけで睨みを利かすことができる。ただ困るのはカネがかかること。縄張りの飲食店からカスリをとったり、許永徳みたいな者から用心棒を頼まれても、たいしたシノギにはならない。世の中が落ち着くにつれ多崎の闇商売も売り上げが下降気味となる。

加えて人数が増えれば持ち込まれる紛争の数も比例して増えるから大変だ。チンピラ同士の詰まらぬ喧嘩でも、身内がやられたとなれば黙っているわけにはいかぬ。必ず復讐する。でないと舐められる。よくもマアあんな飽きずに喧嘩したものですが、年がら年中大小の闘争に明け暮れた。午前中に渋谷で暴れたと思ったら、午後に銀座で殴り込みをかけ、夜は夜で上野で誰かを半殺しにするといった具合。もっとも私自身が出張ることは段々少なくなったが、手打ちには出向かざるをえない。手打ちの場がいつ殺し合いの場に変じるか分からぬのだから緊張は並大抵ではない。しかも何か事ある度に怪我人やムショ送りになる者が出る。それをいちいち面倒見るのだから楽じゃない。どちらにしてもカネが要るわけで、将門興業はたちまち金繰りに行き詰まった。

そんなとき、許永徳が密かにヒロポンをさばきたい人間がいると、私に紹介してくれた。当時ヒロポンへの当局の規制は甘かったが、軍の物資を持ち出した者としては、おおっぴらには流しにくい事情がある。それで許永徳に相談したんでしょう。ヒロポンを売りたいと云っているのは許の賭場の常連だと云う。許の仲介で、私と多崎、それから伊能《いのう》と云う男の三人で、売りたい人間に会ったのですが、こいつが驚いた。見知った人間だったからです。

驚きの再会

会ったのは新橋の「笹井」と云う料亭。焼けた後いち早く再建して営業をはじめていた。仲居に案内されて二人の人間が小座敷に入ってきた瞬間、私はぎょッとなった。一人は小柄丸顔、開襟シャツに黒い上着、達磨《だるま》に細い手足を付けたような体軀のヤクザふう。もう一人は駱駝《らくだ》みたいにヒョロリ背の高い、中山服と云うのか、黄土色の支那服を着た空豆顔の男。揃って丸刈の凸凹コンビはどう見ても只の者じゃない。何かの動物が人間のふりをしている、と云うのも変ですが、邪悪なばかりで全然笑えぬ漫才師がむかし浅草に居て、それともよく似ている。

ヒロポンを売りたいのは山田孝夫《やまだたかお》と云う男だと許永徳からは聞いていた。小柄丸顔に向かって私が「山田孝夫さんだね？」と問えば、男は頷いたが、山田は偽名だとすぐに分かった。なぜなら、その時点で私は相手の本名を思い出していたからです。水谷禮次郎——と云っても分からぬやもしれませんが、榊春彦と幼年学校士官学校で同級の、浅草やら向島やらで一緒にデロデロ遊んだ洋品問屋の次男坊、あの水谷禮次郎だ。これには全く驚いた。

榊と同級だから、水谷の歳は四十三、四のはずで、昔と較べればだいぶ面変わりがしていたが、それでも声は全然変わらない。酒を呑むとき変な鼻息を立てる癖も同じだ。

爆弾にでもやられたのか、左目から頭にかけて百足のごとき疵（きず）が這っているのが凄惨な印象を与えるが、笑うと目玉が愛嬌よくクルクル動くのを見れば、子供時代の輪郭がふいと浮かんで出た。懐かしいと云えば懐かしいが、しかしこの場合、単純に懐かしがる心境にならなかったのは、マア仕方がないところだろう。死人が生き返ってふいと目の前に現れ出たとでも云うか、どちらかと云えば薄気味の悪い感じが主で、ただその薄気味悪さに妙な魅惑がある。「大ちゃん、どうしたんだい？」と多崎が横から心配したのは、私がよほど水谷に見とれていたからだろう。

昭和十九年の夏頃、水谷は大佐で、百人町の陸軍技術研究所に居た。その後のことは知らぬが、終戦時に地位を利用して軍の物資を持ち出したんでしょう。目端の利く水谷ならそれくらいはしてもおかしくはない。運ばれた酒を呑みながら商談は順調に進んで、しかしそのうち私はもう一人の男が気になり出した。眼が粘土に楊枝《ようじ》で筋をつけたようで、起きてるんだか寝てるんだか分からぬ茫洋とした顔付きは、大人《たいじん》風と云えば云えなくもない。喋るのは水谷一人で、中山服は頷きもせず黙々と酒盃を口へ運んでいる。その様子を見るにつけ胃の腑の辺りがざわめいて仕方がない。

「こちらさんは？」と問えば、「今岡さんだ」と水谷が答えて、その名を耳にした途端、記憶の岩盤にグラリ振動が生じて、古いのがヒョイと飛び出した。今岡と云ったら、あの今岡だ！　これまた陸士の同級生で、カンニングをした私に切腹を迫った今岡だ。玉の井の妓と心中未遂事件を起こして放校になった「堅物」今岡だ。全くもってそれに違いない。思えば今岡の放校の原因を作ったのは水谷である。その今岡と水谷がこうしてつるんでいるのはいかなるわけか。意外と云えば意外だが、マア縁とはもとより異なもの、奇縁をもって同級生三人が偶会したと云う一幕。

幼年学校同窓生のその後

後に聞いたところでは、今岡は陸士を放校になった後、甲府で家業の寺を継いだが、法事で檀家の人間と飲み食いするのに嫌気がさし、満州国建国を機に海を渡っていわゆる大陸浪人となった。本人が語らぬので詳しいところまでは分からぬが、一時期は満鉄の嘱託を務め、支那事変が始まって以降は駐支軍の委託で謀略活動に従事していたらしい。糞真面目を画に描いたような今岡に謀略などとてもできそうには思えぬが、人間分からんもんだ。水谷と再度縁が生じたのも謀略がらみ。十九年の秋に水谷は登戸の研究所に移って、主に偽札を作っていたそうで、できあがった偽札をばらまく業務を水谷が今岡に依頼したのがはじまりだと云う。

新橋での偶会の後、貿易商売をはじめた水谷は米国へ渡り、やがて消息は聞こえなくなりましたが、今岡の方は松枝亥外《まつえだいがい》と名乗り、『民族解放』なる新聞を発行し、東亜塾なる右翼団体を組織して、昭和の三十年代四十年代、いわゆるフィクサーとして名を馳せた。戦後の政争や疑獄事件では、児玉誉士夫《こだまよしお》ほどではないが、松枝亥外の名前もときおり登場するから、知っておられる方もあるでしょう。戦時中の児玉誉士夫が児玉機関なる組織を通じて軍需物資の調達を行い、巨額の資金を手中に収めたことは知られていますが、今岡も似たような形でカネを摑み、政財界にばらまくことで権力に食い込んでいった。今岡の資金がどこに由来するか、実はこれには私が大いに係りを持つのですが、それはまた後の話になる。

ヒロポン商売

ヒロポンは儲かった。もっと売りたかったが、肝心の品物が手に入らない。流通ルートを他所の組織にガッチリ押さえられてはドウにもならぬ。ヒロポンとは商標で、メタンフェタミンなる物質が本体。これはエフェドリンと云う物質から精製される。エフェドリンならわりに簡単に手に入るから、自分たちで作ったらどうかと多崎が提案した。さすがは医学部に通うだけのことはある、偉いもんだと、早速青梅の奥に工場――と云うほどでもない掘建て小屋を建てて製造をはじめ、ピロポンと云う名前をつけて闇で売り出したところ、これが飛ぶように売れる。こいつはいい、ドンドン作ってガンガン売るべしと、手下連中に発破をかけていたら、顧客から苦情が相次いだ。アンプルを注射した人間が次々狂死したと云う。そいつはピロポンのせいじゃない、死んだのはもともとそういう運命の人間だったのだと私は強弁したが、素人が作る薬のことだ、少々おかしかった可能性がないではない。そんなこんなでピロポン製造は頓挫しましたが、覚醒剤の販売は細々ながらその後も続けていました。

その頃の私はヤクザ商売に精を出す一方、若さに任せて遊びまくっていましたが、たまには酒や香水の匂いから離れたくなることがある。そんなときは昔同様——と云うのは柿崎や榊だったときと同様と云う意味ですが、一人で東京を散歩した。焼跡だらけの東京中を歩き回った。戦争中は東京をコンナふうにしたのはどこのどいつだと、憤怒が腹中にわだかまっていたものですが、いざ敗戦となってみれば、逆にスッキリした気分になったのだから不思議なものだ。マア仕方がない、こうなりゃこうなったで清々したもんだと、妙にサッパリしたのは、宵越しの金を持たぬ江戸っ子気質ゆえなのかもしれない。焼けたり壊れたなら、また建てりゃいい。財産でも命でもズット有ると思うから面倒なのであって、最初からすぐになくなると思っていれば気が楽だ。思えば戦争末期、鼠時代を含め私がやたら怒っていたのは、腹が減っていただけのような気もしてくる。

実のところ、ドウモ私は東京が火事や地震で壊れることを密かに喜んでいる節がある。これはやや後になっての話ですが、あるときゴジラの映画を観た私は、これにスッカリ参ってしまった。東京湾から上陸した怪獣ゴジラが暴れて、ビルや鉄塔を壊して回る様子にモウ恍惚となった。同じ映画を何度観たか分からない。この場合、ゴジラが壊すのは東京でないと駄目なので、それが証拠にゴジラ映画の二作目がかかったと云うんで、それッとばかりに勇んで観に行ったら、全然詰まらない。ゴジラが暴れるのが大阪だったせいです。東京が壊れるのが面白い。

東京散歩　ケニー神野と出会う

戦争に負けて、辺り一面焼野原となって、世界帝国首都トーキョーの夢はあえなく消えたが、それで東京と云う土地がなくなるわけでもない。実際、高い建物がなくなって、秩父や丹沢の山々が意外なほど間近に見える平野を眺めていれば、都鳥の群れ飛ぶ薄原だった頃の景色が懐かしく眼に浮かんでやまぬ。記憶とも幻影ともつかぬイメージの奔流のなかで、私は滑空して野兎を追う一羽の鷹となって、快楽の痺れに似た軋みを翼に覚えたり、あるいは長い牙と太い脚を持つ一頭の象となって、紅い藻のそよぐ水流の冷たさを鼻先に感じながら、よい匂いのする大気を胸一杯に呼吸したりしました。

それで一番繁く足を向けたのは浅草や向島だ。あのあたりもだいぶやられていましたが、墨堤の石垣や寺院の石塔などには昔日の面影が残って、馴染みの土地をポクポク歩いていれば大いに気が晴れた。あちこちに普請中の家やビルがあって、東京と云うのは江戸の昔から年がら年中普請中だったナ、と思い返されれば、懐かしい気持ちにもなった。浅草は仲見世も浅草寺も焼けましたが、六区は戦災を免れ、金龍館、松竹演芸場、常盤座と云った小屋は活気に溢れていました。そんな折、しょっちゅう出会う男がいるのに気がついて、どちらからともなく話すようになったのが日系米兵のケニー神野だ。

この男については、私が東京の地霊ではないかと指摘した人物だと、前に紹介したと思いますが、ケニー神野は米国人の父親が貿易会社に勤めていた関係で、子供時分を浅草で過ごした。十二歳で帰国してロサンジェルスに住むようになってからも、海の向こうの東京が恋しくてならなかったと云うから変わっている。東京がコンナになって悲しい悲しいと云いながら、パチパチ写真を撮っているので、東京を灰にしたのはお前らだろうと嫌味を云うと、実に辛そうな顔をする。私とはウマが合って一緒に遊ぶようになりました。私が人に云わずにきた秘密を明かしたのは、どうせ相手は外人だとの気安さもあったんだろうが、ケニー神野ならそうした不可思議事をすんなり理解してくれそうな気がしたからだ。ケニー神野は降霊術だとか千里眼だとか、いわゆるオカルトに造詣が深く、米軍では超能力を開発する研究所に居たこともあると云うから本格だ。私の話を聞いたケニー神野は特に怪しむ様子もなく地霊説を口にした。このことはモウ語りました。そのケニー神野があるとき、ＰＸの品物を闇で販売しないかと持ちかけてきた。

濡れ手に粟のＰＸ横流し

ＰＸは post exchange の略、進駐軍基地の酒保のこと。ここで買った酒や煙草や缶詰を闇に流せば何倍もの値段で売れる。もちろんバレればＭＰに取っ捕まって重労働の刑となるが、リスクがあればこそいいシノギになるわけです。あがりはケニー神野と折半は悪くない条件だ。ケニー神野は各基地のＰＸの担当者を仲間に引き入れ、軍票さえあればあとはモウ買い放題、売り放題儲け放題となる。

私は新宿はもちろん渋谷銀座池袋と、東京中の盛り場に人を遣って、外人バーやパンパン嬢からドル軍票を集めた。ケニー神野の仲間がそれで品物を買って私たちが売りさばく。これは儲かりました。味をしめた私は知り合いの米国人名義でクライスラーのトラックを手に入れて、厚木、所沢、立川、横須賀、座間と、関東一円にトラックを駆け回らせては横流し品を買いまくった。当時、米軍放出物資の闇販売は中国系の組織が主にとり仕切っていました。そこへ私とケニー神野が割り込んだのだから連中だって黙っちゃいない。通称「猿のオッチャン」と呼ばれる台湾系中国人が横浜に巣食う中原組に頼んでこっちを潰しにきた。

ヤクザ稼業は慈善事業にあらず

一般に極道同士が争っていいことはあまりない。ことに世の中が落ち着いてくれば、世間の目も警察の取締りも厳しくなる。終戦直後はヤクザ者の一人や二人殺した程度なら、何年か臭い飯を食えばすんでいたものが、段々そうもいかなくなる。勝っても負けても双方ともに傷付く。たとえば新宿でどこかとどこかが争えば、新宿に勢力を張らんと狙う他の組織が漁父の利を得る。私自身、四谷から神楽坂近辺の縄張りを巡って、昔からの博徒である上総《かずさ》組と「ダイナマイト健」こと新田健一《にったけんいち》率いる龍真会が争い、死傷者逮捕者が双方から多数出た際には、これ幸いとばかりに一気に攻め入り縄張りを奪ったことがありました。

ちなみにダイナマイト健は二幸裏時代からの顔なじみ、一緒に呑んだりするたびに

「上総組なんか潰しちゃいなよ」と私は吹き込み、あるいは私が仕切る店で龍真会と上総組の人間が鉢合わせすれば、両者がぶつかるよう気を配った。こうした地道な活動が激突へと繋がったわけです。「ウチが上総組とやるときは、大ちゃんも加勢してくれるかね」とダイナマイト健が訊いてきたのへは、「もちろんサ」と頷いたが、いざとなったら本気で助けたりはしない。なぜかと云って、しても益がないから。むしろ龍真会が一方的に勝っては困るので、上総組組長襲撃の情報をコッソリ四谷署に流したりした。ダイナマイト健以下龍真会主力がまとめて逮捕されたのはマア狙い通り。汚いと云われれば、なるほど汚い。それは認めます。しかしべつにこっちは慈善事業でヤクザ商売をやっているわけじゃない。私はナイチンゲールでもガンジーでもない。任侠道は使える場合には使うが、基本的にはどうでもよろしいと云うのが私の立場だ。むしろ何かにつけ義理だ何だと宣う古典ヤクザが鬱陶しくてならない。所詮ヤクザはヤクザ、従うべき原理があるとするならただ弱肉強食のみ、これは地下の暗がりに棲む虫ケラから国家社会に至るまであまねく同じ。戦後社会が少しくらい安定したって変わるもんじゃない。かりにそう見えぬとすれば、弱肉を喰らった強者が品よく振る舞いたいがために偽善の覆いをかけるだけの話だ。

襲撃

中原組は関東に一大勢力を張る組織。私としてはできれば事を構えたくはない。向こうだって同じはずで、しかし金蔓の「猿のオッチャン」から頼まれた以上やるしかないと思ったんでしょう。殺し屋を使って私を狙ってきた。頭を殺《や》ってしまえば組織は潰せると考えたんだろうが、これはマア理に適っている。

　その日、私はケニー神野と夕刻から銀座で遊び、夜の十一時頃、新宿で飲み直そうじゃないかと話は決まって、二丁目のキャバレー「ニュー・ハワイアン・パラダイス」の前でタクシーから降りると、裏の空地で誰かが焚火をしている。前にもチョット云ったと思いますが、私は火が好きである。火に目がない。早速焚火にあたった。ケニー神野も私につき合って手をかざす。火を焚いていたのは近所の浮浪児で、私たちが現れるとコソコソ逃げ去ったのは叱られると思ったからでしょう。

　しんしんと冷え込む晩秋の夜でした。青く尖った月が、葉を落とした欅の枝にかかり、金属でできた果実のごとくに光っている。ジャズバンドの音楽や女たちの嬌声が遠くから届くなか、炎が揺れて、パチパチと木片が爆ぜる。と、一匹の猫が隣の連込宿の板塀に現れた。尻尾の長い隻眼の虎猫が、暗がりのなか、ピカリ眼を光らせコッチを眺めている。と見た瞬間、私は其奴が私だと気がついた。なんでこんな所に私がいるのか、驚いて見詰めていると、私の――と云うのは人間の方の私ですが、様子がおかしかったんだろう、炎を浴びて赤鬼みたいになったケニー神野が、ドウカシマシタカ？　と訊いてきた。そこで私は例の身の上話をしたわけです。

聞いたケニー神野が、なるほど、それはカククシカジカではあるまいかと、地霊の説を私に紹介していると、暗い地面にタスタスタスと軽い足音がたったのは鼠です。鼠が焚火の周りを走り回っている。鼠をやや気にしつつ、ケニー神野の話に、「なるほどソンナことがあるのかもしれねえな」と私があいづちを打つと、鼠がコッンコッンと頭から足へぶつかって、尻尾にビリリ電気が走ったのはそのときだ。もちろん尻尾は架空の尻尾、でも痺れは本物、堪らず私はウヒヒャアと悲鳴をあげた。色女にはとても聞かせられぬ声だが、モウ体面だとかなんとかはスッ飛んで、私は焼けた鉄板を踏んだ人よろしくピョンピョンと駆け出した。驚いたのはケニー神野だ。新宿ではチョイとイイ顔のお兄さんがいきなり黄色い声を出して走り出したのだから吃驚りする。

しかしケニー神野に驚いている暇はあまりなかっただろう。と申すのは、私の悲鳴と重なるようにパン、パン、パンと竹が爆ぜるような音がして、これはつまりは銃声だ。拳銃を手にした黒外套の男が二人、欅の陰から飛び出してパンパン撃ってくる。いち早く駆けた私は猫の居た板塀を乗り越え、勝手口から連込宿に飛び込んで、裸電球におでこをぶつけながら急な梯子段を二階まで駆け上がって、廊下の突き当たりの窓から屋根伝いに逃げました。板塀を越えたとき掌に棘を刺した程度で私は無事、尻尾が痺れて走ったのがよかった。可哀想なのはケニー神野だ。弾を五発喰らい、一発が心臓のど真ん中を撃ち抜いていた。

私は怒り狂い、復讐を誓いましたが、身の上を明かした直後にケニー神野が死んだことを思うと、私の正体を知ったがゆえに死んだのではないかと、だいぶ時間が経ってからの話ですが、そんなふうに考えることもありました。

いささか乱暴な報復

とにかくこのままじゃ済まされぬ。私は子分たちに報復を指令した。ところが困ったのは襲ったのがどこの誰だか分からぬことだ。この時点で私は中原組が狙ってきているとは知らない。そこで襲撃を目撃した人間はいないか探させたところ、焚火をしていた子供から、殺し屋の一人が東京興業の人間だったとの証言が得られた。高田馬場に事務所を構える東京興業は、演芸や歌謡ショーの興行が表看板、しかし裏に回ればいろいろと汚れ仕事に手を染めているヤクザ会社だ。東京興業と私の将門興業は新宿に新しくできたストリップ小屋の営業権をめぐって揉めていた。東京興業はコッチに較べて小さな組織だから、歯向かってくるとは到底思えなかったが、窮鼠猫を噛むと云うやつなんだろうと、勝手に解釈して報復に動いたところ、これが大間違い。東京興業は銃撃とは何の関係もない。子供のあやふやな証言一つで東京興業の仕業と決めてしまったのはどうかと思うが、なにしろコッチは頭に血が上っている。菊田《きくた》と云うのと原《はら》と云うのが二人して東京興業の事務所にダイナマイトを投げ込んで爆破したのだから乱暴です。

東京興業にしたらいい迷惑としか云いようがないが、もともと経営に行き詰まっていた東京興業はこれが引き金になって潰れました。もちろんこの手の会社は潰れた方が世のため人のため。ダイナマイトも無駄じゃなかったと考えることもできなくはない。

爆発では二人死んで五人が怪我を負いました。しかも死んだ二人は東京興業とは関係のない、社長の母親の葬式の手配に来ていた葬儀社の人間だったのだから運が悪い。葬儀を仕切りに来て自分が葬儀の主役になるとは、人の運命とは分からんもんです。

その後、私とケニー神野を襲ったのは中原組だと判明した。となれば中原組にもダイナマイトをお見舞いすべきだが、向こうから手打ちの申し出があった。これには訳がある。ケニー神野が死んだのをきっかけにMPが動き出し、米軍基地に張り巡らせた我がPX組織網は壊滅、横流しに係った者は全員本国送還、PX商品の横流し商売について我々は「猿のオッチャン」の敵じゃやなくなった。それで手打ちの流れになったと云う次第。命を狙われた私としては釈然としないものがあったが、戦争してもいいことはない。観世栄太郎の仲介もあって、マア面子さえ保てるならと、手打ちに応じました。

その後、ケニー神野を殺ったのは茂木と云う予科練崩れの男と判明した。手打ちはモウ済んだが、こいつだけは絶対に許さんと、私は密かに付け狙わせ、しかしコッチの仕業と分かるとまた面倒なことになるので、酔っ払ってふらついている茂木を水道橋駅のホームから突き落とし、総武線の電車に轢かせて復讐を果たしました。ケニー神野も浮かばれたことと思います。

労働争議で一稼ぎ

PX商品横流しが駄目になったのは痛手でしたが、嘆いていてもはじまらぬ。裏カジノの経営やら何やらで糊口をしのぐ傍ら、私は敗戦の打撃から立ち直りつつある企業社会に食い込んでいった。戦後間もない時期は、民主化を進めるGHQの指導もあって共産主義勢力が世間を席巻し、どこの企業でもアカく染まった組合が経営陣と対立して、ときに経営者を追い出したりする紛争が激発した。そうした荒れ場ともなれば我々の出番と云うわけで、ピケを張る組合員を蹴散らすよう頼まれては出向いていく。私自身はイデオロギーには関心がない。イデオロギーなどは屁みたいなもので、チョットは臭いが一風吹けば雲散霧消してしまうくらいにしか考えて居らぬ。だから特に反共と云うこともない。ただカネで雇われストや団交の場に乗り込んでいくだけの話。

表立って暴れることもあったが、裏で暗躍する場合も多かった。組合幹部を脅迫したり買収したり、あれこれやっては共産党や組合からの離脱を声明させる。いわゆる「転向」と云うやつだ。なんのことはない、戦前の特高の代わりをヤクザがやっていたわけです。戦前のことはよく知らんが、この頃の共産党員はなかなか骨があった。少々のことでは屈しない。そもそも民主主義の世の中、コッチも特高みたいな手荒な真似はできぬ。敷田セメントの組合委員長などは、監禁して脅しても一向にウンと云わぬので、弱り果てたあげく女房を連れてきて説得させたところ、こんな売女《ばいた》とは離婚だと吠えるから呆れた。あんまり強情なんで、ウチにこないかと誘ったら、笑って断られました。この人は後に新聞社の主幹になり、参院選に出馬して国会議員にもなりました。

こんなふうにして私は企業経営者に顔を売り、汚れ仕事を請け負うようになった。闇カジノや麻薬は稼ぐには手っ取り早いが、警察の手入れや同業者の妨害が頻々として、そうそううまい汁ばかりは吸えぬ。確実にシノギをあげるには企業に寄生するしかない。ただ闇雲に暴れ回っていればいい時代は去りつつありました。

取り込み詐欺でボロ儲け

新憲法の施行が終戦から二年目、すなわち昭和二十二年、西暦で一九四七年五月。同じ年に財閥解体、改正民法発布と、この辺りがGHQの民主化政策の頂点。ここから先は「逆コース」と云うやつで、公職追放されていた連中が復帰する一方、レッドパージがはじまる。一度は消えてなくなった軍隊も名前を変えて復活する。二十六年九月にはサンフランシスコ講和条約が結ばれて、進駐軍の占領は終了、めでたくニッポンは独立。とは云っても安保条約のおまけ付き、沖縄を手土産に差し出して、アメリカさんの御機嫌を窺いつつの独立だ。そもそも首都東京の眼と鼻の先に米軍基地がいくつもあるんだから、要はアメリカの妾になったようなもの。岩永聖徳王は男は奴隷で女は妾と予言していたが、マアあたらずと云えども遠からず。パンパン嬢は焼跡の風物詩だけれど、何のことはない、日本がまるごとパンパンになったと云う、笑うに笑えぬお話。

それでも為替レートが三百六十円に固定されて輸出は堅調、インフレも抑制されて経済がだいぶ安定したところへ朝鮮戦争の神風が吹く。例の朝鮮特需と云うやつで、毛布でも靴下でも鉄管でもセメントでも何でも、作るそばから米軍がかっさらうようにして買っていく。昼夜兼行の突貫で工場を稼働しても追いつかぬ。これで日本経済はすっかり息を吹き返しました。浮浪者とパンパンとジープに乗った米兵ばかりがやたらと目立つ焼跡の風景は次第に消えて行く。

思えば、猫時代を除き、私が一番のびのびしていたのは、曽根大吾時代だった。それも終戦からこの辺りまでの、いわゆる焼跡闇市時代、自分が最も自分らしかった感じがする。と、コウ云うと、無闇と暴れるのが気持ちよかったんじゃないかと嗤われそうですが、マアそれはある。私は別に暴力をふるうのが好きと云うわけではないと思うが、暴力が軀から噴出する刹那に破滅的な快美感があるのは間違いない。筋肉に憎悪のガソリンを漲らせ、喧嘩相手に飛びかかる瞬間には、富士山噴火のイメージを私はよく頭に浮かべました。富士山大爆発！　なぜだか知らぬが、噴火口をダーンと破砕して飛び出す灼熱の溶岩を想うと、一遍に身心のエネルギーが高まって細胞が活発的となる。それが気持ち良いと云えば良い。しかし繰り返しになりますが、やたら暴力をふるえばいい時代は過ぎつつあった。

私は倉野と云う法律に詳しい男を舎弟に加え、愛宕《あたご》貿易なる会社を立ち上げた。美術品を買い付け欧米向けに輸出するのが社の事業と謳い、社長には茂呂田《もろだ》と云う別の舎弟を据える。茂呂田も京阪大商学部出のインテリで、関西の組で面倒事を起こして逃げてきたのを私が拾った男。チョット見には真面目なビジネスマンにしか見えぬ。茂呂田を表看板に裏で倉野に仕切らせ、まずは地道に商売させる。買い取った美術品は他の貿易会社に転売して、売り主にはきちんきちんと支払いをする。そうやってしばらくは実績を積む。

一方で私は京都の倫念寺の住職と云うのと知り合いになった。どこぞの宗派では高僧で通っていたが、これがとんだ生臭坊主、東京に出てくれば必ずウチが経営する裏カジノでバカラなどして遊んで行く。性豪と云うのか、一晩に四人も五人も女を相手にするのだからただ者ではない。この好色住職くらい信用のならぬ人間も珍しかったが、大僧正ともなれば世間の信用は抜群、方々に顔が利く。私は酒と女をあてがって住職を抱き込み、その口利きで近畿一帯の寺や旧家から仏像やら書画骨董やらを買い集めた。家代々のお宝をカネに換えたい者は結構いて、皇室に近い旧華族なんてのもありました。

茂呂田の愛宕貿易もちゃんと業績をあげていたから、品物は大量に集まる。なかには本物の山岡鉄舟《やまおかてつしゅう》の掛軸だとか、長次郎作の利休七種だとかもあった。カネに困った寺がコッソリ持ち出した国宝級の如来像なんてのもあった。もちろん今度の支払いは手形で済ます。それで以て手形決済前に愛宕貿易は倒産、品物はバッタ屋や密輸専門の闇屋に流してしまう。いわゆる取り込み詐欺というやつだ。集めた品は一級品ばかりだったから、これは面白いほど儲かりました。

家宝を騙し取られた連中は好色住職のところへ押し掛ける。自分は紹介しただけで、そんなことを云われても知らん、訴えるなら警察へ行けと好色住職はニベもない。根っから性格が傲岸不遜とは云え、なかなか普通の神経ではない。官憲は動いたものの、その頃には会社はとっくに影も形もない。茂呂田社長以下の経営陣も香港あたりに逃げて日本にいないとなれば、ドウ仕様もない。

他にも似たような仕事で荒稼ぎする傍ら、私は市谷と神田にビルを買い、貸しビル業と本格的な不動産取引業に乗り出しました。一度そうなると、不思議なもので、東京中に地所が欲しくなってきた。事業を大きくしたくなって堪らなくなってきた。理由は自分でもよく分からない。

不動産業に乗り出す

遊んだり贅沢をするカネはむろん欲しいが、元来私は物欲はあまりない方だと思う。思えば柿崎幸緒も榊春彦もそうだった。全般にカネには恬淡《てんたん》としていた。しかるに私は急にカネが欲しくなったので、ひょっとすると高度成長に向かって上昇気流に乗りつつある日本経済と関係があるのかもしれない。ないのかもしれない。よく分かりませんが、どちらにしても私の野望は果てしなく広がり、貸しビル業からいずれはホテル業やリゾート開発、さらには鉄道海運、航空業にまで手を伸ばしていきたいと、巨大な夢を抱きました。野望は国境を越えて海外へと膨らみ、タイやインドネシアに進出して事業を展開しようとの目論みも生まれてきた。かつてロンドンがそうであったように、そしていまニューヨークがそうであるように、東京が世界の経済金融の中心地となる。世界中のカネと云うカネが東京に集まり、そこからまた末端へ流れて行く。つまりは経済の心臓だ。眩いばかりに光り輝く富の血液が心臓都市東京からドクドクと地球上のあらゆる場所へ届いて行く。こいつは凄いゼ。モウ胸がわくわくした。

なにしろこっちはヤクザが本業だから、少々荒っぽい真似をしても全然平気である。と申しますか、それが商売だ。ビルの買収やら競売物件の入札やら、強引に押し進めたものの、そこは外れ者の悲しさ、堅気の商売人の世界ではまともに相手にされぬ憾《うら》みがある。麻薬を売ったり取り込み詐欺を繰り返しているようでは、たしかに信用されぬのも仕方がない。経済ヤクザが登場して表経済に寄生するようになるのはもう少し後の話。この際極道は廃業して堅気になろうかとも思ったが、そう簡単にいくもんじゃない。

本音を云えば、ヤクザ商売にやや疲れていた面もある。私は将門興業社長であるから、舎弟や子分たちには「社長」と呼ばせていたが、世間じゃ誰も将門興業なんて呼びやしない。ズバリ曽根組だ。私は曽根組組長。組長はむろん一家の長だが、これが私の身の丈に合わぬところがある。早い話が、私は参謀が体質に合っているので、参謀の位置にいてこそいい働きができると思う。疲れたのにはそう云う理由もありました。思えば私が体質に合わぬ組織の頭でなんとかやれていたのは、戦後の混乱期だったからなんでしょう。だから世の中が安定するにつれ段々と苦しくなってきた。

とは申せ、組員の数も増え、縄張りもそれなりにある以上は、急に看板を下ろすこともできぬ。それに不動産商売でも曽根組の代紋があればこそ事が迅速に進む場合も多いとなれば、なかなか廃業できるもんじゃない。とりあえず看板は下ろさぬまま事業拡大に邁進しました。東金銀行と云う質屋業から出発して急速に成長した千葉の銀行と組み、都内のビルや土地を次々買い漁って、高輪の老舗旅館、高山ホテルを手に入れたあたりが思えば我が絶頂だった。直後に私は転んでしまう。

転落と悟達

私が逮捕されたのは昭和二十七年、西暦で一九五二年の一月。容疑は恐喝。具体的には、大森山王の競売物件を落札した際、債権の一部を保有する証券会社の社長と社員を監禁して債権放棄を迫ったと云うもの。監禁して脅迫したのはマア事実だ。けれどもべつに生爪を剝がしたり金玉を潰したりしたわけじゃない。剃刀で頰を切り裂いたりもしていない。せいぜいがチョコット殴ったくらい。これまで私がやってきた所業に較べたら可愛いもんだ。にもかかわらず私は起訴され、小菅《こすげ》の拘置所へ放り込まれた。保釈金を積んですぐに出たものの、裁判は有罪。執行猶予はついたが、今度は脱税で摘発され、他に民事訴訟をいくつも起こされて、モウ踏んだり蹴ったり、気づいたときはスッカラカンになっていた。

どうしてこうなってしまったのか。もとの野良犬に戻った私はつらつら考えた。つまりこれは私が極道の分際で実業の世界にうって出ようとしたことに原因がある。早い話が出る杭は打たれるで、何度も申し上げたように、打ってくるのが同業者ならいくらもやりようはある。ところが堅気が相手となると、法律やら何やら動員して、じわじわ押さえつけるように圧迫してくるからやっかいだ。反発して暴れれば余計ひどく打たれる破目となる。首輪を嵌められた犬が逃れようともがけば却って首が絞まるのと同じ。野良犬は野良犬らしくしていろと云うことらしいと私は悟りました。

大企業でゴザイと澄まし顔でいる会社だって裏に回れば相当に汚いことをしている。だが連中は自分では手を汚さない。汚れ仕事は下請け孫請けにやらせる。あるいは私のような者を使う。それでいながら旨味は全部持っていくのだから、酷い話です。マアしかし世の中はだいたいそんなもんだ。事業拡大の野望は依然フツフツと腹中に沸き立ってはいたものの、私は実業の道はスッパリ諦めた。このあたりの切り替えの速さが私の特徴と云えば特徴だ。こうなったら裏世界でとことん幅を利かしてヤルと決意致しました。さように開き直ればやりようはいくらもあるので、企業社会の薄暗がりに飼い犬の顔で棲みつき密かに狼の牙を研いだ。まずは極道界を制覇してやろうと、急速に伸張しつつあった神戸の山口組の動向など横目で睨みつつ虎視眈々《たんたん》機会を窺っていた、その矢先です。例の「堅物」今岡から或る話が持ち込まれた。これが私の運命を大きく変えることになる。

今岡の相談事　意外な人名

今岡が松枝亥外と名を変えて政治経済の裏世界で暗躍するようになったことは前に話しましたが、この頃はまだそれほど大物でもなく、『民族解放』とか云う右翼新聞の主幹を地味にやっていた。新橋で会って以降、今岡とは何度か顔をあわせる機会があって、ニットー食品の争議では一緒に組合員の切り崩しを画策した。ウマが合うと云うほどではないが、今岡とはマア悪くはなく、だからなんだろう、ぜひとも相談したいことがあると今岡の方から連絡してきた。それで紀尾井町のホテルへ出向けば、中華レストランの個室で私には老酒《ラオチユウ》を勧め、肝臓の悪い自分は飲めないからと中国茶を啜りながら、今岡はある人物に一緒に会って欲しいと用件を切り出した。

ある人物とは今岡の満州時代に絡みのあった旧軍人で、支配地域からの強制徴収や阿片売買で巨額の資金や軍需物資を集めた男だと云う。仕事に協力した今岡は終戦時、黄金《きん》やダイヤモンドに換えてあった資金の一部を持ち出した。資金集めは軍の命令でやったものだが、責任追及を恐れた旧軍関係者はカネの存在自体を認めず、結果、今岡は自分の懐に仕舞い込んだ。早い話が着服だが、自分は決して着服したのではない、カネは一時的に預かったもので、必ず天下国家のために使う所存である、世界中が共産主義勢力の脅威に晒されつつあるいま、民族の独立に益するよう、なすべきを断じてなす覚悟デアルと、今岡は力説したが、マアそんなことは私にはドウでもいい。

それで私にどうして欲しいのかと先を促せば、北京ダックを頬張りつつ今岡が云うには、自分が持ち出した資金は全体のほんの一部分にすぎない、大半はどこかにまだ隠匿されているはずで、しかし隠匿場所を自分は知らぬ、それを知っているのが、つまり最初に云った旧軍人で、関東軍参謀だったこの男はソ連に抑留されていたが、半年ほど前に帰国して大阪の商社の相談役に収まっている、実を云えばこの男と自分は陸士で同期だったのだと、今岡が説明した辺りで一つの予感が私に生まれ、胃の腑の辺りがゾワゾワしたのは、申すまでもありません、今岡と陸士同期のシベリアに抑留された関東軍参謀と云ったら、あの男しかいない。「そいつの名前は?」と訊いたときにはすでに予感の樹木は確信の大樹にまで育って大地に固く根を張っていた。

榊春彦。北京ダックをクチャクチャと汚らしく嚙みながら、今岡はその名前を口にしました。

榊春彦の履歴

榊春彦が参謀本部から関東軍参謀に転出したのが昭和十九年、西暦で一九四四年の十二月。そこから終戦まで榊が何をして居ったか、私が全然知らぬのは、上述のごとく、その頃にはモウ榊は私じゃなかったからだ。今岡の話では、中国大陸で榊は現地の犯罪組織や今岡のような人間を使って、軍需物資調達の業務に就いていたらしい。今岡ははっきりとは云わなかったけれど、かなり悪どい真似もしたんだろう。マアあの頃は大日本帝国の勝利のためだと云えば大概のことは許されたわけです。

終戦前の五月六月、榊春彦はしばしば上海に出張し、本土へも何度か飛んでいたそうで、いち早く敗戦を予想した榊が集めた資金や物資を持ち出して隠匿したに違いないと今岡は断じた。しかし終戦からモウだいぶ時間が経つ、隠匿したものがそのままである可能性は低いのではないかと、私が当然の疑念を口にすると、榊は周到な男だから巧妙に隠してあること疑いなしだと述べた今岡は、「俺はあの男は嫌いだが、そういうしっかりしているところは信頼できる」と続けて、私がつい嬉しくなったのは自分が褒められたように感じたから――と申しますか、自分が褒められたと考えて、この場合たぶんいいんでしょう。

榊春彦はこの二月に抑留から戻り、しばらくは妻の実家の諏訪に居たが、大阪堂島に本社のある日望商会の相談役になり、いまは奈良に住んでいる。榊の動向を密かに見張らせたところ、なかなか隠匿資金を取りに行く様子がないので、単刀直入、手紙でカネの行方を問い質したところが、そんなものは知らんの一点張り、そんなはずはないと、業を煮やして直接会いに行けば、おお、よく来た、よく来たと、愛想ばかりはいいが、肝心の点になるとのらりくらり話をはぐらかされて、まるで埒があかぬと今岡は云う。それじゃまるで「カンニング腹切り事件」と同じじゃないかと私が笑うと、なんで知っているのかと、今岡が青い顔になったのには慌てました。いやナニ、水谷氏から前に聞いたのだとかナントカ云って誤魔化したが、今岡がなおも妙な顔でいるのが可笑しかった。しかし私だって笑っている場合ではない。今岡が私に依頼してきたと云うことは、つまりは榊春彦を私に脅かせとの意に他ならぬ。私が私に会って私を脅す。これは全くもって笑えません。

箱根へ向かう

それで私が今岡と共に箱根に向かったのは昭和二十七年、西暦で云えば一九五二年、梅雨明け間近の七月半ばのこと、箱根は強羅《ごうら》の明治屋ホテルで日本経済連合会の会合があって、ここに日望商会の榊春彦が参加していると云う。榊とは事前の約束はなく、つまりは急襲して泥を吐かせようとの魂胆、マア私が出向く以上、クドクド交渉するより、いきなり脅しをかける方が手っ取り早い。

とは申せ、私は箱根行きはドウモ気が進まなかった。榊春彦を脅しに行く、と思えばさすがに躊躇《ためら》うものがあって、そもそも会うこと自体気味が悪い。だが、今岡の出してきた条件がうますぎた。もし隠匿資金、隠匿物資が首尾よく手に入った場合、換金や売却を将門興業に任せるので、手数料として二十パーセントを寄越すと云う。全体の額ははっきりしないが、五億円はくだらぬはずだとも云う。当時の五億は、いまならいくらになるか、ちょっとすぐには分かりませんが、とにかくこれでは断りにくい。

深夜零時過ぎ、佃と云う手下の運転するシボレーで、私と今岡、それから遠山と云う用心棒が箱根目指して出発した。篠突く雨の降る夜でした。国道一号で事故があって予定より大幅に遅れ、箱根に着いたのは午前十時。車酔いをした私は青息吐息、東京を離れた途端に具合が悪くなる性質は曽根大吾でも変わらない。実はこれもあって箱根へは行きたくなかったので、舎弟に代理させることもできなくはなかったが、相手が榊春彦となれば余人には任せられぬと考えたのはマア妥当なところ、と云っていいのかどうか、いずれこれだけの大仕事となると、舎弟と雖《いえど》も信頼しきれぬわけで、そもそも私は他人を信用して居らぬ。これはズッと変わらぬ私と云う者の基本性質であるらしい。ならば自分は信用できるかと云えば——と、このことは間もなく話します。

会合は前日で終わり。ホテルの駐車場に車を入れると、黒塗りのハイヤーが車寄せから次々出て行く。しまった、遅かったかと焦りつつ、急ぎロビーへ入っていけば、ラウンジのソファーにその男はいました。

気味の悪い会見

榊春彦はかつて私だった人間にすぎない。いまは全然私ではない。したがって榊は赤の他人である。とコウ箱根へ来る道すがら、私は自分に言い聞かせてきたのですが、実際会ってどうだったかと云えば、これがヤッパリどうにも薄気味悪い。新橋の料亭で水谷と今岡に会ったとき、死人が蘇って出てきたようだと感じたことは前に紹介しましたが、今回はその感じが一段と増幅されて居る。榊春彦の顔がすぐに分かったのは、自分の顔だったことを思えば当然ですが、そうした事情とはまた別に、その顔だけがロビーに散らばる他の顔とは違う材質で出来ているかに見えたから奇怪だ。鑞《ろう》とかセルロイドとか塩化ビニールとか、妙に皺のない肌が蜥蜴《とかげ》のそれのごとくひんやりテラテラして、周りから完全に浮き上がっている。

シャンデリアの下の榊は、黒革のソファーに座って紙巻きを燻《くゆ》らせ、向かいの黒背広の男と話をしていました。服装は臙脂のシャツに格子縞のジャケット、胸元に銀糸の刺繍の入ったアスコットタイを覗かせているのがなかなか御洒落である。しかし御洒落な榊春彦とは、まったくの予想外、これにまずは意表を衝かれたが、一番眼を惹いたのは頭。毛髪が石炭みたいに真っ黒だ。榊は白髪になる質《たち》だから染めているんだろうが、それはマアいいとして、ポマードで固めたオールバックの髪を後ろに長く伸ばしているのが頗《すこぶ》る怪しい。私の知る限り榊春彦は子供時分から一貫して坊主頭だった。だから余計おかしく感じたんだろうが、なんだかエロ専門の芸術家みたいだナ、と観察したとき、向かいの若い男が何か云って榊春彦がのけぞって笑い、黄色い歯が剝き出しになったのは間違いなく義歯である。榊春彦は鼠っ歯で、あんな立派な歯は持っていなかった。とソウ思った途端、鬘《かつら》を着けた御洒落な入れ歯がギュウンと飛んで私に齧りついてきた——と、これはむろん妄想だが、馬鹿なことに私はひどく脅かされて、キュウと啼《な》いて縮んだ肝から哄笑《こうしょう》の蟲《むし》が溢れ出せば、今度はモウ笑いが止まらぬ。私はゲラゲラ笑い出しました。周りは変な顔をしている。

しばらく向こうで待っていてくれろと今岡が云うので、私たちはラウンジの離れた席に腰を下ろした。榊春彦に声をかけた今岡は、隣に座って談じ込んでいる。とくに緊迫する様子はなく、仲の良い友人同士が遊びに行く相談でもしているようにしか見えぬ。

と、黒背広をソファーに残して、今岡と榊が立ってこちらへ歩いてきた。

私たちは今岡の新聞社の人間と云うことにすると打ち合わせてあったから、今岡は格別に私を榊に紹介したりはしない。榊と握手などする展開になったら気持ちが悪すぎる、またいきなり笑い出しかねぬと恐れていたから、これはマア助かった。すると今岡が、湯本まで飯を食いに出て話をすることになったと、私に目配せする。佃と遠山が駐車場へ走って、シボレーを車寄せに回してくる。佃が運転して助手席に遠山、後ろに榊を間に挟む形で私と今岡が座り、昨夜の雨が嘘のような夏の好天の下、車は走り出しました。

傲岸不遜な男

榊は上機嫌で、しきりに今岡に話しかける。私はすぐ横に榊がいるのが気色悪くて仕様がない。妙にキンキンする声も耳障りだ。私は榊からなるべく身を離し、窓から入る風を顔にあてながらドアに身を寄せていたが、そんなことは知らぬ気《げ》に榊は、三日間休暇を取ったので毎日ゴルフをする予定である、自分はゴルフをはじめてまだ二月《ふたつき》にしかならぬが、まもなくスコア100を切りそうで、レッスンプロから天才だと褒められたなどと自慢し、君も一緒にラウンドしないかと今岡をしきりに誘う。人を見下したような話しぶりが非常に腹立たしく、思った以上に榊は不愉快な人間であるナと、私はあらためて——と云うかはじめて確認しました。

榊はなおも調子良く喋っていたが、それでも湯本から小田原へ抜ける道へ出た頃には、己の置かれた状況に気づいたらしい。「全体これは何なんだね？」といささか怒気を孕んで質問する。「だから、例のカネのことを少し訊こうと思ってネ」と今岡が応じれば、

「知らんと云ったじゃないか。しつこいなアンタも」と押し返す榊の態度は実に太々しい。我慢のならぬ傲岸さである。「いや、だから、そんなはずはないのであって、つまり、そんなはずないじゃないか」と今岡の方は妙に弱腰である。何か弱味でも握られているのかと観察していると、煙草を座席の背の灰皿でイライラともみ消した榊は「知らんもんは知らんヨ！」と癇癪を起こしたように叫んで、ついに私の我慢も限界に達しました。

私は背広の内ポケットから愛用のベレッタを取り出すや銃口を榊の喉元に押し付けた。前部座席の遠山もすかさず銃を構えて榊に狙いを付ける。こちらはマグナムの45口径。この遠山は銃マニアで、とにかく人を撃ちたくて撃ちたくて堪らぬと云う男だから危ない。まだ撃つなよ、まだ撃つなよと、半ば本気で遠山を制してから、「カネの隠し場所を教えてもらおうか」と榊に要求した。本当はもう少し様子をみてから脅しにかかるつもりだったが、榊の安ポマードの臭いとキンキン声に神経がささくれて我慢ができなくなった。榊のイライラに同調した具合にコッチのイライラも嵩《こう》じてモウ歯止めが利かぬ。

さすがに榊は軀を固くして、それでも「知らんもんは云えんよ」としぶとい。「じゃあブッ殺す」私はベレッタの安全装置を外した。経験上ここは強く押すのが良いと判断したこともあるが、それより何より殺意の冷気が肚の底からグイグイ突き上げて止められぬ。モウ殺したくて殺したくて仕方がない。実際、榊がそこでまた癇に障る態度を取っていたら引き金を引いていただろう。榊は私の「本気」を察したのか、急に震え出した。それから「俺を殺したら、隠し場所が分からなくなるゾ」と云う。「かまわねえ、殺す」と応じたときには、本当に殺す気になっていて、「ちょっと待ってくれ」と今岡が止めに入らなかったら本当に殺していたかもしれぬ。

俺を殺したら云々の榊の台詞は、隠匿資金の存在を告白したともとれる。となれば殺すのは隠し場所を吐かせてからでも遅くない。「どこに隠してある?」と次に訊いたときには、私にも冷静な計算ができていた。榊はむろん簡単にカネの在処を云ったりしない。「まずは話し合おうじゃないか」と引き延ばしにかかる。「ふざけんじゃねえ。素直に吐かねえと殺すぞ」とベレッタを喉元にグリグリ押し付ければ、「ああ、殺すなら殺せ」と今度は開き直る。「そのかわりカネは永遠に出てこなくなるからな」と逆に脅してくるから榊も図太い。こうなったら痛めつけて吐かせるしかあるまいと、とりあえず新宿の事務所まで連れて行くことにした。

取引と信用の問題

榊が黄金《きん》や宝石の形で隠匿しているのが黒いカネである以上、正規ルートで換金はしにくい。タングステンなどの軍需物資ならなおさら現金化は難しいだろう。とすればどのみちソノ筋の人間の手を借りる必要がある。と、この点を榊は素早く計算したんでしょう。榊がシベリアから戻ってまだ半年ほど、戦後日本の事情がよく分からぬ、その辺り様子を見極めてから隠匿資金を取り出すつもりだったのは、なるほど用心深い榊ならそうするところだろう。しかしいつまで隠していても仕方がない。そろそろかナ、と思っていた矢先、今岡と私が来た。とすればこれはむしろ好機かもしらんと榊は考えた――と、さような具合に私は推測したが、間違いなくそう考えたと、私はほどなく断言できるようになる。

どちらにしても榊は取引に応じてもいいようなことを云い出した。次いで私の稼業につきあれこれ訊いてきたのは、私をどれくらい信用していいか、探りを入れたんだろう。この場合の信用とは、信頼ではなくて、裏世界で私にどれほど力があるかと云うこと。金力、武力、権力、なんであれ力とつくもの以外に榊が信じるものは一つもない。軍隊時代の榊が上官に誠心誠意を示したのも上官に力があるから。予備役間近の大佐などは歯牙にもかけぬ。なにしろ榊はついこの間まで私だったわけで、その辺りは手に取るように分かる。むろんいくら力があったって自分が利用できないんでは意味はない。早い話がどれくらい利用価値があるか、これが榊が他人を判定するに際しての唯一無二の基準――とは、つまり私がそうだということ。

今岡が横から私を紹介して、新宿では並ぶ者のない実力者であり、政財界にも大いに顔が利く人物だと云うと、「やはりナ。最初に会ったときからただ者じゃないと思ったんだヨ」などと榊は歯の浮くようなお世辞を口にする。むろん榊が天性のおべっか使いであることを知悉《ちしつ》している私としては片腹痛い、かと思いきや、少しはいい気持ちになったのだから面白いもんだ。自分に自分でお世辞を云って効果があるとは、私のおべっか術も実に大したものである。

シボレーは国道一号を小田原から東京へとひた走る。今日は友人のところへ泊まると、途中の郵便局から榊はホテルに電報を入れた。それから車中でカネの取り分や換金の方法など、本格的にではないが、下交渉が小出しな感じで開始される。まずは今岡に任せるしかないと考えた私が黙っていると、雰囲気がやや寛いだからか、話の合間合間に陸士時代の昔話がさし挟まるのが調子が狂う。困るのは、二人が懐かしがって話す内容を私も知っている点だ。青藻の浮いた防火水槽で年がら年中水浴びしているので、ミドリムシと渾名のついた物理教師がいたと云う話が出たときは、「いたいた、そういうの、いた」と思わず声を出しそうになって慌てました。

それでしばらく話を聞いてみて、榊と云う男は全然信用できないと私は結論した。マアいまさら何を寝ぼけているんだと云う話なわけで、榊が信用できぬのは最初から自明だ。他人からみて私くらい信用できない人間も珍しい。ならば自分から見た場合は信用できるのかと云えば、もちろん信用できると自分では思っている。自分で自分が信用できぬのでは生きて行かれない。が、案外そうでもないと思わざるを得ぬ出来事がそれからまもなく起こる。

押さえきれぬ殺意

自動車はやがて平塚から藤沢を経て横浜に入る。その辺りから榊の様子がおかしくなってきた。やたら調子良くペラペラ喋っていたものが急に無口になって、落ち着きなく窓の方へしきりと眼を遣るようになる。鶴見を過ぎ、川崎へ入って、横須賀線と南武線の踏切を順番に越えた辺りまで来ると、モウ完全に心ここにあらずの体となって、声をかけても返事すらせず、キョロキョロと景色を眺めている。顔も呆けたようになって、あどけないと云ってもいいような笑みがその顔に浮かぶのを見たとき、私は榊の身に起こっていることを理解しました。つまりは東京だ。

榊が東京を離れたのが昭和十九年。それから榊は一度も東京へは足を踏み入れていないはずだから、八年ぶりの東京になるわけで、この八年間、榊がどんな気持ちで生きてきたのかは知らんが、東京へ近づくにつれ、榊が己を取り戻しつつあるのを私は直感した。それればかりではない。多摩川を越えた頃になると、私にも重大な変化が生じた。すなわち榊の体験と云うか記憶と云うか、そんなものが急に私の方に流れ込んできた、いや、流れ込んだと云うのは正しくない。ふと気がついたら榊と云うものの中身が私のなかにあった。と申しますか、榊が体験した諸々の出来事、ことに私の知らぬシベリア時代の出来事が、昔見た夢がふいに思い出されるように、私のなかにあるのに突然気がついたわけです。

ラーゲリで囚人に課された作業は過酷きわまりなく、餓えと寒さでバタバタと人が死んだが、榊は監督官に取り入って、作業に出ずに済む労務管理の仕事に就いていた。マルクス・レーニン主義にも忠誠を誓い、抑留後半は、他の日本人抑留者にマルクス・レーニン主義を講義する仕事について、暖炉のある山小屋に住んで毎日ウオッカを飲んでいた――と云った話はいまはいいでしょう。問題は、ここにおいて二人の私が至近に併存すると云う奇態が現出した点にこそある。

東急電鉄の踏切を二つ越えて、池上本門寺の近くまできたとき、小便がしたいと榊が云い出した。佃がシボレーをガソリンスタンドに入れる。榊は脇の便所へ行き、見張りでついていった私も小便がしたくなって、二つある小便器で並んで小便をした。これすなわち二人の私による連れションの図だ。非常に奇怪だが、この小便時の私――と云うか私たちの気持ちは、奇怪くらいじゃとても形容しきれぬ。

夏の日差しのなか、便所の小窓から百日紅《さるすべり》が咲いているのが見えていました。柿崎幸衛門の三味線堀の家も便所から百日紅が見えたナと、私たちが回想したときには、私たちは私たちが私たちであることを余すところなく了解していた。了解しながら小便をしていた。小便をしているのも私なら、すぐ横で小便しているのも私である。ここにおいて生まれ出た感情は如何に、と申すなら、殺意だ。横にいる私は是非とも抹殺せねばならん。腹中で卵から孵った殺意の鰐《わに》がぐんぐん喉元に迫《せ》り上がってきた。

攻撃　自動車炎上

しかし、なぜ殺意なのか。よく分からん面はある。とりあえず具体的な利害の点から云えば、例のカネのことはありました。つまり隠匿場所を私――曽根大吾の私が知ったと云うことはあった。これも曽根大吾の私に榊の方から情報が流れ込んできたのではなく、失くしたと思った財布がふと見たら机の上にあったような感じで、気がついたら夢のように記憶中にあった。榊は満州から持ち出した貴金属を、諏訪の光妙寺、と云うのは例の榊の妻の実家の菩提寺ですが、あそこにあった宮沢嘉六の墓の下に埋め隠していた。宮沢嘉六は云うまでもなく柿崎幸緒に辻斬りを指南した例の浪人者です。

終戦の年の春、榊は妻を通じて、自分は宮沢家とは浅からぬ縁があるゆえ、地震で壊れた墓を再建したいと住職に申し出た。それで六月半ば、隠匿した品を飛行機に積んで奉天から所沢飛行場へ飛び、そこからは軍のトラックで諏訪まで運んで、建設中の墓の下に埋めた。他にタングステンなどの軍需用レアメタルも内地へ運び、土浦に住むかつての部下に保管させていることも自然に判明した。

カネや物資の在処《ありか》を私――曽根大吾の私が知った。と、そのことを榊の私も同時に知る。こりゃマズいと考えた私は殺意を抱き、その殺意はもう一方の私が直ちに知るところとなる。と云うか殺意を抱いたのは私なのだから、私が殺意を抱いたと私が知るのは当然で、結果、増幅された殺意が私たちを襲ったと、マアいちおうは説明できるかもしれぬ。

私たちは小便を終え、一物を仕舞い、便所を出た。殺意はもはや押しとどめ難いまでに高まっていたが、私たちが私たち同士で殺し合うのは愚ではあるまいかとの冷静な考えも一方では浮かんできた。私が私を殺す。これは一種の自殺に他ならぬ。むろん私は、と云うか私たちは、自殺などしたくない。とすればここは殺し合わず、仲良く共存するのが賢明だ。思えばこの辺りの計算高さこそ私の一番の長所のはずで、私が最も恃《たの》みとするところ。私が自分を信用する根拠もここにある。ところが便所を出て数歩も行かぬうちに、私は地面に転がっていた鉄管を掴むや、黄色い義歯を剥き出しにして、いきなり私に殴り掛かってきた。当然私はベレッタで応戦する。私はもちろん私が拳銃を持っているのを知っていたし、便所を出たときすでに、いつでも撃てるよう上着の隠袋《ポケット》のなかでそれを握りしめているのも知っていた。いや、知っていたからこそ殴り掛かったとも云える。しかし私が知っていることを私は知っていたから、殴られる前にベレッタを出して発射したわけで、後から思えば、この辺りは逆上のあまり我を失った感が強い。と申しますか、私が同時に二人居る状態とは、文字通り我を失って居るのと同義なんでしょう。私は私を制御しきれず、つまり私が自分を信用できないと云ったのは、この辺の事情を指してのことです。

　それでどうなったかと申せば、鉄管と銃弾では鉄管に分がないのは当然だ。私は胸のど真ん中を撃たれて、鉄管をふりかざした格好のまま尻からドスンと落ちた。ウオッと悲鳴をあげた弾みで入れ歯が外れて口から飛び出し、私の方へ飛んで来ると見えた瞬間には、入れ歯に襲われる、とわけの分からぬ恐慌に陥ってしまい、ベレッタの弾倉が空になるまで滅茶苦茶に撃ちまくりました。これじゃまるっきり素人だが、よほど動転していたんでしょう。しかも悪いことに、弾の一発が逸れて、ちょうどシボレーに給油中だったガソリンスタンドの店員に当たってしまった。それだけならまだよかったが、店員が給油ホースを握ったまま倒れたから大変だ。ダボダボダボとガソリンが地面にこぼれ出した、と思ったらいきなり引火、シボレーが爆発した。

火災の記憶　大惨事

私たちが便所を出てからシボレーに火がつくまではほんの数秒の出来事だ。にもかかわらず私は、その短時間に起きたたくさんの出来事を覚えている。入れ歯のことはもう云いましたが、倒れた男の眼玉が、池のオタマジャクシが反転する具合に、クルリ動いて裏返ったことやら、拳銃を向けてきた男の唇が口紅を塗ったように赤かったことやら、男の黒い影の後ろで咲く真っ赤な鶏頭やら、電線に一列に整列した雀がいっせいに飛んだことやら、車のなかの佃と遠山がとても寂しそうに俯いていたことやら、仰向けに倒れた店員の靴下がサーカスの道化師の靴下みたいだったことやら、モウ無数と云ってよいくらいの場面が記憶に残っている。

それればかりではない。かつて私が体験した数々の出来事の記憶が数瞬裏に頭を過《よぎ》った。人は死ぬるに際してそれまでの人生を走馬灯のごとくに幻視すると云うが、それと似たようなものなんだろう。と申しますか、榊春彦の私は実際そのとき死んだわけだから、まさしくそれに相違ない。しかも私の場合、人生の始まりは非常に古くにまで遡る。いや、人生に限らぬ。猫生鼠生ミミズ生トンボ生浅蜊生、と云った具合に種類も多く、ほとんど氷河時代にまで遡る記憶だから、モウ無慮膨大きわまりない。その記憶された膨大な諸場面が数瞬裏に頭を過ったと云う次第。胡蝶の夢と云うが、私の場合は胡蝶が空を真っ暗にするくらいに群れ飛んでいるのだから凄まじい。もっとも本人はそんなに凄いことだとも思ってはいないのですが。

回想された出来事のなかでは、燃えるシボレーが眼に映っていたせいなんでしょう、記憶の映写幕に浮かび上がる場面は火が主役。明暦明和の江戸の大火から元禄や安政の大地震、そしてもちろん関東大震災。さらには先史時代から繰り返されてきた富士山の大噴火。そしてまだ記憶に新しい東京大空襲。どれもが非常に生々しく身に蘇って、内から外から炎を浴びた私は溶鉱炉のくず鉄さながら、人間だか鼠だかミミズだか分からぬものに溶け変じて、地面をのたうちました。

榊春彦は即死。他にガソリンスタンドの店員と、自動車のなかにいた佃と遠山が焼け死んだ。今岡は私たちのあとから便所に入っていたので助かった。曽根大吾は火傷は負ったものの命に別状はなく、病院に送られた後、殺人の罪で逮捕された。もっともこのあたりの記憶は私にはない。記憶はシボレーが燃えあがったところで途切れ、そこから先はしばらく昏《くら》い。早い話がここを境に私は曽根大吾じゃなくなったらしいのですが、では、私はどうなったのか？　それを語る前に一つだけ、ガソリンスタンドの場面に関して報告しておかねばならぬことがある。

気がかりな男

便所を出てシボレーが発火するまで数瞬の間に私は無数の出来事を見たと述べましたが、なかに一つ、いや二つ、異様に際立つ場面があった、と申すのは、まずは鼠だ。スタンドの店員がガソリンを撒き散らしながら倒れたとき、たくさんの鼠が現れて絨毯のごとく地面に溢れ返った。普通に考えたらこれは奇怪きわまるが、マア鼠の意想外の登場は私にとってはもはや馴染みとも云える。鼠の群れを見た途端、架空の尻尾にビリリ電気が走ったのも経験ずみ。アアまたかと云った感じで、それより私の眼を惹いたのは一人の男だ。

男と申すのは、シボレーの後からガソリンスタンドに入ってきた自動車から降りて、こちらを眺めるふうに突っ立っていた若い男。夏だというのに黒い背広に紫色のネクタイを締めた男の顔立ちは十人並み、これといった特色はなく、ただ異様なのは、男の足下に鼠が群がり、脚から腰へ鼠が這い上り這い降りる様子が波に洗われる人のように見えた点で、しかしそれより何より私が不可解に思ったのは、その若い男が先刻、強羅のホテルのロビーで榊春彦と向かい合わせに座っていた人物だった事実だ。たぶん我々を尾《つ》けてきたんだろう、と、ソウ思えば箱根からずっと黒いダットサンが後ろにぴったりついてきていたナ、と私は思い出したが、しかし分からぬのは、なぜ尾けてきたかである。そもそも彼奴《きゃっ》は誰だ？　シボレーが爆発したのはこの疑問が急速に膨れ上がったときだ。

あとは既に述べた通りですが、実はこの若い男と私はこの後深く係ることになる、との云い方が正しいのかどうか、よく分かりませんが、先に名前だけ紹介しておけば、男は友成光宏と云う。この友成光宏が――と、ここからは章をあらためます。

第四章　友《とも》成《なり》光《みつ》宏《ひろ》

火傷で入院　鏡を見て仰天す

眼を覚ましたら寝台の上だ。最初はどこに居るのか見当がつかず、天井の漆喰にぼんやり眼をやっていたが、ふと心づいて手を顔の前に持ってくれば、両手が包帯でグルグル巻きである。それを見て、アアそうだった、自動車が燃えたんだったと思い出した。火傷を負って病院に担ぎ込まれたんだろう、傷がヒリヒリ痛んで堪らんと云うこともないから、大した怪我ではないらしい、とまずは判定した後、ハテ、どうして自動車が燃えたんだったかと、記憶を呼び起こそうとしたところが、これがドウモ判然としない。形の定かならぬ薄黒い気体が頭の中に詰まった具合で、全体がモヤッとして向こうが見通せぬなかにあって、黒いダットサンの横に立った黒背広の若い男、その姿形ばかりがクッキリ脳裏に刻まれて居る。彼奴《きやつ》は誰だ？　他に考えるべき事柄はあるはずなのに、絹豆腐よろしく妙につるんとした顔ばかりが気になって堪らぬ。看護婦が来たので、「あの男はどうしたかな」と訊くと、若い看護婦は妙な顔をする。「あの男だヨ、ダットサンに乗ってた男だ」と言葉を重ねれば、返事もせずにゴムのバンドを腕に巻く。まったく気の利かぬ奴だと思いつつ、血圧を測られているうちに、私はようやく前後関係を思い出しました。

私は榊春彦を撃ち殺した。ガソリンスタンドの店員も殺した。火災を引き起こし、さらに何人か道連れで殺したかもしれぬ。となるとただじゃ済まされまい。死刑にならぬまでも、無期懲役くらいはあるやもしれぬ。私は全く参ってしまったが、済んだことはドウ仕様もない。マア諦めるしかないナと、例によって恬淡と天井を眺めるうち、逃げる手があると思いついた。

横浜から船に乗って、ジャカルタあたりに高飛びする。バンコクか台湾でもいい。あの辺ならツテがないこともなく、カネさえ払えば密航を手配してくれる者はいくらも探せる。しかしそれには、どこかで見張る警官の眼を盗んで病院を抜け出し、多崎か誰かに急ぎ連絡する必要がある。カネの用意もしなければならん。と、あれこれ算段しながら、海外で暮らす己の姿がいまひとつリアルに想像できなかったのは、東京を離れたくない気持ちが強かったからだろう。とにもかくにも状況を把握するのが先決だと、包帯を換えている看護婦から情報を引き出そうと考えたところへ医者が来た。

顔色の悪い中年の医者が気分はどうかと訊くので、悪くないと答えれば、医者が胸をはだけて聴診器をあてる。背中にもあてる。しかるのち状態を説明する。倒れた際に頭を打って昏倒したのは危なかったが、内出血はないから心配はいらぬ、火傷は右手甲がやや酷いものの他は大したことがないから、明日にでも退院して、あとは通院でいいと云う。アアそうですか、と頷いていると、看護婦が顔に手を伸ばして、絆創膏を剝がしたらピリッと痛い。そこではじめて顔に火傷を負ったと知って、私は狼狽《うろた》えた。と申すのも、笑われるかもしれませんが、曽根大吾の私は上原謙《うえはらけん》にチョット似た、苦みばしった色男で通っていたからで、それが火傷で爛《ただ》れ二目と見られぬ御面相となったのではそれこそ笑えぬ。私は鏡を見せてくれと頼みました。顔の火傷は軽度だからきれいになりますヨと、医者が笑って云うのを聞きながら、看護婦が渡した手鏡を覗いて驚いた。文字通りビックリ仰天した。見知らぬ人間の顔が映っていたからです。いや、見知らぬ人間ではない。あの男だ！　強羅のホテルで榊春彦と話していた若い男、ダットサンでシボレーを追ってきて、ガソリンスタンドでこっちの様子を窺っていた黒背広の白面だ。ギャアと悲鳴をあげて私はたちまち昏倒してしまった。

不思議なる因縁

男の名は**友成光宏**、だとはすでに紹介しましたが、驚いたことに、あの男もまた私だったわけです。即ちあの場面、ダットサンの脇に立っていたのは私だったので、どうして彼奴が気になって仕方ないのか、不思議に思っていたが、ソウと分かれば気になるのは当然至極。なにしろただの通行人じゃない。他ならぬ私である。私が注目しない方がむしろおかしいだろう。

つまりあのとき、ガソリンスタンドには三人の私が居た計算になる。私が私を殺すのを私が見ていた、と云うふうなことになる。これが偶然なのか、因縁と呼ぶ他ない必然の為せる業なのか分かりませんが、少なくとも曽根大吾と友成光宏には結びつきがあった。と申しますのは、覚えておられる向きもあるでしょうが、曽根大吾五歳のとき友達と一緒に神隠しにあった、その友達と云うのが友成光宏だ。不思議と云えば不思議だが、繰り返し述べてきたごとく、私と云う者それ自体が大変に不可思議な存在、それと較べたら大したことはない。とにかく曽根大吾と友成光宏がともに私であることには事情があったわけで、となるとヤッパリ因縁とするしかないのかもしれません。

友成光宏は曽根大吾と同じく滝野川は西ヶ原で幼年時を過ごし、左官業の父親が死んだのが五歳のとき。未亡人となった母親が友成光宏と妹を連れ、遠縁を頼り佐賀に移り住んだ——と、このあたりは私の記憶には全然ない。と申しますか、ガソリンスタンドで火炎を浴びた時点で友成光宏は、曽根大吾と同じ二十五歳だったわけですが、そこまでの人生行路の記憶自体、私にはごくごく薄い。ことに飯田橋の逓信《ていしん》病院——とまもなく判明しました——に入院した直後は、自分が友成光宏であることを含め、何ひとつ思い出せなかったのは、突発的な健忘症に陥ったせいだったらしい。実際、医者は鏡を覗いて昏倒した私を記憶喪失症と認定して、しばらくの入院を命じました。

もっとも私の場合、通常の記憶喪失と異なるのは、記憶自体は大量にある点だ。いやモウ大量どころの話じゃない。まずは曽根大吾の記憶がある。榊春彦や柿崎幸緒の記憶がある。さらにそこに猫の記憶やら鼠の記憶やら、無慮膨大な諸々が混在して、全体がゴタゴタするなかにあって、やはりついいましがたまで曽根大吾だったせいか、曽根の記憶が濃く生々しい。と云うより、最初は自分が曽根大吾としか思えなかった。けれども、病院のベッドで毎日鏡を眺め、知り合いと称する見舞い客と会ううちには、過去の地層からジワリ記憶の水がしみ出して、少しは自分が友成光宏だと思えるようになってきた。新しい靴に足がなじむ感じとでも申したらよいか、アア自分は友成なんだナ、と思うたび妙な感じがしていたものが、段々と平気になった。人間は何事にも慣れる動物だとの箴言《しんげん》がありますが、まさに至言です。

で、ソウなると、どうしてあのとき友成光宏が強羅のホテルに居たのか、ダットサンで追ってきたのか、と云ったことも段々私に分かってきた。と申すはそもそも——と、これを語るには友成の生い立ちを少しく紹介せねばならぬのですが、実はここにも別の因縁話がある。

もうひとつの因縁話

佐賀市から少し西へ行ったところに牛津《うしづ》と云う田舎町があります。友成光宏が母親妹と移り住んだのがここ。親類が茶葉や果物の問屋を営み、親子でやっかいになったが、ただ飯を食っても居られぬ母親は、当地で女中の口を見つけて働くようになった、その家と云うのが「光の霊峰」と云う宗教をやっている家。で、ここからが因縁話になるのですが、宗教団体「光の霊峰」の開祖とは、ナント例の「照子様」、つまりは柿崎幸衛門の女房だったのだから驚愕する。因縁もここに極まれりといった趣だ。

すでに語ったように、佐賀へ下った「照子様」は明治のはじめ頃、信者一党もろとも火事で焼け死んだ。と思われていたのですが、生き残った者が少数あって、なかに「照子様」が牛津で養女にとった娘がいたと云う。この娘が二代目「照子様」を名乗って、占いやら手相見やら細々やっていたが、冶金業を営む男との間にできた子供が三代目を継ぐや、信者をがぜん集め出し、昭和に入る頃には宗教団体「光の霊峰」を名乗るまでに成長していた。

母親が働き出した縁で、子供らも「光の霊峰」の道場へ遊びに行くようになる。そのうちに見初められて、友成光宏の妹が三代目「照子様」の養女となった。これは子のない三代目が妹に四代目を継がせようと目論んだからで、友成光宏の妹にもどこか人と違うところがあったんでしょう。と申しますか、明らかに違いはあって、すなわち友成の妹がたぐい稀なる美貌の持ち主である点だ。子供時分から人目を惹く美少女だったが、年頃となるに及んで傍が不安を覚えるほどの美女に化け、道を歩けば人が怖がって避けて通ったと云うのだから恐れ入る。

しかし、三代目「照子様」が眼をつけたのは、どちらかと云えば友成光宏の方だったらしい。アノ児ハ尋常ノ者ニアラザルナリと、しばしば周囲に漏らしていたそうで、私自身が気づかぬうちに私の正体を見抜くあたり、三代目の霊能力もあながちインチキとばかりも云えぬ。本当は私を四代目に据えたかったらしいが、「照子様」は女でないと収まりが悪いと云うんで、妹に白羽の矢が立ったと云う次第。

三代目「照子様」および「光の霊峰」を実質的に仕切っていた三代目の父親、つまりもと冶金業の男は、私を教団運営の中核を担う者に育てようと考え、養子にこそしなかったものの書生と云う形で世話してくれた。私は地元の小学校から長崎の経綸館中学へ進んで、さらに京都の第三高等学校へ進んだ――とスラスラ述べていますが、このあたりの記憶もそんなに判然りしたものではない。人伝《ひとづて》に聞いて再構成した部分が大きい。場面場面の記憶はある。けれども東京へ戻る以前の友成光宏を巡るあれこれは、本で読んだ物語のような気がしてしまうのを避けられぬ。もっとも記憶とは元来そうした物だと云う気がせぬでもありませんが、まずは先を続けます。

三高時代は勉強三昧

私の三高時代は戦時中。昭和十八年に学徒動員が始まる頃には連日工場に狩り出される。しかも食料難で空きっ腹が満たされぬとなれば、モウ勉強どころの騒ぎじゃない。はずなのだが、カントやヘーゲルを原書で読んでいた私は、結構勉強好きだったらしい。「光の霊峰」からの仕送りも潤沢だったから、生活にまつわるあれこれに悩まされることもなく、銀閣寺近くの下宿に籠って読書三昧の暮らしをしていたらしい。らしいらしいと推測ばかり並ぶのは、その頃の自分がどんな心持ちでいたのか、思い出せないからです。どちらにしても私は成績がよく、ことに語学には才があった。ドイツ語の他にロシア文学が読みたくてロシア語を独習し、英語は英文学の教師に半ば個人教授をしてもらい、シェイクスピアを原書で読んだりしていた。この辺の情熱がどこから来たのか、今となってはまるで分からぬ。が、英語ができたことは身の助けにはなりました。

曽根や友成の世代は少数の者を除いて戦地には行っていない。とは申せ、それなりに戦争を刻印された世代と云ってよいでしょう。ところが友成光宏の私に限っては、教練だとか動員だとか配属将校に絞られる、と云ったことはあったにせよ、とくに戦争が魂に何事かを与えたふうはない。なかで唯一、戦争の現実が身に迫ったのは、昭和二十年八月九日、つまりは長崎の原爆だ。早い話が私は長崎で被爆した。

長崎での被爆体験

その日、京都から牛津へ帰省していた私が長崎まで出かけたのは、入院していた母親を見舞うためだ。母親の患いは腹膜炎、なにしろ四代目「照子様」の産みの親だから、「光の霊峰」が手厚く面倒を見てくれ、胃腸病の名医がいる長崎医科大学附属医院で手術を受けた。当時は長崎も空襲で危ないとなって、入院患者は順次他所へ移されていたが、母親は手術直後と云うこともあって病棟に残っていた。早朝に牛津を出た私は十一時前に病院へ着きました。

手術は成功して、母親の顔色も悪くなかった。見舞いの品を枕元へ置き、ベッドの母親と少し話して、それからどうしたのか、実はよく覚えていない。記録によれば、原爆投下は十一時二分。爆心から一キロに満たぬ長崎医大の建物は瞬時に倒壊、学生教官をはじめ千人近くの人間が亡くなった。母親も死んで、ところが私は助かった。それがなぜだか分からぬ。

これも記録によれば、鉄筋コンクリートの建物内に居た人のなかには助かった者もあると云うから、そうした場所に私も居たんだろう。木造の入院病棟に母親と一緒に居たら助かるはずがないから、どこかへ移動したはずなのだが、覚えがない。ただピカッとなった光を見た記憶はあって、しかしあれが爆発の閃光だとしたら、やはり生きていられるはずがないから、贋の記憶かもしらんが、とにもかくにもピカッと光ったナと思った次の瞬間には瓦礫の中に私は埋まって居った。

目を開くと、埃の舞い立つ地面で鼠が騒いでいる。大量の死骸を見て浅ましくも嬉しがっていやがるナ、と思ったのだけはよく覚えています。ひょっとすると榊春彦の私が子供時分に体験したのと同様、安全な場所まで鼠に導かれたのかもしれない。そう思えば、病院に着いてからズット尻の辺りがピリピリしていたような気もしてくる。

いずれにせよ、大した怪我もなく、私は瓦礫から這い出した。見れば浦上方面は壊滅し、一面が火の海だ。北の方へ逃げながら、コンナ場面に自分は何度も遭遇してきたナと感じたのは、私と云う者の本性からすれば不自然ではない。が、この頃はまだ何とはない予感があるだけで、私が私であるとの自覚は生まれて居らなかったから、なにか気が遠くなるような、夢幻の境を彷徨《さまよ》う気分を味わっただけに終わりました。

かくて私は九死に一生を得た。ただし被爆したのは間違いなく、後に放射線の知識を得るにつけ、不安も生じたが、マア人間死ぬときは死ぬだろうと、恬然として開き直ったのはいつもの私だ。根本のところはなかなか変わるもんじゃない。それでも被爆体験は私に少しは影響を与えたらしい。と申すのは、それ以来、哲学や文学にまるで関心をなくしたからだ。

実用主義の地金

前にも語ったと思いますが、私の関心は実用方面に偏って、哲学だ文学だのにははなはだ興味を欠いて居る。これでもし私がその方面の知識探求に力を振り向けていたなら、仏陀基督クラスの聖賢に成り果《おお》せていたはずだとの話もすでにしました。だから高校時代の私が哲学文学に沈潜していたのがむしろ驚きで、なんでそんなふうだったのか、よく分からぬが、思えば私の京都の下宿先は東山、「哲学の道」の近傍、散歩途中の西田《にしだ》幾多郎《きたろう》とすれ違ったりしていたから、そんな影響があったのかもしれぬ。影響されやすいのもまた私の非常な特性だ。ところが、原爆に遭って以来、ソッチ方面にはスッカリ興味をなくしてしまった。大勢の人間が一遍に灰になる。ソンナ光景を目の当たりにして、真理も美も徳性もことごとく無意味デアルと大悟した、と云うわけでもない。ごく自然にそうなった。要は高校時代の友成光宏はいまだ私になって居らず、本然の私になるにつれ実用主義の地金が出てきたと云うことなんでしょう。

京大時代　アプレゲールの典型

ソンナコンナで終戦を迎え、私は京大へ進んだ。学部は経済。マアなんでもよかったんでしょうが、将来の役に立てようとの気持ちも少しはあったらしい。もっとも入学した時点で将来をドウしようとの考えはなかったと思え、と申しますか、大学時代の友成光宏についても、全般に何を思い何を望んで暮らしていたのか、ドウもよく分からない。マアだいたいは「光の霊峰」の意向に沿う形で過ごしていたが、学資を出すのが「光の霊峰」なのだからこれは当然。大学の三年目には一年間アメリカへ留学しました。これも「光の霊峰」の指示に従っただけ。この私がアメリカなぞへ行きたいわけがない。スポンサーの意向には逆らえぬと云うことだったんでしょう、留学先はボストンだったが、神戸から船で行ったこと以外記憶がない。僅かな断片がなくもないが、夢と区別がつかないでいたところ、ボストンで一緒だったと云う米国人に東京で会ってはじめて、アア本当に自分はボストンへ行ったんだナと、ようやく確信が持てたくらいだ。

私の大学時代は戦後の混乱期。思えば曽根大吾は食うのに必死だった。一方の友成光宏は潤沢な仕送りで生活には困らぬ。どころか遊ぶカネにも不自由しない。京都は空襲で焼けずに済んだから、戦前からの遊郭などはそのまま残って、遊び場もいろいろとあった。とは申せ、放蕩の限りを尽くすほどではない。スポーツは水泳と庭球を少しやり、勉強も単位を落とさぬ程度にはして、政治運動にも全く無関心ではない。当時は京大でも共産党が勢力を伸ばして、私も一時期は京大細胞の一員として活動したが、特にこれと云った理由もないまま離れてしまった。いや、理由はあるにはあった。一緒に活動した小学校の女教師と恋仲になり、執行委員長の恋人だった彼女を横から奪う形になって居づらくなった、と云うことはあった。マアそんなことがなくとも遠からずやめていたとは思いますが。

と云う次第で、恋人も居たし、友達付き合いもなくはなかったが、人間関係には深入りせず、どちらかと云えば孤独の色調が濃かったと思える。殊更に悩みもなく、かといって希望に溢れてもいない。とコウ振り返ってみると、全体に捉えどころがない。味わいがごく薄い。白湯《さゆ》的学生生活とでも呼びたくなる。

しかし他人の見方は違うもので、東京へ出てから大学時代の私を知る人間と会う機会があった際、彼らが口を揃えるには、私は虚無主義の権化に映っていたらしい。アプレゲールの典型に見えたとも云われた。アプレゲールとは戦後流行の用語、元来は戦後派と云う意味だが、無軌道無節操な若者を指してコウ呼んだ。自分では全然そんなふうに思っていなかったから、だいぶ意外だったが、しかし、云われてみれば、たしかにアプレゲールと呼ばれるにふさわしいことも二つ三つはしていたかもしれぬと、後になって思い返しました。一つは金閣寺のことだ。

金閣焼失

大学最後の年だから、昭和二十五年、西暦で一九五〇年夏頃の話になる。植物園裏手の小径を歩いていたら、前から来た学生服から不意に呼び止められた。チョット悩みを聞いて貰いたいと云う。ハテ何のことだと訝しく思って眺めれば、たしかに見知った人間ではある。よく行く今出川通の喫茶店でたまに顔を合わせる男だ。名前は忘れたが、たしか大谷大学の学生だったナ、と思い出していると、ぜひ君に悩みを聞いて欲しいのだと言葉を重ねてくる。男とは二言三言会話を交わしただけの、顔見知り程度の間柄にすぎぬ。「どうして僕に？」と私が訊いたのは当然だろう。すると男は、「君は普通の人間じゃないからだ」と答える。いきなり決めつけられて私がドウ思ったか、チョット忘れましたが、近くの喫茶店に二人で入ったのは何かしら思うところがあったからなんでしょう。

それで悩みと云うのはなんだろう、と問えば、自分は吃音がひどくて人とまともに話せないのだと訴える。しかしいまはチャント話しているではないかと云えば、それが不思議なのだが、君と話すとドモらないのだと男は答えて、だから君は普通の人間ではないと思ったのだと説明する。そのうえで、しかし自分の悩みは吃音だけではない、とにかく生きているのが苦しくって仕方がないと云う。具体的に何が苦しいのだと問うたのへ、何かクドクドと述べたてた、細かい中身は忘れてしまったが、そのうち男が「自分には京の地霊が憑いとると思うんや」と云ったのだけは覚えている。途端に私が興味を抱いたのも記憶にある。京の地霊が圧迫してくるのが苦しくて堪らないと男は云い、それに続けて、「なんで京都は、東京や大阪みたいに焼けなかったんやろ、いっそ焼けてくれたら清々したのに」と漏らすのを聞いて、「だったら自分で焼いたらええヤないか」と私は笑い、しかしたちまち笑いは凍り付いた。なぜなら、自分が目の前の男同様、京都が空襲にやられなかったのを至極残念に思っている事実に気づいたからです。これは私自身思いもよらぬことだったので、だいぶ驚いた。ソウカ、自分は京都が嫌いなのか、と、そのことをはじめて知ったのがこの時だ。

考えてみれば、私が東京の地霊なのだとしたら、京都が嫌いなのは自然だ。と断じていいのかどうか、よくは分からぬところもありますが、柿崎幸緒時代の京への出張などを思い合わせ、私が京都を嫌っているのはドウモ間違いないらしい。大阪はまだ可愛いところがあるが、古都でござい文化の都でございと、澄まし顔でいるところが京都は憎らしい。東京などは所詮田舎者の町だと冷笑する態度が許せぬ。高校時代からズット京都に住んで、そんなふうに思ったことは一度もなかったが、男の異常としか云いようのない感覚に触れて、いまだ表に浮上せぬ我が本性がピクリ反応したんでしょう。

京都を焼く。私の言葉に男は衝撃を受けたようだった。妙に顔を紅潮させ、ソウカ、ソウカとぶつぶつ呟きつつ視線を中空にせわしく彷徨わせるのが怪しい。気味が悪くなってきたので、「とにかく京都は焼いちまうのがエエヨ。今度燃えたら応仁の乱以来になるんヤない」と最後に云って私は店を出たが、金閣寺が燃えたと聞いたのは数日後。さらに何日かして、喫茶店で話した大谷大の男は鹿苑寺の見習僧で、彼が放火したと新聞で知りました。つまり金閣焼失は私が使嗾《しそう》したとも云えるわけで、この一件などはいかにもアプレゲールな感じがするのではないかと思います。

性欲の処理には困らず

他には女性を妊娠させたあげくに捨てるようなこともした。と、これはとても自慢するような話じゃありませんが、例の女教師が妊娠して結婚を迫ったので、断っただけの話。女教師は訴えるとかナントカ騒いで居ったが、「光の霊峰」の方で堕胎その他カタを付けてくれた。これとは別に、つき合っていた女子大生が自殺未遂を起こしたこともあった。私が先斗町《ぽんとちょう》のカフェの女と深い仲になったのを知って、気を惹くためにやったと後で本人が告白していましたが、コウ述べてくると、ずいぶんなプレイボーイのようだが、私に猟色家の気味はない。ただモテたのは事実。マア大学生でカネがあって容姿が人並みならばモテても不思議じゃない。加えて私には文学と云う武器があった。この頃は文学には毛ほどの関心もなかったが、高校時代の蓄えがあるから、そこらの文学青年には負けぬだけの知識は持ち合わせている。中原中也《なかはらちゅうや》の詩くらいなら前髪かきあげ軽く口ずさんだりできる。戦後しばらくはこの種の餌に惹き寄せられる一群の女性がいたもので、いわゆる性欲の処理の点では不自由がなかった——と、大学時代の話はモウいいでしょう。先にも申し上げましたが、この頃の記憶はあるにはあるが、自分が自分じゃないような、と申しますか、事実、私はまだ私じゃなかったわけです。

日望商会を経て秀峰へ入社す

大学を卒業して日望商会に就職しました。ここは後に榊春彦が相談役になった会社ですが、佐賀出身の創業社長が「光の霊峰」の熱心な信者だった縁で入社した。入社早々語学力を買われてロサンジェルス支店にやられ、一年して本社へ戻ったところで辞めて、今度は株式会社秀峰に専務取締役で入りました。秀峰と云うのは、三代目「照子様」の父親であるもと冶金業の男――畦岩寅吉《あぜいわとらきち》が大阪で経営する金融会社で、早い話が「光の霊峰」へ寄進された資産を管理運用する会社だ。畦岩が社長で、高利貸しやら株の売買、先物取引、不動産など、手広くやっていました。畦岩としてはゆくゆくは私を後継者に据える肚だったわけで、日望商会に就職させたのも商売の実務を経験させようとの意図からだ。

この当時の私が何を考えて暮らしていたのか、その心根と云うか、心情と云うか、それも判然とせぬ。この頃の私は自分というものがあまりなく、ただ畦岩に云われるまま可もなく不可もなく働いていたらしい。この畦岩と云う男はなかなかのやり手で、「光の霊峰」では「父神様」などと呼ばれて乙に澄ましていましたが、裏ではずいぶんと悪どい真似もしていた。関西暴力団の親分連中とも親しく交際し、人も二人三人は殺していただろう。関西の裏政財界では強面で通っていたが、私と妹のことは可愛がってくれた。妹の場合、可愛がるあまり、「特別な関係」が後に生じて大事になるのですが、その顚末は少し後で語ります。

私は畦岩に親しんだ。実の父親の記憶はないから、マア父親がわりだったと云っていいだろう。思えば、畦岩寅吉は柿崎幸衛門とどこか面差しが似ていた。これに気がついたのは東京に出てからの話ですが、子供の頃からなんとなく懐かしい人のような感じを抱いていたのは、そう云う理由があったのかと、後になって腑に落ちました。それで話はようやく箱根に至る。

箱根事件の顚末

私が箱根の明治屋ホテルへ行ったのも畦岩の指示。日本経済連合会の会合には「光の霊峰」と付き合いのある財界人が多数参加していた。信者ではなくとも、協賛金の形でカネを出している企業もあった。もっとも好んで出しているわけじゃない。カネを出さぬと恐ろしい衰運に見舞われるゾヨ、と「照子様」から御宣託が下され、そのことが株主に報されるので、馬鹿々々しいとは思いつつもカネを出す企業はけっこうありました。要するに私は挨拶に行かされたわけだ。むろん挨拶される側はあまり嬉しくない。

あのとき私が榊春彦と談笑していたのは、日望商会が「光の霊峰」の大スポンサーである以上、特に異とするには当たらぬ。ロビーのラウンジでは当たり障りなくゴルフの話などしていただけだが、実は榊の方は私に相談したいことがあったらしい。いや、らしい、ではなく、たしかにあった。と断言できるのは、云うまでもなく榊が私だからです。それで相談と云うのは、つまりは例の隠匿物資の件だ。日本へ戻って半年ほど、榊はそろそろ掘り出す気になり、現金化等の手筈を畦岩に依頼することを考えたらしい――ではなく、間違いなく考えていた。と申しますか、ソウ私は考えていた。それでまずは畦岩の側近――つまり私に打診してみようとの腹積もりでいたところへ、今岡がやって来たと云う次第。

　私がダットサンでシボレーを追跡したのは、日望商会の榊は大事な人間だからしっかり面倒をみろと、畦岩から指示されていたからだろう。翌日には一緒にラウンドする約束もしていた。だからいきなりロビーに現れた人相のよくない男たちに連れ去られたのを見て、心配になったに違いない。ちなみにダットサンはホテルの所有、滞在中自由に使えるよう借りていた。

　シボレーは小田原を越え、横浜を過ぎ、一直線に東京へ向かって行く。このとき自分がハンドルを握ってどんな心持ちでいたか、これもヤッパリ思い出せぬ。池上のガソリンスタンドにシボレーの後から入って、車から出て、様子を眺めて、と云った辺りも、自分がそうしたこと自体は覚えているものの、どんなつもりでいたかはまるで不明。間もなく起こった銃撃、火災、火傷しての昏倒、この辺りも、医者の云った頭部打撲による記憶喪失の気味があるのか、全体に判然りしない。ただ燃え上がるシボレーだけは鮮やかに記憶に刻印されている。同時に脳裏に閃いた、江戸の大火や富士山大噴火、東京空襲の映像もクッキリ残っている。と云うか、この場合、これら映像が頭に浮かんだ、その頭とは、曽根大吾の頭なのか、榊春彦のなのか、友成光宏のなのか、全然区別できぬ。だから飯田橋の病院で眼を覚ましたとき、自分が誰だかすぐには分からぬ仕儀とあいなったわけで、その辺りの顛末はモウ話しました。いずれにせよ段々と私は自分を取り戻した。地霊だか何だか知らぬが、東京の空気を吸い、東京の雀の囀《さえず》りを聞き、東京の磁場を浴びて、私はいよいよ本然の私を取り戻した。となると考えることは一つしかない。

我が願いはただ一つ

一週間ばかり入院した後、医者から退院してよいと云われた時点で、私の望みはただ一点に集約されていた。このまま東京に居続けたい、とモウこれだけ。他には綺麗サッパリ何もない。で、あれこれ考えてみると、秀峰に居る限り東京に腰を据えるのは難しい。しかし私が秀峰を辞めるのを畦岩が許すとは思えぬ。辞めるなら「勘当」を覚悟せねばならんが、マアそれならそれでかまわんと強気になって、いったん大阪へ戻り、東京支社を作ることを試しに提案してみると、案の定畦岩は全然取り合わぬ。となればやはり辞めるしかないが、東京にいたときは元気溌剌《はつらつ》、何でもできる気がしていたのに、急激に気力が失せた。上から押さえつけられるように畦岩から命令されると、とても反抗できる気がしない。さながら檻《おり》の兎の趣だ。コリャ駄目だと、私は縮こまる一方となった。私の元気があんまりないからだろう、事故のせいで頭のネジが緩んだのかもしらん、一度医者に見せた方がいいと、畦岩からは逆に心配される始末。むろん軀はどこも悪くない。要は気鬱であると診断が下って、薬を処方されたが、そんなものが効くわけない。その頃、牛津へ戻る機会がありました。

妹の権勢ぶりに驚く

「光の霊峰」では、四代目「照子様」、即ち私の妹が教団の看板になっていました。三代目もまだ齢五十を少し越えたくらいで元気だったが、いつの間にやらそういうことになっていたのは、チョット申しましたが、畦岩と四代目がデキて、これに怒った三代目が坂上と云う情夫と組んで四代目追い出しを謀ったところ、逆に坂上は殺され、三代目が引退に追い込まれたから。坂上は山林で首を吊った姿で発見され、自殺で片付けられたが、畦岩に頼まれた暴力団関係者の仕業であるのはまず間違いない。三代目の方は道後温泉かどこかへ追い払われた。

四代目「照子様」は私より四つ年下だから、当時は二十歳代前半の女盛り。美人だと云う話はモウしましたが、我が妹ながらこれが大変な好き者、ほとんど淫乱と評して過分でない。次から次へ男を誑《たら》し込む手管は天性のものなんだろう、獲物を丸呑みする貪《どん》婪《らん》な大蛇と云った趣だ。四代目の荒淫ぶりは「光の霊峰」関係者なら誰でも知るところ、にもかかわらず、普段は清楚と気品が服を着て歩いているようにしか見えぬのだから凄まじい。和服姿で花など活けて居れば、どう見ても深窓の令嬢か旧華族の若奥様である。怪物的美貌と、どこかの新聞が書いていたが、うまいことを云うもんだ。畦岩はメロメロで、目の中に入れても痛くないなどと云うけれど、実際四代目「照子様」は拗《す》ねると畦岩の目を指でツンツン突いたらしい。畦岩が実の娘である三代目を追放したのも、もちろん可愛い情人にねだられてのこと。

久しぶりに牛津へ帰った私は妹の権勢ぶりには驚かされました。子供の頃から妹は勘の鋭いところがあって、その意味では「教祖」向きだったと云えるが、彼女が教団の中心になってからと云うもの、信者は数を俄然増やしていた。関西方面の金持ちや有力者が、色香に吸い寄せられたわけでもなかろうが、次々と入信する。教団の財政は潤い、立派な「神殿」が建設中で、全国から訪れる信者の宿泊する「道場」も一流旅館並みに建て替えられつつあった。となれば四代目の金遣いが荒く、少々我が儘なくらいでは誰も文句は云わぬ。三代目と一緒に追い出された使用人の口から四代目「照子様」の悪徳ぶりは世間に流布したが、本人の顔をまともに見てしまえば誰もソンナことは信じなくなる。これほど美しい器に仕舞われている以上、中身の魂が至純かつ高貴でないはずがないと、ひたすら確信されてしまうのだから大変なものだ。ついこの間まで小娘だと思っていた妹の美貌には断然磨きがかかり、楚々とした佇まいに妖艶な味わいが加味されて、肌が光を帯びるようだったのには私も唖然としました。

私の顔色が悪いのを見て、アニさん、どげんしたト？　と妹が訊くので、なんとしても東京へ出たいのだが、畦岩が許してくれそうもないのだと窮状を漏らすと、妹はウッスラ妖しい笑いを浮かべる。その婉然《えんぜん》たる媚態《びたい》には我が妹ながらギクリとなった。で、云うには、それなら近々問題は自然に解決するであろうと嬉しい御託宣をくれた。すると半月ほど経った頃だ。

妹の手腕に舌をまく

畦岩が脳溢血で倒れた。救急病院に運び込まれかろうじて命は助かったものの、半身不随の言語不明瞭、ほとんど寝たきりの状態になってしまった。コリャ大変だゾと、外野が興味津々成り行きを眺めたのは、なにしろ「光の霊峰」も秀峰も畦岩がワンマンで取り仕切ってたから、ゴタゴタは必然と期待半分に予想したからだ。コリャ下手すると潰れるかもしれんゾ、などと噂されていたところが、四代目「照子様」を中心に組織の結束が迅速かつ粛々と図られたのには外野も驚いた。

島村と云う四代目に忠実な番頭格をはじめ、何人もの人間を操って難局を乗り切った妹の手腕には、なかに居る私も舌を巻きました。好機到来とばかりに巻き返しを図った三代目一派もアッサリ撃退してしまった。秀峰の社長には島村が就き、畦岩が関係する右翼団体で書生をしていた米堂《よねどう》と云う男――これも妹の情夫の一人ですが、その男が「光の霊峰」の事務頭に据わって、万事落ち着いてみれば、恰《あたか》も前々から準備を整えていたかのようで、ひょっとして畦岩をアンナふうにしたのは「照子様」じゃないのかと邪推する向きさえありました。マア私自身そう考えたのは事実だ。それくらい体制の移行はスンナリ行った。

と、そのうちに、畦岩が発作を起こしたのは四代目との情交の最中だったとの話が伝わってきた。つまりは腹上死ならぬ腹上溢血と云うわけで、さもありなんと思っていたところ、さらに聞こえてきた話によれば、床の四代目はとにかく激しくて、七十二歳の畦岩を一晩中叱咤し、一方の畦岩は若い情人を満足させるべく夜ごと奮励し、怪しげな強壮剤を常用したせいで脳溢血を起こしたのだとも云う。これが事実とすれば、畦岩がアアなったのは妹のせいだとするのはあながち的外れとも云えぬ。どちらにしても、兄の私に与えた「予言」からしても、妹が遠からぬ畦岩の故障を予想していたのは疑えぬ。マア四代目「照子様」であるならば、それくらいは朝飯前と云うべきですが。

しかし、私にしてみれば、「光の霊峰」などはどうだっていい。畦岩がどうなろうと知ったことではない。肝心なのは東京行きを邪魔する重石が取れたことだ。この点については妹に深く感謝しました。

東京支社開設　榊の隠匿資金

昭和二十七年、西暦で云えば一九五二年の十一月、秀峰の東京支社を私は赤坂に開きました。考えてみると、この二十七年と云う年は私にとって非常に慌ただしい年だった。

なにしろこの年の私は、榊春彦、曽根大吾、友成光宏、と三人の人間にまたがっていたのだからそれも当然だろう。しかも他に猫だったり鼠だったり蛙だったりもした記憶があるから、思い出すとモウ目が回る。それでも年末に近づいて少し落ち着いてきた。

事務所は氷川神社近くのビルの三階。いちおう東京支社と謳ってはいるけれど、支社長の私と女性事務員が二人いるだけの小所帯。格別仕事があるわけでもない。つまりは「アニさんは好きにしたらよか」と云う「照子様」の思し召し、いわゆる捨扶持と云うやつだ。しかし事務所の家賃ぐらいは稼いだ方がいいだろうと考えた私にアテはありました。と云うのは例の榊春彦の隠匿資金だ。その隠し場所を私は知っていた。知ってるのはあたりまえ、隠したのはこの私だ。榊時代の話ですが。

問題はどうやって現金化するかだが、この手の事業は一人ではなかなか難しい。秀峰の本社を動かせば話が早いが、私はチョットそうしたくない気持ちがあって、と申すのは新社長になった島村と云う男だ。会えばやたらと慇懃なくせに、「照子様」の兄である私をひどく警戒しているのが歴々、コッチは何と云う気もないのに、妙に腹を探ってくる素振りが鬱陶しい。切れ者でゴザイ、辣腕でゴザイ、と宣伝して回るような島村の狐顔を想ったら、彼奴に儲けさせるのが業腹に思えてきた。そこで私は松枝亥外に話をもちかけることにしました。松枝亥外とは、前にも申しましたが、今岡の別名。今岡なら榊に隠匿資金があるのを知って動こうとしていたのだから話が早い。私は早速、神保町にある松枝亥外の事務所を訪れた。秀峰の名前はその筋では知られていたから、私の名刺を見てすぐに松枝亥外本人が応対に出てくる。

実は自分は榊から隠匿物資の件につき相談を受け、隠し場所も聞いていたのだと話を創作したうえで、榊が死んだいまとなっては、そのままにしても仕方がないから、協力して持ち出さないかと誘うと、今岡は一も二もなく乗ってくる。今岡がまずまず信用できることは分かってはいましたが、少し用心して、諏訪の寺のことは云わず、土浦に隠した軍需物資の方から先に取り出すことにした。換金その他は全部今岡の方で手配し取り仕切る条件で、私に三割はマア悪くない。今岡が調達したトラック四台と乗用車二台で土浦へ向かったのは、暮れも押し詰まった十二月三十日だ。

土浦の隠匿物資を落手

新庚《しんこう》土木と云う建設会社が土浦にあって、資材倉庫が霞ヶ浦の湖畔にある。軍需物資が隠されているのはそこだ。新庚土木を経営しているのは二瓶清司郎《にへいせいしろう》と云って、榊春彦の水戸聯隊時代に部下だった男。国家改造が喧しく議論されていた頃には、下士官ながら昭和維新を志す活動家の群れに身を投じ、二・二六事件後に危険人物と見なされ予備役になった。退役後は実家の土浦で新庚土木を興し、軍関係の工事を斡旋するなど榊が援助したこともあって、新庚土木は成長し、二瓶は榊に深く忠誠を誓う者となった。それで昭和二十年四月、新潟港で船から降ろした軍需物資を軍用トラックで土浦まで運んだ榊——つまり私は二瓶にコウ云った。

この戦争は残念ながら負けである、皇軍は解体され、日本の国体もどうなるか分からぬ、が、再起のときは必ず来る。これら物資はそのときの用にたてるべきものだから、自分が取りに戻るまで保管してほしい、とソンナふうに云って、もしもよんどころない事情で自分が取りに行けぬ場合は、代理の人間に合い言葉を教えておくので、それを知る人間を信用して物資を渡して欲しいとも云ってあった。この辺りの周到さは、さすが榊、と云うか、私だ。もっともこの時点の私はモウ榊じゃなかったから、記憶はソンナに判然りしたものではない。実際、榊の私がドンナ積もりで軍需物資や資金を内地へ運んで隠したのか、その狙いと云うか、心持ちはよく分からぬところがある。それでも合い言葉は覚えていたのだから、まず問題はない。新高山ニ、モウ一度登レ。これを知る者は世界中で二瓶と榊の二人だけ。むろん榊だった私は知っている。と、あらためて考えるとこれは相当に非常識な事態ですが、これまで語ってきたように、私からすれば格別異常でもない。

榊が死んだのを二瓶は知っているはずで、頼んだ本人が死んだ以上、もはや保管の義務はないと考えても不思議じゃない。倉庫の場所ふさぎでもあるし、売っぱらってしまえと考えたとしてもまず責められんだろう。だが、二瓶という男が異様に律儀なことも私は知っていた。ニイタカヤマニモウイチドノボレの電報を送ると、案の定、ブツハホカンシテアリ、アンシンサレタシと返事が来た。前にも申しましたが、私は他人を原則信用しておらぬ。一方で人を見る目はある方だと思うが、この一件などはよい証拠だろう。そもそも榊時代の私が二瓶の面倒を細かく見たのも、後々使える人間だと考えたからに他ならぬ。私の目に狂いはなかったわけです。

当時はちょうど後に自衛隊となる保安隊が創設された時期にあたっていた。新たな国軍の設立に執念を燃やした榊氏の遺志であると私が述べれば、二瓶はほとんど目を潤ませんばかりにして頷く。素直な人間と云うのは気持ちのいいものです。加えて物資の運搬を取り仕切るのが、右翼言論界で少しは名前の知られた今岡、つまり松枝亥外だったことも二瓶を信用させるのに役立った。マアそのために今岡と組んだわけで、二瓶は松枝亥外が発行する『民族解放』を毎号購読しておりマス、と鯱《しやつちよこ》張って報告し、センセイ、センセイと下へも置かぬ対応ぶりだったから、今岡の起用は壺に嵌りました。

タングステンやら白金やらニッケルやらをトラックに積んで横須賀まで運び、そのまま米軍に買い上げて貰った。当時は朝鮮戦争の真っ最中、アメリカは軍需物資ならいくらでも欲しがった。交渉を仕切ったのは今岡で、いくらで売れたか、正確な数字は忘れましたが、なんだかんだで私の手元には二百万円くらいが残りました。この当時の二百万円だからまずまずの額だ。おかげで「光の霊峰」からの「仕送り」に頼らず事務所を回して行けるようになり、まずはホッと安堵の息をつきました。しかし榊の隠匿物資はこれで全部じゃない。むしろ諏訪の寺にある方が本命だ。次も今岡と組むのでいいと私は考えていたが、ソッチの方は知らないと今岡には伝えてあった手前、本当は知っていましたとは今更云い出しにくい。だいいちそれでは面白味がない。私は一計を案じました。

一石二鳥の作戦

「照子様」に相談してみたらどうかと、私は今岡に持ちかけた。「光の霊峰」の牛津道場に籠って身を浄《きよ》めれば、「照子様」との面会が叶い、相談事や悩み事に御託宣をいただける、普通は最低でも三日三晩の御浄めが必要だが、特別会員コースと云うものがあって、それなら半日ですむ、特別会員コースには、特別と云うだけあって別料金が必要だが、今回に限っては身内の口利きなので無料でいい、もし隠し資金が見つかったなら、少し寄進をしてやって欲しいと云ってやると、「光の霊峰」とは付き合っておいて損はないと思ったのか、今岡はウンと頷きました。

妹には事前に事情を話しておいた。それで牛津まで来た今岡に、探シ物ハ諏訪ノ光妙寺ニアリ、と厳かに御託宣を下させた。この「照子様」が御託宣を下すと云うのがなかなかの見物《みもの》で、御簾《みす》のごとき紗幕の奥に鎮座せられた「照子様」の背後から五色の照明が夢幻のごとくちらつくなか、壮麗なオルガンの響きと共に御言葉が発せられるのだから、はじめての人間は大概度肝を抜かれる。今岡は御託宣には半信半疑でしたが、妻の実家の墓が諏訪にあると知って信じる気になったらしい。さらに調べてみると、戦時中に榊が宮沢と云う家の墓を建て直させているのが判明して、まさにそこだと今岡は膝を打った。

いくら隠匿資金が埋められているからと云って、他人の墓を無断で掘り返すわけにもいかぬ。光妙寺は代が替わって若い住職になっていたが、またも一計を案じた私は、自分はGHQの依頼を受けた者だと偽り、戦時中榊氏が墓中に旧軍に関する機密文書を隠したのだが、これはさらなる戦犯容疑の証拠となりうるものだから、掘り出させて貰いたいと住職に申し入れた。これは下手をすると日米関係に亀裂の入りかねぬ、きわめて重大な問題であって、係り合いにならぬのが身のためだろうと、親切ごかしにやんわり脅しをかければ、住職はモウ臆病な兎よろしくブルブル震えて、屋敷に家族共々閉じこもり、作業が終わるまで出てこなかったのは狙いどおり。この頃には進駐軍の占領は終了して、各地の軍事裁判もほぼ終結していたが、GHQだ戦犯だと云われるとビクついてしまうのは住職だけじゃない。戦後は身に覚えがないままB級C級戦犯と認定され、引っ張られた運の悪い人は結構いたもので、触らぬ神に祟りなしを決め込むのは妥当だろう。コンナところにも占領の傷跡は見られたわけで、しかしおかげで楽に仕事ができました。

この後、今岡はスッカリ「照子様」信者となり、年に一度は牛津詣でをするばかりか、「あの宗教は効く」と、政界財界の有力者に大いに宣伝してくれたから、まったく一石二鳥とはこのことでした。

今岡の参謀となる　東京での住まい

榊の隠匿資金は、主に金の延べ棒とダイヤで、時価総額でザット三千万円ほど。この当時の三千万だから、それなりの額ではあるが、それほどでもないと云えばない。政財界のフィクサーとなった松枝亥外の隠匿資金に関しては様々な噂が後に流れて、週刊誌などにも書かれたが、ここでハッキリ申しておけば、金額はどれも過大。実態はさほどでもなく、まず一桁は違う。掘り出した黄金やダイヤはとりあえず京都の西都銀行の貸し金庫に預けて、すると今岡から隠匿資金の管理を秀峰でやってくれないかとの依頼があった。税金だとか何だとか、面倒を避けたかったんだろうが、たしかに「光の霊峰」に直結する秀峰ならば、宗教法人を盾に取っての税金逃れはお手の物。そもそも隠匿資金が手に入ったのも「照子様」の御陰なのだから、筋が通っていなくもない。私は今岡の依頼を引き受け、社長の島村にソウ云ってやった。私と今岡の腐れ縁が深間に嵌ったのはここからだ。

　私は今岡の懐刀と云うか、相談役と云うか、ビジネスパートナーと云うか、ソンナ位置について、これが私には居心地がいい。つまりは参謀なわけで、参謀が私の身の丈に合っていると云う話はモウしました。榊の隠匿資金を丸ごと自分のものにしたければ私にはできた。それをそうせずにわざわざ今岡を巻き込んだのは、最初から参謀になりたかったからだとすら思えてくる。ただし今岡が司令官に相応《ふさわ》しい器であるか、やや怪しいものはありましたが、野心満々、ちっぽけな新聞社の社主で終わるつもりがないのだけは間違いない。一方の私は、この時点では格別の野望はない。とにかく東京に居られるのが嬉しくって仕方がない。

私が東京で住んだのは東大のすぐ傍、文京区西片、東海道汽船の社長宅に下宿させて貰っていた。東海道汽船の社長は酒井甚一《さかいじんいち》と云って、弟の酒井悌三《ていぞう》に私は京大で経済学を習い、と云うほど勉強はしませんでしたが、ソンナ縁で下宿させて貰った。この辺りは私にとって懐かしい場所だ。子供時代、本郷壱岐坂《いきざか》に住んでいた榊春彦の私は、友達がいてよくここらへは遊びに来ていたし、柿崎幸緒が漢学を習った上村典了師の家は阿部伊勢守様御屋敷内にあって、いま誠之《せいし》小学校がある辺りだから、下宿のすぐ近所。酒井の三軒隣にある地主の屋敷に大銀杏《おおいちょう》があって、これには見覚えがありました。阿部伊勢守様の敷地にあった銀杏に相違ない。下谷三味線堀の組屋敷から上村師の所まで通った私は、漢学があまり好きでなかった所為《せい》か、大銀杏を目にする度にウンザリしたものだ。

銀杏の思い出

銀杏ついでにチョット云えば、秀峰の東京事務所に近い氷川神社にも大銀杏があった。と云うか、いまもあると思いますが、この銀杏にも見覚えがあった。私は羽織袴の二本差、神社の銀杏を横目に見ながら歩いている。石畳の小路の両側に屋台見世が並び、紅や黄の幟《のぼり》が立つのは、例大祭か何かなんだろう。杉木立の烏がカアと鳴いて、どこかでドンドンと太鼓の音がする。一緒に歩く誰かが、笠森お仙が今日は参拝に来るらしいぜと云うので、ソンナわけなかろうと嗤うと、ホラ噂をすれば影だぜと、指差された方を見やれば、なるほど着飾った町娘が共を連れてやってくる。ヤア本当だと、呆れて見詰めれば、娘の御面相は笠森お仙には似ても似つかぬ狸面。なんだありゃア、と文句を云うと、引ッかかった、引ッかかった、と大いに囃《はや》し立てられる——と、そんな場面を覚えている。

二本差と云うことは武士なんだろうが、自分が全体何者で、一緒に居るのが誰なのか、まるで分からぬ。ただ場面の映像だけが頭にあって、同行者が口にした笠森お仙の名前はやけに判然りしている。ものの本に拠れば、笠森お仙は明和の三美人の一人と云うことだから、その頃のことなんだろう。ちなみに明和は西暦で云えば一七六四年から一七七二年にあたります。

他にも、有名な善福寺のさかさ銀杏も大昔に見た記憶があって、私は樹下に筵《むしろ》を敷いて寝転がり、黄色くなった銀杏の葉を透かして青い空を眺めているのだが、しかしこれはいつの話だか全然見当がつかぬ。この頃——とは、友成光宏の私が西片に住み始めた頃のことですが、私は東京中の大銀杏を見て歩きました。善福寺以外にも、大井の光福寺、鬼子母神《きしもじん》の子授け銀杏、芝東照宮、王子神社と次々に訪れ、その都度、私には思い出すことがあって、えも云われぬ感興を覚えたものだが、ここでは一々述べません。

東京散歩

コンナ具合に私は毎日のように東京中を歩いた。むろん足で歩くだけじゃない。電車に乗る。バスにも乗る。一番使ったのは山手線だ。ときには取り立てて用事もあてもなく、山手線をただグルグルと何周もしたりした。とにかく車窓から東京の景色を眺めているだけで飽きることがない。嬉しくッて仕方がない。地下鉄も大好き。この頃はまだ銀座線しかありませんでしたが、事務所に近い赤坂見附から地下鉄に乗り浅草で地上に出て、仲見世や六区辺りをチョコッと散歩してまた帰ってくる、ソンナことをよくやりました。轟と鳴る電車の騒音を耳にしながら、地下の闇を窓から眺めていると、不思議な充足感が身内に涌き上がって思わず顔が綻《ほころ》んでくる。あの頃銀座線のなかで理由もなくニヤニヤする男がいたとしたら、それは私です。

自動車運転

自動車にも乗っていた。事務所の経費で買ったフォルクスワーゲンはなかなかいい車でしたが、私はあまり乗りたくない。誰かが運転してくれればよいが、自分がするとなると、風景をぼんやり眺めたりできぬのが詰まらぬ。逆に景色に気を取られて運転がおろそかになるのが危ないので、だから自動車を使うのは松枝亥外を乗せて走るときにほぼ限られた。早い話が松枝亥外の運転手みたいなことも私はときどきやっていたわけです。

松枝亥外は専用車は持っていなかったが、ハイヤーを雇うくらいのカネはある。なのに私に毎度運転を頼んできたのは、吝嗇もあったが、秀峰の人間に運転手をさせているんだと、人に見せて見栄を張りたかったからしい。私の車に乗るときは松枝亥外は必ず助手席に座り、目的地に着く直前にわざわざ後ろへ座り直すあたりは可笑しかった。マア私にはそれなりに気を遣ってくれていたわけです。それではじめて私が松枝亥外をフォルクスワーゲンに乗せて行ったのが、築地の料亭「すず花」だ。

人脈金脈作りに奔走

その日「すず花」で我々を待ち受けていたのは、自由党の代議士、水野拓一《みずのひろかず》、日成炭坑《にっせいたんこう》社長、木島善吾《きしまぜんご》、東葉土地開発社長、三浦嘉之《みうらよしゆき》、昭栄《しょうえい》映画社長、佐々木研作《ささきけんさく》と云った面々だったと記憶する。やや曖昧なのは、この種の会合は、「すず花」に限っても、その後やたらとあって、どのときに誰がいて何がどんなふうだったか、一々覚えていないからだ。それでも初回だけに、これはマア印象に残っている方だ。

私はもちろん松枝亥外も、水野拓一と会うのはこれがはじめての機会だったと思う。吉田《よしだ》内閣が「バカヤロー解散」をした直後のことで、松枝が「すず花」へ赴いたのは、早い話が選挙資金を手渡すためだ。選挙にカネが入り用なのは今も昔も変わらぬ。当時は保守合同前だから、保守政党は自由党と改進党の二つあって、政権は吉田茂《しげる》の自由党が握っていたが、自由党内でも官僚派と党人派が激しく対立して別々に選挙を戦っていた。水野拓一は党人派の大番頭、集まった面々は党人派のタニマチ、詳しくは忘れましたが、松枝はなんでも二、三百万円くらいは出したはずだ。

むろん松枝亥外が伊達や酔興でカネを出す道理がない。勢力を伸長するのが狙いに決まっている。他にも方々でカネをばらまいたのは、金脈人脈のネットワーク作りが目的、それさえ握ってしまえば投資した分は後でいくらでも回収できる、何倍何十倍になって返ってくると、目論むからこそ気前よくカネを出すわけで、さもなければ屁だって出すもんじゃない。私も松枝の代理でいろいろな所へカネを運びました。代議士の事務所はもちろん、大蔵省や通産省の役人にもモチ代だウナギ代だと云っては小遣いでも与えるようにカネを配って回った。なかには突き返す堅物もあったが、カネを貰って悲しむ人間は世の中あまりいない。まして領収書のいらぬカネとなれば尚更だ。

この後も松枝亥外と水野拓一の関係は継続して、保守合同後の総裁選の際には、どうしても実弾が足りぬと水野はまた松枝を頼ってきた。選挙にカネがかかるのは仕方がないとして、国政選挙なら公職選挙法の歯止めがかかるが、党の総裁選には法の縛りがない。結果、札束がやたら乱れ飛ぶこととなる。このときも松枝亥外は結構な額を用意しましたが、水野への投資は後で十分もとがとれた。と云うのは賠償ビジネスだ。

賠償事業の甘い汁

アジア諸国への賠償交渉が始まったのが、サンフランシスコ講和条約締結の前後、これはいわゆる直接方式と云うやつで、賠償を受ける国が日本の企業に船舶だとか工作機械だとかを発注し、日本政府が代金の支払いをまとめて行う。政府が払うと云うと判然りしないが、要は役人が国民の税金から払うわけで、当の役人からしたら所詮は他人のカネ、自分の懐が痛むわけじゃない。だから言い値でいくらも出してくる。受注した会社にとってこれほどおいしい餌もないので、甘い汁を吸うチャンスだと誰だって考える。しかも甘い汁の総額は三千五百億円以上、嵩《かさ》も膨大となれば、多くの企業がなんとか賠償ビジネスに食い込めぬものかと、蟻のごとく群がり寄るのは自然の理だ。

松枝亥外は政権党の実力者にのしあがった水野拓一の力を借りて、いくつかの受注を仲介しました。つまり献金はここでものをいった。フィリピンとビルマへの賠償で輸出された船舶の一部と、自動車車両の大部分を横浜の国府田物産が扱ったのは松枝亥外の口利き。多額の仲介料を松枝が懐に入れたのは申すまでもない。これで元は十分にとれたが、他に複数の企業から顧問就任を請われ、結構な額の顧問料をせしめるようになったのだから元をとったどころの話じゃない。もっとも私もおこぼれを頂戴して潤ったから文句はない。世間は松枝亥外の隠匿資金と大層に云うが、実は戦後になってセッセと稼いだ部分が大きい。

政官財の癒着とよく云う。たしかに官僚があたりまえのように企業へ天下り、企業がカネと引き換えに自分に有利な政策を政治家にやらせる仕組みは癒着の言葉がピッタリだ。癒着とは医学用語、本来別々であるべき組織と組織が炎症を起こしてくっついてしまう事態を指すらしい。とすれば、松枝亥外のような人間はさしずめ癒着した患部からしみ出す膿《うみ》みたいなもんだろう。しかし本人はどうして膿だなどとは夢にも思って居らぬところが面白い。

松枝に思想なし

膿どころか、松枝亥外が己をいっぱしの政治思想家と見なしていたのは疑えぬ。実際、松枝亥外は自ら発行する週刊新聞や雑誌に論説文らしきものを書いていた。しかし少しでも字の読める者なら内容はカラキシだとすぐに分かる。思想と名のつくものが松枝にあるとすればマア反共主義くらい。だから論説の調子は千篇一律、反共ただ一色。反共に始まって、反共を論じ、反共で締める。他は空ッポ。いや、反共の他にも一つだけ松枝の筆が異様に冴える場合がある。すなわち他人を中傷する文章を書くときだ。

松枝亥外は『民族解放』を発行する新聞社とは別に土用社と云う出版社を作り、『財界時報』『月刊永田町』とタイトルのついた二雑誌を発行したが、中傷記事が載るのは主にここ。当時もいまも企業経営には内紛がつきもの、金田紡績の創業者一族と現社長の間で争いが起きたときには、現社長の放漫経営ぶりを松枝は『財界時報』で徹底的に叩いた。むろん創業者一族からカネが出ていたのは云うまでもない。丸菱デパートが老舗百貨店の結城屋を吸収合併しようとして揉めたときにも、結城屋側に立って反丸菱の論陣を張ったが、丸菱側がより多額のカネを出すと云ってくると、掌《てのひら》を返して丸菱社長の人徳と経営手腕を褒め称えたのだから、いい加減と云えばいい加減ですが、カネを出す方にあくまでつくとの方針だけをとれば首尾は一貫している。吾輩の筆は財界に巣食う不正に鉄槌を下し不義を糾《ただ》すものデアル、まさに筆誅《ひっちゅう》デアルなどと本人は嘯いて居ったが、紛争の火種がありそうだと思えば、火の手のあがらぬうちに首を突っ込み、炎を煽ってまでして利得を摑み取る松枝のやり方は、ほとんど火事場泥棒と評して過言でない。一九五〇年代から六〇年代、松枝が関わった企業事件は二十件をくだらんだろう。『月刊永田町』にしても、財界と政界の違いはあれ、やり方は同じ。要はカネになりそうな陣営につく方針で貫徹されて居る。吉田政権末期に佐藤栄作《さとうえいさく》幹事長をはじめ官僚派を徹底的に叩くキャンペーンを展開したのもそれ。岸《きし》政権になって反岸から親岸に転じ、新安保条約の強行採決前後にまた反岸に翻ったのも同じ。自分に近い政治家を持ち上げ遠くを叩くのだから、マア実に分かりやすい。

しかし、コウ改めて考えてくると、松枝亥外が全体何をしたかったのか、私には了解し難くなってくる。本人は憂国の士を気取っていたが、むろんソンナもんじゃない。そもそも唯一の思想らしい思想である反共主義だって怪しいもんだ。一度コンナことがありました。

東京経済新聞争議

隆豊堂と云う戦前からの出版社が京都にあって、出版取次も扱う老舗の会社だったが、これの乗っ取りを東京経済新聞社の日比野雄二《ひびのゆうじ》が目論んだ。日比野はもともと評判のよくない男だったが、株を密かに買い集め、経営を牛耳ろうとしたところ、隆豊堂側が反撃に出て、縁故のある昭栄映画の佐々木研作に株の買い支えを頼み込んで争いとなった。日比野と佐々木は戦前、大阪難波の松旭座の経営権を巡り争って以来の犬猿の仲、両者相譲らず、四十円だった株価が三百円を超えるまでに高騰する事態となって、佐々木が松枝亥外に応援を求めてきた。

松枝は松枝で、佐々木への義理とは別に、東京経済新聞社を敵視する理由がありました。と申すのは、東京経済新聞社は新聞の他にも『財界通信』や『国際政治時評』と云ったタイトルの時事雑誌を出し、記事のレベルは大層違うが、土用社の雑誌とは内容が被って、松枝亥外は東京経済新聞社をライバル視していた。マア向こうさんからしたら業界ゴロにすぎぬ土用社ごときがライバルとは笑止千万、全然相手にしていませんでしたが、松枝亥外としては目障りでならぬ。なんとか蹴落とせぬものかと切歯扼腕していたが、なにしろ敵は大手、獅子に歯向かう鼠の感は否めぬ。が、この獅子にも弱点はありました。ソレと云うのは戦後間もなく、日比野雄二が社主となる以前の話ですが、東京経済新聞社は組合に牛耳られた時期があって、だいぶモメたもんだが、この当時も火種は残っていた。ここに松枝、いや、むしろ私が目をつけた。

村尾啓卓と云う男を覚えておられると思いますが、戦前戦中に榊春彦の私が便利に使って御用記事を書かせた例の評論家だ。戦後、村尾啓卓は『日本革命の道筋』なる本を出版するなど、左翼の論客となって居った。かつての皇国思想一辺倒からするとずいぶんな変わり身の速さだが、マアそうした者はとくに珍しくもない。そもそも飯でも風呂でも何でも速いのが村尾と云う男の特長、学生時分に短距離走をやっていたとかで足も滅法速かった。武装闘争に加わった際には、交番に火炎瓶を投げ込んで警官に追われ、品川から北千住まで走って逃げたと云うから、持久力も兼ね備えていたんだろう。後に村尾啓卓は共産党を除名になり、一九六〇年代半ば頃には、トトメス・ムラオ二四世の筆名で、『五十歳からのウルトラ性愛術』なるベストセラー本を出した。「SEX占い」とか称する怪しい真似をする黒眼鏡の爺さんがケーシー高峰《たかみね》と一緒に『11PM』に出ていたのを覚えている向きもあると思いますが、あの爺さんがトトメス・ムラオ二四世、すなわち村尾啓卓です。

この村尾が当時は東京経済新聞に書いていた。編集部はだいぶ左がかって、『日本革命の道筋』の版元も東京経済新聞社。私は村尾に連絡を取って、まずは赤坂の料亭に招待して散々飲み食いさせた。昔の村尾を知る私としては、先生、先生と持ち上げるなどは阿呆らしさの極みだが、マアそうしておけば喉を撫でられる猫よろしく目を細めるのだから簡単なものだ。私は松枝亥外と相談の上、経営陣の追い出しを謀る第二組合の活動費に使って欲しいと、百万ばかりのカネを村尾に渡した。この第二組合は共産党系、つまりは共産党にカネを出すことになるわけで、私の策戦に松枝亥外は怒り出すかと思いきや、ソウダ、ソレで行こうヤと、嬉しそうに手を打ったのだから、反共主義と云っても高が知れたもんだと私が申すのも理解して頂けると思います。

イデオロギーには無関心

ちなみに私自身は特に反共と云うことはない。そもそもイデオロギーと云うものに関心がないので、当時の左翼がさかんに吹聴して居ったごとく、共産主義がそれほどいいものなら放っておいても自然と広まっていくんだろう、日本が共産主義になるならそれはそれでかまわん、くらいの気持ちで居ったところ、共産党の世の中がきたら君みたいな人間はまず真っ先に断頭台送りだぜと、新聞記者になった昔の同級生からは脅されましたが、どんな世の中になろうが、断頭台に送る側の人間になる自信だけはある。共産党の天下になりそうな情勢となったら、先頭きって赤旗を振るし、猫が支配するならマタタビを賄賂に猫の首領に取り入るだけの覚悟はある。と、べつに偉そうに云うほどのことじゃありませんが、ドウ足掻いたって万事なるようにしかならぬと、根本のところで諦めて、とりあえず今がよけりゃいいと開き直りつつ、絶えず時流に棹さすのが自分の流儀と云えば流儀であるらしい。マアこの流儀は、私に限らず、世の多くの人士が密かに信奉実践するところでしょうが、どちらにしたところで東京は、と申しますか、日本はいずれ天変地異とともに滅び去るわけだから、あまり深刻に考えても仕方がありません。

増長する村尾啓卓

狙い通り東京経済新聞社は内紛が再燃して、日比野は隆豊堂から手を引いた。そればかりか、内紛は長引き、嫌気がさした日比野は会社を手放して、その後あっけなく倒産したのだから、あの百万円は結構効き目があったんでしょう。松枝亥外としては万々歳だが、一つ困ったのは村尾啓卓だ。つまり村尾のような種類の人間は増長する隙を与えればどこまでも増長する猿的性質を備えている。銀座赤坂あたりのクラブやバーのツケを全部土用社に回すようになったのだから図々しい。いい加減にして欲しいと申し入れると、オレを誰だと思っていやがる、岩波や朝日でさえ、オレがひとたび会社へ出向けば社長以下幹部級の人間が恭しく迎えに出るほどの者だゾ、と威張る。挙げ句にはソンナに文句を云うなら松枝亥外の悪口を書きまくってヤル、言論界から追放してヤル、と開き直るから呆れました。実際に村尾には少々まずいネタを握られていたから、このまま放置はできぬとなった。

あんまりソウ云うことはしたくないが、ソノ筋の者に頼んだのはこの際は仕方がない。私は畦岩寅吉からの繋がりで関西系の組織と付き合いを保ち、松枝は松枝で稲沢組の島《しま》岡《おか》組長や極星会の佐島照雄《さしまてるお》らと交際をはじめていたが、私は気心の知れた曽根組に頼むことにした。もっともこの頃の曽根組は関東国士会と名前を変え、例の医者の息子の多崎満をはじめ、幹部による集団指導体制が敷かれていました——と、ここで曽根大吾のことを少し補足しておきます。

曽根大吾その後

前にも語った通り、ガソリンスタンドで火傷を負った曽根大吾は入院中に逮捕され、退院と同時に小菅の拘置所に収監された後、無期懲役の判決を受けた——と、このあたりは私の記憶ではない。ガソリンスタンドで火を浴びたところで私はモウ曽根大吾ではなくなったと見てよろしい。だからいま述べているのは、あくまで人伝に得た情報だ。あの事件では、友成光宏の私も入院中に何度か警察の尋問を受けたが、榊春彦の世話役の立場からシボレーを追っていただけだと申告すれば、それ以上の追及はされずにすんだ。もっともこれは事実なのだから、叩かれたって埃の出ようがない。松枝亥外の今岡はなんといっても榊を車で連れ出した張本人、警察からはだいぶ絞られたようで、これには今岡も困ったらしい。榊がアンナふうにして殺されて一番吃驚りしたのは今岡に違いなく、ソウ考えると可笑しいが、榊殺害に今岡は全然無関係デアルと、曽根本人が証言してくれたお陰もあって無罪放免になったと云う。曽根大吾はその後、恩赦で仮釈放となり網走から再び東京に出てくる。これは私にとってチョットした悪夢となるのですが、その顚末はいずれ語ることにして、まずは村尾啓卓の始末をつけねばならぬ。

村尾を懲らしめる　再び多崎と付き合う

以前から私は多崎が女にやらせている銀座のクラブへ遊びに行き、多崎とも顔見知りになっていた。目端の利く多崎ならば、秀峰の幹部で松枝亥外の懐刀である私と付き合って損はないと考えるのは当然だ。私が村尾の件を頼めば、お安い御用だと、多崎は二つ返事。ほどなく村尾啓卓は調布の自宅近くで自動車に撥ねられ重傷を負う。撥ねた車は逃走、深夜の出来事とあって目撃者はなし。大人しくさせて欲しいと頼んだだけなのに、どうもヤクザはやることが荒っぽいのが困る。が、マアたしかに村尾は大人しくなった。退院後には印度へ渡って性愛術の研究に没頭したのだから、村尾にとってもよかったと云っていいんでしょう。

この件をきっかけに私は多崎と付き合い出し、ゴルフをしたり麻雀をしたり、一緒に遊ぶようになりました。多崎は貫禄はだいぶついたが、どこか愛嬌があってお洒落なところは昔と変わらぬ。曽根大吾時代からそうでしたが、ドウモ私は多崎とはウマが合うらしい。ハワイへも二度ほど一緒に行きました。案の定、二度とも軀の具合が悪くなりましたが。もともと頭の切れる多崎は不動産や金融の会社を四つほど持ち、舎弟子分を百人余り抱える一家の頭にのしあがっていた。いまはフロント企業などと呼ばれますが、カタギ商売をする会社を表看板にして活動する、いわゆる経済ヤクザの草分けと云ってよいだろう。もっとも多崎に知恵をつけたのは曽根時代の私。つまり経済ヤクザの元祖は私だと云っていい、と威張るようなことじゃありませんが。仕事の面でも多崎とはその後二、三の係りが生じるのですが、それはまた話す機会があると思います。

ソレで可笑しかったのは、多崎がときどき私のことを「大ちゃん」と呼ぶことだ。私と居ると、曽根大吾と一緒だと思ってしまう瞬間があるらしい。「なんだかアンタは曽根の親分に似た雰囲気があるんだよナ」と多崎は照れくさそうに弁解したが、マア無理もない。私にしても油断すると、多崎の学生時代以来の呼び名、ミッチャンと呼んでしまいそうになる。と云うか、一度、伊豆でゴルフをしていたときですが、「こいつがミッチャンのボールだよ」とつい口にしてしまい、多崎は変な顔になったが、「ミッチャンてのは懐かしいな」と破顔して、それからはミッチャンで通すことになりました。

松枝も我が同類なるか

かくて松枝亥外は着々とカネを儲け、カネを配り、政財裏世界で勢力を伸長していったわけですが、先にも述べたごとく、それで松枝は何がしたいのか私には皆目見当がつかぬ。それでドウモ考えるに、格別目的と云ったようなものは欠いて居り、要はカネを儲けること自体、勢力を張ること自体が目標であるらしいと、あるとき気がついた。マア考えてみれば、することなすこと意味を付けぬと気が済まぬのは人間だけだ。人間以外の動物はべつにソンナ顧慮なくただ生きている。即ち松枝は動物である。と、さように考えると幾分腑に落ちる感じにはなった。

その頃、社会党の代議士、堺勇作《さかいゆうさく》が政権党の金権体質を批判する街頭演説のなかで、松枝亥外などと云う蛆虫がどうのと口にしたとの話があった。松枝は即座に堺勇作の愛人スキャンダルを『月刊永田町』で暴きたてて報復したが、私はこの蛆虫と云う言葉にいたく感心した。ことに堺勇作が演説中、「この蛆虫はいつまで経っても蠅にならず、どこまでも肥え太るばかりなのです」と述べたと聞いて、ハタと膝を打ちました。松枝は蠅にならぬ蛆虫である、とは実に云い得て妙である。

このとき私は、ひょっとしたら松枝亥外もまた地霊なのではないかと疑いを持った。私のとは違う、しかし親戚筋にあたるような地霊なのではあるまいか。松枝亥外もたくさんの「私」の一つで、ときに蛆虫に変じて死体にたかったりしている、と云うよりむしろ蛆虫が基本形で、それがたまたま松枝と云う男に取り憑いているのではあるまいか。さように私は想像した。格別の根拠があったわけじゃない。地下の暗がりで丸々肥え太る蛆虫のイメージが連想を刺激しただけだろうが、さほど的外れではなかったとはいまにして思います。いずれにしても私は松枝亥外と自分が同類だと感じたので、早い話が、いろいろな事業に手を染めながら全体何をしたいか分からぬと云うなら、私こそがソウだと思い至ったわけです。

私は何がしたいのか。参謀役として私は松枝に付いて回るばかりでなく、あちらこちら出没しては忙しく活動していましたが、これは何かしら目的があってのことと云うよりは、東京にあると肉体精神が俄然活発となって、自然に軀が動いてしまう、あくまでソウ云うふうで、表でやたら走り回る子供とマア一緒だ。実際東京に居ると私は子供になるようで、目先の事に夢中になってはすぐに飽き、また別の何かに夢中になる、とソンナ具合で、遊ぶ子供に格別の目的がないのと同様、活動の全体には目的も意味も欠いている。振り返れば、榊春彦の世界征服の野望も、曽根大吾の事業拡大の夢も、子供の遊びに類したものと考えるとピンとくる感じがある。私に物欲がないと云う話はしたと思いますが、砂遊びに熱中する子供が、一度砂城が完成してしまうと、関心をスッカリなくして、誰かが遊ぼうヨと誘ってくれれば未練のかけらなく砂場を後にするのとどこか似ている。

友成の私がまずは熱中したのは、これもすでに申しましたが、東京巡り。松枝亥外に付いて回り政財界の有力者に会うのもマア面白かった。しかしこれはあくまで松枝が主で私は従。が、毎日毎日東京の埃臭い空気を鼻から吐呑するうちには、ただ東京を経巡るだけでは物足りぬ、何でもいいから率先して活動してやろう、とソンナ気になってきた。で、最初にやったのが自動車だ。

自動車輸入に手を染む

私がフォルクスワーゲンに乗っていたと云う話はしました。自分で運転するのが好きではないことも語った。それでも車自体は大好きで、ことにピカピカ塗装を光らせた外車が走るのを見るのが嬉しくて、道を歩いて行き会うと、美人にでも遭遇した具合に見惚れてしまう。一九五〇年代には国産車の生産も本格的に始まってはいたが、日本のメーカーはカネがないから、車体もエンジンも貧弱きわまりない。ガッチリした外車とは雲泥の差。私はフォルクスワーゲンに次いでルノーを購入しましたが、べつに自分で所有したい欲があったのではない。ただ走るのを見るのが面白い。東京中の道路と云う道路に車体を日の光に煌めかせた外車が走り回る姿を思い描いたら、モウ愉快で堪らなくなった。

しかしなんと云っても輸入車は高価だから誰もが買えるわけではない。と思っていたら、三高時代の同級生がシボレーの高級車を買ったとの話を耳にした。栄養不良でガリガリに痩せて、ためにガイコツと渾名された同級生は大阪市役所に勤める平凡な官員、特に実家が金持ちでもない。資産家の娘を嫁に貰ったとも聞かぬ。宝籤《くじ》にでも当たったかと本人に訊いてみたら、中古車を月賦で買ったと云う。なるほどその手があったかと、私は膝を打ちました。中古車の輸入販売を大々的にやったらどうだろうと、アイデアが浮かんだのはそのときだ。

私はまずロサンジェルスにいる日望商会時代の知り合いに手紙を書き、アメリカの中古自動車市場につき調べてもらった。するとロスでもハワイでも相当数の中古車が絶えず売りに出ていると分かった。そこで次に米国車の輸入代理店契約をしている人間を訪ね、中古車の輸入販売をしないかと奨めて回ったところ、リスクが大きすぎると何人かに断られた後、中京興業の佐竹宗次郎《さたけそうじろう》がようやく話に乗ってきた。佐竹は一代で運送業から身を起こし、名古屋方面でバス事業を展開する実業家、アクの強い人物ではあるけれど、儲け話には鼻が利く。一発勝負の度胸もある。私は佐竹と一緒に中古車買い付けにハワイへ飛びました。このときはただ遊びに行くのとは違い、気が張っていたからか、軀の具合は悪くならぬ。

ハワイにしたのは輸送代を考えてのこと。私が通訳兼マネージャーの形で佐竹を中古車ディーラーに連れて回ったわけですが、この佐竹と云う男がモウ呆れるくらいに値切り倒す。「高すぎるは英語でなんというのじゃ？」と訊くから、too expensive だと教えると、もっと簡単なのはないかと云うので、too much を教えたところ、滅多矢《や》鱈《たら》とツーマッチを連発する。ディーラーが何事か口にすると、私が通訳する前に、ツーマッチ、ツーマッチと連呼するのには笑いました。とは云え佐竹も筋金入りの商売人、ツーマッチだけが能じゃない。自動車整備のプロを日本から同行させ、一台一台細かく検分させては、あれこれケチをつけてさらに値切るあたりはさすがである。結局一台五十万円から六十万円の破格値で三百台を買い付けた。輸送代を含めるとかなりの額になるが、カネは佐竹が中京興業のメインバンクである総和銀行から借りて用意しました。

　車は船で横浜まで運び、さらに月島の空地に借りた展示場まで運転して運ぶ。展示即売会は八月頭の三日間、フォードやらポンティアックやらシボレーやら、ワックスでピカピカに磨き上げたアメリカ車が三百台、真っ青な夏空の下、東京の一画に勢揃いした姿はまさに壮観の一言に尽きた。値段は二百五十万円から三百万円、新聞雑誌を通じて大宣伝した甲斐あって、三日間とも整理券が必要になるほどの大盛況、通常よりもだいぶ安いこともあって、タクシー会社を中心に三百台を完売したのは大成功でした。佐竹の儲けはざっと二億五千万円にはなっただろう。私もコンサルティング料と云うことでだいぶ貰ったが、私としてはカネより企画から実施までを仕切った充実感が大きい。実際のところ、会場の手配やら、横浜から月島までの車の運搬やら、警察や都庁との折衝やら、輸入代理店の横槍への対応やら、軀がいくつあっても足りぬくらい私は奮闘した。

展示会では、私の発案で、二十人ほどのホステスを雇い、ハワイのムームーを着せて車の間に配置した。今では自動車の展示会と云えば女性コンパニオンがつきものですが、最初にやったのは私だ。他にもハワイらしさを演出すべく、椰子の木を運んで植えようとしたが、適当な椰子が見つからぬ。そこで日劇の大道具係に無理矢理頼み込み、突貫で椰子を五本ほど作らせ格好をつけたのも印象に残る。開催中はバッキー白片《しらかた》のバンドを入れて、大いにハワイ気分を盛り上げた。あの頃は大多数の日本人にとってハワイが憧れの地だった時代、これは大いに好評を博しました。

首都高建設計画に助言す

国産車も年を追うごとに品質が向上し、自動車は順調に台数を増やしていく。東京中を自動車が走り回る様子を想って私はワクワクした。ところがここに困ったことが一つある、と申すのは東京の道が悪いことだ。アメリカの無駄と思えるほど広々した道路を見てきた者からしたら、日本の道路はとても道路とは呼べぬ代物、これではいくら自動車が増えても走る所がない。江戸開府の折、敵が容易に城に近づけぬよう、わざと街路をセセコマシク入り組んだ形にしたところへ、考えなしに家やビルを次々建てたもんだから、自動車が走るに向かぬのはやむを得ない。こうなると分かっていたら、大震災や空襲で焼けた際、縦横に走る幅広の道を一遍に作ってしまえばよかったわけですが、ソンナ計画性とは無縁なところがマア東京と云えば東京だ。しかし道路だけはなんとかせねばならん。

そんな折柄、東京に高速道路を作る計画があるのを私は知りました。つまりは後の首都高だ。マア道路事情を憂えたのが私だけであるはずもない。建設省を先頭に民間有志を巻き込んで計画が着々と進んで行く。このときの建設大臣が水野拓一、である以上、利権の匂いを嗅いだ業者が工事受注の口利きをして貰いたくて松枝亥外に近づいてくるのは必然、松枝の意を受けた私は業者の求めに応じ、道路計画の中枢にある役人や技官への接待の席を設けて、そこでいろいろと話を聞く機会があったわけです。それで技官連中が云うには、道路を普通に地べたに作ろうとしたら、家やビルの立ち退きが必要となって、完成までに何十年かかるか分からぬ、そこで日本人らしく細かい工夫を施して、干上がらせた河川を道路に変え、あるいは幹線道路の上を高架にして路を通すと云う、ほとんど離れ業《わざ》のごときルートになると聞いて私はスッカリ嬉しくなりました。

最初の計画では、日本橋の所は、汐留―室町間と同様、川を干拓して道を作るとなっていた。これに私は反対した。むろんソンナ権限が私にあるはずもないが、酒の席でならあれこれ云える。なにしろ技官連中は仕事熱心と云うか、度を越えた仕事の虫ぞろい、ホステス相手に高架陸橋工法の歴史がどうのこうのと講義するような人たちだから、素人の私が口を出すのはむしろ歓迎される。お世辞もあろうが、「一般の自動車オーナーの御意見は貴重ですからネ」などと云われるとつい話したくなる。

日本橋は是非とも川は残し、川の上方に高架で道を走らせるべしと私は主張した。なぜそんなふうに思ったのか、よく分からん面もありますが、柄にもなく昔から馴染んできた日本橋の佇まいを惜しんだものらしい。だったら日本橋に高速道路を走らせること自体嫌がりそうなもんだが、そこはソウでもなくて、橋の上に道路が通るとはいかにも未来都市ふうで格好が良いと考えたのだから、我ながらどうも一貫しない。昔ながらの風景や風情を懐かしみ惜しむ一方で、旧物が壊されドンドン景観が新しくなるのを喜ぶ気持ちもあるのだから、土台矛盾している。

川と橋こそは昔日の水の都、江戸の面影をいまに残すニッポン人の心の故郷、まして日本橋は五街道の起点、東京のいわば中心であるからには、川はなくすべきではないとの意見に、技官連中は真剣な顔でしきりと頷いていたから、日本橋がいまのようになったのは、私の意見が大きかったのだと思います。出来上がった首都高は、とりわけ日本橋近辺に関して、風景を台無しにしたと評判が悪かったようですが、あれはあれで私はわりに好きです。

天皇家には大いに不満

私が首都高は地べたではなくあくまで高架がいいと考えたのは、前にもチョット申したと思いますが、私の高い所好きがあったかもしれぬ。道路でも線路でも上から見下ろす風景が私は大好きである。だから首都高が三宅坂から千鳥ヶ淵付近で地下に潜っているのが不満でならぬ。地下鉄なら窓外の闇が脳中にそのまま流れ込んでくると思えるところが感興深いが、道路隧道《トンネル》は照明が寒々するばかりで詰まらない。するとさる筋から、あそこで首都高が地下へ潜っているのは、皇居を見下ろす形になるのがいかがなものかとの配慮からソウなったとの話が聞こえてきて、だいぶ憤慨しました。何度も申してきたように、私の感覚からしたら、天皇家などはヨソ者にすぎぬ。ソンナ者に大東京が遠慮をする必要などはいささかもないので、むしろ皇居を横切る形に道路を走らせるのが便利がいい。だいたいアンナ広々した一等地を天皇一人が独占しているのが気に食わぬ。

天皇陛下が真に国を思う者ならば、庶民並みとまでは云わぬが、モット小さい家に住んで質素を旨とし、皇居は公園にでもして一般に開放すべしとの意見には、松枝亥外主宰の東亜塾に集まる若い右翼連中のなかにも賛成する者がありました。私は東亜塾には直接関係はしなかったが、松枝の代々木の自宅へ行った際にはよく庭に建った道場を覗いた。なぜソンナふうにしたかと申せば、この道場と云うのが他でもない、榊春彦の私が陸幼時代に逆立ちしてボウボウ鳴いた、例の井原正恒の道場だったからです。信州へ移り住んだ井原が売りに出していたのを松枝が買ったので、はじめて松枝の自宅を訪れたときには非常に懐かしい気持ちになった。母屋は焼けて二階家に建て直されていましたが、焼けなかった道場はソックリ以前のまま、試しに壁に向かって逆立ちしてみると、頭山満《とうやまみつる》翁の筆になる七生報国《しちしょうほうこく》の文字が昔と同様逆さに見えて、アアあのときもそうだったナと、感慨を深くしました。

道場には塾生はじめ様々な人間が出入りして居ったが、なかには少々おかしな者もある。天皇陛下にどうしても御願いしたい事があるので直訴したいのだが、どんなふうにしたらいいだろうと相談してきた若い塾生があった。なんで私に訊いたのかは知らぬが、直訴の後はやはり腹を斬るべきだろうかと問うので、べつにソンナ痛いことをする必要はない、とりあえず直訴状を皇居に届けて電車で帰ってくればいいじゃないかと云うと、なるほどと頷いた塾生は、堀を泳いで皇居に侵入したところを皇宮《こうぐう》警察に捕まりました。まさか本当にやるとは思いませんでしたが、いまにして思えば、皇居が閉鎖されているのを快く思わぬ日頃の鬱憤がつい出てしまった感がある。道場についてはコンナ奇談もあります。

浅沼委員長刺殺事件

日米安保条約の改定問題で世上が騒然となっていた頃だから、昭和三十五年、つまり一九六〇年の夏のことだ。いつものように道場を覗いたところ、五、六人の塾生が藁人形を持ち出しているのに遭遇した。道場では武術の稽古もよく行われていましたが、中学生にしか見えぬ学生服の子供も混じってワイワイやっているのは、人形の標的を匕首で刺す稽古であるらしい。何をしているのかと訊けば、自分らは戦前の血盟団の思想と行動にいたく感心したので、彼らを見習い一人一殺を実践すべく練習をしているのだと答える。なんでソンナ真似をせねばならぬのか私には皆目見当がつかぬが、見れば全員が素人らしく、腰が決まらずまるでナッテない。ほとんど学芸会のレベルである。剣術ならば柿崎時代、榊時代にさんざんやったし、匕首の使い方は曽根の時代に余程の経験を積んでいる。もっとも友成になってからは刃物には頓《とん》と縁がなく、だから実戦となればカラキシだろうが、知識だけは豊富だ。見かねた私は、それじゃ駄目だ、匕首をコウ構えてコウ軀ごと相手にぶつかるようにするんだと、手取り足取り指導してやった。日比谷公会堂の立会演説会で社会党の浅沼稲次郎《あさぬまいねじろう》委員長が十七歳の右翼少年に刺されたのは、それからしばらく経った頃だ。マサカと思ったら、まさしくそのマサカで、刺したのはあのとき中学生に見えた少年だったのには仰天しました。少年は塾生ではなく、誰かの知り合いであの日たまたま道場へ遊びに来ていたものらしい。私も余計なことをしたもんだが、いまに残る浅沼委員長刺殺事件の映像を見ると、壇上に駆け上がった学生服は体当たりする格好で見事に刺している。教えた甲斐があったと云っていいのやら悪いのやら、なんだかよく分かりませんが。

皇太子御成婚パレード

他にコンナこともあった。昭和三十四年、すなわち一九五九年の四月、皇太子の御成婚パレードがあって、美智子妃は日清製粉社長令嬢、民間からはじめての輿入だと云うんで、前年から世間は大騒ぎして、その日の沿道は大変な人出。私は昔から火事だの喧嘩だのと聞けば、飯の最中だろうが何だろうが、全部オッポッて、それッとばかりに駆け出すくらい物見高い性格だ。当然見物に行く。それで日比谷あたりで馬車が来るのを待っていたら、ビルとビルの隙間の細路地に佇む男にふと目が留まった。むろん辺りには大勢の人が群れていたから、どうして一人に注目したのかは不思議だが、おそらくその者が周囲の華やぎから独り離れて、深海に棲む生き物よろしくジッと薄暗がりに固着していたからなんだろう。

しかし、なんでコンナに気になるのか、不審に思いつつ男を見つめるうちに、私はハッとなった。此奴はひょっとして私ではないか？　宇宙にたくさん居る私のうちの一つではないか？　ソンナ気が急にしてきた。例の私がたくさん在ると云う感覚は、普段はあまり意識されて居らぬが、ふとした折に蘇ることがあって、猫だとか鼠だとかを見かけてアア私だナと思うことはよくあり、だから私が人の私に会ってもおかしくはない。思えばこの頃から、通りがかりに見かけた人を私じゃないかと疑うことがときどきあるようになって、マア大概は思い過ごしでしたが、毎度確かめるだけは確かめてみねば気が済まぬので、このときも精査すべく男の方へ二歩三歩と近づけば、深海男がツと顔を上げる。

真正面から見据えた顔は口の周りが無精髭で青く、目は生腐れの鯛みたいに赤い。年寄りかと思ったら案外と若いのに驚いていると、「アンタはコウ云うの、ドウ思う？」

と男が出し抜けに問うてきた。コウ云うのとは御成婚パレードのことかと聞き返せば、そうだと応じた男は、「オレの田舎じゃみんな食うや食わずの貧乏暮らしをしてるってのに、パレードだけで何億もかかるって云うじゃねえか。全体フザケタ話だと思わねえか」と云う。目が赤いのは少々酔っぱらっているかららしいが、マア云ってることは正論だ。くどく申しているとおり、私は天皇家が東京の一等地に居座っているのを快く思って居らぬ。だから男の意見にはまず同意できるから、私がウンウン頷いていると、男ははじめて私に気づいたとでも云うように、「アンタ誰だ？」と訊いてコッチの顔を覗き込んできた、その一瞬に私は、この男はヤッパリ私であって、しかしいまだそれを自覚して居らぬ私、即ち本格的に私になりきって居らぬ私、云うなれば蛹の私であると直感しました。

さように考えると、男がパレードに批判的な言辞をいきなり私に向かって吐いたのも、目の前の私が同じ私であるとの気分がウッスラあったからだと解釈できる。続いて私が男に調子を合わせてペラペラ喋り出したのは、おそらく不安ゆえだったんだろう。黙っていると私が私だと目の前の私が気づいてしまう、ソンナふうに思った気がする。気がつくとなぜ拙いのか、よく分からぬところもあるが、池上のガソリンスタンドのことを考えてもあまりいい事が起こるとは思えぬ。触らぬ神に祟りなしではないが、とにかく気がつかぬのが一番だと、私は相手に考える暇を与えぬよう言葉を継いだ。

「御成婚パレードだけじゃないヨ、来年赤坂に建つ東宮御所にも何億のカネが使われるらしいゼ。もちろん全部国民の税金。なのに国民こぞってメデタイ、メデタイと騒いでるんだから、馬鹿なもんサ。そっちの方が余ッ程オメデタイゼ」私が云うと、男はいかにも悔しそうに顔を顰《しか》めて、「国民全部が喜んでいるんじゃねえってことを、なんとか知らせてやる方法はねえもんかな」と云うから、「だったら石でもぶつけてやれヨ」と私が笑って応じたのは、むろん冗談ですが、男は私の言葉に煽られたのか、あるいはヤッパリ少々酔っぱらっていたのか、「そうだナ、それしかねえナ」と呟いて本当に石を拾うから慌てました。

と、ちょうどそのときワッとばかりに歓声があがったのは、皇太子らの乗った馬車が来たからだ。「オイ、やめておけヨ」と止める間もなく、石を持った男は見物客をかき分け歩道から車道へ飛び出して行ったから参った。巻き添えを食らっては堪らぬので、私は急いでその場から離れました。

東京タワー

私の高い所好きの話で申すなら、東京タワーについてはどうしても一言述べぬわけには参らぬ。東京タワーが芝で着工したのが昭和三十二年、西暦で一九五七年、当然ながら計画はそれ以前から進んでいたわけで、これは後でまた述べますが、当時テレビ事業に頭を突っ込んでいた関係から、私も計画に若干の係りを持ちました。そもそも東京タワーは、テレビ局がそれぞれ自社ビルの屋根に立てていた鉄塔を一括して、共同使用の電波塔を建てるのが便利だと云う話からはじまったわけで、いろいろな案が出されたなか、一番背の高い案だったのが東京タワーだ。

その頃の電波塔は、札幌テレビ塔が百四十七・二米《メートル》、名古屋テレビ塔が百八十米と云った具合で、せいぜい二百米くらいが常識。だから建設案もだいたい二百米前後だったのに較べ、東京タワーの案は三百三十三米と段違いに高い。むろん建物が高くなれば敷地面積も広く取らねばならず、費用も嵩む。ゆえに反対意見も多かったが、私は断然賛成に回り、出資者や関係省庁の間を説得して回りました。私が賛成した理由は申すまでもない、単純に背が高いからだ。当時一番高い鉄塔がパリのエッフェル塔の三百二十四米、それを凌いで世界一になると云うのが気に入った。加えて東京タワーには展望台を取り付けて観光客から見物料を取ると云う。これも嬉しい。せっかく高塔を作っても登れぬのでは詰まらん。私のロビー活動がどこまで役に立ったかは知らぬが、東京タワーがいまの姿で芝にできたのはご存知のとおり。

東京タワーは昭和三十三年、西暦で一九五八年に完成オープンしましたが、建設中から私はしょっちゅう現場を見に行き、完成後には連日のように展望台へ登っては東京を上から見下ろし倦《う》むことを知らなかった。むかし浅草十二階に登ったときにも感激したが、到底その比ではない。なにしろ世界一だ。私はモウ得意で仕方がない。戦国の武将は天守閣から領地を見回し満足を得たと聞くが、それと似たようなものかもしれません。

飛行機好き

高いところで云えば、だから飛行機も当然私は大好きである。羽田を離陸して、あるいはハワイなどから羽田へ戻る際には、天気がよければ東京の景色を眼下にできる、それが面白くて堪らない。くすんだ青色に染まった家々や、玩具みたいな工場の建物、あるいは規矩《きく》正しく区画された畑の間を路や川がウネウネ筋なす図を眼下にすれば気分爽快、例の架空の尻尾がピリピリ痺れて、思わずアアーと声が出てしまい、スチュワーデスからは変な顔をされました。

私はできれば東京からは出たくない。なるべく東京にしがみついていたい。それでも飛行機を使うなら旅行も悪くないと思えて、もっともどこかの空港に着陸してタラップを降りる頃にはスッカリ具合が悪くなっている。早い話が高所より東京をただ眺めたいだけなので、したがって成田空港などはまるで使う気にならぬ。あんな肥溜臭い景色を眺めたって仕様がない。つまりは東京遊覧飛行が一番いいので、遊覧飛行をさせる会社は当時すでにありましたが、それならいっそ自分で飛行機免許を取ったらどうだろうと私は思い立った。自らセスナ機を操り東京上空を自在に駆け巡る。そのことを想うとモウ胸がワクワクした。

東京の空を翔る。しかしこれは私にとってはじめてのことではない。と申すは我が鳥時代にさんざん体験しているからだ。自分が空飛ぶ姿を想えば、かつて鷹だった時分の、鷹匠の腕を離れ黒い森の点在する薄原を滑空する気分や、海鳥だった頃の、松の生えた海岸の崖めがけて一気に降下する感覚がありあり蘇る気がしました。白波砕ける崖際を飛んだのはおそらく五千年前、縄文海進があった時代、いまの山の手台地が海に接していた頃のことなんでしょう。崖に豆粒みたいな人が見えるのは貝塚を築いた縄文人だろう。鳥時代を思い出した私はモウ飛びたくって仕方がない。

こうなると私の活動力はそれこそ航空発動機のごとく燃焼を開始する。かつて自前の翼でもって悠然空を飛んだ私としては、人工の翼ではやや不満もあるが、この際は我慢するしかあるまいと、芝浦の飛行学校の門を叩いたところ、近眼気味で免許は無理と云われて諦めた。その後、テレビ事業に関係したことから大手新聞社の人間と親しくなり、取材ヘリコプターに同乗させて貰って上空から東京を眺めるだけで我慢しました。

テレビ事業の始まり

それでテレビ事業だ。私がテレビ事業に係ったはじまりは、昭和二十六年、西暦で云えば一九五一年の八月、来日した三人の米国人の通訳をしたのがきっかけ。三人の米国人と申すは、豊かなる米国文化を宣伝し、以て共産主義勢力との情報戦争に勝利すべしとの意図から、テレビ事業のアジア地域への展開を唱えた共和党カール・ムント上院議員の意を受けた者らで、ウイリアム・ホールステッドなる電波技師や弁護士などを含む三人はムント・ミッションと呼ばれ、日本の政財界にテレビの意義を宣教して回ったものだが、一行は関西にも巡回して、その際、秀峰に入ったばかりの私が説明会の通訳を頼まれたと云う次第。むろんコッチはテレビと云われたって何のことだか分からぬ。専門用語などはチンプンカンプン、だいぶ頼りない通訳だったと思いますが、聴いている方だって何も知らんから、マアなんとかなった。この時点では、ほほう、ソンナものがあるのかと思った程度で、私は殊更関心を抱かなかった。そもそもこれは例の池上のガソリンスタンド以前の話、友成の私はまだ十分私になって居らぬ。

私がテレビに本格的に興味を抱いたのはガソリンスタンド事件の翌年だから、昭和二十八年、西暦で一九五三年、テレビ本放送が始まった年のことだ。テレビ放送については、官製のＮＨＫと、民間のニッポンテレビ放送網の間でスッタモンダあって、放送免許や電波の方式等を巡って揉めたらしいが、この年の二月にまずはＮＨＫが放送を開始していた。もっともこれは国産の設備を使ったもので出力がごく小さい。実験放送に毛が生えた程度。片やニッポンテレビ放送網は大出力のＲＣＡ社の送信機を使う予定でいたが、これが向こうの都合で機材がなかなか届かぬ。先陣争いで遅れをとったニッポンテレビはだいぶ苛々したらしいが、ソンナ折、私にニューヨークのＲＣＡ本社に行ってくれないかと依頼があったのは、ムント・ミッションの通訳を関西でやった縁があったからだ。この話は断りましたが、その後も契約書の英訳だとか通訳だとか、頼まれて少しずつ手伝ううちに、テレビへの興味が俄然涌いてきた。

テレビと云えばいまはただの娯楽ですが、元来のムント構想は違う。東京に中央放送局を置いたうえで、各地の山々に中継局を建設し、マイクロウェーブでこれらを結んで、日本列島全域を覆う一大情報ネットワークを建設すると云う壮大なもの。しかもこのネットワークは、テレビのみならず、電話やファクシミリ、航空レーダーにも使えると云うのだから、全く以て夢のような話だ。つまりはマルチメディアと云うわけで、衛星放送やインターネットが当たり前になった現在とは時代が違う。東京から大阪へ電話をするのに何時間もかかった頃の話だから、大夢のごとくに思えるのも当然です。自動車に続き私はスッカリこのマイクロウェーブ網構想の虜となった。

東京から発せられた情報は、山頂に点々と置かれた中継局を経て全国津々浦々にまで運ばれていく。いや、日本ばかりではない。中継局さえ増やせば、アジア全域にまでネットワークは広げられると云うから壮大だ。あらゆる情報が電波に変換されて東京から発信され、復《ま》た東京へと還流してくる。電波は目に見えぬが、我が想像裏においては五色の電波が奔流となって東京を中心に渦巻く雄大な図が見えた。情報の都トーキョー！東京こそがアジア全域を網羅する情報の中心地となる。そうなったら凄いゾ。私はモウ大興奮しました。

マイクロウェーブ網構想

このマイクロウェーブ網構想を日本で推進せんとしたのは読買新聞社主の正刀杉次郎《しょうとうすぎじろう》。正刀は柴田《しばた》と云うラジオの解説者をしていた人物を介してムント構想を知り、ヤッパリ虜になったらしい。いまで云うメディア王たらんと目論んだ正刀は、マイクロウェーブ網建設に執念を燃やし、公職追放が解除になるや、待ってましたとばかりに豪腕を発揮、国内で出資者を募りニッポンテレビ放送網を設立すると共に、アメリカから一千万ドルの巨額借款を得ての中継局建設計画を押し進めんと運動した。ところが万事につけ官製が威張る日本のこと、コンナ大事業を民間会社が勝手放題やるのを見逃す役人連中ではない。電波事業を管轄する郵政省を先頭に猛烈な横槍が入る。役人にとって管轄が親より命より大切なのは江戸の昔から変わらぬ。役人どもの管轄権限を断じて他に譲らぬとの決意にはヤクザが縄張りを守るより強烈なものがある。どんな手を使ってでも縄張りを守り抜き、隙あらば支配地を伸長せんとする貪婪きわまりない姿は、いっそのこと地下に蠢く目のない生き物、ないしは獲物をペロリ食べて歩くアメーバに喩えるのがいいかもしらん。

正刀マイクロウェーブ網構想は、米国世界支配の末端に日本が組み込まれた目下の状況を固定化するもので、今後永久に日本は米国の隷属下に縛り付けられる恐れありと、役人連中は難癖をつけてきた。マア実際のところ、そもそもムント議員の構想がテレビを防共の手段にせんとの意図から発していたのだから、役人らの批判は必ずしも的はずれとは云えぬ。アメリカがニッポンテレビ放送網にカネを出すと決めたのも、正刀を筋金入りの反共主義者と見込んだからだ。しかもマイクロウェーブ網が日本で完成すれば、これは容易に朝鮮半島まで広げられる。となれば航空レーダー網が極東に完備される次第となって、軍事的な意義においても米国の利益は多大、朝鮮戦争で米軍が苦戦を強いられる現況下では尚更だ。と云う次第でニッポンテレビ放送網への攻撃はいよいよ激烈となる。

しかも反対したのは役人ばかりじゃない。官対民の争いと云うものは、マアいつの時代にも見られるが、今回に限っては味方につくべき民の方もニッポンテレビ放送網に敵対してきたから正刀も弱った。いずれはテレビ事業に参入したいと考えるラジオ局や新聞社が、正刀の独占を恐れ、こぞって反対に回る。正刀ハ売国奴ナリとの怪文書が出回り国会でも問題になる。正刀は弁明にあい努めたが、ドウモ情勢は芳しくない。

もっとも正刀構想にも無理はありました。かりにアメリカからの借款で通信設備が整ったとして、テレビ受像機普及台数が何千のレベルでは、ソンナ大規模な設備の維持費を一民間企業が負担していけるのかとの疑問がたちまち浮かぶ。正刀は自分が作り上げたマイクロウェーブ網を電電公社に電話回線用に貸し出して維持費を捻出する構想を持って居ったが、これを実現するには法改正が必要である。しかし電電公社労働組合の支持を受ける社会党はもちろん、保守党内にも反対者が多いとなれば、電波法改正は難問だ。他方、独占問題に関して云えば、決して民営独占を目論むものではないと正刀は懸命に抗弁してはいたが、実のところ、自分が主体となってマイクロウェーブ網を建設してしまえばコッチのもの、無限の可能性を秘めたニューメディアを実質支配できるとの狙いがあったことは疑えぬ。

かくて米国借款によるマイクロウェーブ網の建設は棚上げになったまま、ニッポンテレビ放送網はとりあえず関東地区に向けてテレビ放送を開始しました。早い話が関東ローカルの一民放局としてまずは出発したわけで、私が麴町の局にしばしば足を運ぶ機会を持ったのは、開局準備が慌ただしく進んでいた頃のことだ。

街頭テレビを発案す

計画は一時棚上げになったとは云え、豪腕正力は一テレビ局を作っただけで終わるつもりなどさらさらない。四面楚歌のなかあくまでマイクロウェーブ網を求めてやまぬ。ありとあらゆる伝を頼って政官財界に運動する。となれば保守党の有力政治家とつながる松枝亥外に声がかかるのは当然のなりゆき。ソンナこともあって、すでに英語方面で手伝いをしていた私が直接ニッポンテレビ放送網の経営幹部に会い、いろいろと相談を受ける機会があったわけです。

とにかくまずはテレビ会社の運営を軌道に乗せねばならぬ。そこがコケたんではマイクロウェーブ網も何もない。しかしここにも難問がありました。と申すのは、民放局は私企業であるから利益を上げねばならぬ。その利益はどこから来るかと云えば、米国のテレビ局がそうであるように、広告収入から来る。広告収入を得るには広告主から広告を出して貰わねばならぬが、テレビ受像機の普及台数が千二千の数では誰も出さぬ。広告がなければ収入がなく、収入がなければ番組が作れず、テレビは大衆から相手にされず、いよいよ受像機は普及しない。受信料を国民から強奪するNHKならそれでもやっていけるが、民放は立ち行かぬ。期待は国産テレビの製造がはじまり価格が安くなりつつあることだが、それでもまだ一般の手には届かぬ。と云う次第で、幹部一同だいぶ困って居ったが、ここで私が一つアイデアを出した。繁華街や駅などにテレビ受像機を置いて、大勢の人に一遍に見せたらどうかと提案したのは、つまり街頭テレビというやつです。

テレビ草創期をめぐる物語では、テレビ時代を強力に牽引した街頭テレビは正力の発案になるものとされている。これに対して、先に云った柴田が本当は考えたのだとか、そもそもムントの構想にあったのだとか、幾つかの異論が提出されて居るが、どれもこれも間違い。最初に云い出したのはこの私です。マアいまとなってはそうだと云う確かな証拠はありませんが。

力道山との因縁

街頭テレビと云えば、力道山《りきどうざん》のプロレス中継が大勢の観衆を集めたことが有名ですが、テレビでプロレスを中継したらどうかと提案したのも私だ。プロレスはロサンジェルス時代に一度観たことがあって、私はあまり面白いとは思わなかったが、チョンマゲ髷に刀を一本差にした侍レスラーが白人の優男に奇襲をかけて、Kill Jap! の大合唱に体育館が騒然となったと思ったら、侍はこれでもかとばかりに汚い真似を繰り返して観客の憤激を煽り、しかし最後には侍が優男にノサれ、哀れ命乞いをしたところで観客はモウ我を忘れて大興奮。馬鹿々々しいとは思ったが、マア見世物としてはよくできている。あれを逆さまにして、卑怯なアメリカ人を日本人が叩きのめすショーにしてテレビでやったら人気が出るだろう。さよう提案したところ、誰もが最初は半信半疑だったが、実際やったらこれが爆発的な人気となって、テレビ時代を一歩前へと進める結果になりました。と、なんだか自慢話ばかりになってしまいますが、自慢ついでに云えば、力道山が相撲からプロレスに転向するにあたって力を貸したのも私だ。と云ってもこれは曽根大吾時代の話。

私は力士時代の力道山のファンで、いわゆるタニマチというやつだが、力道山が二所ノ関部屋をしくじって新田建設の新田社長の下に居た時分もときどき酒を飲ませたり小遣いをやったりしていたところ、ハロルド坂田と云う日系人レスラーが進駐軍の慰問で来日して、私が仕切るナイトクラブに遊びに来たのがきっかけで親しくなり、このハロルド坂田に紹介してやったのが力道山プロレス転向のきっかけ。その後力道山は本格的にレスラーとなるべくハワイへ渡ろうとしたが、新田社長の許しが得られない。そこで私と日新プロモーションの永沢社長の二人で新田社長を説得して力道山をハワイへ行かせた経緯がある。

電波法の改正は困難

テレビに話を戻せば、街頭テレビ人気のお陰で経営はまずは順調だったが、民営マイクロウェーブ網構想の方は、正刀の奮闘も空しく国会で断が下って頓挫しました。しかし私は格別落胆はしなかった、と申すのも、べつに大規模通信事業自体がそれで消えてなくなったのではない。ただ官業で行う方向になっただけの話。私の願いはあくまで情報の都トーキョーの実現であるからして、正刀にもニッポンテレビ放送網にも義理はない。

片やそうアッサリ諦めきれぬ正刀は粘りに粘る。全くしぶとい人間であるナと、普段人にあまり感心しない私も非常に感心しました。とにかくネックは電波法だ。これを改正するには自ら政界に打って出て権力を握るしかないと、正刀はついに決意した。マアもともと大政治家になりたいとの野望は抱いて居ったらしいが、選挙で当選するまではなんとかなるとして、そこらの陣笠代議士になっても仕様がない。総理大臣になるくらいでなければとても素志は貫徹できぬ。カネはあり、大メディアを握る利はあるものの、子分も派閥もないではとても総理の椅子などには手が届かぬ。と、普通なら考えそうなものだが、つまりはソコが普通とは違うので、本気で総理の座を目指し突き進んだのだから偉い。

当時の政界は吉田から鳩山へ政権が移って、保守合同へ向けて政治家連中がさかんに蠢いていた頃合い、合同にはみな異存はないが、自由、民主、改進、三党が一緒になったのち誰が総裁になるのか、これがドウにも決まらぬ。談合、暗闘、密約の果て、衆議は一決しない。この辺りにチャンスの匂いを正刀は嗅いだんだろう。とりあえずカネは出す。あとは政治力学が自分を権力の頂へ押し上げるよう画策すればよいと目論みを定めたものの、それには何かしら看板になる政策が要る。そこで正刀が目をつけたのが原子力発電だ。と云うか、正確には私が目をつけさせた。とまではやや云い過ぎかもしれませんが、マアまるっきりの嘘でもない。少なくとも間違いないのは、私が原発に先に目をつけていた事実だ。いやモウ目をつけたどころではない。私は原発にスッカリ魅入《みい》られていました。

原子力事業の淵源

私が原子力発電を最初に知ったのは、日望商会の派遣でロサンジェルスに居たときだ。原子力と云ったら原爆としか思っていなかったところ、船舶の発動機や発電にも使えると聞いて、ホホウと思った記憶がある。池上のガソリンスタンド事件より前の話でもあり、とりあえず目先の仕事とは関係がないので、それきりになったが、テレビ事業に係りを持ち出した頃、行きつけの渋谷のサウナ風呂で富山某と云う人と知り合い、電力会社で研究開発事業に携るこの人からいろいろ話を聞いて興味を持ち、取り寄せた英文雑誌の論説など自分で読み砕くうち、これぞ未来のエネルギーなりと深く確信するに至りました。

当時は電力と云えば水力が中心、しかしダム工事にはカネがかかるばかりか、ダムは大概辺鄙《へんぴ》な山奥にあるから、送電費用が馬鹿にならぬ。一方石油を燃やす火力なら設備規模が小さく済み、工場地帯の傍に作れる長所がある。と云う次第で火力が主流となりつつあったが、これにも弱点はある。すなわち石油を輸入に頼らねばならぬ点だ。石油は価格が安定せず、いずれ枯渇する心配もある。その点原子力発電はほんの少量の物質から莫大なエネルギーを引き出せるところが素晴らしい。とコウいきなり原子力礼賛となった辺り、米国の対日石油禁輸に苦しみ抜いた榊春彦時代の記憶が作用したのかもしれません。

米国で実用化される原子炉はウランの核分裂反応を利用したものだが、水素やヘリウムの核融合反応からエネルギーを取り出す核融合炉が将来実現すれば、モウ燃料は無尽蔵、無際限のエネルギーを手に入れることができる。要は小型太陽を地上に作るようなものだと、どこかに書いてあるのを読んで私は興奮した。工業はもちろん農業だってエネルギーに支えられてはじめてできるわけで、むろん物流となればエネルギーなしには考えられぬ。情報の都と云ったってエネルギーあればこその話。つまりはエネルギーが繁栄の鍵、と云うよりむしろ繁栄とは潤沢なるエネルギーの謂《いい》である、とコウ断じて過言でない。

ぜひ東京にも人工太陽が二、三個欲しいものだ。いや二、三個と云わず、十個二十個と欲しい。私は空想し熱望した。そうなれば東京中にモウ電気が溢れんばかりとなって、巨大不夜城が極東に出現することになろう。東亜に聳ゆるエネルギーの都は、まさに太陽の名にふさわしく光り輝き、遠い宇宙から眺めてもクッキリ目に映じる。エネルギーとは煎じ詰めれば力であり、東京から溢れ出た力が世界の果てにまで届いて地球全域を覆い尽くすのでアル。と、さようイメージされるなら、一刻も早く原子炉を導入すべきである、いや導入しないのはどうかしているとさえ思えてきた。私は原子力発電の意義を方々に鼓吹して回った。会う人ごと見境なく宣教した。その頃はちょうどテレビ事業の関係で正刀にもよく会っていたから、当然話したはずで、後に正刀が「原子力発電の父」と呼ばれるに至った淵源《えんげん》は実はこの辺りにあります。

原子力事業の胎動

むろん原子力の重要性、将来性につき深く思いを致した者は私ばかりではない。各界にあった。まずは学者。原子力研究は理化学研究所などを中心に戦前からやられていて、敗戦を機にアメリカから破棄させられた研究を再興したいとの悲願を抱く学者があった。ノーベル賞をとった湯川秀樹《ゆかわひでき》博士の名は誰もが知るところでしょう。次いで政治家。マア政治家諸氏が考えていたのは主に核武装。憲法第九条を改正して再軍備し、核兵器もできたら持ちたいと願う政治家は、いま同様当時もゾロゾロ居て、一九五四年三月に中曽根康弘《なかそねやすひろ》らが原子力予算案を国会に提出して採択されたのは、政治家陣営の悲願達成への第一歩と云ってよいだろう。

他方、電力会社をはじめ財界は、巨額の費用を投入したところですぐに稼働できるかどうか分からぬ原発の導入には及び腰だったが、世界の趨勢がこれを許さぬ。元来米国は核エネルギー研究を機密としていたが、核開発競争でソ連に追いつかれるや方針を百八十度転換、自由主義陣営や第三世界にむしろ核技術を輸出してヘゲモニーを握る方向へと舵を切る。とコウなれば、日本とて遅れをとるわけにはいかぬ。ぜひ原子炉を日本にも、と云う話の成り行きとなれば、アメリカに顔が利いて巨額の資金を集められる人物がどうしたって必要になる。マイクロウェーブ網構想で実績のある正力に期待が寄せられたのは必然だ。私は財界人や政治家の間をセッセと説いて回り、こうした流れを醸成することに腐心した。マア私の力がどこまで及んだかは分かりませんが、原子力発電の父が正力だとしたら、「君は産婆くらいの役は果したヨ」と評してくれる財界人も後にはありました。

実のところ、正力が原子力発電の意義をどこまで理解していたかは疑問でした。だからこそ私は熱心に説いたのですが、しかし説いたのは原子力そのものの意義ではない。原子力推進の旗頭になることが総理の椅子を引き寄せる磁石となりうると説いたわけです。これは効きました。正力はスッカリその気になって原子力発電の父への道を歩み出す。とは申せ道のりは決して平坦じゃない。第五福竜丸事件がマスコミに報道されたのは、先に述べた原子力予算が国会で通過したその翌日だ。

第五福竜丸事件

昭和二十九年、西暦で云えば一九五四年三月一日、焼津のマグロ漁船第五福竜丸がビキニ環礁の水爆実験で被曝《ひばく》しました。これは爆発の規模を見誤ったアメリカの明らかな失策だが、コッチには全然責任はありません、人が死んだのは放射能とは全然無関係ですからと、アメリカが知らんぷりしたからサア大変、反核の世論は沸騰する。こうなるとモウ原子力発電どころの騒ぎじゃない。そう云えば広島長崎に平気な顔で原爆を落としたのもアメリカだった、アメリカ人は日本人を虫けらだとでも思っているんじゃないのか、とソンナ具合で不愉快が噴出、日本人の反米感情が戦後大きく昂《たかぶ》ったのがこの時だ。なにしろ米ソ冷戦時代のこと、アメリカもだいぶ焦ったらしい。なんとか日本人を親米に引き寄せようと様々な工作をするなか、私や松枝亥外のところへも手が及んできた。

ガイ・トンプソンと云う男がいました。米国ヴァージニア州リッチモンドに本社のあるシルズ商会の社員で、サンフランシスコ講和条約締結前後に松枝亥外に接近してきて、松枝にジェネラル・ガイナックス社との顧問契約を斡旋したのがこの男だ。ジェネラル・ガイナックス社は潜水艦や戦車などの軍需品を総合的に扱うほか、発電用の原子炉を含む民生用の機器や設備の生産を行う巨大企業。自社製品の日本政府への売り込みに備え、松枝のような人間を確保しておくのはこの種の企業の常套手段だ。ロッキード社が児玉誉士夫を秘密代理人にしていたことはよく知られていますが、それと同じ。

トンプソンは占領時代にGHQの参謀第二部、G2に居た三十歳代半ばの南部人。言葉に独特の訛があり、やたら下らぬジョークを差し挟むせいで通訳にはいつも苦労させられましたが、トンプソンが松枝と会うときは、通訳の必要上必ず私が同席し、しかしそのうち私とトンプソンの二人だけで会うことが多くなったのは、私に伝えればほぼ用件が通じるから、と云うこともあったろうが、なんとなくウマが合うからだ。トンプソンは日系ではないが、どことなくケニー神野を思い出させるところがありました。私たちが会うのは赤坂「すし清」と決まっていて、トンプソンはとにかくカッパ巻が好きな男で、やたらそればかり食う。私や松枝は陰でトンプソンをカッパと呼んでいました。そのカッパのトンプソンが第五福竜丸事件からしばらくした頃、チョット相談したいことがあると私を呼び出した。

核アレルギーへの対策

トンプソンの相談とはつまり、悪化する一方の日本人の反核反米感情をうまく収める手だてはなかろうかとの話。実は少し前にも私は似たような依頼をトンプソンから受けて、あれこれ世話を焼いたことがありました。広島長崎に原爆を落とされた日本人には核アレルギーがある、これをどうにかできぬだろうかと云うので、話は少し遡りますが、一九五三年の暮れ頃だったと思うが、先にも述べた米政府による核政策の転換があって、これを商機と見たジェネラル・ガイナックス社が、原子炉の日本への売り込みを視野に入れた諸活動を急ぎはじめていた、その一環としてトンプソンから接触があったわけです。

日本人の核アレルギーはどうにかせねばなるまい。自身かねがねさように考えていたこともあり、原子力平和利用キャンペーンを張るよう、私は正刀に強く働きかけた。五四年の正月から『読買新聞』紙上にて「人工太陽の世紀」なる題の連載がはじまったが、これは私が英語の論文や新聞記事から抜粋翻訳して記者に渡したメモが元ネタになっている。ニッポンテレビで作った「二十世紀は見た！　エネルギー革命の夜明け」「世界潮流・原子力がひらく未来」と云った一連のドキュメンタリー番組も同様。専門の学者はむろん居るが、素人の視点から原子力を分かりやすく解説できる人間はそうザラには居ない。そこで私が自分でやることになったわけですが、総じて評判はよく、大いに胸を張ったと云う次第。

アトムちゃんは失敗

勢いをかって私は「アトムちゃん」なるキャラクターを創案した。自分で下絵を描き、これを基に作らせた着ぐるみを皇居前広場で踊らせたり、玩具会社にビニール人形を作らせたりしたところが、こちらの評判はドウモ芳しくない。発想が時代を先取りしすぎていたのか、たとえばアトムと云えば手塚治虫《てづかおさむ》の「鉄腕アトム」が有名だが、漫画のアトムが可愛らしい少年なのに対して、「アトムちゃん」は虎とも熊ともつかぬ丸顔の動物の頭にアンテナのごとき毛が三本立つデザインで、私はだいぶいいと思っていたのだが、アホらしい、気味が悪いと散々でした。いまから思えば、いわゆる「ゆるキャラ」

の走りだったわけで、時代を先取りしすぎたとはそう云う意味です。あとモウ一つ先取りで云うなら、ビニール人形の「アトムちゃん」を作るにあたって私は一つアイデアを出した。すなわち手足を湾曲させて人の腕や肩に摑まれるようにしたので、このアイデアは後にダッコちゃん人形に流用されて大ヒットにつながりました。つまりダッコちゃんのあの基本デザインを考えたのは私だ。もっともデザイン料は一円も貰いませんでしたが、それはマアどうでもよい話。

CIAとの接触

私一人の手柄にするつもりはありませんが、こうした活動の甲斐あって、日本人の核アレルギーもだいぶ直ってきたナと思っていた矢先の第五福竜丸ですから、これは痛かった。杉並の主婦の発議からはじまった原水禁運動が、燎原の火となって燃え広がる。トンプソンから云われずとも、なんとかせねばならんと考えていたところだったから、寿司屋で相談を受けて、ソリャむろん策を練るサと即座に応えたいところをぐっと堪えて、アメリカが素直に謝ればコウまでこじれなかった、アメリカが全部悪い、モウどう仕様もないナと意地悪く突き放せば、いや、まことに申し訳なかったと、トンプソンが恰もアメリカの代表のように謝罪するのが可笑しかったが、とにかく今後の心理戦に力を貸して欲しいとあらためて頭を下げたトンプソンは、正確な金額は忘れましたが、自由に使って欲しいと、結構な額の小切手を切って寄越したから、何でもゴネてみるもんです。いくら商売のためとは云え、一私企業の人間がここまでやるとは思えぬので、前から察してはいましたが、トンプソンが対日心理戦を主導するＣＩＡに関係する人間だと私が確信したのはこのときだ。ＣＩＡの意のままに動くのは面白くない、用心せねばならぬと私は自戒したが、どちらにしてもアメリカの利害にとって私が重要な存在であると認められていたことがこれで判然り分かると思います。

原子力平和利用キャンペーン

後のことは詳しくは述べません。私は引き続き原子力平和利用のキャンペーンをあれこれ企画立案し、原発関連の特集記事はいよいよ頻繁に新聞紙面を飾るようになり、テレビ番組もまた幾つか制作されましたが、アメリカの方でも動きがあった。その一つが「原子力マーシャルプラン」だ。これは何かと申すなら、ジェネラル・ダイナミックス社社長のジョン・ホプキンスが云い出したもので、すなわち開発途上国への経済援助として原子力発電の設備を供与すべしと云うもの。何のことはない、自社の原子炉を売りたいとの下心が見え見えだが、日本の政財界はワッとばかりに食いついた。まるで池の鯉だが、しかしそれもマア当然だ、なにしろアメリカが技術ばかりかカネまで出してくれると云うのだから、食いつかぬ方がどうかしている。

まずはホプキンスを日本へ呼ぼうと云う話になった。これが昭和三十年、西暦で云えば一九五五年五月に実現した「原子力平和利用使節団」の来日。ホプキンスは講演を行い、鳩山首相をはじめ各界代表と懇談、舞台裏で私が根回しやら通訳やらで動き回ったのは云うまでもありませんが、これもいちいち細かくは述べません。

同じ年の十一月には、「原子力平和利用博覧会」なるものを六週間にわたって日比谷公園で開催した。これは世界中を巡業するアメリカ肝いりのイベント、私はトンプソンから正式に協力を依頼され、運営の中心となる読買新聞社とアメリカ情報関係者のあいだの連絡役を務めた。マアこの種の企画となれば私の独壇場だ。これも細かくは述べませんが、展示の仕方について私はいくつも斬新なアイデアを出しました。一つだけ紹介すれば、ゲームセンターでよく見かけるクレーンゲームに似た装置を作り、原子炉に燃料棒をうまく嵌め込めば勝ち、失敗すると負けと云うゲームを入場者にさせて、勝てば何事も起こらぬが、失敗すると大爆発——と云ってもライトがピカリ光って煙がモクモク出るだけですが、そういう器械を展示して大いに好評を博しました。日比谷公園の敷地には連日長蛇の列ができ、最終的に入場者数は三十六万人を超えたのだから、まずは大成功と云ってよいでしょう。

原発と原爆は別物なり

日本は世界で唯一の原爆被害国、であればこそ、原子力の平和利用を推し進めるべき使命があり、かつまたその権利があるのデアル、との理屈を開発したのは、じつは私だ。『読買新聞』に寄稿した「原子力平和利用博覧会の成功を願う」と題する文章中で右の理屈を述べたのが最初。よく考えるとこの理屈、分かるような分からんような頗る怪しげな代物だが、なるほどナと、人々が頷いてくれたのだから、世の中素直な人間が多いものだと感心した。実のところ、私が接触した政治家連中のなかには、平和利用、平和利用と表向きはお題目のように唱えながら、原子炉さえ持ってしまえばコッチのもの、いつでも原爆製造に転用できるサと、裏で舌を出している者があるのを私は知っている。マア原爆にしたところで、戦争の抑止力となるとの観点からすれば、平和に貢献すると無理に云えば云えなくもない。まさにものは云いようで、原爆製造を原子力平和利用と呼んであながち論理の誤りとは云えぬ。むろん平和利用の言葉を鵜呑みにして、国民大衆がそれ以上深く詮索せずに納得している以上、ソンナことをわざわざ述べたてて感情を刺激する必要はいささかもない。平和利用でゴザイマス、とだけ云っておればそれで何でも済むのだから、マア簡単と云えば簡単な話です。

原爆と原子力発電はあくまで別物。原爆が悪魔の発明であるとするなら、原子力発電は人類に幸福をもたらす技術の神様の恩寵《おんちょう》である。とコウ二つにクッキリ弁別しておくが肝心。原爆のゲの字を見ただけで激昂するような連中も、原子力発電ならいいんじゃないのと、いや、むしろ積極的に推し進めるべきじゃないの、とそのうち軽く口にするようになったのだから、私の目論みは大成功と云ってよいでしょう。かくて原発導入の土壌はできた。となれば次は苗木を植える場所の選定が問題となる。

原発立地の選定

まずは原子力研究所を置く場所の選定から議論ははじまりました。関東の国有地で五十万坪くらいの広さのあるのが条件、加えて海や川など水辺である必要があるとも云う。群馬の高崎や神奈川の武山が候補にあがったのは、自民党の代議士中曽根康弘と社会党代議士志村茂治《しむらしげはる》のそれぞれ地元だから。なにしろ原発が来るとなれば莫大なカネが落ちる。どこも懸命に誘致する。

私は是非とも東京に欲しかった。とは申せ東京にソンナ広い空地はなかなか見つからぬ。皇居はどうかと、私は本気で考えた。調べてみたら、あそこは面積が約三十四万坪。五十万にはだいぶ欠けるが家もビルもないから好都合である。これを原子力委員の一人に云ったら、悪い冗談としか思われなかったのは心外だったが、マアやむを得ない。皇居が駄目ならお台場辺りの海を埋め立てて敷地を新規造成したらどうかと次に私は考え、試案も作ってみましたが、同じ原子力委員から、事故のとき大変なことになるゾと諭されて、東京への原発誘致はとうとう諦めました。マア欲しいのはあくまでエネルギーなのだから、原発は田舎に作って電気は運んでくればいいだけの話。どうしても原発が東京に欲しい欲しいと駄々を捏《こ》ねるのは子供じみた振る舞いと云われても仕方がない。

原発事故の深刻さを私も知らぬのではなかったが、あまり深くは考えなかった、と云うより、東京が放射能に汚染されるなら、それはそれで構わんと、どこかで考えている節が私にはあるらしい。前にゴジラの話をしたと思いますが、東京の繁栄を願いながら、他方で破滅を望むと云う、非常に矛盾した、いささか奇怪なる心情が私にはドウモある。とコウ考えてみると、原発と云う代物は、繁栄と破滅が背中合わせになった施設である。あるいはソンナところに私が強く惹かれた理由があるのかもしれぬ。この辺りは自分でも不可解ですが、マア私と云う存在の不可解さから較べたらたいしたことはない。研究所の立地は、結局、原子力委員長だった正刀の一存で茨城県の東海村に決まりました。

原発は利権の巣窟

この後もいろいろと紆余曲折はあったものの、昭和三十二年、西暦で一九五七年、日本初の原子炉ＪＲＲ－１が臨界に達し、数年後には最初の商業発電所、東海発電所が運転を開始する。ちなみに東海発電所の原子炉は米国製ではない。英国製のコールダーホール型、これの採用にあたっては一悶着あった、と申すのは、なんでも商業炉の導入を急ぎたい正刀と、慎重なアメリカの間で綱引きがあったがゆえに、英国製と相成った次第で、アメリカが渋々英国製の導入を認めたのは、ソ連製を買われるよりはマシだと判断したからだ。この辺り、私もゴタゴタに巻き込まれざるを得なかったが、マア私にしたら正刀にもアメリカにも義理はない、とにかく原発さえできればいい、とソウ云う態度で居たところ、友成と云う人間は国家の繁栄をひたすらに願う、じつに無私な者デアルとの評判が立ったのには苦笑しました。

実際は無私どころの話じゃない。原発一つ建てるに膨大なカネが動くは当然、建設業者やら何々業者やら、受注の口利きを頼まれ、役人政治家にリベートを手渡す役を務めれば、それなりのカネが自然と懐に入ってくる。もとより私はこれを恥じるような者ではない。なるほどカネ目当てでやっていた訳ではないが、来るものを拒む理由は一つもない。

その後、原発関連では、東京電力福島第一原子力発電所の建設にあたって、敷地の選定買収から原子炉を提供するG・E社との交渉、さらには下請け業者の手配まで、あれこれと動くことになりました。原発建設のごとき大事業では、世間にはおおっぴらにできぬ汚れ仕事が様々生じる。人も何人かは死ぬ。となればその辺りを仕切る人間がどうしたって必要になるわけで、私は松枝亥外を表に立てつつ、多崎満をはじめ暴力団関係の者など使って事を運んだが、これはマア行きがかり上やっただけの話。その頃にはモウ心は原発から離れていました。と申しますか、何度も述べたように、私は東京近傍に原発が欲しい、単純にそれだけが願い。だから原子力発電事業が軌道に乗るのを見届ければ満足だった。ソウ云う意味では、たしかに無私と呼べるのかもしれません。

技術進歩の恐ろしさ

かくて原発の方は前へ進んだものの、鳩山、石橋、岸と政権が移り変わるなか、正力が総理の椅子を摑む目はいっこうに出ず、電波法改正はいよいよ遠ざかる。一方で私は

CIAが正刀への支援をやめたとトンプソンから耳打ちされ、つまりアメリカの資金援助の可能性が消えたこの時点で、正刀マイクロウェーブ網構想は完全に頓挫しました。私もこのときは知らなかったのですが、アメリカでは衛星通信の研究が実用化に向け急速に進んでおり、やがては衛星放送がマイクロウェーブ網自体を時代遅れにしてしまうのですから、新技術と云うものはいつ旧技術に転落するか分からぬと思えば空しい。まさに諸行無常、とは申せ、私自身は一つ所にしぶとくとどまって何事かなさんとの気持ちは頓となかいから、諸行無常で全然かまわぬ。と申しますか、地霊的観点からするならば諸行無常などは自明に決まっている。

この鳩山から岸の時代は、保守合同直後と云うこともあり、自民党派閥間の抗争は熾烈をきわめ、私は松枝亥外と共に政界工作に暗躍したが、いま一々は述べません。トンプソンからもまた二、三依頼があったりしたが、それもモウいいでしょう。

昭和の坂本龍馬

コンナふうに方々で活動する一方、自分の会社と云うことでは、昭和三十三年、西暦で一九五八年、秀峰エンタープライズなる会社を私は立ち上げました。これはいわゆる経営コンサルティングの会社、財界政界の錚々《そうそう》たる人物に役員や相談役に就いて貰いましたが、事業欲が私にあったわけじゃない。前にも申しました通り、私の欲求は、思う存分東京の地で暴れ回りたい、ただそれ限り。だから逆に責任ある立場にはなるべく就きたくない。私は一九五二年からズット秀峰の東京支社長でいましたが、「光の霊峰」は四代目「照子様」の下で信者を増やし、静岡や千葉に支部道場を建設して東日本へ勢力を伸ばしたのに伴い、秀峰東京支社も日本橋の明治協業ビルに事務所を移転、人員も数十人の規模になったとなれば、支社長の仕事も当然増えてくる。これが嫌さに私は小沼と云う京大の後輩を支社長に据え、自分は本社相談役に退いて、代わりに新会社を立ち上げたと云う次第。社員は社長以下僅か四名の小所帯。それくらいの方が経営に気を取られず自由気儘に活動できる。それが嬉しい。するとこれまた私の「無私」の一証拠と見なされて、友成光宏こそ真の自由人、我欲を捨てた憂国の志士、昭和の坂本龍馬《さかもとりょうま》である、などと評判が立ったのには、さすがに少々くすぐったい気持ちになりました。

両刀使い

私生活はどうかと申せば、縁談もいろいろと持ち込まれましたが、何だかソンナ気になれず、住まいは文京区西片の酒井甚一宅を出て、高輪泉岳寺近く、戦前の牧田伯爵邸の離れを借り、女中を雇って独り住んで居りました。女性との付き合いは素人玄人とりまぜ様々ありはした。ありはしたが一時的に情熱が高まるだけでドウも長続きしない。だいたいがすぐ飽きてしまう。一度城東銀行の頭取令嬢と見合いして、これがミス東京になったとかで八頭身の物凄い美人、気だてもよさそうなので、結婚してもいいかと思ったことがある。何度かデートを重ねて、そろそろかナと思った頃合い、念のため相手の身上書を見たら、母方の祖母の名前に見覚えがある。調べたところ、郵船会社の社員を婿に取った柿崎幸緒の長女だと判明してだいぶ吃驚《びっく》りした。つまり相手は私の曾孫だ。だからドウなんだと云われると困ってしまうが、ヤッパリなんだか後味が悪い気がして、何度か一緒にホテルに泊まっただけで、結婚はよしにしました。

その頃の私の一番の馴染みは下谷のゲイバーに居たオキミと呼ばれるゲイボーイ。これまで申し上げていなかったかもしれませんが、私はいわゆる両刀使いと云うやつで、男も嫌いじゃない。なんでもえり好みせずに呑み込むあたり、我が地霊的性質のなせるところと申すべきか、柿崎時代から榊時代、男色は武人の嗜みであったし、曽根時代にも好きな男は居りました。告白すればケニー神野とはソウ云う関係になっていた。私がケニー神野を殺した茂木某への復讐にこだわったのには、実はそうした動機もあったわけです。

沖縄出身のオキミは沖《おき》まさしの芸名でシャンソン歌手もやっていた。歌は大したことがなかったが、見た目だけなら丸山明宏《まるやまあきひろ》にも負けぬ。私がカネを出してレコードを出してやり、知り合いの興行師に頼み込んで銀巴里に出演させたり、ペギー葉山《はやま》の前座で使ってもらったりしたが、結局は芽が出ぬまま、あるときオキミがベッドで「播摩《はりま》」と云うのが凄いらしいから、是非試したいと云うので、やったところ、心臓マヒを起こして死にました。私は多崎に後始末を頼み、だいぶ貯金を吐き出す破目になったのは、自業自得とは云え残念でした。

東京の風景改造　展覧試合

かくてテレビだ原発だと走り回りながら、相も変わらず私は東京巡りにいそしんで居った。この頃――と限ったことではないが、東京と云う街はドンドンと景色が変わるところに特色がある。地下鉄が次々掘られて都電が廃され、トロリーバスなぞと云うものが現れたかと思えばいつの間にか消える。新ビルが続々建って新道ができる。ことに東京オリンピックの開催が決まってからと云うもの、風景の改造は俄然めまぐるしくなる。それを毎日眺めるのが面白くて仕方がない。

私の出歩き先は様々だったが、一番の好みはヤッパリ人の集まるところ。どうやら私の行動原理の根本は野次馬根性であるらしい。野次馬根性こそ我が精神の中核を成す実質ナリ、とコウ云うとなんだか貧しい感じがしますが、本当のことだから仕様がない。昔から火事だと見ればそれッとばかりに駆け出すと云う話はモウしましたが、べつに火事に限らない。行き倒れだろうが見世物だろうが、人出のあるところへあるところへと自然に軀が吸い寄せられてしまう。春は飛鳥山、上野の花見にはじまり、夏にかけては浅草三社祭と日枝神社山王祭、両国の花火、秋は池上本門寺のお会式、各種のスポーツ大会や酉の市、冬ともなればクリスマスで賑わう街へ繰り出し、初詣は明治神宮から浅草寺へ。特に何がなくとも銀座や新宿の繁華街を歩いているだけで心楽しい。後楽園球場にもよく行きました。野球がそれほど好きと云うわけでもないが、人が多勢集まってワーワーやっているのが嬉しくて堪らない。

球場へ行くときは大抵トンプソンが一緒でした。トンプソンが大のベースボール好きと云うこともありましたが、もう一つ、云い忘れて居ったが、トンプソンとも一時期は恋人同士の関係だったことがある。ソウ云えば、例の天覧試合、あれにも一緒に行った。私は天覧などは御免だと渋ったのだが、トンプソンがどうしても観たいと拝むので、関係者にチケットを頼んで、天皇から少しだけ離れたバックネット裏で観戦した。榊春彦時代、閲兵式などの際に遠くから眺めただけで、ソンナ近くで昭和天皇を見たのははじめての体験。丸眼鏡の天皇は正刀の横でツマラなそうにグラウンドを眺めていました。マア間近に見たからドウダと云うこともないが、その人が居ると云うだけで球場全体に居心地のよからぬ空気が漲るのが気に食わぬ。「早いところ店賃《たなちん》を払えよ」と小声で呟くと、トンプソンが何と云ったのかと訊くから、英語で云ってやると、トンプソンは愉快なジョークとでも思ったのか大笑いする。試合は九回裏、長嶋茂雄《ながしましげお》にさよならホームランが出て巨人の勝ち。正刀は欣喜雀躍していたが、トンプソンはタイガースの村山実《むらやまみのる》のファンだそうで、「ナガシマのあたりは絶対にファールだ」と文句を云って悔しがるのが可笑しかった。

要するに私は賑やかなら何でもいいので、ソウ考えると、人が多勢でワーワーやっているのを無責任に嬉しがると云う意味では、私の野次馬的嗜好が一番満たされたのは安保闘争と東京オリンピック、何を措いてもこの二つに尽きる。

安保闘争

日米安全保障条約は昭和二十六年、西暦で一九五一年、吉田茂が調印したが、これの改定が議論され出したのは岸信介《のぶすけ》が総理になった頃、と申しますか、誰が、と云って岸が熱心に改定したがった。改定の中身はアメリカへの従属から僅かなりとも独立しようと云うわけで、それだけとればソンナに目くじら立てて反対するほどでもないと、私などは思ったものだが、他ならぬ岸がやると云い出したのがよろしくなかった。戦前日本の対外拡張を推進した官僚で、東条内閣の商工大臣を務めた岸の場合、左翼陣営からゴリゴリの保守反動と見なされたのはもちろん、日本をまたもや戦争に引っ張っていくつもりじゃないのかと、疑心を一般に惹起したのはやむを得ぬところ。実際、再軍備を進めて日本をアジアの一大反共軍事国家となし、アメリカと肩を並べつつソ連中共に対し強面に振る舞いたいと岸が望んだのはたしかだろう。もっともアメリカがウンと云わねば条約改定も何もないが、どうやらアメリカも不賛成ではないらしい、となればスンナリ行くと岸は思ったんだろうが、ドッコイ戦争で痛い目に遭った国民を甘く見た。コンナものを認めたらまた戦争になるゾ、国にまた騙されて馬鹿を見るゾと、声高に叫ぶ者に巷の者らは大いに頷き腕組みする。

岸がまず手をつけたのは警職法の改正。早い話が警官の権限を大きくしようと云うので、安保反対運動を押さえ込もうとの意図が見え見え、これじゃオイコラ警察の復活だ、露骨な戦前回帰だとなれば、労組を中心に猛烈な反対運動が巻き起こるは必然、とにかく岸はケシカランと、床屋政談でも反岸が優勢となる。松枝亥外は徹底反共主義の点で岸と一致はしていたものの、政権党内で反主流派となった水野拓一を応援する必要上、反岸に回る。自分の雑誌で警職法改正反対の論陣を張るので、何かいい文句はないかと松枝が訊くから、「むかし特高、いま警職」「デートもできない警職法」と云ったキャッチフレーズを考案したところ、そいつはいいと松枝が喜んで書き、新聞雑誌をはじめ方々で使われるようになったのは可笑しかった。

警職法改正法案は廃案となる。で、次は安保改定だ。当時の労働組合と云えば、一番の強面は泣く子も黙る総評、これを中心に社会党、共産党が共闘し、各種団体も結束、安保条約改定阻止国民会議が結成されて、運動の機運は次第に盛り上がる。昭和三十四年、西暦で云えば一九五九年の十一月二十七日、大規模なデモ集会があると聞き及んで、野次馬魂をジンジンと刺激された私は国会議事堂へ駆けつけた。

デモ現場で大暴れ

午後四時すぎに議事堂周辺へ行ってみるとモウすごい騒ぎだ。赤旗をはじめ色とりどりの旗が林立して、ワッショイワッショイのかけ声と共に大勢が隊列をなして走り回り、ハンドスピーカーはシュプレヒコールをがなりたてる。コリャすげえゾと、私はモウ浮き浮きして、デモ隊と一緒にうろつき回っていたら、学生らしい一団が突如として警察の防御を突破、通用門を押し破って国会構内へ突入したから激しい。オオッと目を見張りつつ、あれは何だろうと、横に居た人に尋ねれば、ゼンガクレンだと教える。そうか、あれが噂の全学連デアルか、と感心するうちにも、学生に続きデモ隊が後から後からなだれ込んで、今度は国会構内でジグザグデモがはじまる。前代未聞の見世物に私はモウ興奮してしまい、ただ見ていても詰まらんとばかりに、自分も一目散に構内へ駆け込み、全学連と一緒になって『インターナショナル』を歌い、安保反対のかけ声に唱和したりして、デモ隊とスッカリ意気投合したのだから、オッチョコチョイと云われてもマア仕方がありません。しかしソンナふうに群れをなして高歌放吟していると、何としても安保改定は阻止せねばならん、岸を退陣に追い込まねばならんと本気で思うから面白い。もっともデモが終わって家に帰れば、べつに安保なぞドウでもいいとなるのだから、だいぶいい加減です。

何度も申し上げてきましたが、私はイデオロギーには関心がない。政治体制だって何でも構わぬので、とにかく賑やかなのがよろしい。その点全学連の威勢のよさは気に入った。警察などものともせず無鉄砲に突進していくのに胸がすく。その昔、江戸の町で旗本奴《やっこ》とか町奴とか云った連中が暴れたことがあったが、ソンナのもチョイト思い出されて懐かしい。その後も私は全学連が出張るデモには必ず行って応援した。カンパもした。全学連はカネがなく、聞けば地方からデモに出てくる学生の交通費が足らず、逮捕者が出れば裁判費用がかかるのが困ると云う。それは気の毒だと、私はカネを出し、松枝亥外にもそう云って援助金を出させた。

松枝亥外のところへは、闘争が盛り上がるにつれ、デモ潰しに人を動員して欲しいと依頼が舞い込むようになっていた。右翼は左翼を叩くのが仕事みたいなもんだから、これはマア当然、松枝としても義理ある筋から頼まれれば否とは云いにくい。地方から駆けつける右翼青年の旅費を負担し、知り合いの暴力団や自分のところの塾生を動員する。その一方で松枝は岸政権を潰す画策にも手を貸していたから、その意味ではデモは大歓迎、全学連にもっと暴れてもらう方が好都合だろうと私が説得すれば、うん、それがいいネと、結構な額を出してきたと云う次第。

議事堂騒然

明けて一九六〇年、安保反対の声はいよいよ喧しくなってくる。五月に自民党が新安保条約案を強行採決すれば、組合とは無縁の巷にも火がついて、幼稚園児までが「アンポ」を口にするようになるから凄い。デモの規模は俄然膨れ上がり、国会が人の波で埋めつくされる一方、羽田ではアイゼンハワー大統領報道官ハガチーがデモ隊に包囲され、這々の体で米国へ逃げ帰る。こうなりゃ警察だって黙っちゃいられない。新手の猛者を動員してデモ隊と激突、東大の女子学生が死んだのが六月十五日、世論は激昂、新安保条約自然成立の前日、十八日のデモには三十万人以上の人間が議事堂を包囲。怖じ気づいた岸総理が自衛隊の出動を要請したくらいだから、これはモウ大騒乱と云っていい。

私は架空の尻尾をビリビリ痺れさせながら、怒号と笛とシュプレヒコールのなか、酔っぱらったようになって明け方まで駆け回ったのだから、我が物好きぶりには自分ながら呆れます。

東京オリンピック

オリンピックも忘れられません。世界中から東京へ人が集まる、東京の祭典に世界の耳目が集中する、とコウ考えただけで私は早くも感激が腹の底から涌き上がるのを覚えたが、オリンピック開会式、国立競技場のスタンドに座った私はもはや感激を通り越し、一種放心状態のごとき陶酔感に全身を浸されて居った。昭和三十九年、西暦で云えば一九六四年十月十日、雲一つない抜けるような青空に、ジェット機が飛び交い、取材ヘリが浮かび、鳥が羽ばたく。大スタンドは観客で満員。思えば昭和十八年十月二十一日、学徒出陣壮行会が行われたのが同じこの場所だ。榊春彦の私はその日、東京中から集められた高校生女学生で埋まったスタンドに立ち、冷たい雨がそぼ降るなか、ゲートル巻きで小銃担いだ学生らが粛々と入場行進するのを眺めて居った。文部大臣が何か唱え、東条が訓示をし、学生代表が答辞をした。『海行かば』を全員で合唱した。

オリンピック・ファンファーレが鳴って、ギリシアを先頭に各国選手が順番に入場して、大歓声のなか、一番最後に赤いブレザーの日本選手団が行進するのを目撃した人のなかには、二十一年前の、学徒出陣の若者を選手らに重ね感慨を深くした者もあったでしょうが、じつは私もソウなった口だ。もっとも私の感慨は、戦地に散った学徒を偲ぶとか、平和になった日本を言祝《ことほ》ぐとか云った感慨とはレベルが違う。そこらに転がる凡々たる感慨とは比べ物にならぬほど底深いので、と申すのは、さらに遡って明治二十二年二月、憲法発布観兵式が行われたのがヤッパリここだ。当時ここらは青山練兵場だったわけで——とは申せその頃の私はモウ柿崎幸緒でもなかったから、はっきりした記憶があるのではないが、砂地の広場に歩兵や騎兵が勢揃いした姿を何となく覚えているのは、たぶん私は犬か馬かソンナものだったんでしょう。

モット前の記憶もある。一帯には欅や楠が鬱蒼と繁る武家屋敷が並んで、いつだかは判然とせぬが、蝉の喧しく鳴く夏の盛り、御先手《おさきて》組の屋敷で武家同士の斬り合いがあって人死にが出、将棋を指してマッタをしたしないで揉めたのが原因と知って呆れたと云う記憶がある。この呆れた私がどこの誰だかは頓と分からぬが、武家の私闘につき何かしら検分吟味するがごとき役目の人間だった気もする。さらにまた記憶を辿れば、真っ黒な灰が空から降った。真昼だと云うのに空は真っ暗になり、稲光とともに飛来した礫《こいし》に撃たれて鳥がバタバタと落ちたのは、ヤッパリ富士の噴火なんだろう——とまだまだあるが、モウいいでしょう。オリンピックの晴れがましさに魂が興奮したのか、開会式を眺める私の脳中には無数の記憶が溢れ返って渦を巻き、見えない尻尾が痺れ、ほとんど叫び出しそうになった、いや、実際に何度か叫んだと思いますが、観客の大歓声に紛れたのは助かりました。

オリンピックをただ楽しむ

開会式のハイライトと云えば聖火の点火だ。白いランニングシャツの選手がトーチを掲げてトラックに現れ、長い階段を駆け上って聖火台に火を移せば、青空に向かって橙色の炎が燃えあがる。じつに晴れがましい場面です。この聖火についてはチョットだけ話したいことがある。と申すのは、聖火の最終ランナーは早稲田の学生で、この学生と云うのが昭和二十年八月六日の広島県生まれ、つまりは原爆投下のその日に広島で生まれた若者。そう云う選手があると、私は新聞で読んで知って居った。それで聖火最終ランナーの選考につき、他の者に決まっていたところを、是非とも彼に代えた方がよいと提案したのがこの私だ。

秀峰エンタープライズは大手広告代理店の下請けのような形で大会の広報に一役買い、その縁でJOC委員をはじめ関係者と話す機会があって、チョット口を出してみた訳です。原爆投下からおよそ二十年、平和国家として復興を遂げた日本の象徴として彼以上にふさわしい者はあるまいと、私は弁舌をふるい、水野拓一ら政界有力者の賛同を得たこともあって、実現の運びとなりました。他にも私が発案したアイデアは幾つかある。航空自衛隊ブルーインパルスに五輪マークを描かせたら面白いと最初に云ったのも私だ。もっとも公式記録には私の名前はまったく出てきませんが。関係者も私が云ったことなどは大概忘れていることでしょう。

マア私はオリンピックでは大したことはしていない。むしろ一観客として大いに楽しみました。ヘイズが黒豹さながらトラックを駆けるのに仰天し、平均台のチャスラフスカの血統書付きの犬がごとき端麗さに見惚れ、水中を滑るがごとくに進むショランダーはイルカの親戚ではあるまいかと疑ったりと、素朴に世紀の大会を堪能しました。

そこで気がついたのは、私が日本人選手の活躍をさほど喜んで居らぬ事実だ。周りの観客は日本人選手が出るとなればモウ目一杯に応援し、その活躍に一喜一憂、メダルを獲ろうものなら踊り回って喜んで居る。その心持ちがドウも私には分からぬ。私とていちおうは日本人である以上、日本人選手が憎かろうはずはない。日本人がメダルを獲って悔しいわけではない。しかし嬉しくもない。柔道無差別級で神永《かみなが》がヘーシンクに負けたときも、まさか国技柔道で日本人が敗れるとはと、客席はこの世の終わりが来たかのごとき絶望ぶりだったが、私はべつにドウとも思わず、むしろヘーシンクの気のいい熊のごとき佇まいを好ましく感じたし、バレーボール女子が金メダルを獲った駒沢の体育館でも、東洋の魔女よりむしろ、ソ連のエース、リスカル選手の冷酷に獲物を襲う雌ライオンのごとき姿に惹きつけられました。

人間嫌い

とコウ述べてみてひとつ気がついたことがある。と申すのは動物だ。つまりいま私は選手を黒豹だとか熊だとか、いちいち動物に喩えたが、どうやら私は競技を観ながら、選手と動物との類似にずいぶんと気がいっていたらしく、しかし思えばこれはべつにスポーツ選手にとどまらぬ。誰を見ても誰と会っても、アアこの人は蛙だナ、とか、鼬だナ、とか、必ず動物に見立ててしまう癖がはじまったのがオリンピック前後のことだ。見立てて格別ドウダと云うわけでもないが、そうしてはじめて安心できるようなところが生じてきた。しかも見立ては必ずしも類似に基づくとばかりも云えず、とくに似ているわけでもないのに、こっちは鮒だ、あっちはフクロウだと云うふうに直感されるのだから珍妙である。ただただソウ見えるのだから、おかしいと云えばおかしい。

前に松枝亥外が蛆虫だ云々の話をしたと思いますが、この頃になると、松枝が本当に蛆虫に見えるようになったのにも驚いた。これも全然比喩じゃない。文字通りソウ見えるので、比喩でなく人が蛆虫に見えるとは、一体ドウ云う具合なんだと問われると、だいぶ困ってしまうのですが、とにかく見えるものは見えるとしか云いようがない。ドウモ私は一時的に人間嫌いになってしまったらしく、あれほど賑やかな場所が好きだったのに、この頃から人が多勢すだく場所に出るのが苦痛になってきた。原因は分からぬ——いや、原因はあるのですが、とにかくこれを一種の病気とするなら、私が症状を最初に自覚したのは、オリンピック最終日、マラソン競技の際だ。

マラソン見物

私がマラソン見物をしたのは、国道二十号、調布の折り返し地点。なんでソンナ所までわざわざ出向いたのかと申せば、トンプソンに誘われたからだ。代々木のワシントンハイツがオリンピック選手村になり、調布飛行場近くに米軍住宅が移転した、そのことと関係があるかあらぬかは知らぬが、トンプソンも飛行場の傍に家を借りて住みはじめて居った。だいぶ不便なところで、都心にしか住んだことのない私からすると、物好きにもほどがあるとしか思えぬが、田舎育ちの自分はコウ云う所が性に合っているのだとトンプソンは宣い、都心はスモッグがひどいのも嫌だと加えた。公害が喧しく云われ出したのがこの頃だ。

前日に私はトンプソンの家——農家を改造した暖炉つきのログハウス風の家へ行き、一泊した翌日、国道二十号のマラソン折り返し地点まで歩いて出た。思えば、現在味の素スタジアムのあるあの近辺は前に一度訪れたことがあって、例の村尾啓卓の住まいがあったのが二十号から深大寺方向へ入った道沿いだ。まだ村尾の家はあるのかしらと、とくに懐かしがるでもなく考えていたら、不意にどこまでも続く森林が眼前に現れ、樹の陰から飛び出したちまち緑の闇へと身を翻す橙色の大鹿が見えて、アア、そうだった、自分は縄文の昔、野川流れるこの辺りにいたことがあるんだったナと、こっちはひどく懐かしい心持ちになって、幻影を追い追憶に浸るうちにも目的地へ到着する。

沿道には大勢の人が出て、日の丸の小旗が揺れ、取材のカメラが並ぶ。何度も繰り返して述べてきたように、私は人のたくさん居るところが大好きである。ところが、このときに限っては、何だか調子がよろしくない。頭が重く、冷や汗がやたら出る。オリンピックのマラソン競技と云えば、沿道が華やぐのは当然、であるはずなのに、私にはドウモ風景が暗く沈んで見えてしまう。風邪でもひいたかナと思ううち、喚声がワッとばかりにあがって、選手が新宿方向からやってくる。先頭集団のさらに先頭を走るのは、白い靴の痩せた黒人選手、つまり優勝したアベベ、これが私には草原を疾走するインパラと見え、続いて兎だとか山犬だとか猪だとかが駆けて居るナと思った途端、私は凝然となった。と云うのは、近くに私が居ることに気がついたからです。

体調に異変をきたす

皇太子の御成婚パレードの沿道で私に会った話は前にしました。しかしあのときの私は一人――つまりこの私以外に一人だけいたわけですが、今回は違う。何人も居る。むろんどれも鼠や猫じゃない。たしかに人だ。多数の私にいちどきに会う、と云うのは全くはじめての体験。これには焦らざるを得ません。しかも前回の日比谷では、私とは申せ、いまだ完全に私には成っておらぬ蛹の私だったからまだよかったが、どうやら今回は蛹から脱皮しかかった私まで居るらしく思えるのだから慌てる。
私は強張った顔で沿道の人々を眺めました。誰もが笑顔で折り返しの印《マーク》を回る選手に声援を送り、パッと見たところでは、どれが私――私たちであるかは分からぬ。が、きっと私は私と同様、顔が強張っているはずだと思い、仔細に眺めれば、今度は硬い顔の者がやたらと目につくのが困る。選手の流れが途切れたりすると、詰まらなそうに空を仰いだり、煙草を吸ったり、応援の列からツト離れていく者などがあって、あれらがいちいち私ではえらいことだゾ、と寒気を覚えつつ観察するうちに、「ヤア亀ダヨ、亀ダ、亀さんダ」と突然声が頭の中で聞こえ出した。

なんだと思えば、そのまま「兎に負けるな板さんヨ、包丁一本、土俵入り」と歌になる。かと思えば、「トンキン湾はトンカラカン、ありゃりゃフルシチョフ失脚、朝顔の蔓はグングン上昇中だゼ」と勝ち誇る男の声が聞こえ、「中国が核実験した以上は、佐《さ》渡島《どがしま》だってカサゴ武装しなくちゃだめですナ」と別の誰かが皮肉な調子で宣い、「それだったらサブレでしょ、砥《と》の粉サブレはおいしいヨ、やめられないとまらない」と女の声が聞こえ、「シェー、ガチョーン、シェー、変則シェーの七連発だよん」と子供が笑い、「おっと海のマニマニ、トカゲ冷凍あはは」「さては桃色タニシのお嫁入なのですかな」「便器付きベンツ」とモウ次から次へ意味の分からぬ声や言葉が頭蓋に響き出して、と今度は無慮膨大な私たちの記憶が脳中に流れ込み、巨大な記憶水の壁が立ち上がり押し寄せ、アッと思う間もなく津波に拉し去られた私は悲鳴をあげて昏倒しました。

多数の私は精神によろしからず

体調が悪いのは実際に風邪のせいもあったようで、トンプソンが担ぎ込んでくれた病院で計ったら熱が四十度近い。扁桃腺も腫れている。丸二日点滴を受けたら体調はだいぶよくなりましたが、昏倒について医者は脳疾患を疑ったらしく、たくさんの声が頭のなかで聞こえたのだと、問診でつい正直に申告すると、専門医にぜひ診せた方がいいと紹介したのは神経科だ。他人の声が聞こえるのは精神分裂病、いまでいう統合失調症の典型的症状だとも云う。ソウですかとその場は神妙に頷いたものの、私の場合は病気ではないから医者へ行っても仕様がない。たくさんの私が居ると云う事態は、なるほど異常である。異常ではあるが精神の疾患とは何の関係もない。医者に治せるもんじゃない。とは申せ、たくさんの私が同時的に存在する、そのこと自体は具合がよろしくない。なぜよろしくないのか、考えるとよくは分からぬ面もあるが、マラソン折り返し地点でのごとく、いきなり多数の私に出くわすとなると混乱は避けられぬ。この頃から私は人が多勢居るところへ出るのが怖くなった。あれほど賑やかな場所が好きだったのに、あまり外へ出なくなった。家に独り居ても、表に私がたくさんうろつき回っていると思うと不安でならぬ。

私が宇宙にたくさん在るとの感覚自体は、柿崎幸緒のときからあった訳で、しかしそれで困ったと云う記憶はあまりない。私がたくさん居ると云うのは、ソンナふうな気配を感じただけの話であって、現実に人の私と私が直接出会う機会はなかったから平気だった。実際に私が私に会ったらどうなるかは、曽根の私と榊の私が出会った際の話をモウしましたが、マアあれは事故と申しますか、ソウは起こらぬ例外的な出来事なんだろうと考えて片付けて居った。実際私が他の私に行き会うことは、一、二の例外を除けば、マラソンまではほとんどなかった訳で、それがいきなり、しかも一遍に多数と出会ったので面食らってしまったと云う次第。しかしなんでこんな急に涌いて出たのか、理由は分からんが、私と云う者が東京中に着々と増えつつある、ソンナ印象だけは間違いなくあって、理屈はあまり通らぬが、高度経済成長とともに東京の人口が一千万を突破し、世界一の都市となるにつれて私が増加した感じはある。

考えてみれば、私が私に会ったからと云って殺し合わねばならぬ理由はいささかもない。仲良く暮らして悪かろうはずがない。さように反省すると、マラソン折り返し地点で、どれが私であるかを確かめもせぬまま失神したことがひどい失態のように思えてきた。しかも失神したのはどうやらこの私だけで、他の私は平然としていたんだとすると、これはかなり恥ずかしい。私は私と共存していくしかあるまいと結論したが、しかし具体的にドウしたらいいかが分からぬ。私はだいぶ参ってしまった。

ビートルズ来日公演

私はかつての活動力をスッカリ失くし、牡蠣よろしく家に引き籠る時間が増えたのは仕方がない。とは申せ、私が凝《じ》っと息をひそめることを世間が許さぬ。松枝亥外はヤイのヤイの云ってくるし、行きがかり上、出張らねばならぬ案件が山ほどある。福島の原子力発電所のことはモウ述べましたが、他にたとえばビートルズ来日などにも私は一枚噛んだ。具体的には、レコード会社から頼まれて契約や公演の仕切りに関して助言したほか、日本武道館の使用許可を得るにつき関係者に話をつけたのが他ならぬ私だ。「武道館をソンナ得体の知れぬ芸人風情に貸し出すとは何事か」と息巻く年寄りは多く、方々駆け回って了承を得るにはなかなか苦労しました。

それでビートルズの来日公演だが、ここでも私は尋常ならざる体験をすることになった。と申すのは、たくさんの私が宇宙に居る、その感覚はマラソン見物以来ズット消えずにあったものの、外出するたびに私に出会うわけでもない。そもそも必ず会ったのではとても身がもたぬので、会いそうな気配があれば素早く逃げ出したこともあって、会わずにすんでいた。だからなんとか仕事もできていた。しかしコンナことではドウ仕様もない、とコウ思い直し、意を決してまた積極的に人中に出てみたりもしたが、不思議なもので、そうなると案外会わない。あるいは無意識裏に会いそうな場所を避けていたのかもしれぬが、とりあえず会わなければなんともないので、まずはソンナ具合でしばらくは暮らして居ったが、とうとう再び会う破目となったのが、つまりはビートルズの武道館公演だ。

ビートルズの公演は昭和四十一年、西暦で一九六六年六月三十日から三日間。公演実現には力を貸したものの、ビートルズそのものには私は関心がない。それでも銀座のクラブのホステスにチケットをねだられれば、チョットいい格好をしようかと云う気になり、とくに熱心な三人を引き連れ初日に行ったところ、これがものすごい嬌声だ。これじゃ音楽コンサートだか動物園だか分からんと呆れたが、舞台に近い特等席に居てもほとんど演奏など聴こえぬ。しかも一緒に行ったホステスどもが、ビートルズが出た途端、涙と鼻水で顔をグチャグチャにしながらギャアギャアと叫び出したのには唖然となりました。新種の宗教かと疑ったほどだ。しかし、かりに客席が静かだったとしても、私が演奏に耳を傾けることはなかっただろう。と申すのは、会場に私が居るのに気づいたからだ。

ジョン・レノンもまた私

武道館の収容人数は一万三千人、満員だったから、まずそれくらいの数はいたわけで、そのうちの百人か二百人ほどが私らしいと、私ははたと気がついた。百人と二百人ではえらい違いだが、この際は似たようなもの、とにかく多勢の私がいたので、これにはギョッとなった。なにしろ一時に百人二百人だからギョッとなるのも当然だ。私がギョッとなった途端、多勢の私たちが一斉にギョッとなる気配があって、そのギョッとなった精神の波動が武道館の空中で交錯衝突し、モウ大変なことになった。ドウ大変なのか、チョット言葉で説明は難しいが、広いホール内とは云え、とにかく私が百人二百人の単位で一堂に会すると云う事態が大変でないはずがない。

ついでながら、と云うわけでもないが、ビートルズのなかにも私が居たから仰天した。舞台へ向かって右側、ギターを弾いて歌う栗色髪の痩せた男、其奴と目が合った瞬間、アアこれも私だナと私は悟った。マア猫や鼠が私になるくらいだから英国人が私でも不思議はない。このビートルズの私がジョン・レノンと云う名前と知ったのは後のことで、これはさらに後の、一九八〇年の話になりますが、ジョン・レノンはニューヨークの自宅前でファンの男に射殺されて亡くなった。その殺したマーク・チャップマンと云う人間もおそらく私と似たような地霊なんだろう。どこの者かは知りませんが、地霊同士が出会うとああ云うことになりやすい。マア東京で起こった事件でないだけに、確証のある話ではありませんが。

心身とも弱り切る

武道館に話を戻せば、あそこで私が魂飛魄散《こんひはくさん》の心境に陥ったのは、私の増殖が知らぬうちに驚くべき速度で進んでいる事実に直面したせいで、あそこにも私、ここにも私と、客席の私を順番に確認するうち、このままじゃいずれ東京中の人間が私になってしまうゾと、本気半分冗談半分に呟けば、単純に恐怖とも云えぬ、どこか甘い魅惑を含んだ黒蜜のごとき戦慄に軀が浸され、架空の尻尾がビリビリ痺れて、私は怪鳥のごとき悲鳴をあげつつ、またもあっけなく失神してしまいました。ビートルズ来日公演のニュース映像を観ると、失神した少女たちが担架で運び出される場面が必ず映りますが、なかに一人混ざる中年男、恥ずかしながらあれが私です。

これ以降、私はスッカリ駄目になった。固く門を閉ざして家に籠るばかりとなった。むろん閉じ籠って安閑としていた訳ではない。焦燥と不安のなか、自分なりに状況をあれこれ分析し、打開策を模索してみた。すると今度の武道館でもマラソン見物のときと同様、多勢の私のうち失神すると云う失態を演じたのが、この私ひとりであったとの事実に行き当たった。あの場に私がたくさん居たのなら、どの私もこの私と同じ恐慌を体験して然るべきである。人間の失神しやすさに個体差はあるんだろうが、あれだけの数の私が居ながら私だけが失神したと云うのがドウにも腑に落ちぬ。そこであれこれと考えた末、本然の私、と云ったらいいか、私はあくまで私一人にすぎず、あそこに多勢居た私はやはり蛹の私だったんだろうと結論するに至りました。つまり十全に私であるのは私のみ、あとは十全ならざる私だったから、この私ほどの恐怖を感じずにすんだんだろう。とコウ考えればまずは辻褄が合う。強風下、蛹は木の葉にへばりついてなんともないが、羽化した蝶は風に吹き飛ばされてしまう、と、さようなイメージを頭に浮かべれば、だいぶ納得できる気にはなった。

蛹の私なら怖くない。なんと云うこともない。と開き直れればいいのですが、いつ蛹が羽化するか分からぬと思えば不安は去らぬ。と申しますか、マラソン見物や武道館で私が恐慌に陥ったのも、多数の私のうち幾つかは蛹から脱皮しかかっていると感じたからだと思うと、落ち着けと云う方が無理である。私はいよいよ引き籠るようになり、となると病気だろうと云うんで、知人友人があれこれ心配してくる。それが面倒なので、しばらく旅行することにしました。

転地療養

まずは多崎を誘ってハワイへ行った。それから香港とマカオに行った。しかし、マア予想通りとは云え、ドウも面白くない。ゴルフをしたりカジノで遊んだりすれば、それなりに気が晴れなくもないが、コンナことをして居ても仕方がないナとつい考えては暗い気持ちになる。私に出くわす心配がないだけ気楽な感じがないではないが、段々と心身が衰弱するのが自分で分かるのが嫌だ。ホテルの部屋からワイキキビーチの馬鹿青い海を眺めていれば、こっちの頭まで馬鹿になりそうで腹が立つ。牛よろしく肥えたアメリカ人が辺りをうろうろするのが嫌で堪らん。香港、マカオもマア似たようなもの、何を見ても、何を聞いても、ただただ不愉快である。仕様がないので日本へ戻り、しかし東京へは近づかず、横浜や福島で仕事をして、合間に付き合っていた映画女優を誘ってまたアメリカ西海岸やフランスのニースなどに滞在し、なんだかんだで一年半ほど過ごしたらもうスッカリ弱ってしまい、果ては心神耗弱と云うことでロスの病院に入院をする始末。

やはり自分は東京でなければ駄目だ。東京にあってこそ自分は自分で居られる。ソウは思うのだが、東京には私がたくさんいて待ち受けているかと思うと怖い。切羽詰まった私は、妹に相談してみることを思いつき、久しぶりに牛津を訪れました。

妹の助言

「光の霊峰」の教団本部は建物も豪壮になり、「神殿」などはほとんど印度かどこかの宮殿さながら、和洋中折衷の意匠は、趣味がよろしいとはお世辞にも申されぬが、これでもかとばかりに押し付けてくる金ピカの豪華さは、趣味だ品位だを一遍に吹き飛ばして、人をして圧伏させるだけの迫力がある。まずは私の好みと云ってよい。三味線堀の柿崎幸衛門宅の風呂場を「神殿」にしていた頃を知る私は、よくもこれほどになったものだと、珍しく感慨に耽ったりしました。

それで四代目「照子様」はどうかと云えば、こちらはこちらで豪奢《ごうしゃ》きわまりない。それぞれ父親の異なる子供を三人産んで、しかしなお容色衰えず、と云うよりむしろ婉味は落下寸前の桜のごとくいよいよ闌《た》けて、ほとんど腐臭を放つようであるのが凄まじい。聞けば東西の美容品化粧品を取り寄せ、専属の美容師が三人ついて美貌に磨きをかけるに余念がないと云うからカネもかかっている。

「アニさん、ずいぶん久しぶりやんね」と挨拶する妹に対して、やはりこれはドウモ怪物だナと、あらためて感嘆しながら、我が窮状を縷々《るる》訴えると、「照子様」はウッスラ笑って、「一度じっくり話し合ってみたらどがんね」と御託宣を下される。話し合うとはどういうことかと問えば、「アニさんと違うアニさんがたくさん居るのがどがんも動かせんかったら、あとは仲良くするしかなかト」と応える。「殺し合うより、みなで仲ようした方がよかしね」と云った妹は、仏さんと云う存在はたくさんの私を上手に差配したからこそアアなれたのだし、聖徳太子《しょうとくたいし》が七人の人間の話を一遍に聞けたのも、七人が全部私だったからに他ならぬと、いかにも「宗教家」らしい逸話を即興で加えてくるあたり、美貌だけでなく頭も冴えている。なるほど信者が増えるのも道理だと、私が舌を巻いていると、「アメリカとソ連だって仲ようすったために話し合いばしよっちゃないと」とデタントを引き合いに出して妹は婉然と笑いました。

話し合いを決意す

なるほど話し合いデアルカと、私は膝を打った。私たちが共存共栄していくには、たしかに話し合い以外にない。云われてみれば当たり前の話で、その当たり前に気づけなかった迂闊を悔やみつつ私はなお思案した。即ち、話し合うには私が私と会う必要があるわけで、考えてみれば私が蛹から脱皮した私、本然の私と会ったのは例の池上のガソリンスタンドの一回限り。あのときも話し合いがチラリ頭を過った記憶があるが、こみあげる殺意に圧倒せられてアア云う成り行きとなってしまった次第で、後から思えば失態以外の何物でもない、まったく以て私らしくない振る舞いであったと、深く反省せられて、やはり心の準備が不足していたがゆえに周章狼狽したことに原因があったんだろうと、自己分析するに至りました。

ヨシ、こうなったら、私をこちらから探し出し、話し合いの機会を持つべしと、私はついに決意を固めました。私が会う私はなににしろ私なのだから、私が話し合いを求めている以上、私が話し合いを受け入れるのは必然だ。私と仲良くしたいと考えているのは他ならぬ私、ならば向こうの私も仲良くしたいと考えていることは間違いない。実に間然するところのない理屈である。とコウ考えてくると、だいぶ前向きな気持ちになってきた。

妹の死は必然なり

牛津に一泊して、翌朝、帰り際に妹の顔をいま一度見に行くと、「アニさん、こいでサヨナラになるト」と云う。その時はありきたりの挨拶としか思われなかったが、実際は意味深長なものがあった、と申すのは、それからほどなく「照子様」が死んだからだ。事件は私の訪問からほぼ一月後――くらいだと思うが、新聞には「『光の霊峰』教祖殺害さる」の見出しの下、「照子様」こと畦岩さち子（37歳）が、小城《おぎ》郡牛津町の自宅で男にガソリンをかけられ焼き殺され、殺した男も焼死したとある。犯人は真山武《まやまたけし》（26歳）、被害者の情人で、痴情のもつれによる一種の無理心中と警察は見ているとの記事の後ろに、「光の霊峰」に関する簡明な解説が付されているのが、昭和四十三年、西暦で一九六八年十二月二十三日付けの『読買新聞』朝刊だ。

いまこうして新聞縮刷版のコピーを眺めていると、自分とは無縁な人物の話としか思えぬが、妹が幸衛門の女房と同様炎に焼かれたことをはじめ、いろいろ思い返せば感慨が涌いてやまぬ。しかしマアそれはいいでしょう。一言だけ加えれば、妹が三十七歳で死んだのは、切り花が萎む前にこの世から消え去ったと云う意味では、必然だったとの印象はある。新聞では無理心中となっているが、むしろ妹が男を操ってそうさせたとしか私には思えぬ。マア妹のごとき怪物が本当のところ何を考えているのか、誰にも分かるものではありません。どちらにしても妹の死を友成の私が知ることはなかった。と申すのは、妹より先に友成の私が死んだからだ。私が死んだのは——と、ここからは章を改めて語ります。

第五章　戸部《とべ》みどり

友成死亡の記事

およそ記憶力と云うことに関して私は多大なる自信を有する者である。地霊の説はともかくとして、記憶の深さ広さとなれば異能の持ち主と称してあながち誤りでない。とは、ここまでの話でも十分理解して頂けるのではないかと思いますが、こと日付と云うことになると、なかなか正確には参りません。そもそも今日は何年の何月何日だ、などと一々思って人は暮らすものではなく、過去を想起するに際しても、記憶の画布に日付は記されて居らぬ。だから出来事の日付を知るには、アアあれはあの事があった年だ、何々が起こった月だとかナントカ、大事件との前後関係から辿る他に手立てがない。実際いま私は我が人生を想起するにあたり、歴史年表やら何やらを手元に置かせて貰い、ドウにか見当をつけている訳ですが、しかしなお判然とせぬ場合が多いのは、どうしても仕方がありません。

ソンナなか、友成光宏の私の死んだ日付が、昭和四十三年、西暦で一九六八年十二月十日から十一日にかけての深夜と、間違いなく断定できるのは新聞にソウ書いてあるからだ。思えば新潟で客死した柿崎幸緒も池上で殺された榊春彦も新聞に載っている。これは彼ら——私たちがそこそこ世間に知られた人間だったことにも起因するんだろうが、何よりは私たちが非業の死を遂げた所為だ。と、コレはあまり嬉しい話ではないが、友成の私も同様だ。

手元の資料に拠れば、私が死んだのは上野公園内、東京藝大が東京音楽学校と称した昔、演奏場として建てられた奏楽堂と呼ぶ建物がありますが、あそこの横手の林のなか、背後から刃物で肝臓を一突きされ、出血多量で死んでいるのを、朝になって公園の職員が発見したと書かれている。事件が載った新聞は十二月十一日夕刊。私の記憶では、私が牛津の妹を最後に訪れたのが十一月末、つまりそれからほどなく死んだことになりますが、実を申せば、牛津から東京へ戻った辺りからドウモ記憶が判然としない。前章で述べたとおり、叢生《そうせい》しつつあるたくさんの私と腹を割って話し合おうと決意して私は東京へ戻ってきた。一刻も早く私たちに会おうと、毎日人出のある場所をうろついていた。ところが実際にどこをドンナふうに出歩いたかが思い出せぬ。ただいざ会おうと思うとなかなか会えないもんだナと思った記憶だけはある。それからもう一つ、たしかに覚えていることがあって、と申すのは三億円強奪事件だ。

三億円事件　犯人は我なり

府中刑務所近くで白バイ警官になりすました男が現金輸送車から三億円を強奪したの

が、十二月十日の午前。同じ日の夜に私は殺された訳ですが、事件のニュースをテレビで見、当日の夕刊でも読んだ記憶が私にある。特色ある事件だから、これはまずは当然のようにも思えるが、私にはとりわけ関心を抱く理由があった。と申しますのは、あれをやったのは私だからだ。とコウ云うと、冗談もほどほどにしろと嗤う向きがあろうとは思いますが、これがしかしとても冗談どころではない。

　それより数年前、コンサルティングの仕事の関係で東芝府中工場へ行く機会があった。それで工場長らとの雑談中、工員のボーナスは総額三億円にもなり、毎度国分寺の銀行から現金輸送車で運ばれてくる、輸送車の走行経路は極秘だが刑務所横の道を来ることは工場の人間なら誰でも知っているとの話を耳にして、ホホウと思ったことがある。これはべつにその場限りの話で、特に何と云うこともなかったが、或る時、大藪《おおやぶ》春彦《はるひこ》の小説を読んでいる最中、現金強奪のアイデアが閃いて愉快になった。そのとき得たアイデアとはコウだ。まずは銀行支店長宛に、指定の場所にカネを持参せよ、さもなくば自宅を爆破するゾとの脅迫状を送りつける。これが伏線。続いて白バイ警官のふりで現金輸送車を停め、「支店長宅が爆破された、輸送車にも爆弾が仕掛けられた可能性がある」と告げて、自動車の下に潜り込み、発煙筒を焚いて、「危ない、逃げろ！」とでも叫べば、脅迫状のオマジナイが効いて係員らは慌てて逃げ出すだろうから、そのまま輸送車を運転して悠然走り去る——とコウ云う計画で、テレビニュースが伝える事件がソックリなのには全く以て驚きました。

偶然にしてはあまりにも一致点が多い。しかも加えて私は曽根大吾時代、出所する兄弟分の出迎えで刑務所近辺へは何度か足を運んだことがあり、現金輸送車を襲うならアア云う寂しいところがいいナとも考えていたのだからなおさら驚愕する。コリャ一体どうした訳だと、しばし呆然自失の態で居ったが、事件の犯人が私だとすれば驚くにはあたらぬと思い直した。私が考えて私が実行したんだとすれば、理路は整然、おかしなところは一つもない。もっとも犯人の私が本然の私であれば、その行動を私は余すところなく知って当然、ニュースを見て驚くようなことはないはずで、となるとこの犯人の私は、つまりあれだ、蛹の私だ。蛹の私が起こした事件に相違ない。と、さように考えつつ、三億円事件の詳細を伝える夕刊を電車で読んでいる——ソンナ場面が記憶にしかとある。

記憶のなかの私が読んでいる夕刊は十二月十日付けのはずだから、その夜に上野で私が殺されたことを勘案すれば、私が乗る電車は上野へ向かう山手線、ないしは地下鉄銀座線と考えてさほど的外れではないだろう。だが、どうして私は上野に向かったのか、それが分からぬ。いや、推測ならできなくもない。と申すのは上野公園の現場には些《いささ》かの心当たりがあるからです。

上野は因縁の地

私が倒れていた奏楽堂の横手の林、じつはこの場所にはチョットした縁がある。昭和の十二年頃だったか、新婚の私は妻と連れ立ち奏楽堂へ演奏会を聴きに行った――と、これはつまり榊春彦の私ですが、ドイツから弦楽楽団が来日して、演奏したシューベルトの『鱒』と云う曲でピアノを弾いたのが妻の幼なじみ。むろん音楽を聴く耳など私にはカラキシない。ヴァイオリンと大工の鋸《のこ》の区別がつかぬ口だ。早い話が妻に無理矢理引っぱり出された具合で、居眠りを堪えるに必死だったのを覚えていますが、休憩中、一服付けに外へ出て、にわかにハッとなった。こここそ戊辰戦争の折、柿崎幸緒が脱走者二名を斬り殺した林に他ならぬ。ソウ気付いた途端、血の臭いを嗅いだ気がして身の毛がゾッとよだったのは、マア不思議ではない。それどころか木立の奥へ目を凝らせば、無言で佇む人の輪のなか、月光に白刃が閃き、縛られた漢《おとこ》たちが順番に斬られる劇が進行中であるかに思えてくるから怖い。

それからと云うもの、上野の山を私がしばしば訪れるようになったのは、前にも申したと思いますが、恐怖の中にえも云われぬ魅惑があるからで、あの日、友成の私が上野に向かったのは私に会おうとしたからだ、と推測できるのは、牛津から戻った私が私に会おうとしながらなかなか会えぬ状態でいたことに根拠がある。つまり上野のあの場所――私にとっては故地とも云うべき馴染みのあそこへ行けば、私に会える可能性が高いと考えたのではあるまいか。いや、全くそれに違いない。私は私を求めて上野に向かい、そして念願どおり私に会ったのデアル。と断じ得るのは、私を殺したのが私だからだ。

私を殺した少年

新聞に拠れば、友成光宏を殺したのは十七歳の少年。未成年ゆえ名前は出て居らぬ。公園職員の通報で駆けつけた警察官が近くのベンチに居た血まみれの少年を見つけ、職務質問したところ、人を刺したと自白したと云う。記事を引用すれば、「少年は前日昼過ぎに浅草橋の金物店で出刃包丁を購入した。警察官の尋問には『私を殺そうと考えた』などと意味不明のことを述べており、警察は医師に診察を要請した」となっているのを読めば歴然、この少年は私だ。なにしろ本人が「私を殺そうと考えた」と申告している以上、疑う余地はない。やや余談になりますが、少年の吐いた「私を殺そうと考えた」の文句は一部で注目されたらしい。作家の寺山修司《てらやましゅうじ》が『私を殺した少年』と題する戯曲を書いたとか書かないとかの話を後に聞いた気がしますが、真偽のほどは定かではない。もう一つ加えれば、私の事件が載った十二月十一日付けの夕刊一面は、川端康成《かわばたやすなり》のノーベル文学賞受賞の記事で埋められている。ちなみに川端康成は私ではない。これは念のため。

我が麻薬歴　上野の出来事は不明

それで上野に着いた私がどうしたのか。少年の私に会って、私たちの間でどんなやり取りがあったのか。この辺りの記憶が全然ないのは奇妙ですが、一つ思い当たる節はある。と申すのは麻薬だ。多崎満からハワイで勧められたのが最初だったと思うが、当時の私は大麻やヘロインを常用して、トンプソンと付き合うようになってからはＬＳＤもよくやっていた。前に話したオキミが死んだときも二人でヘロインをやっていた。いま思うと、私は私に会うのがやはり怖かったんだろう。素面《しらふ》じゃとても外へ出て行かれず、クスリで勢いをつけていたのだからだらしがないが、私が私に会う怖さと云うのは経験した者でなければチョット分からんと思う。

じつを申せば、私の麻薬歴は非常に古くまで遡る。榊春彦や曽根大吾の私がヒロポンをときどき打っていたのは、まずは強精剤代わりにすぎぬが、私の云うのはズット遥かな昔、蒼い月光の降り注ぐ川辺、焚火を囲み車座になった男らに混ざった私は、火からゆらめき上る煙を吸引して恍惚となったことがある。煙は麻の葉を燻《いぶ》したもの、つまりは大麻だ。水音が闇に高く響き、夜空に星が流れる。樹枝が風に騒めき野猿が吠える。煙に酩酊した私はオオウッと奇声を放ち、手を激しく打ち鳴らしながらグルルルと喉を震わせ歌い出せば、炎に顔を赤く染めた刺青の男たちがこれに唱和してフクロウを驚かせる——と、これがいつのことだか頓と分からぬが、雰囲気から察するに縄文の頃なのかもしれぬ。つまり私の麻薬歴はきわめて古い。だが古いからと云って麻薬の毒に強いわけじゃないのが困る。上野へ向かったこのとき、私が何かしら薬をやっていたのは間違いなく、記憶の混濁はそのせいかもしれぬ。

他方、私を殺した少年の私はどうかと申せば、こちらもほとんど記憶がない。新聞にあるように、金物店で包丁を買い、動物園の虎の吠え声を聞きつつ上野公園をうろつき、冬枯れの木立のなかに佇む黒い影に向かって包丁を構え突進した、ソンナ記憶の断片が剝離した金属片のごとくフワフワ目の玉を浮沈する気配がなくもないが、ドウモしかとは捉え難い。そもそも友成の私が友好的に話し合いたいと願っているのに、少年の私が殺意満々包丁を購入したのが解せぬが、これも少年の私が蛹だったと考えれば了解できる。蛹の私は何とも云えぬ予感に導かれて上野へ向かったが、なにしろ蛹であるからして、状況を的確に捉えられず、不安ばかりが先に立ってアア云うことになってしまった、とコウいちおうは説明できるかもしれぬ。どちらにしても上野公園で私が私を殺した経緯は不明とするほかないが、この辺りの曖昧さは、しかし麻薬だけが原因ではない。

拡散こそ我が常態なり

友成時代の終盤辺りから私と云う者が拡散し出したのではあるまいか。どうもソンナ気がしてならぬ。既述のごとく、東京オリンピック頃から、高度経済成長と軌を一つにして東京中に私が増殖したわけですが、増殖は拡散と言葉を換えることも可能だ。何故ソンナふうになったかは知らぬが、「私の拡散」とも云うべきこの状態はじつは私にとって馴染みの状態ではある。と申すのは、鼠時代の私のあり様がこれとよく似ていると思うからで、蜉蝣《かげろう》や螻蛄などの下等生物の場合、一匹一匹の個別性はなく、群れの総体で一個の私と云う具合になる一方、鼠では個別性も若干は残る結果、鼠の私の感覚や記憶は米粒と米粒がドロリ溶け合う粥のごときものになる、と、この話は前に致しました。

私がたくさん蝟集して居ながら、どれもが私として自立を果たして居らぬ、この鼠のあり様は蛹の私である人間が多勢居る状態と似てはいまいか。いや、慥《たし》かに同然と見做《みな》して構わぬので、そもそも私と云う存在は一貫して地下の生き物や鳥や獣に拡散している、つまり拡散が常態、それがたまたま人となった場合においてのみ鋭く個別性が発揮されると見るのが理に適うだろう。とすれば友成時代のおしまい頃から、どうやら人間としても私は個別性を失いつつあったらしい。言葉を換えて云うならば人間の鼠化だ。人間の鼠化。この文句はいまの私には非常に強いリアリティーがあるのですが、その話はまた後で致します。まずは友成の私が死んだ後、私がどうなったか、それを話さねばならぬ。

マスコミにもの申す

が、その前に一つ、友成死亡の新聞記事に関して云いたいことがある。と申しますのは、記事には友成光宏について、四十一歳の年齢と、秀峰エンタープライズ社長の肩書きがあるのみで、私がなした業績についてはなんら言及がない。これが不審である。かろうじて訃報欄への掲載があるにはあるが、そこでも同じ肩書きが記載されているばかり。僻《ひが》むわけではないが、私ほどの者なら、特集記事が組まれるくらいの扱いはあっていいはずだ。ところが一行一句もないのはどうしたわけか。吉田茂の側近だった白洲次《しらすじ》郎《ろう》と云う人が居ますが、あれなどは本が出たりなんだり、ずいぶんと人気があるらしい。

公平に見て友成光宏の活躍ぶりが白洲次郎に引けを取るとは思えぬが、今回複数の新聞縮刷版を取り寄せてもらい隈《くま》無く調べたところ、いずれの新聞も等しく、友成などあたかも存在しなかったかのごとき扱い。なるほど友成の私が陽のあたらぬ裏街道を歩んだのは慥かである。しかし殊更慧眼の士でなくとも、戦後日本の建設に果たした私の役割は嫌でも眼に映じると思うのだが、正しく歴史を伝えんと志す記者の一人だに存せぬとは、ヤッパリ日本のマスコミは駄目だ。新聞テレビをはじめマスコミ人士の無能ぶりはしばしば揶揄されるところですが、ここにその腐敗低劣ぶりの一事例として紹介しておきます。

数々の私の実例

昭和四十三年、西暦で一九六八年の暮れに友成が死ぬ。その後の私は概して拡散して居ったらしい。鼠をはじめ様々な生き物に拡散していた記憶がたしかにある、とは申しても、それら下等生物は個別性が薄いから、普通に云う記憶とは性質を異にする。喩えるならば、地下にドロリ溜まった原油のごとく、その膨大な堆積からほんの僅かを柄杓《ひしゃく》で掬《すく》い、精製すれば、記憶の火が燃え出す、そんな具合。一例として手近な所を掬ってみれば、黒蠅の群れ飛ぶゴミの山を這いずり回るのはムカデの私だ。一九六九年六月の新聞に「夢の島でムカデ大量発生」とあるのがきっとこれだろう。ヘドロに沈んで苦しく藻掻《もが》いているのはアナゴの私。同じく新聞には「東京湾の汚れ戦後最悪。江戸前のアナゴ絶滅の危機？」とある。下水道やビルの通風ダクトを走り回っているのは、お馴染み、鼠の私。銀座の鼠は七〇年代から八〇年代、新聞雑誌で繰り返し話題になって居る。とコウ挙げてくると、なんだか下等な生き物ばかりだが、マア私と云う者の本性が地下にあるのだからこれは仕方がありません。

いま少し上等な記憶もなくはない。昭和四十七年、西暦で一九七二年、中国から上野動物園に贈られたパンダ、あれが私だ。ランランとカンカン、どちらが私だか判然とはせぬが、硝子張りの檻からこっちを覗いてゾロゾロ歩く人間の列がいつまでも途切れぬのに、笹を食いつつ呆れた記憶がある。もっと近い例を挙げるなら、平成十四年、西暦で二〇〇二年八月、多摩川にアザラシが現れ、タマちゃんと渾名がついて人気者になったが、あのタマちゃんが私だ。水からポッカリ顔を出すと、橋や土手に雁首並べた人間が大騒ぎするのが面白く、ピカリピカリと光るのが不思議だったのは写真機の閃光。他にも平成十九年、西暦二〇〇七年、ペットで飼うインドコブラに嚙まれて人が死ぬ事件が世田谷であったが、あのコブラが私。同じ頃、葛飾区の民家を荒らし回ったアライグマも私。と、まずきりがない。

ツチノコもまた我なり

ついでの流れで、あと一つだけ述べれば、ツチノコが多摩川中流域に現れたことがあるが、あれも私だ。そもそもツチノコは、縄文土器に描かれているところからも知られる通り、太古の昔より本州各地に棲息して居る。人家の近傍にありながら極端に人間嫌いの性質があり、忍術的擬態を用いるがゆえに幻の生物とされているが、じつはそこら中に居る。そのうち多摩川流域に蟠踞《ばんきょ》した一族が私で、好奇心旺盛な私は井の頭公園や石神井《しゃくじい》公園まで出張し、ときには日比谷公園辺りまで遠征した。都心のビルディングや地下街を徘徊したことさえあって、しかしあまり話題にならなかったのは、その頃にはブームが去っていたから。東京人の熱しやすく冷めやすい性質は江戸の昔から変わらぬ。あるとき代々木公園でだったか、子供にウッカリ見つかったことがあって、しかし子供らは「なんだツチノコか」と詰まらなそうに云って、サッカーをすべく去りました。マア騒がれぬのは人間嫌いのツチノコの身には有り難い。そのうち東京スカイツリーにでも登ってみようと思っています。

三島由紀夫そのほか

人間にもまた成りました。もっとも友成光宏の後は、はっきり何某と分かる形にはなかなか成らぬ。人だった記憶はあるが、柿崎や榊のごとくクッキリした人生の輪郭をなさぬのは、すでに申し上げたとおり、どれも蛹の私だったからだろう。そもそも東京中に蛹の私が多数棲息するのが常態、なかでたまたま羽化したのが柿崎や榊だったと見るべきで、云い様を変えれば、私は拡散しているのが基本であって、それが何かの拍子に凝集固化したのが柿崎、榊だったと理解できる。

どちらにしても一九七〇年代から八〇年代半ば、人としての私は、鼠やらミミズやら、人ならざる生き物との境界が曖昧なまま、モヤッと拡散して居ったらしい。それでも時折は凝集しかかることもあったようで、しかしどれも長続きして居らぬ。だから人としての記憶もないではないが、どれも非常に断片的かつ刹那的である。それら断片は、朝起きて夢を見たことは覚えているものの、ドンナ夢かまでは思い出せぬのと同じ具合で、明瞭な像を結ばぬ。それでも何かの拍子に突然ハッとなることがあるから面白い。

　例えば昭和四十五年、西暦で一九七〇年十一月二十五日、作家の三島由紀夫《みしまゆきお》が市谷の自衛隊駐屯地で割腹自殺したが、この三島が私だ。もっとも私が三島だったのは、腹に小刀を突き立ててから首を斬られるまでのごく短い時間、刀をグッと沈めたとき、「そう云えば昔、今岡が腹を斬れ腹を斬れと五月蠅《うるさ》く云ってきたことがあったが、いまようやく約束を果たしたぜ、とソウ今岡に云ってやったら面白かろうナ」と思ったことを覚えている。と申しますか、新聞記事を眺めていて突然ソンナことを思い出した。

　昭和四十八年、西暦で一九七三年二月五日、渋谷駅のコインロッカーで赤ん坊の死体が見つかる事件があったが、この死んだ赤ん坊が私。昭和五十三年、西暦で一九七八年七月二十九日、十七年ぶりに隅田川花火大会が催された日、川に飛び込んで叱られた若者がありましたが、あれが私。川縁で花火を眺めている最中、六尺玉がドンと破裂した途端、江戸の昔の両国花火見物、その記憶が頭一杯に溢れ、興奮を抑えきれなくなってアアなった。あるいは昭和五十七年、西暦で一九八二年一月八日、赤坂の進和ホテルが燃えて、煙の苦しさのあまり窓から飛び降りた方が何人かあるが、なかの一人が私。明暦明和の江戸の大火から、関東大震災、東京大空襲、それら大火災を次から次へと脳裏に閃かせつつ地面へ落ちていったのを覚えている。また同年十二月九日、板橋区の高島平団地で出た、入居開始以来百人目の自殺者、これが私。他にも——と、まずはきりがない。新聞縮刷版をコウして開けば、ほとんど頁ごとに「私」を見いだす始末。だからこの辺でモウやめますが、とにかく蛹状態、拡散状態の私が東京にズット居たことだけは疑えぬ。

それで次に誰某と分かる形で、即ち輪郭の判然とした人格へと私が凝集したのは、昭和六十三年、西暦で一九八八年十二月二十二日のことだ。この夜、足立区千住橋戸町にある矢凪《やなぎ》電子の倉庫から火が出て、民家、アパート八棟を焼いた火事があった。新聞には、火災の発生は午後十時半前後、折からの強風に煽られ、密集した家屋へ次々に火が回って、幼児を含む四人が焼死したとある。出火原因は、倉庫に普段火の気がないことから、不審火の疑いが濃厚となって居るが、この警察消防の見解は正しい。と申しますのは、放火したのが私だからだ。

火災現場で覚醒を遂げる

現場は千住大橋にほど近い隅田川沿い。夜、川土手を独りで歩く私は、「矢凪電子」とかろうじて読める錆だらけのブリキ看板に眼をとめると、土手を下り、貧草疎《まば》らな空地を抜けて倉庫へ一直線に向かいました。季節は冬だ。師走の寒風が川面を渡って吹き寄せ、埃を舞い上げたのを覚えています。コンタクトレンズに砂が入っては剣呑と、建物の陰に逃げ込んで、私は一服付けた。目の前の建物は倉庫とは名ばかり、掘建て小屋に毛の生えた代物、奥に二階建ての木造アパートが隣接して、テレビの音や赤ん坊の泣く声が風音に混じって届いてくる。煙草を一本吸い終えた私は、近くに人の居らぬことを確かめてから、落ちていた漫画雑誌の頁を破り取り、ライターで火を付け、剝がれかけたベニヤ戸の下に押し込めば、戸板が燃え出し、屋根に火が移ったかと思ったら、いきなりボンと音をたてて炎が上がったのは、発火しやすい資材に火が移った所為だろう。私は空地を元来た方向へ走って、土手道を二十米ほど行った神社に隠れ、ほどなく何台もの消防車がサイレンのけたたましい吼え声を夜空に響かせつつ到着して、大騒ぎのなか消火活動が始まった頃合い、神社から出て火事見物をしました。

空気が乾燥しきった真冬のこと、強風もあって火は背後のアパートから家々へと迅速に燃え移る。紅蓮の炎は夜空を焦がさんばかり、荒れ狂う獣のごとくに咆哮する。黒煙のなか火の粉が散り、顔を赤く染めた野次馬の頭に降っては髪を焦がす。怒号と騒乱のなか、川土手に立つ私が背後を見遣れば、川面に映る炎が鬼火のごとくに揺れている。これを眼にした途端、安政の大地震、あのときの火が思い出され、すると今度はかつて体験した数々の火事騒ぎ、それら記憶が脳中に一遍に溢れ返って架空の尻尾がビリビリ痺れ、怪鳥の叫びを上げた私はアッケなく昏倒しました。

火傷した人たちと一緒に日暮里《につぽり》の病院へ運ばれて、鎮静剤でグッスリ眠り、翌朝眼を覚ましたときには、私が私と云う者の実相を摑んでいたのは、睡眠中に夢が作動し、脳情報を整理整頓してくれたからなんだろう。とは申せ、はじめのうちは混乱しがちなのはやむを得ぬところ。やたらと興奮してわけの分からぬ妄言を喚き散らしていたと、医者と看護婦が後から教えてくれましたが、午前からまた眠り、たくさんの夢を見て、夕刻起きたときには、スッカリ落ち着いていました。

この世界にはたくさんの私が居る。と、一度ソウ気づいてしまえば、自分は子供の頃からズッとソンナふうに感じていたナと回想されて、もとから私と云う者は妙チクリンな存在だったのだと思い做《な》せば、格別驚くほどでもない気がして、あとは深刻に考えたり、不安に苛まれたりしなかったところは、早い話がいつもの私である。実際のところ私は私なのだからそれもマア当然だ。それでこの放火犯人の私は何者であるかと云えば、**戸部《とべ》みどり**と云う女である。とコウ申しあげると、なかには意外に思う人があるやもしれぬ。

戸部みどりとは何者なるか

意外と申すのは他でもない、単純に柿崎から友成まで人の私がズット男性だったからで、然るに改めて考えてみれば、女であってはならぬ道理は見当たらぬ。地霊の説がかりに正しいとして、男に限って憑かねばならぬ法はあるまい。実際、遠い昔に女だった記憶もウッスラあり、また現実に女になってみて、とくに違和感があるわけでもない。と申しますか、生き物の種別を超えて私になることに較べたら、女くらいはものの数ではない。そもそも違和感と云うなら、私の存在そのものが違和感の塊、女になる程度ではとても違和感などと呼ぶに値せぬ。

ここで戸部みどりの履歴をざっと紹介しておけば——と云いたいところなのですが、隅田川縁で「私」となる以前の戸部みどりの記憶は歴《れつき》としては居らぬ。曽根大吾にしても友成光宏にしても同然だったわけですが、戸部みどりの場合、なおいっそう記憶が薄く遠いのは、「私」としての凝集度がやや低いせいかもしれませんが、その辺りはよく分からぬ。まずは必要な限りで——と申しても何が必要で何が必要でないか、それもよくは分かりませんが、さしあたり述べておけば、戸部みどりは昭和三十八年、西暦で一九六三年五月生まれ、育ちは荒川区荒川、焼けた矢凪電子の倉庫とは隅田川を挟んだ反対側、荒川自然公園近くの都営住宅が実家だ。火事騒ぎの時点では、母親と高校生の妹と一緒に3Kの木造平屋に住み、だからあの日の私は実家から歩き出て放火に及んだことになる。どうしてソンナことをしたかについてはまずは差し置き、不審火となれば、見物中に興奮のあまり倒れた女に警察が眼をつけるのは必然だ。刑事の訪問を私は受け、だいぶ怪しむ様子だったが、私が火を付けたと云う証拠はなく、家を飛び出したのは消防車のサイレンを聞いてからだと、母親と妹が証言してくれたこともあって容疑は晴れました。

嘘を吐《つ》いた母親と妹がドウ考えたかは不明だが、放火したと疑われる心配があるので、人に訊かれたら、サイレンが聞こえてから出て行ったと証言して欲しいと、見舞いに来た二人に私が頼んだのは事実。昏倒から恢復《かいふく》した時点でいち早く先を読んで頭を回転させたあたり、さすがは私だ。しかしマア榊時代には陸軍随一の頭脳と謳われ、友成時代には昭和の坂本龍馬とまで呼ばれた私だ。これくらいは当たり前です。

勉強家にして遊び人

戸部みどりの私が秀才なのもまずは順当なところ。都立高校から都立大の法学部へ進み、卒業後は神谷町の野崎法律事務所で秘書として働きながら司法試験合格を目指していた。とコウ述べると、堅いばかりのようだが、これがじつはソウでもない。大学時代から新宿や六本木に始終繰り出し、付き合う男も常時三、四人確保していたあたり、いわゆる遊び人と呼んで差し支えない。一緒に遊ぶ女友達はほとんどが都内の名門女子大生、大抵が富裕な家の娘だからカネに不自由ない。ところが戸部みどりの私は、区役所に勤める父親を早くに失くし、保険セールスで生計を立てる母親に育てられていたから、マア家は貧しい。私は高校生の頃から飲食店でアルバイトをはじめ、大学時代は家庭教師を三件掛け持ちする傍ら、錦糸町のスナックで働くなどして、遊ぶカネはもちろん学費生活費一切を自分で稼いでいたのは、いわゆる苦学生と云うやつだ。もっともルイ・ヴィトンのバッグを持ち、カルティエの高級時計を嵌めているのを見れば、どこが苦学生かと云う感じだが、目一杯働いていたのはたしか。しかも大学の講義にはしっかり出て、予習復習を欠かさぬ勉強家だったのだから驚く。一体ドウいうつもりでいたのか、いまとなっては全然摑めぬが、遊び人にして苦学生だったのは間違いなく、我ながら大したものだと感心する。

就職しても遊びはやまぬ。と云うよりむしろ昂じて、家にもカネを入れていたから当然足りぬ。もっとも遊びに出れば、食事代から何から支払いは男が全部してくれ、車での送迎付きだから交通費もかからぬ。とは申せ、着る物持ち物にかかるから、結局は足らなくなる。で、その分は学生時代に引き続きアルバイトで補ったが、法律事務所は給料の割に忙しく、加えて司法試験の勉強もしなければならぬとなれば、ほとんど眠る暇がない。

思えば、この頃の私は少々おかしくなっていたんでしょう。事務所で仕事を終えてから、モデルをしている友達の代官山のマンションで着替えて、六本木のシパンゴや青山キング&クイーンと云ったディスコへ出撃、飲んだり食べたり踊ったりした後、いい男が捕まれば六本木プリンスあたりで一晩過ごし、朝方タクシーで荒川の家に帰って、二時間ばかり法律の勉強、ほとんど寝ずにシャワーを浴びてまた出勤。バイトのある日なら、午前一時頃まで新宿のクラブで働き、それから六本木にチョコット顔を出して、以下同様。これでは軀を壊さぬ方がおかしい。けれども軀は至って健康。どれだけ丈夫ナンダと云う話だが、頭の方が少々おかしくなってきた。

八百屋お七の生まれ変わり

突然大勢の人声が頭の中で聞こえ出す、ソンナことがときどき起こるようになって、ソウなるとモウなんだかわけが分からず、何事か喚き散らしてはそこらを走り回るのだから、傍から見れば立派な狂人だ。思えば晩年の友成にも同じ症状があったわけで、これはつまり私の拡散が原因だろう。友成は歳を経て次第に拡散が進んだためにソウなったが、戸部みどりの場合は逆、拡散状態から凝集へ向かう過程で同じ症状が出た、との見解はまず当てずっぽうだが、さほど的外れでもないはずだ。そもそも「私」問題について私以上の専門家は世の中に居らぬ。

当時の私が暇を見つけては放火し回っていたのも、右の変調と関係があると思われる。私が最初に放火を思い立ったのは、大学の二年目、一般教養の江戸文学か何かで、八百屋お七の話を聞いたときだ。恋人に会いたい一心で江戸の町に放火したお七の物語は、井原西鶴《いはらさいかく》が『好色五人女』に描いて人口に膾炙したが、お七が実在するかどうかは不明デアル、とソンナ話が聞こえてきた瞬間、尻の辺りにビリリと電気が走って、階段教室で私は思わず立ち上がってしまい、質問ですかと、教師に訊かれてシドロモドロとなったのを覚えている。なんでソンナふうになったか、いまならよく分かる。即ち八百屋お七が私だからだ。しかし学生時代はそこまでの理解がないから、ひょっとして自分はお七の生まれ変わりかもしれぬと思う程度で、しかしとにかくソウである以上、ぜひとも放火をしなければならぬ、とコウ思い込んだのは、妙な理屈だが、強迫観念とはまずソウしたものなんでしょう。普通に考えたら、マア頭がおかしい。

機会があれば火を付けようと思いながら、やはりいざとなると躊躇うものがある。なんとなく先延ばしにして、ようやっと実行に移したのが、矢凪電子の倉庫火災の一年ほど前。新宿伊勢丹の裏手でダンボールに火を付けた。ところが湿り気の所為か具合よく燃え上がらぬ。その後も池袋東口の裏路地や秋葉原の駅裏などで試みたが、小火《ぼや》がせいぜい。灯油を入れたサイダー瓶を隠し持って渋谷近辺をうろうろしたこともあったが、どこを燃やすべきか、いま一つピンとこぬまま時間切れになったりもした。

それでとうとう矢凪電子の倉庫で宿願を果たした訳ですが、家の近所では怪しまれる危険がある、だから放火場所としてはあの辺りは対象外だったが、偶々通りかかって朽ちかけの看板を見たら、ここだといきなり直感されてアアなったのだから不思議なもんだ。しかしよくよく考えれば、あの近辺は駅への道順でもなく、偶々行くような場所じゃない。となると端から火を付けるつもりであそこへ向かった気もしますが、前後の事情はいま一つ思い出せぬ。ただどちらにしても、あそこが私に縁のある場所であるのは間違いない。と申すのは柿崎幸緒の時分だ。

矢凪電子は因縁の地

そもそもあの川縁の付近は三田村道場の仲間と一緒に水練やハゼ捕りによく来ていた

ところ。春先にはよもぎも生えて、採って餅に混ぜてよもぎ餅を作る。矢凪電子の倉庫の建つ場所には昔、糖粽《あめちまき》や生姜水を売る掛小屋があって、水練の際に利用していたが、糖粽を売るのは夏場だけ、秋から冬は小屋は無人となる。いつのことだったか、師走も押し詰まった頃と記憶するが、悪仲間と一緒に町家の娘を小屋へ連れ込んだことがある。近所の清陵院に参拝に来たところを捕まえて、手籠め、と云うと人聞きが悪いが、マアそれに近く、もっとも誘ってきたのは向こうの方だ。と、ソウ私は思っていたのだが、娘が大川に身投げしたと聞いて驚いた。世を儚《はかな》んでのことらしいが、とてもソンナ純情そうな素振りはなかったので、女は分からんもんだと感心した覚えがある。と、これは幕末頃の話。一方、戸部みどりの私もあの場所には縁がある。

どら息子との思い出

中学三年で私が処女を失った場所がじつは矢凪電子の倉庫だ。相手は矢凪電子の社長の息子で、中学校の先輩。札付きと云うほどではないが、近所の暴走族グループに所属して、リーゼント頭でバイクをブイブイ乗り回す口。其奴があるとき学校帰りの私に、「一万で一発やらせないか」と声をかけてきた。もちろん揶揄《からか》い半分の冗談だ。が、私は即座に「五万ならいいよ」と答えた。なんでソンナふうに云ったのか、判然とはせぬが、マアなんとなくソンナ気になったんだろう。カネが欲しいことがあったかもしれぬ。息子は最初吃驚りした顔になったが、制服の私をホンダＣＢの後ろに乗せて倉庫へ連れて行き、古ソファーの上で事に及びました。

可笑しかったのは、「こうなった以上は責任をとる。結婚しよう」と息子が云い出したことで、コッチにはソンナ気はまるでないのに、しつこく言い寄ってくるのが鬱陶しい。とは申せ、あまり無下にするのも可哀想なので、ときどきは日光街道沿いのラヴホテルに付き合って、その度にカネを取っていたが、そのうち矢凪電子が人手に渡り、父親の社長が失踪して、息子はカネがなくなる。「お金がないんじゃモウ付き合えないかも」と私が悲しそうに云うと、息子は強請《ゆすり》やひったくりをして稼いでは、私のところへセッセと運んでいたが、ほどなく白バイに追われて逃げた際、ダンプカーに衝突して死にました。葬式に行くと母親が居て、「息子があなたのようなお嬢さんと付き合えただけでもよかった」と泣くのを見て、アアいいことしたんだナと、感激した私も一緒になって泣きました。とやや話が逸れましたが、まずはコウした次第で、矢凪電子の倉庫にはなかなかの因縁があったわけです。

ディスコで遊興三昧

とにもかくにも、矢凪電子の倉庫に火を付けて、私は胸のつかえがとれた。まずは清々した。コウなってみれば、どうしてあれほど放火に固執していたのかも理解できる。要は蛹から成虫となるにあたりあの火事が必要だったんでしょう。たしかに火を見て私は私になった。私がかつて柿崎やら曽根やらだったことも、あるいは江戸の昔、自分が八百屋お七その人だったことも、何もかもがスッカリ了解された。

とコウなると、私はいよいよ私の本性を明らかにする。もっとも何が私の本性であるか、ソンナに判然りしているわけじゃありませんが、私は私の欲望のままに突き進む。まずは法律事務所を辞めた。そもそも法律事務所に勤めたのは司法試験を目指せばこそ、つまり司法試験などはモウどうでもよくなったので、となれば面倒な事務仕事をコッツこなす理由がない。むしろこれまで懸命に勉強してきたことが不思議で、どうしたわけで自分は法律家を目指そうなどと考えたのか、その心持ちがまるで解せぬ。

それで仕事を辞めて生活に困るかと申せば、アルバイトを少し増やせば却ってよくなるほど。なにしろ時代はバブルの真っ只中、私は学生時代に何度かやったイベントコンパニオン、これを仕切る事務所に入って、和服の展示即売会に出たり、企業主催のゴルフコンペの接待係などを一日やればかなりの額になる。新宿のクラブは仕事がきついわりに稼ぎは大したことがなく、何より夜遊びの時間が削られるのが痛いと云うんで辞めてしまう。

時間のできた私はモウ遊びまくりました。夜な夜な都心のディスコに足を運んで、何軒もはしごする。六本木周辺なら、日拓ビルのエリア、シパンゴにはじまって、マハラジャ麻布十番、照明落下事故で潰れたトゥーリア、青山キング&クイーン、赤坂のロンド・クラブ、芋洗坂のウィズ、銀座ならラジオシティ、M-カルロ、渋谷はJトリップバー、湾岸方面ではMZA有明、GOLD、ときには遠く、舞浜エデン・ロック、川崎キング&クイーン、横濱マハラジャ、ベイサイドクラブと云った店にも遠征する。

移動はもちろん声をかけてきた男の車。それもBMWやフェラーリ等の高級外車。と申しますか、その種の車でなければそもそも乗らぬ。国産ファミリーカーに乗れなどと云ってくる図々しい男もいない。店は大概どこも顔パス、黒服が入口から真直ぐVIPルームへ案内してくれる。と、男どもが待ち構えていて、飲むもの食べるもの全部ただ。ピンクのドンペリだとか、ヘネシーXOだとか、ジャンジャン開けて飲む。もっとも私は踊るのが大好きだから、VIPルームでうじゃうじゃしていたくない。すぐさまフロアに出て踊りまくる。あるときコンナことがありました。

原生動物的快楽を知る

場所はどこだったか、マハラジャだったかシパンゴだったか、判然り覚えていませんが、曜日は金曜、と分かるのはフロアが超満員だったから。午前零時に近づく頃、DJの煽りがよかったからか何なのか、強烈に盛り上がったことがありました。私はお立ち台の上。大好きな曲がかかって——とは口ばかりで曲名もアーチスト名も私はカラキシ知らぬ。ただ機関銃をダダダダダと撃ち放つような曲がかかるや、私はそれこそ銃弾で軀中を撃ち抜かれたかのごとき心持ちになり、無我夢中で踊りまくっていると、瞼裏に虹色の火花が明滅して、尻にビリリ電気が走ったのは、例の架空の尻尾だ。尻尾の痺れはこれまで幾度も経験しているが、このときの痺れ方はまず半端じゃない。痺れが背筋を伝って頭の天辺《てっぺん》にまで及び、全身が文字通り総毛立って、ソバージュの髪が感電した人のごとくに逆立ったのだから凄まじい。私は人声とは思えぬ奇声を発し、大スピーカーから放たれる音響の銃弾になお撃たれるまま、酸の液に浸かった原生動物よろしく軀をくねらせる。そのときだ。私は或る事に気がついた。と申しますか、一個の認識の大岩石がドシンと音をたてて私の頭上に落ちて来た。即ち、いまこの場所で踊っている人間の多くが私である、その認識だ。

一つ所に多勢の私が集合して居る。これはオリンピックのマラソン折り返し地点や、ビートルズの武道館コンサート等で体験して、友成光宏の私が非常な不安を覚えた顚末はすでに述べました。不安に耐えかね行きたくもない海外へ逃げたことも語った。ところがこのときの私は、多勢の私が一堂に会したと知って、不安に駆られるどころか、歓喜に打ち震えることと相成ったのは、なぜだかよく分かりませんが、いずれフロアで踊る私たちに強烈な一体感が生じ来ったのは間違いない。もっとも全部が私なのだから一体なのは当たり前だ、とソウ考えると、一体感とはまた違うとも思える。つまり元来別々のものが一つになった際の感覚が一体感とすれば、私が感じたのはそれとは種類を異にする。むしろ私と云う者の境界がみるみる溶け崩れて、周囲の者と混じり合うと云おうか、溶け合うと云おうか、アメーバとアメーバがくっついて一個になる映像を見たことがありますが、まさにアア云う感じだ。即ちディスコの大理石風フロアには、たくさんの私がくっつき溶け合ってできた巨大単細胞生物がノタリ横たわり、音と光の刺激でビクビク痙攣していた、と、ソンナふうに考えるとピッタリくる。

無個性ならば問題なし

これを理屈で捉えてみれば、たくさんの私が同時的に居ても、それらが全部等しい、つまり個性がなければ何ら問題は生じない。いや、却って気持ちがいい。どうやらソウ云うことであるらしい。逆に曽根大吾の私と榊春彦の私が出会って惨事となったのは、両者とも他に譲らぬ強烈な個性の持ち主だった所為だろう。友成光宏の私が不安に苛まれたのも、多数の私の個性同士が衝突する気配があったからだと解釈できる。かたやディスコでの場合、そも踊ると云う行為は原始的な営みに属するのであるからして、踊る人は理性を失い、ほとんど原生動物と変わらぬものに成り果てるようなところがある。結果、個性が消えて、私たちがグチャッと混ざり合い巨大アメーバ状態に相成ったと、マアいちおうは考えられる――と、この問題はまた後で論じることになると思いますので、いまはここまでにします。どちらにしても、多勢の私に出会って恍惚となった私は、ますますディスコ通いがやめられなくなった。

ジュリアナ東京

ジュリアナ東京が芝浦に開店したのが一九九一年五月。バブルはモウ弾けた後だったが、私が好んで通ったのはとにかくハコが大きいから。かかる音楽も好みで、ボディソニックの重低音が下半身にズンズン来るのが心地よく、シャンデリアに反射するレーザー光線が眩しいのも愉快である。ジュリアナ東京と云うと、振りながら踊るジュリ扇《せん》が有名ですが、あれを最初に持ち込んだのが他ならぬ私だ。過激な露出ファッションも、背中が大きくあいたエナメルのボディコンスーツでお立ち台に上り、Tバックの下着が見えるのも構わず踊った私が注目を集めたのがはじまり。もっともこれは戸部みどりの私が、と云うわけではない。つまり、お立ち台で踊っていたのはだいたいどれもが私。お立ち台とは限らぬ。フロアにも多勢の私が居て、夜な夜な私たちみんなで盛り上がってたと云う次第。ジュリアナ東京へは、お立ち台が撤去された九三年冬頃まではよく行っていました。

カネに不自由なし

それで夢中になって遊んでいると、かえってカネが入ってくるようになったのだから面白いもんだ。もちろんこれは戸部みどりの私の容姿がそこそこ整い居るとの条件があってのこと。つまり「可愛い」が夜の遊び場で——とは限らぬが、女には絶対の切り札となる。加えて私は法律事務所に居たくらいだから、政治経済国際社会、その辺りの話題にも楽々ついて行ける。と云う次第でいよいよ男に不自由しない。
あの頃——と云うのは一九八〇年代の終わり頃、カネを使いたくって仕方がない男で夜の街は溢れ返って居りました。それもほとんどは会社のカネだから、いくら使おうが誰の懐も痛まぬ。オーナー社長がちらつかせる札束だって銀行から借りたカネ。誰も彼もが湯水のごとくの比喩そのままにカネをばらまいて歩く。だから一晩遊ぶと財布はむしろ太っている。五万十万なんてのはザラで、朝、家に帰ってバッグに放り込んであったカネを数えたら、百万円くらいになっていたこともありました。

男が女に奢ったりカネをやったりするのはむろん下心があるから。だからと云って、女に体《たい》を躱され、肩すかしを喰らって怒り出す男も居らぬ。誰もが鷹揚に構え、ガツガツして居らなかったのは、衣食足りてではないが、マア世の中全般に余裕があったからでしょう。結局一度も枕を交わさぬまま食事やドライブだけで終わった男は数知れず。しかしそれで恨まれると云うこともない。逆に一晩ホテルに付き合ったりすれば、感激のあまりか、羽振りのよさを見せつけたいからなのかは分からぬが、結構な額のカネをくれたり、高級ブランドの服やバッグを買って貰えるのだから有り難い。時計や宝石はもちろん、自動車も一台貰いました。

自動車を贈られる

くれたのは神戸にあるリース会社のオーナー社長。一度鎌倉へ食事に付き合ったら、橙色のアルファロメオ・スパイダーをくれたから、さすがに驚いた。クラシック・カーのコレクターとして名を馳せ、大型クルーザーや専用ジェット機を所有する社長にしたら、マア自転車程度の感覚だったんだろう。運転は友成時代にやっていて自信があったが、肝心の免許がない。車はさしあたり社長が所有する広尾のビルの地下駐車場に置かせてもらい、急ぎ免許を取りに行きました。

それで仮免が出た日のことだ。友達を誘ってドライブに出かけた。カーステレオからユーロビートをガンガン流しつつ、夜の首都高を走ればじつに気分が良い。高層ビルの窓明りや自動車の前灯尾灯が五色の宝石のごとく眼に映り、夢幻の光が眼中で煌びやかに揺曳《ようえい》すれば、アア、いま自分は東京のド真ん中に居るのだナ、東京を思うさま疾駆して居るのだナと、感慨がこみあげるままとめどなく高揚した挙げ句、スピードを出しすぎ参宮橋のカーブを曲がりきれずに壁にぶつかって横転したところへ、後ろからきたトラックに突っ込まれました。車は大破、そのまま廃車となる。が、私はかすり傷一つない。一方助手席の友達は全身打撲で死んだのだから、人生の禍福はまさしく紙一重としか云いようがない。

腐れ縁のはじまり

死んだ友達は高校の同級生、当時は丸の内でＯＬをしていて、再来月には結婚を控えていたのだから悲惨だ。そもそも私とはソンナに親しい間柄でもなく、ただ免許があると云う理由で、仮免の私が付き合ってもらっただけの話。思い返せば友達は私とのドライブには気が進まぬ様子だった。ヤッパリ虫が知らせていたんでしょう。

友達の婚約者は篠地《しのじ》孝之《たかゆき》と云う山藤証券に勤める男で、これが私を呼び出して責めた。

責められても困るが、マア責める気持ちは分からぬでもないから、神妙な顔で責められているうちに、私が篠地と付き合うようになったのだから、男女の仲ばかりは分からぬもの。もっとも私の方は会ったときからわりと好みだと思い、若干の手管を使ったのは事実。付き合い出して三ヶ月ほど経った頃、舞浜のシェラトン・グランデ・トーキョーベイのスイートで、「死んだアイツがオレたちを結びつけてくれたのかもしれないナ」などと篠地がシャンパンを飲みつつしみじみ述懐するので、うんと頷くと、「これも運命なんだろうネ。アイツもオレたちのことを天国で祝福してくれていると思うヨ」と続けるのを聞いたら、私は胸がキュンとなってしまい、そうだネ、キットそうだネ、と云いながら篠地の胸に顔を埋めて泣きました。が、篠地がダイヤの指輪を差し出し結婚を申し込んできたのは断った。当時の私に結婚する気はなく、ましてや篠地などとは結婚する理由がない。しかし篠地との腐れ縁はその後も長く続くことになりました。

相も変わらぬ東京散歩

矢凪電子の倉庫を焼いた頃まで、私は母親妹と一緒に荒川区の実家に住んでいましたが、野崎法律事務所を辞めたのを機に、代官山にマンションを借りて一人暮らしをはじめ、いよいよ遊ぶには便利になる。私は元来朝寝の出来ぬ質《たち》で、どんなに遅く帰宅しても午まで寝ていることはまずない。ただ寝ているのが勿体なくて仕方がない。だから目覚めた途端にベッドから跳ね起き、シャワーを浴び、身支度して、まずはブランチを食べに外出する。家に籠らず表を飛び回りたいのも私の元来の性質だ。食事は近所の行きつけのカフェですますこともあるが、時間があれば、『Hanako』で紹介された都内の名店を訪れる。恵比寿目黒の近場や渋谷新宿銀座の繁華街はもちろん、西は立川から昭島、東なら両国から新小岩辺りまで足を延ばしました。

ブランチの後は足の向くまま気の向くまま東京中を経巡る。これは申すまでもなく私なる者の一番の趣味。あんまり方々へ行ったんで、ドコソコと一々数え上げることは出来ぬが、よく行ったのは各所の高層ビル。これはヤッパリ私の高所好きの所為だろう、新宿の住友ビルやセンタービルには何度も上ったが、なんと云っても足繁く通ったのは懐かしの東京タワー。東京で好きな場所を一つ挙げろと云われたら、東京スカイツリーが出来たいまでも、私はヤッパリ東京タワーになる。展望台からの景色もよいが、赤坂六本木辺りから眺める夜の東京タワーは、橙色のシンプルなイルミネーションがまことに美しく、胸を高鳴らせるものがあります。

毎日がお祭り騒ぎ

榊時代や曽根時代と同様、東京巡りは季節を問わぬ。湿熱に汗だくとなれば東京の夏だナと感じ入り、風が冷たければアアいかにも冴え冴えした東京の冬だと懐かしむ。雨降りは雨降りで風情が身に染み、台風だ大雪だとくればモウわくわくする。移動にはタクシーも使うが、昼間の時間帯なら地下鉄や電車が楽しい。それに何より私は歩くのが大好き。だから歩くのに便利なようスニーカーを履いて出る。OLのあいだでスニーカー履きの通勤が流行ったことがありましたが、先駆けは私だ。私のスニーカーは知人の間で有名になり、誕生日に人から贈られたり、靴メーカーのモニターになったりした所為で、とくに蒐《しゅうしゅう》集したつもりはないのに、スニーカーだけで五十足くらい持っていました。

仕事のある日はソンナには出歩けぬが、そもそも仕事と遊びの区別はほとんどつかぬ。コンパニオン仕事で出向く現場スタッフは夜のディスコで一緒に遊ぶ連中とほぼ同じ人種。と申しますか、ディスコのＶＩＰルームで仕事を頼まれ、その場で打ち合わせ、仕事現場でまた遊びの誘いがかかると云う具合だから、区別がないのも当然だ。それで黄《たそ》昏《がれ》時ともなれば、とりあえず六本木方面に出動。あとはモウお祭り騒ぎ。毎日がソンナ具合。

広告の仕事を貰う

広告代理店からも仕事を貰いました。これまたディスコで知り合った男が紹介してくれたもので、やったのは主に新聞雑誌に載せる広告文を書いたりレイアウトする仕事。チョット見には記事としか思えぬ広告を載せる手法が流行り出したのがこの頃、やらせてみるとこれが私は非常に上手い。私が榊春彦や友成光宏だったことを考えればそれもマア当然だ。もっともらしいことをいかにももっともらしく作文することにかけて私の右に出る者はない。ウッカリすると昔の癖で妙に古臭い文言を使ってしまいがちなのが困ったが、とにかく仕事が的確で速いと云うんで、大いに重宝がられましたが、それでチョット思い出したことがある。

と申すのは、あるとき電力会社の広告を担当して、浜岡の原子力発電所を見学に行ってドウのコウのと、紀行文ふうの広告文を書いていたときのことだ。原子力文化ナントカと云う財団が作成した「原子力ＰＲの基本指針」なるマニュアルが回ってきたことがある。これを参考に作文せよと云うので、読んで私は思わず笑い出した。笑ったのは他でもない、作ったのが私だったからだ。もちろん書いたのは友成時代。「大衆は非常に忘れやすいものである。繰り返し原子力の必要性を説き、頭に刷り込む必要がある」だとか「原子力発電がなくては日本企業は国際競争力を失い、日本は最貧国に転落すると説くのがよい」だとか「夏冬の電力消費のピーク時は原子力の必要性を訴える絶好の機会。原子力発電がないと停電が起こり、病院の機器が停止する、企業の生産に支障をきたすなど、困ったことになると訴えるのも有効」だとか云った文章は、むかし私が書いたそのままだ。日本の原発推進に私が果たした役割の大きさを改めて知ったと云う次第。と、やや話が逸れました。

バブルは絶頂

元号が昭和から平成へと移り変わった辺り、西暦で申せば一九八八年から八九年、思えばこの二年間ほどが私の絶頂と称してよいかもしれぬ。これは戸部みどりの私にとってソウだと云うにとどまらぬ。柿崎幸緒からコッチ、全部の私における絶頂の意。あとは榊春彦時代の日米開戦から何ヶ月かの精神の高揚ぶりが比せられるくらい。日経平均株価が終値で三万八千九百十五円の最高値を付けたのが平成元年の十二月二十九日。ここがバブル景気の絶頂、単純にカネの多寡と云う点で東京が世界一位となったのがこのときだ。マア実際に東京、と云うか日本が一番の金持ちだったかどうか、本当のところは分かったものじゃありませんが、ジャパン・アズ・ナンバーワンなどと云う文句もあったくらいで、肌に感じられる金満の空気が私をして有頂天にさせたのは間違いない。思えば榊、曽根、友成時代を通じ一貫して願いながら果たせなかった夢、即ち東京が世界の頂点に君臨する、その夢が真となった感があった訳で、私が舞い上がったのもマア当然です。

パッキンの緩んだ蛇口よろしく銀行はカネを垂れ流す。これをバックにバブル紳士連が海外資産を買いまくる。大所では三菱地所がロックフェラー・センターを買い、ソニーがコロンビア映画を買う。リゾートホテルならグアム、サイパン辺りからはじまって、ハワイ、アメリカ西海岸、オーストラリアと、次々と手が付いていく。かと思えば、ヨーロッパの古城や老舗ホテルを軒並み買い漁る輩が出てくる。モウ土地から建物から企業から、世界中を日本人が買い占める勢い。日本人がコンナ凄い買い物をした、アンナものを落手したと、ニュースが伝わるたび、私はモウ嬉しくって仕方がない。誰がどれだけ稼ごうが、いくら資産を殖やそうが、他人が喜ぶ理由はないようだが、私に限ってはソウでないことは、私と云う者の実相からして理解して頂けると思いますが、とにかく東京に世界中からカネが集まり、また流れ出ていく、その噴き出す温熱泉のごとき勢いが喜ばしい。

ディスコやバーをはしごする車中で眺める東京の夜景、あるいは高層階のレストランやホテルの部屋から眺める東京の夜景は、真珠を散らしたかのごとき煌めきを放ち、黄金の芳醇な香りを漂わせるかのようで、私は夜ごと陶然となり、東京にかくて在る喜びを満身に漲らせて居った。その一方で、私に物欲がないとの話は前にも致しましたが、自分でカネを儲け、資産を殖やしたいとの気持ちは全然欠いて居る。ＮＴＴ株売り出し騒ぎを覚えて居られる向きもあるでしょうが、一般庶民でも小金がある者は株だ債券だ不動産だと血眼で投資に奔走したものだが、私に限っては手を出さぬ。火傷を恐れたわけではない。活気溢れる東京で楽しく遊んで暮らすことだけが私の望み。だから遊ぶカネがあればそれでよいので、投資などは面倒臭い。それでも私が一つだけ係った物件がある。と申すのは絵画です。

絵画でひと儲け

あるとき銀座を歩いていたら、連れが画廊を覗いて行こうと誘う。私は自慢じゃないが芸術方面にはまるで嗜みを欠いて居る。毎日のように東京中を歩き回りながら、美術館だのコンサートホールだのにはついぞ足を踏み入れたことがない。だから画廊などに用はなかったけれど、マア付き合った。一緒に居たのはディスコで知り合ったばかりの、宇治田《うじた》と云う名の妻子ある大蔵官僚。銀座で食事をしないかと誘われ、チョットいい男なのでついていった。

それでフラリ画廊に入って、壁に掛かったのをなんとなく眺めていたら、一つの絵に眼がとまった。と申しますか、眼にとまったのは画家の名前だ。榊順一《じゅんいち》——白い板にはソウある。榊春彦には子供が四人居て、上三人が女、一番下が男、その男の子の名前がたしか順一。つまりこれは私の息子に他ならぬ。順一が生まれたのは終戦近くだから、この頃は四十歳代のはずだが、画家になっているとは全然知らなかった。展示された絵は三十号と呼ぶ大きさで、赤や青の絵の具を滅茶苦茶に散らばしたような抽象画。とくにいいとも悪いとも思わぬが、そこはヤッパリ親の欲目、と云っていいのかどうか分かりませんが、そんなものが働いたのか、私は是非とも欲しくなった。値段も四十万円と、ソウは高くない。マア大した絵描きじゃなかったんでしょう。

私が買いたいと云うと、宇治田は買ってやってもいいが、それだったら絶対コッチがいいと、別の絵を推薦する。が、私は榊順一以外眼中にない。べつに買って貰うつもりはないが、持ち合わせが十五万しかないから、貸して欲しいと頼むと、宇治田は怪しむふうだったけれど、残りをゴールドカードで支払ってくれた。その場で絵を包んでもらい、呆れ顔の宇治田に抱えさせて、まずは寿司屋へ行き、次に宇治田行きつけの京橋のクラブに寄ると、顔見知りが何人かで飲んでいる。早速宇治田が、いま画廊でコンナことがあったと、面白おかしく紹介したところ、一場の座興に絵を見てみようと云う話になって、すると偶々居合わせた文芸評論家の何某が、これは悪くない、これからドンドン評価が上がる作家だなどと、ドウ云う積もりかは知らぬが、酔眼で品評していたところへ、今度は隣の席の大手建設会社の役員と云う人が出て来て、是非売って欲しいと云い出した。百万でどうかと云うのへ、首を縦に振らずにいたら、百五十万出すと云うんで即決しました。

後で聞いたら、この役員と云う人は近頃、会社のカネを何十億円か使ってモネやらモディリアニやらの名画を落札したそうで、あの人は絵と見れば買う癖がついているのだと、宇治田があとで皮肉るのが可笑しかったが、画廊からクラブまで運んだだけで百万あまり儲かったのだから笑いがとまらぬ。マアこの手の話は当時はそこらにいくらも転がっていました。しかし話はここで終わらぬ。

呆れた絵の目利き

翌日同じ画廊へ行って詳しく訊いてみると、榊順一は一九七〇年代にフランスへ渡り、三年前に病没したと云う。画廊の主人は美大時代に友人だった縁で買い手のつかぬ榊の絵を買い上げていたらしく、昨日の絵の他に十五点ほどが手元にあると云うので、私は思い切って全部買うことにしました。べつに投機が目的ではない。榊順一は才能はあったが、不遇なまま酒と薬で身を持ち崩したと聞いて、私にしては珍しく感傷的な気分が湧き出してきた所為だ。値段も全部で五百万円くらい、マア出せぬ額ではない。その日のうちに定期預金をとり崩して全額支払えば、梱包された絵が後日マンションに届きました。

アアいいことをしたナと、私はまずは満足したが、置き場所のことを考えなかったのは拙かったナと、床に置かれた絵を眺めて途方に暮れていたところへ、画廊から電話がかかってきた。送った絵を買い戻したいと云う。ドウいうことかと問えば、榊順一の絵が欲しいとの問い合わせがやたら来ていると答える。なんでまた急に、と訝しく思ったものの、京橋のクラブで建設会社役員が買った話が伝わって、我も我もと云うことになったと知って腑に落ちた。一枚につき百万円出すと云うので、二百万ならと吹っかけると、それでいいと返事があって、一番小さいのを一枚だけ残して、あとは全部売り戻しました。価格はざっと三千万円。まさしく濡れ手に粟と云うやつだ。

それからまたしばらくして、同じ画廊から連絡があり、お話があるので是非お越し願いたいと云うので、赴くと、別の無名作家の作品を買ってくれないかと頼んでくる。榊順一はチョットした縁があるから買っただけの話、知らぬ絵描きの絵など買うつもりはないと断ると、いや、ソウではない、ただ買った格好だけしてくれたらいいと云う。ドウ云うことかと問えば、もし私がまた絵を買うようなことがあったら、同じ作家の作品を買いたいので、報せてくれるよう頼んだ人間があるのだと答える。つまりは榊順一の一件で私はスッカリ絵画の目利きと云うことになってしまった次第。全く笑止千万な話ですが、実際、榊順一の絵はうなぎ上りに価格が釣り上がり、一千万二千万の額で取引されていると聞いて呆れた。売れた金額の十パーセントを寄越すと画廊が云うので、半信半疑で引き受けたところ、聞いたことのない画家の絵が送られてきて、三ヶ月程経って銀行口座を見たら、本当に結構な額が振り込まれていたのには二度吃驚りしました。

波に浮かれるは人の必然

しかしマア、バブルの頃のやり方はどこでもだいたいコンナもんだ。株だって同じ。誰かが株を買えば株価が上がる。それなら自分も儲けたいと、買いたい人間が現れて株価はモット上がる。するとまた儲けたい者が買うのでいよいよ株は高くなる。土地も同様。値上がりを見込んで買えば、買ったせいで値が上がり、するとモット上がると思う者がまた買うから、ドンドンと上がっていく。じつに簡明な原理だ。もっとも儲かるのは株価や土地価格が無際限に上昇できればの話なのであって、じつは天井があるから、いずれは破綻を免れぬ。実際バブル崩壊後、多数の企業や金融機関が破綻に見舞われたわけで、しかし好景気の真っただ中では価格が青天井に見えるから不思議だ。バブルの空は、秋の空に似て、どこまでも青く高い。なんだかんだ云ったって、いま現にコウして儲かっている、この事実ばかりはドウしたって動かし難い。永久機関は不可能だと云うが、現に動いているではないかと云われれば、誰だって頷くしかない。万事が巧く回って居る、その厳然たる現実が人を圧倒して文句を云わせぬ。いずれツケが回るゾ、罰が当たるゾと脅されたって、いまが嬉しい人間には馬耳東風、大蔵省銀行局に勤める宇治田にしても、山藤証券の営業部門に居る篠地にしても、いちおうは金融の専門家のはずだが、破綻などは夢にも思わぬ様子で日々愉快に暮らして居ったのだから、ましてや割引金融債ワリチョーをホルモン焼きか何かだと思うような一般人がノホホンとせぬはずがない。

浮かれていたと云われればまさしく御説の通り。しかし寄せくる波に人が浮かれるのは必然だ。波に逆らう方がどうかしている。と申しますか、どのみちなるようにしかならぬのだから、浮かれるべきときには浮かれて居るのが正しい。鼠だって餌が豊富なら浮かれ騒ぐし、餌が足らねば狂奔の挙げ句に餓え死にする。単純にそれだけのこと。人間だって変わらぬ。と、コウ考えるのは理の当然だと思うのですが、世の中、妙に理屈を捏ねくる人間はいるもので、たとえば私の妹がその口だ。

妹は朴念仁

妹は私とは違い真面目一辺倒の朴念仁。父親が堅い地方公務員だったから、これは血筋なんだろう。ちなみに妹と私では父親が違う。母親が六歳の私を連れて再婚し、生まれたのが妹だ。私の生物学上の父親についてはまたあとで述べることになると思いますが、義父は妹が生まれてまもなく死に、それからは母親が女手ひとつで姉妹を育ててきたことは既に述べました。義父の死については、じつはチョットした裏話があるのですが、これもあとで語ります。

それで妹だ。顔立ちは私とは似て居らぬが、勉強の出来が良いのは同じ。私も通った都立高校から筑波大学に進み、システム工学とか云うものを専攻して、アルバイトをしながら勉学に励んだ辺りも私と同様。違うのは全然遊ばぬこと。痩せ過ぎのスタイルはモウ一つだが、妹は妹で可愛いから、その気になればチヤホヤされて楽しく暮らせるだろうに、男などはほとんど毛虫扱い。妹がどうしようとマア構わぬようなものだが、乗ってくれと云わんばかりの波が押し寄せているのに、乗らぬ人間が傍にいるのは案外と気になるものだ。小遣いをやったり遊びに誘い出したり、なんとか波に乗せようとするのだが、これが一向に乗ってこぬ。服は十年一日のごとくジーンズ穿き、化粧っ気なく、ディズニーの子供時計を嵌めて平気で居るのだから恐れ入る。

あるとき宇治田と妹と三人で食事をする機会があって、何かの拍子で株価の話になった。妹はシステム工学の観点からか何か知らぬが、株価動向には一家言あるらしく、しかし何と云っても宇治田は東大法学部卒の大蔵官僚、金融政策の中核にある人物だ。はじめのうちは妹も畏《かしこま》って講義を承る態度でいたが、そのうち様子が変わってきた。ちょうど日経平均株価が三万五千円を超えた頃で、このまま株価は上昇するんだろうかと妹が質問したのへ、まだまだ上がるだろうと宇治田が答えたのがはじまりだ。

「宇治田さんはいくらくらいまで上がると思いますか?」と妹が問う。「四万円近くまでは行くんじゃないかナ」宇治田が答えると、「それは日本経済の実力に見合っているんでしょうか?」と妹は懐疑的に云い、「私は遠からず一万円台にまで下がると思います」と断じる。「ソンナことになったら大変だ。日本は壊滅だヨ」宇治田は笑い、株価が下がらぬ所以を縷々説明し出したところ、「でも、もしかりに一万円台になったらどうなるんでしょう?」と妹がなお食い下がって議論は白熱しかかったものの、相手が二十歳にもならぬ小娘だと思い直した宇治田は、「マアそうなったらなったで、なるようにしかならないヨ」と冗談めかしたが、そこで私はハタと膝を打ちました。

さすがは近代日本を設計した一流官庁のエリートだけのことはある。図らずも宇治田が漏らした本音、即ち「なるようにしかならぬ」とは我が金科玉条、東京と云う都市の根本原理であり、ひいては東京を首都と仰ぐ日本の主導的原理である。東京の地霊たる私はズットこれを信奉して生きてきた。なるようにしかならぬ——これより他に正しく人を導く思想はない。なにしろ世の中はなるようにしかならぬのだから、それもマア当然です。

エリート官僚の面目

実際にはこの話があってからほどなくバブルは弾け、株価は二万円を割り込んだ。妹の予測が正しかったわけで、エリート官僚も形無しですが、宇治田は反省するどころか、「そのうちにまた上がってくるんじゃないかナ」と涼しい顔で嘯くから偉い。会えば必ず「マアこの辺が底値だから」と云うのだが、次に会うとモット下がっている。「いまが底値だから、ここからは段々よくなるしかないヨ、株を買うならいまだゼ」との御託宣は一度も当たった例《ためし》がない。それでも平気の平太郎。そのうちには「むしろ一度下がりきった方が膿を出すにはいいしネ」と云い出すあたり、さすがはエリート官僚だと私はまたまた感心しました。宇治田の「なるようにしかならぬ」思想には筋金が通って間然するところがない。と申しますか、いまにして思えば、宇治田もおそらく私の一人だったんでしょう。思想が一致するばかりではなく、一緒に寝ていると、宇治田の尻の辺りに尻尾があるような感じがよくしたのがその証拠です。

一方予測を的中させた妹は沈む。一生懸命勉強して大学を卒業してみたら就職氷河期の真っただ中、思うような就職ができぬこともあって暗さは募る。たまに会えば、「バラ撒き政策で赤字国債を発行し続けてきた日本の借金は途轍もない額。ほとんど麻薬漬けの瀕死状態だヨ」と訴え、「このままだと日本は潰れる。たとえ潰れなくても、コンナ大きな借金を未来の人間に押し付けるのは間違っていると思う」と憤る。聞けばなるほどと思いはするものの、潰れてドウなるのか、イメージがいま一つ涌かぬ。そもそも顔も知らぬ未来人に同情する気持ちになどなれるものではない。

宇治田に話すと、国に借金があるのはその通り、しかし国家の借金は個人の借金とは違うし、「日本人の貯蓄額は莫大だからマダ大丈夫だヨ」と相変わらずの小便蛙面。「戦争に負けて、東京が焼野原になったって日本は潰れなかったしネ。あれを思えば、これくらいはなんてことないでしょ。未来人は未来人で勝手になんとかするんじゃないかナ」と平気で述べる宇治田の意見の方はスンナリと腑に落ちた。マアだいたいなんとかなるし、いずれにせよ、なるようにしかならぬわけだし、駄目なら駄目で仕方がないので、あとはなんでも運次第としか思いようがない。

サリン散布は我が入れ知恵

妹は苦労のあげく印刷会社に総合職で入ったものの、日曜祝日もなく連日十二時間働かされるのに嫌気がさし、半年で辞め、派遣で働きながら公認会計士の資格取得を目指して居ったが、そのうち何を思ったものか、インドへ放浪の旅に出た。一度絵葉書を貰ったきり音信は途絶え、あとは日本へいつ戻ったのかさえ知らずに居たところ、テレビに妹の名前がいきなり出てきたのには仰天した。地下鉄にサリンガスを撒いた宗教団体、妹はいつのまにかあれに入信して、山梨かどこかの工場で毒ガスを作っていたと云うから驚く。妹がどうしてソンナふうになったかは知らぬが、サリンと聞いて私はハタと膝を打ちました。と申しますのは、妹が印刷会社を辞めた頃、実家で久しぶりに会って話したときのことを思い出したからだ。

話の流れは忘れた。が、とにかく妹が、「矢凪電子の倉庫に放火したの、お姉ちゃんでしょう?」とふいに云い出したのは間違いない。私がソウだと頷くと、「やっぱりネ。でも、お姉ちゃんの気持ちはよく分かるナ」と続けた妹は「私もときどき火を付けたくなるもの」と嘆息する。「どうして？」「日本人があんまり馬鹿だからヨ。だってそうでしょう？　日本の借金が八百兆円だよ。利息だけでもトンデモナイ金額。返したくたって人口も減る一方。誰もモウ子供を作らない、って云うか作れないし。そんなふうに世の中をしておきながら、家族を大切にしようなんてことしか云えないバカ政治家ばっかり。このままだと滅びると分かっているのに、みんなノホホンとしている。なんかすごくイライラする」「それで火を付けたいわけ？」「まあネ。一度焼野原にでもなれば懲りるでしょ？」「焼野原くらいじゃ懲りないわネ」「だったらどうするの？」妹に問われて、「サリンでも撒いたら」と私が応じたのは、榊春彦時代に勉強した毒ガス兵器を思い出したからだ。ＶＸガスに劣らぬ猛毒の、サリンと呼ばれるガスがあって、ヒトラーのドイツがこれを大量保有して居る。左様な話を私が聴き知ったのはたしか昭和の十八年の秋頃、我が陸軍でも早急に研究開発すべきデアルと、参謀本部の部会で発言した記憶があったわけです。

つまり妹がサリンを思いついたとすれば、私の入れ知恵だ。実家で話したとき、「サリン？　なにそれ」と妹は不審そうに云って居ったから、それまで妹がサリンを知らなかったのは間違いない。例の教団がなんのつもりでサリンを撒いたのかは知らぬが、妹がサリンを作った気持ちはよく分かる。つまりは「焼野原」だ。実際のところ、地下鉄に撒く程度じゃなく、ヘリコプターから東京中へ大量散布すれば、関東大震災や東京大空襲をしのぐ壊滅状態の招来が見込めることは、榊時代の研究からして保証する。

妹は逮捕起訴されて、懲役十年の刑を受ける。自業自得ゆえ同情はしないが、馬鹿は馬鹿だ。そもそも放っておいたっていずれ東京は壊滅するのだから、サリンなんか撒いたって仕様がない。マア壊滅を早めたいと願ったんだろうが、どちらにしてもあの程度じゃ仕方がありません。

バブルは弾けて

バブルが弾けて、それですぐに景気が落ち込むと云うわけのものでもない。建設業界などはむしろバブル崩壊後数年間に絶頂期を迎える。それでも九〇年代の梯子を一段また一段と上がる——と云うかこの場合一段一段下るとした方がいいかもしらんが、景気は加速をつけて悪化する。地価も株価も錐揉《きりも》みで下落。放漫経営のツケが回って、どこの企業も金融機関も莫大な損失を抱えて青息吐息、キット潰れる銀行が出てくるゾとしきりに囁かれ、世間がざわつき出す。その辺りを宇治田に尋ねると、「とりあえず銀行を潰すわけにはいかないよネ」とツルンとした瓜面《うりづら》で答える。とかく非難されがちな公的資金の導入はドウなんだと問えば、「必要でしょ」と至極明快だ。「主要銀行が潰れるようなことになったら日本は潰れちゃうヨ。税金で銀行を助けるのはおかしいだなんて文句をつける人が居るけど、助けないでどうするの。日本が潰れたらヤッパ困るっしょ。心臓が止まりそうだってときに足の指とか気にする人はいないよネ。心臓を助けるためなら足の指の一本くらい仕方がないと思わない？　思うよネ、普通」と宣う話の中身は腑に落ちぬでもないが、話し方にフザケた調子が混じり込むのが、私が云うのもナンだが、怪しからん感じがある。もっとも宇治田だってホテルで愛人とベッドに入ってまで真面目な顔もして居られんだろう。マア大蔵省は潰れる心配がないから、宇治田がノホホンとしていられるのは当たり前だ。これが山藤証券に勤める篠地となるとソウはいかぬ。

山藤証券の自主廃業

プロポーズを断ってからも篠地とは付き合っていましたが、バブル期の篠地は羽振りがよく、とは申せ所詮は勤め人、タカが知れていると云えばタカが知れている。当時私と付き合いのある男のなかには、例の車をくれたリース会社の社長をはじめ、総資産一兆円の土地開発会社社長などと云う物凄いのも居たから、篠地のごときはものの数に入らぬ。篠地の方も山藤の副社長の娘と結婚して、会社員人生は順風満帆、未来の社長などと囃《はや》されて悦に入り、付き合う女にも不自由なく、私などと遊ぶことはないと思うのだけれど、結婚してからもしょっちゅう電話を寄越す。私も躯が空いていればつい誘いに乗ってしまうのは、なぜだかよく分からぬが、続ける必要も必然性もないのになかなか切れぬところが、つまりは腐れ縁と云うことなんでしょう。

バブルが弾けた後も篠地は、白金台の高級マンションに料理上手の美人妻と血統書付きのビーグル犬と共に住み、ベンツSクラスを乗り回し、葉山に係留した自慢のクルーザーに女を連れ込んだりと、調子良く活動して居ったが、あるとき会いたいと電話があって、神楽坂のフレンチ・レストランへ赴けば、ギョッとするほど表情が暗い。ゴルフ灼けの顔が黴《かび》が生えたがごとくに青味を帯びているのが怪しい。どうかしたのかと問えば、山藤証券が抱える債務の額を義父の副社長から教えられたのだが、これがトンデモナイ数字なのだと答える。いまさらなに寝言を云っているのかと私が笑うと、山藤が「にぎり」を繰り返して損失を膨らませていることは自分ももちろん知っていた、簿外債務が相当あるのも分かっていた、しかしまさかそこまで巨額とは思わなんだ、想像と一桁違っていたと、篠地はいよいよ青い顔になって、ラトゥールを一口飲んだ途端に化粧室へ駆け込んで吐いている。

少々可哀想になった私は、「一相場あれば損失くらい軽く穴埋めできるんだから、ちょっと我慢すればいいだけの話だヨ」と励ませば、「ウン、そうだよナ、みどりの云うとおりだよナ。一相場あればなんとかなるよナ」と篠地は自分に云い聞かせるよう何度も呟き、ようやく少し血色が戻って、その晩は私のマンションで激しく情交しました。死とエロスがどうのと云う話をよく耳にしますが、この頃からしばらくの篠地はなかなかセクシーで、やはり危機に直面して男は野性の魅力を発揮するものらしい。

御存知のように、ほどなく山藤は潰れましたが、もっと早く損失を明るみに出して処理して居れば生き延びることができたとの意見がのちに出た。しかしこれは後知恵と申すもの。山藤は損失を「飛ばし」で隠し、債務処理を先送りしたが、当事者にしたらソウするほかなかったと私は思う。いずれ景気は上向く、株価も地価も上がる、ソウなれば人知れず損失分を取り戻せると考えるのは天然自然に即した人情の然らしむところ。波が来ればやがては退く。波が退けばいずれはまた寄せる、とコウ考えるのは人ならば当然と云うべきである。

宇治田も私と同意見。と申しますか、宇治田は私なのだからそれも当然だ。山藤の件を尋ねると、「一相場あればナントカなるんじゃないかナ」と、ごく簡単に云って居ったのを覚えている。宇治田が意見を変えて、「山藤は潰れるほかなかったナ。あれじゃ仕様がないヨ」と云い出したのは、山藤がとうとう自主廃業を決めたときで、要は成り行きに即した発言があるだけの話。その辺りはじつに徹底している。宇治田に指導される金融機関も気の毒だが、銀行や証券会社の経営者も宇治田と同じ思想しか持たぬから、マアちょうどいいんだろう。むろん私も同然、あれじゃ潰れるのも当然だナと観察したのは、実際に潰れてから。しかもそこには何ら感興がない。それはマア当たり前、所詮は他所ごとだ。と申しますか、その頃には私も他人のことを構っていられなくなる。

景気の退き波には逆らえず

戸部みどりの私は一九六三年生まれだから九三年に三十路に突入、世紀の替わり目に向かってしかし容色なお衰えず、相も変わらずブンブン遊び回っていましたが、景気の退き波には引き摺られぬわけには参らぬ。一番の変化は付き合う男が周りから居なくなったことだ。居なくなるとはこの場合、別れるの意ではない。文字通り居なくなったので、櫛の歯が欠けるように一人また一人と陽の当たる世間から消えたから驚く。総資産一兆円の土地開発会社社長は特別背任罪で逮捕され、アルファロメオをくれたリース会社社長は暴力団に殺される。宇治田も地方に飛ばされ、榊順一の絵を売った画廊の主人は夜逃げ。カネをバラまいて歩いていたような者に限って死んだり失踪したり、世紀を跨ぐ頃にはきれいサッパリ消えてしまう。とコウなると、遊んでいてカネが入ると云う具合にはもはや参らぬ。イベントコンパニオンの仕事は激減、それでも広告の仕事は細々続けられて、他に中野のクラブでも働き出し、そこで新しく男を捕まえたりもしたから、当座のカネに不自由はなかったが、そのうち私の頭がまたもやおかしくなってきた。

出たのは誰かの声が頭のなかで聞こえる例の症状だ。家に独りで居ればまず大丈夫だが、人中に出ると危ない。バブル絶頂期のディスコに多勢の私が集合して盛り上がった話はしましたが、都心湾岸のディスコが次々閉店して昔日の輝きを失うのに歩調をあわせ、一つ所に多数の私が居るのが怖くて堪らなくなった。むろん怖いのはディスコばかりではない。人の集まる場所はことごとく駄目。となるとコンパニオン仕事にも支障が出る。かろうじてクラブでは働けていたが、私と思しき人間が来店したりするとたちまち変調をきたす。いきおい家に籠る時間が増えて、たまに貰う広告の仕事だけでは暮らしが逼迫するのは仕方がない。幸い中野のクラブで知り合った八王子の鉄工所の社長が、千駄ヶ谷に借りたマンションの家賃を出してくれたのでなんとかなっていましたが、そのうち今度はギャンブルにハマってしまったのだから具合が悪い。

馬の名はナリタブライアン

最初は競馬だ。私がはじめて競馬場に足を踏み入れたのは、一九九四年五月二十九日、府中の東京競馬場。忘れもしない、ナリタブライアンが勝ったダービーだ。もっともこれは戸部みどりの私の話。競馬場へは曽根大吾時代にも友成光宏時代にも足を運んでいる。ことに曽根は舎弟にノミ屋を仕切らせていた関係上、競馬とは縁が深い。日本ダービーに限っても、トキノミノル、メイズイと云った名馬の勇姿を私は目撃したし、シンザンが五冠馬となった有馬記念も中山で観戦している。もっとも競馬は付き合いの面が強く、戸部みどりの私も興味はなかったが、パソコンの展示会で知り合ったIT企業の社長に誘われダービーを観に行ったとき、チョットした体験をした。と申すのはナリタブライアンだ。

競馬場へは行ったものの、馬にも馬券にも興味が持てず、私は特別来賓室のソファーでワインを飲んでばかりいたのだが、部屋のTVモニターへ何気なく視線を向けたところ、一頭の黒い馬が映し出されてギョッと心臓が跳ね上がったのは他でもない、此奴が私だと直感したからだ。パドックからフィールドへ出てきた馬を双眼鏡で捕まえると、当の黒馬がメインスタンド八階の来賓室につと顔を向けてくる。そうしながら、私がきっと勝つヨ、と、左様に囁く。あれはなんと云う馬だろうかと訊けば、ナリタブライアンだと教えられて、ヨシッとばかりに私はIT社長から借りた五十万円でナリタブライアンの単勝を買いました。

喇叭が鳴って、コースに散った馬が籠に順番に入って、係員が逃げて、バッとばかりに扉が開けば、満員の観客席から喚声が上がって大スタンドが揺れに揺れる。途端に我が脳中に、緋や紺の甲冑に身を固めた騎馬武者が青い山波を背に居並び、鯨波《とき》の声とともに轡《くつわ》を並べて馬場を進み行く図が浮かび出たのは、いつのことだか正確には分からぬが、江戸の昔、品川辺りで行われた馬揃えなんだろう。かと思えば、自ら風を切って疾駆する体感がふいに生じて、そこは白い霜柱の立つ馬場であり、紅葉燃え立つ森を望む葦原であり、あるいは富士が遠くに霞む新緑の草原である。それら体験記憶がギュッとばかりに濃縮されて、灼熱の液となって血管を駆け巡れば、私はスッカリ興奮してしまい、ナリタブライアンが一着で来たときには、我を忘れて叫び出し、IT社長から「君は象みたいな声を出すナ」と笑われましたが、大昔、私はナウマン象だったこともあるから、象声が出たのは不思議じゃない。勝利の余韻のなか私があれこれ喋り散らしていると、「君は自分が勝ったみたいに云うネ」と社長は揶揄ったが、事実私が勝ったのだから勝ったように云うのは当然だ。と、マアこれがきっかけで、東京競馬場にしばしば通うようになりました。

競馬にはまる

この頃はまだ病気も篤くないから、多勢が居る場所も平気。馬券も買ってはいたが、しかしギャンブルにのめりこむほどではない。雲行きが怪しくなったのはマンションに閉じこもりがちになってからだ。部屋で独りポツンとしていると、手持ち無沙汰きわまりない。広告の仕事でもあればよいが、その頃にはめったに仕事は回ってこなくなっていた。もちろんテレビを観たりなんだりはできるわけだが、何をしても落ち着かぬ。魂の根元に不安の叢雲《むらくも》が居座って、見るもの聞くものことごとく暗色の陰に沈めてしまうような具合である。とソンナある日、中野のクラブの雇われ支配人がノミ屋を紹介してくれた。これが果たして運のつき。電話一本で馬券が買えて、カネのやり取りもノミ屋の使いが玄関まで来てくれるとなれば、引き籠りの身にとっては有り難いの一言に尽きる。競馬新聞を読み、電話で馬券を買い、ラジオで中継を聴く。はじめは中央競馬しかやらなかったから、土日だけで済んでいたが、そのうち地方競馬も満遍なく買うようになる。賭け額も負けが込むにつれ一遍に取り返してやろうとの思惑が募り、次第に膨れていたところ、あるレースで穴馬がきて、六百万円の配当を手にした時点で箍が外れ、それからは十万二十万と大穴にブッコムようになる。それくらいなら大したことがないと嗤う向きもあろうが、開催している限りの全レース余さず買うのだから、合算すれば結構な額となる。

曽根大吾時代にカジノを仕切っていたくらいだから、競馬が儲からぬことくらいは百も承知。博打で破滅した輩も散々見てきたわけで、そもそも博打で儲かるのは胴元だけ。ソンナことはまず常識中の常識、稼ぎたいなら胴元になる他ないが、実地にやった経験から申せば、ノミ屋くらい地道なシノギもない。集金だ追い込みだと面倒なばかりで糞面白くもない。早い話がギャンブルは面白いからこそ人はやるので、と申しますか、他に面白いことが見つけられぬ人がやるのがギャンブルだ。即ちマンションに逼塞《ひっそく》した私がそれ。儲かる道理がないと頭で分かってはいても、一度中毒になってしまうと麻薬同様到底やめられるもんじゃない。まして私の場合、競馬さえやって居れば不安の暗雲を忘れていられるとなれば、断つのは真綿で鉄線を切るより難しい。そのうちパチンコもやるようになりました。

パチンコで精神高揚

パチンコは曽根時代友成時代に少しはやったが、こちらものめりこむほどではない。軽く遊ぶ程度。ちなみにパチンコにチューリップと呼ぶ仕掛けがありますが、あれを考案したのが私だ。詳しい話は省きますが、友成時代に秀峰の仕事でパチンコ業者と知り合い、台の穴が開いたり閉じたりしたら面白いと提案したのがはじまり。アメリカ留学時に見聞したピンボールからヒントを得たことを覚えている。それはマアともかく、競馬開催のない日の空隙を埋めるべく、私はパチンコ台の前にくわえ煙草で座るようになりました。

むろんパチンコ屋には人が多勢居る。昼間からよくもコンナに暇な人間があったものだと呆れるくらいに混んでいる。となれば病気の発症した私がとても居られる場所ではなさそうだが、それが案外ソウでもないのは、パチンコ台の前に座って、噪音が神経を刺激するなか、銀玉がジャラジャラ動き回るのへひたすら視線を据えていると、人中に在る不安は嘘のように消え去って、脳髄がジンジンと痺れたようになってくる所為だ。近くに私が居ると感じても、それら私もこの私同様、銀玉の動きに没頭して居るからか、全然気にならぬ。気にならぬどころかかつてディスコで体験したのと同じく、原生動物的一体感が生じるふうがあってむしろ気分が良い。これ思うに、パチンコに一種の麻酔的効果があって、思考や感情を麻痺させるからなんだろう。すでに何度も述べたと思いますが、元来の私は外を飛び回るのが性に合う。できれば四六時中東京中を歩き巡って居たい。部屋に籠ったのは止むに止まれぬ事情からソウしていただけであるから、外に出られるとなれば、パチンコだろうが何だろうがモウ喜んで出る。

この頃は千駄ヶ谷に住んで居ったから、タクシーを呼んで新宿まで行き、西口や歌舞伎町辺りのパチンコ屋へ直行。開店から閉店までズット居て、またタクシーで帰ってくる。競馬開催のない週日は必ず出かけ、そのうちパチンコ屋でラジオの競馬中継を聴きながら携帯電話で馬券を買うようになったから、ほぼ連日出るようになる。競馬に較べればパチンコの損失は大きくないが、毎日ともなれば馬鹿にならぬ。十万二十万くらいは瞬く間に飛んでいく。むろん稀には勝つこともあって、そんなときは恍惚感がしばらく持続するから、すぐに帰るのが勿体なくて、街をうろつくことになる。なにしろ朝から晩まで休まずチンジャラやっていたから余韻は長く尾を曳き、脳中で銀玉が目まぐるしく動き回って、酔っ払ったのと似た状態となる。それが至極気分が良い。目についた居酒屋にふらり入って酎ハイを飲んだりすれば、ますます気分は高揚、五色の街灯りが眼の中を華麗に流れるようになる。ソウなるとモウどんどんと歩いてしまう。歌舞伎町から大久保を抜けて面影橋まで行ったり、国道二十号を四谷まで歩いたりしているうちに、新宿近辺だけでは満足できなくなり、渋谷池袋品川上野と河岸を変え、今度はそこを起点に歩き回る。なにしろパチンコ屋は東京中至るところにあるから出歩くには不便がない。それで例の放火癖がまたぞろ出てきたのがこの頃だ。

再発する放火癖

どうして火を付けたいかと問われたって答えようがない。矢凪電子の倉庫を燃やして以来鎮まっていたものが、それこそ消したはずの熾から炎が上がるがごとく、放火癖には再び火が付く。おそらく私の拡散凝集に関係があるのだろうが、その時点ではソンナことは全然考えぬ。考えられぬ。とにかく真っ赤に燃え盛る火を見たくって仕方がない。競馬の成績もまずまずのところへパチンコで勝って大いに意気あがれば、モウ向かうところ敵なしの勢い、目についた路地に入り込んでは、ライターで火を付けて歩く。さほどコソコソした記憶もないから、見咎められなかったのは不思議だが、湿気の多い季節で火事にならなかったこともあるんだろう。一度だけ大久保の裏路地で花火の燃え滓《かす》を見付け、火を付けたら非常によく燃える。人家の板塀がめらめらと燃え上がって、しかしすぐに近くの中華屋からわらわらと人が出てきて水をかけて鎮火してしまった。花火の後始末をチャンとしないからだゾと、子供らが叱られるのが気の毒だったが、たしかに燃え滓を路に放置したのはよくない。子供にはいい薬になったと思います。

それでとうとう大きな火事を引き起こしたのは平成十六年、西暦で二〇〇四年、九月の新宿二丁目のビル火災だ。覚えておられる向きもあるでしょうが、雑居ビルが燃えて三十人以上の人が亡くなったのは、戦後では五指に入る惨事だと云う。三階の階段踊り場付近から火が出て、その場所に焼死体で発見された身元不明者が放火したものとされたが、この推測は半ば正しい。半ばと申しますのは、火を付けたのは私であるのは間違いないが――と、この辺り、事情はやや錯綜している。少しく丁寧に述べる必要がある。

新宿彷徨

その夜もパチンコで勝った高揚感に任せて私は新宿の街をうろついて居った。西口の景品交換所を出てから、高層ビル群を見上げつつソゾロ歩いて、ションベン横丁で焼酎を引っかければ、いよいよ陶然となってまたフラフラ歩く。この辺りには昔、安田組の仕切る闇市があって、豚汁を喰ったり、怪しげな酒を飲んで喧嘩したりしたナ、などと妙に懐古する気分になったのは、この後に起こった事を考えると、やはり予感めいたものがあったのかもしれません。大ガードを抜ける際にも、縄張りを争う蓑田と派手な立ち回りを演じたナと懐かしみつつ、光に誘われる蛾さながら歌舞伎町に彷徨い込めば、男が次々と声をかけてくる。四十歳を過ぎて、容色の衰えは隠せぬが、チャント化粧をすればまだまだ自分はイケているると、再確認できるのが嬉しくて出歩く面も実はあったわけですが、私としては男とホテルにしけこむよりネオン煌びやかな繁華街の景色を目に映していたい。夜の蛾となってフワリフワリ舞い踊っていたい。誘いを振り切ってスイスイと進み、区役所通りから脇の路地へ入って四谷の方へ向かい、明治通りを越えて、八千代銀行のところで靖国通りを渡って、二丁目の路地に彷徨い込んで——と男が居る。シャッターの降りたドラッグストアの軒下、影に溶け込んで踞《うずくま》る男の顔は見えぬ。が、灰色の髪を汚く伸ばして襤褸をまとい、周りに家財道具の紙袋を置いているのはホームレスである。

どうして男に注意が向いたのか、その時点では分かりませんでしたが、私が目を留めると同時に、男は闇からにじり出るかのごとくに立ち上がって歩き出した。後を追うつもりは特になかったが、男が前を行くので自然後からついて行く形になって、観察するでもなく見れば、男の腰は折れ釘のごとく曲がって、左足を引き摺るあたり、だいぶ年寄りである。時刻は午前零時をたっぷり過ぎ、しかし人通りはまだまだ途切れぬ。ソンナなか男は狭い路地、暗い路地と選って歩き、と、一つの雑居ビルへ入って行く。この瞬間私はハッとなりました。と申すのには理由がある。

雑居ビルは神社跡

　男が吸い込まれるように消えた雑居ビル。バーやらスナックやらの看板がゴタゴタと付いた細長い箱ビルの建つここここそ、刺客に襲われケニー神野が死んだ場所に他ならぬ。即ち昔日の「ニュー・ハワイアン・パラダイス」裏手の空地だ、と、出し抜けに気がつくと同時に、ズット忘れていた或る事を私は急に思い出した。と申すのは祠《ほこら》だ。すなわちこの場所にかつて私は祠を建てたのだ。大工に白木の社と鳥居を作らせ、神主を呼んで創建のお祓《はら》いをやらせたのは、ケニー神野を悼んでのことでもあるが、むしろこの場所ではじめて、我ハ東京ノ地霊ナリと、半信半疑ながら理解を得た、その記念の意味があったと記憶する。むろんすべて曽根大吾時代の話。どんな積もりだったかよくは覚えて居らぬが、大手町にある将門の首塚から土を削って運んでこさせ、祠の下に敷いたりもした。空地はむろん他人の土地、勝手に祠を建てるとは乱暴な話だが、地主だった銭湯の主人は、マア後難を恐れたからなんだろうが、空地にビルを建てる際には祠のある一画をそのまま残してくれました。

　それがいま見れば、以前のビルは壊され、別のビルが建っている。隣の似たようなビルとの間に隙間はなく、祠などは跡形もない。いま考えると、本当に祠がなかったかどうか、分からぬ気もしますが、そのときはソンナふうには全然考えぬ。よくも我が地霊の祠を壊してくれたナ、とばかりに怒りがこみあげた、と云うわけでは必ずしもないけれど、コンナ詰まらぬビルは燃やしてしまえと、激しい衝動に駆られたのは間違いない。

ライターで放火

雑居ビルに入り込み、火を付ける場所を物色しながらエレベーター横の階段を三階まで上っていくと、雀荘前の踊り場にダンボール箱が山積みになっている。中身は広告のチラシ、これに火が付けば十分だ。一つ頷いた私は、ジャンパーのポケットからペットボトルを取り出し、中の灯油をダンボールへ撒いた。それから百円ライターで火を付けようとしたが、ガスの出が悪いのか、石が擦れるばかりでなかなか火にならぬ。焦りを覚えつつ、なおカシャカシャやっていたら、横からツイと手が伸びてくる。爪に真っ赤なマニキュアを塗った指が動いて、カチリ炎が立ったのは、タンヒルの金色ライターだ。ギョッとなって横を見遣れば、ムッと鼻を撃つ香水の靄のなか、化粧の濃い水商売ふうの女が居るのは、つまりは戸部みどりの私。ライターに火を点した瞬間、隣の老人がこちらに向けてきた顔を見た途端、私はギャアと悲鳴を上げた。と云うのも、顔が無惨に爛れ崩れていたからだ。爛れは火傷痕、火傷を負ったのは昔、池上のガソリンスタンドで、つまり男は曽根大吾だ！　と、ソウ知ったときにはダンボールの山に炎の蛇が音もなく這い、火蛇は黒煙を吐きはじめる。これを目にした途端、我が脳中には例のごとく、富士の噴火から明暦明和の大火やら関東大震災やら空襲やらの記憶が溢れ返った、この脳中と云うのが、戸部みどりの私の脳中なのか曽根大吾のそれなのか区別はつかぬが、とにかく恐怖とも歓喜ともつかぬ感情に捉えられつつ私は階段を駆け下り外へ逃れました。

曽根大吾の見た風景

雑居ビルの放火はつまり、戸部と曽根、二人の私の共謀、と断じてよいのかどうか、よく分かりませんが、いずれ悪夢じみていることだけは間違いない。しかしそもそも複数の私が同時的に存する事態そのものが悪夢と云えば悪夢であるから、いまさら驚かぬ。曽根は逃げ遅れて焼け死んだわけですが、戸部の私が逃げ出す一瞬、横の年寄りを蹴り付けた記憶もある。曽根の私が横の女を殺そうと一瞬考えた記憶もあって、やはり私たちが出会うと互いに殺意を抑えられぬらしい。どうしてソウなってしまうのか――と、これはまた後で語ろうと思いますが、何より分からぬのは、どうしてあそこに曽根が居たのかだ。調べてもらったところ、曽根は平成元年、一九八九年に恩赦で仮出所し、しばらく沖縄に居ったらしい。多崎満の知り合いが所有するホテルに滞在したと云うから、多崎が兄弟分を鄭《ていちょう》重に遇したんだろう。出所時の曽根大吾は六十二歳。隠居する歳ではないが、やはり顔の傷を人前に晒すのが嫌だったのか、目立った活動はしていない様子である。いつ曽根が東京へ戻ってきたのか、かつまた何故ホームレスになっていたのか、そこら辺りは全然不明だが、曽根が東京へ戻った理由だけは誤解の余地がない。つまりは東京だ。私と云う者がそこが東京と云うだけで吸い寄せられる性質を有しているのはもはや申すまでもない。

ダンボールが燃え上がった一瞬、曽根の私は戸部の私と混ざり合い――との云い方が正しいのかどうかもよくは分かりませんが、間違いなくあの一瞬裏、戸部の私は同時に曽根の私でもあった。ところが曽根の私が私だと云う感じが持ちにくい。と申しますか、曽根の私の意識や記憶は非常に混濁している。甚だしい混乱下にある。これ思うに、沖縄から東京に戻って来て以降の曽根が精神に異常をきたしていた所為だろう。まとまった人格の形を失っていたと見るのが正しそうだ。ダンボールが燃え上がった刹那、脳中に火と破壊の光景が猛然と溢れ返ったと述べましたが、曽根はどうやら同じ光景をズット眼前に眺めつつ街を彷徨い歩いていたものらしい。懐に灯油とライターを隠し持っていたのも、東京をもっと燃やしたいと、狂った頭で願ったからだろう。いや、だろうではない。願ったからだ、と断じ得るのはもちろん私が曽根だからに他ならぬ。

一方、戸部みどりの狂い方も曽根に負けぬ。マア同じ私なのだからそれも当然だ。もっとも人のどこが狂っていてどこが正常かなどは見る者の主観によってドウとでも変化する。天才も一歩間違えば狂人となり、瘋癲漢が所を変えれば大偉人となったりする。とは申すものの、街に火を付けてまわるギャンブル中毒の女がまともではないと見るのは常識だろう。この私が常識などと云う言葉を口にするのもおかしな話ですが。とにかく私の狂いぶりはこの頃からドンドン亢進していく。

ギャンブル三昧　破滅の坂を転げる

まずはギャンブル狂いに歯止めが利かなくなる。パチンコ屋を出て街をふらつくうちに、バカラ賭博やルーレットの店を見つけたのがまずい。もっとも曽根時代の記憶が私にはあるから、この辺りにソンナ店があるだろうとは見当がつく。店はもちろん筋者が営む非合法店。店にはパチンコ屋と同様私が多数居たりするが、賭博に集中する限りは気にならぬ。と云うより、運気の流れと勘に身を委ねる博打場では、私と云う存在が単純化するせいか、却って気持ちがよいのだから始末が悪い。鼠の私はそれぞれが個別の私ではなく、群れのまとまりを以て私となる。それと同じ状態に賭博に没頭する私はドウもなるらしい。勝って歓喜に小躍りし、負けて後悔の淵に沈み込む。神か悪魔か知らぬが、気紛れな運命の差配者に猜疑と不審の目を凝らし、期待と希望に胸を焦がす。躊躇い、迷い、己を叱咤した挙げ句、目を瞑ったまま崖から飛び降りる恐怖と爽快感の乱舞。不安から安堵へ、安堵から狂喜へと急上昇し、と思えばまた絶望の奈落へ真っ逆さま。モウあらゆる色彩と振幅を伴った感情が脳中に渦巻いて、アア自分は生きている、死神の斧を喉元にぎりぎりと押しつけられながら生きている、この東京にナマナマしく生きていると激しく実感する。

ギャンブルに身を投じている時間に限って生きていると思えるのだからもはやドウにもならぬ。むろん借金はドンドン嵩んで家政は火の車。このままじゃいかん、ギャンブルを是非罷《や》めねばとは思うのだけれど、博打が空気を吸うようなものなのだから罷められっこない。当然のごとく破滅への坂を転がり落ちる。借金取りに追われてマンションには居られなくなり、中野のクラブも罷めざるを得ず、知り合いの所や安ホテルを転々とするようになる。私は風俗店で日銭を稼ぎ出したが、年齢が年齢だけに思ったほどは稼げぬ。生活が荒れた所為もあり、日に日に商品価値は下落。加えて病気のこともある。それでもしばらくはなんとかなって、昔の男とも二、三続いていたうちの一人が、千駄ヶ谷のマンションの家賃を出してくれていた鉄工所の社長だ。とにかくこの人は私の神様仏様、マンションを出た以降も時々会い、その度に「みどりちゃんは可愛いよネ」と目を細めつつ五万十万と小遣いをくれるのだから有り難い。その社長があるとき死ぬと云い出した。

仏のパトロン社長

どうして死ぬのかと訊けば、いままで隠していたけれど、鉄工所はとうに人手に渡り、借財で首が回らぬのだと云う。自分に生命保険を掛けて、自殺して借金を弁済するつもりだとも云う。いままで見栄を張って悪かったネと謝る社長に、だったら一緒に死んであげようかと私が申し出ると、安ホテルの変な寝間着を着た社長は、ありがとう、ありがとうネと、鼻をぐずつかせて何度も礼を云う。もちろん私に社長と心中する気など毛頭ない。ソウ云うと喜ぶと思って云っただけの話。「みどりちゃんの気持ちは嬉しいけれど、家族がいるからねえ。家族に黙ってみどりちゃんと死ぬわけにはいかないヨ、でも、ありがとう。みどりちゃんが一緒に死んであげるって云ってくれるだけで、寂しくなく死んでいけるヨ」と社長は云ってまた泣く。同情した私は一緒に泣きながら、どうせ死ぬなら私も保険金受取人にして欲しいと頼めば、いいヨ、いいヨ、そうしてあげるヨと、涙にくれながら了解してくれたのだから、やっぱり仏様としか云いようがありません。

早速私は書類を揃え、まずは社長の養女になった。それから新たに定期保険契約を社長に結んでもらい、自殺だと契約から一年以内では保険金が支払われぬから、事故に見せかけねば駄目だと、入れ知恵するのを忘れぬあたり、私らしい用意周到さだが、じつは私にはブレーンが居た。と申すのは母親だ。

我が父親は誰か

戸部みどりの母親が保険外交員だったと云う話はしたと思いますが、六十歳を越えたこの当時もまだ現役で働いていました。私が社長のことを話すと、母親が迅速に書類を整えてくれた。詐取されると分かっている契約を結ぶのは会社の損にならないのかと、私が疑問を口にすると、会社が損しようがドウしようが下っ端の私らには関係ないし、少々怪しい契約でもノルマ達成に汲々とする営業所長は喜んで結ぶのだと、母親はねっとり笑って云う。「会社だって、危ない契約は外資に再保険に出すから、懐は痛まないしネ」「じゃあ詐欺だって分かっていて契約を取ることもあるの?」「たまにネ。とにかくコッチは件数を稼ぎたいからネ。会社契約で社長が社員に保険をかけて書類を作るでしょう。被保険者の名前を見ていて、アアこの人、キット殺されちゃうナ、と思うこともあるわネ。そう云う怪しいのはだいたい分かるから」

ソウ云いながら、蛍光灯の白々しい灯りの下、都営住宅六畳間の卓袱台で書類を作る母親を眺めていたら、私は或ることに気がついて、アッと声が出た。一つは母親もまた私の一人ではないかと思ったことだ。幸い母親はまだ蛹らしく、私としての存在感が生々しく迫ってはこぬが、私であるには違いなく、そう思うとやはり薄気味悪い。しかしその程度ならマア我慢できなくもない。私が声を挙げたのはじつはそのことではない。薄気味悪いと云うなら、こちらの方がモット薄気味悪いのだが、つまり母親が私の知った人間だと気づいた所為である。と云うとおかしく聞こえるが、知っていたのは友成光宏の私だ。

友成の女性関係が派手だった話はしましたが、関係した女のなかに銀行の事務職員が一人居て、その名前がたしか市田小夜子《いちださよこ》。一方母親の名前は小夜子。旧姓が市田。間違いなく同じ人物だ。それまで気づかずに居たのも迂闊な話だが、当時の友成は、千人斬りと云う言葉があるが、マアそんな感じで、だから一々は覚えて居らぬ。しばらく付き合ってはすぐに飽き、なにがしかのカネを払って別れるようなことを繰り返して居った。小夜子もまずは同じ口だ。ソウ云えば子供が出来たので認知が云々と連絡してきた女があった気もするが、あれが小夜子だったんだろう。とコウ申すと、まるで無責任のようだが、なにしろあの頃の私は忙しくて、女のことまで考えていられない。秘書と弁護士に全部任せて処理させていたから、覚えて居らぬのも無理はない。

「私のお父さん、友成って云う人じゃない？」と訊けば、そうヨと母親は頷く。それからちょっと驚いた顔になって、「あんたには云ってなかったと思うけど。どうして知ったの？」と訊く。私が友成その人だからだ、とはさすがに云えぬ。私が私の子供だと云うのだから、妙チクリンにも程がある。なんだか可笑しくなって、笑っていると、母親はあらためて娘を眺め回し、「あんたって昔から変な子だったわよネ」と一緒になって陰湿に笑うのを見ていたら、母親が私の一人であるとの疑惑が確信にまで凝固すると同時に、新たな直感が脳中に閃いたのは、父親のことだ。父親と云っても今度は友成ではない。母親が再婚した公務員の父親。これを殺したのは母親ではないか。直感とはつまりこれだ。

義父の死は自殺にあらず

妹が生まれてまもなく義父が死んだ話はモウ致しましたが、死因は自殺。家のカーテンレールに掛けた縄で首を吊ったのだが、このとき結構な額の保険金が母親の懐に入ったことは私も知っていた。母親の母親、つまり私の祖母は魚の行商から身を起こしスーパーマーケットを経営するまでになっていたが、脳溢血で急逝したときには多額の借金があって、これを母親が夫の保険金で返済した話も聞いていた。しかしまさか母親が保険金目当てで夫を殺したとまでは思わぬ。ところがいま急に思い出されたのが、義父の自殺が結婚してからほぼ一年だったと云う話だ。それも別段何とも思わなかったが、自殺の場合、契約から一年経っておらねば保険金は払われぬと母親が説明するのを聞くうちに、「一年」が急に意味を帯びて見えてきた。

書類一式を私に渡して、テレビを観ながら焼酎のお湯割りを飲む母親に、「お母さん、お父さんを殺したんじゃない？」と単刀直入に問うと、私と同じ三日月形の目のなかでキロリ黒目を動かした母親は、しばらく娘の顔を眺めたあと、ぐふふと変な笑い声を喉から漏らすから気味が悪い。「なに笑ってるの？」と咎めると、「いまさらなに云ってるの。あんただって手伝ったじゃない」と云うので吃驚りした。どう云うことかと詰め寄れば、真夜中、睡眠薬を嚥ませたうえで酒に酔わせ、前後不覚になった夫の頸に縄を巻いて、カーテンレールに通して引っ張り上げようとしていたら、奥の部屋で寝ていた私が起きてきたと云う。「襖が開いたんで、マズイと思ったら、あんたはすたすた入ってきて、私が縄を引っ張るのを手伝ってくれた。覚えてないの？」と云われて、ソウ云われればソウだったかもしれぬと、私はぼんやりと思い返し、しかしマアどちらにしても昔の話、とうに時効も過ぎたと思えば、それ以上追及する気は失せた。私は年齢以上にしっかりしていたようだから、ここは母親に手を貸すべきだ、これが流れと云うものだと、子供ながら考えたんだろう。たしかにあれのお陰で母親は祖母の借金を返せ、一家の暮らしも立っていったのだから、義父にはまことに申し訳ないが、マア的確な判断だったと云っていいんでしょう。

社長の自殺を介助

それで鉄工所の社長の方はどうしたかと申せば、湖に自動車ごと飛び込んで死ぬことにしたので、最後の旅に付き合って欲しいと云い出す。旅行は気が進まぬが、保険金を頂戴する手前、ソウ無下にも出来ぬ。信州へ一緒にドライブして、青木湖あたりがいいんじゃないかと云うんで、湖畔をぐるり巡っていると、カーブなのにガードレールのない箇所がある。スキーシーズンを外れて車通りもない。車を降りて調べると、崖下二十米くらいに翠《みどり》の湖面があって、これなら死ぬのにちょうどいい、ここがいいヨ、私がソウ云うと、社長もウンと頷いて、その夜は松本のホテルに一泊しました。最後の夜だと云うんで社長は私の軀を一刻も離したくない様子だったが、夕食をすませたらまもなくグウグウ寝てしまった。もっとも私が麦酒にコッソリ睡眠薬を混ぜた所為もある。不安と緊張から眠れぬと可哀想だと思ったのでソウしたわけです。

翌日は秋晴れの好天気。絶好の自殺日和だナ、などと社長は軽口を叩く余裕を見せていたが、これで私は人間心理、ことに男性心理には通じている。長年に亘って人間と云うものを見て来たのだからソレも当然だ。ただ何度も申してきたように、私の場合、経験が経験として蓄積していかぬ憾みはある。とは申せ世の中に潔い人間がソウは居らぬことだけは熟知して居る。いざとなると人間はまことに弱い者デアル。社長は猿顔にはまるで似合わぬチェックのブレザーにボルサリーノなど被り、死ぬ時くらいはお洒落をしないとネ、と爽やかに笑い、煙草を吸おうとしては、肺がんになるといけないからやめておこうかナ、などと冗談を口にするが、空元気は一目瞭然。これで一人になったら弱気になるのは目に見えている。ヤッパリやめたとなる可能性はきわめて高い。左様に観察した私は一緒についていくことにした。

昨日下見をした場所に着いて、私が自動車から降りると、案の定、社長は情けない顔になる。路傍に立った私は「社長、ガンバレー」と精一杯の笑顔で声援を送るが、社長はなかなか飛び込まぬ。それどころか、やっぱりヤだヨとメソメソ泣き出す始末。仕方がないので、それから小一時間ばかり、社長が死ぬべき所以を私は懇々と説いた。この種の説得は私の得意分野。社長のことは絶対に忘れない、お墓には月命日ごとに御花と好きなスコッチを必ず供えるし、私も修道院へ入るつもりだなどと出鱈目を並べ、いま社長が死ぬことが多くの人を生かすのであり、その大功徳は来世の幸せをキット約束してくれる、社長はあの世で億万長者だ万々歳、挙げ句の果てには、社長の犠牲が世界人類に平和をもたらすのだと云い出した辺り、モウ宗教だか何だかよく分からぬが、「すぐ私も行くから、一緒に幸せになろうネ」と最後に云ってキスをすると、その頃には社長はすでに呆然自失の態、催眠術にでもかかったかのように、あとは大人しく一人で車を発進させました。

保険金の味が忘られず

巧い具合にこれは事故で処理される。私は三千万円ほどの保険金を手に入れて一息つく。社長には感謝してもしきれませんが、私が怪しいと、遺族が関係方面に告げ口したのには呆れました。幸い警察も保険会社も動かなかったからよかったようなものの、誰のお陰で保険金が手に入ったと思っているのだ、それを逆に恨むとは不見識にもほどがあると、私は憤然となった。詳しく調べればブレーキ跡がないなど、怪しいところはいくらも出てきたろうが、一度事故で片付けてしまったものをいまさら蒸し返せぬと警察も考えたんだろう。官僚機構と云うものは、私もむかし内部に居たことがあるからよく分かるが、帳尻が何より大切。真実だとか真相だとかには元来関心がない。帳尻さえ合えば大概のことは通ってしまう。警察の官僚体質に助けられたと云う一幕。

カネは借金を返したら大して残らなかったが、東池袋に私はアパートを借りて、サア生活再建だ、とは、しかし考えぬ。考えられぬ。相も変わらぬギャンブル三昧。元の木阿弥、みるみる借金漬けとなる。手っ取り早く稼ぐにはやはり風俗だとばかりに、今度はデリヘルに勤めたものの、思うように指名がかからぬ。こうなったらモウ博打で取り返すしかないと、駄目と知りつつ決意したりするのだからいよいよ窮するに決まっている。ならばと保険金をまたも考えたのはマア自然の成り行きだ。一度濡れ手に粟の味を知ってしまうと、人間なかなか忘れられるもんじゃない。問題は死んでくれる人間の物色だが、保険金詐欺は家族契約が一番確実だとは母親の言。となるとまず目につくのは当の母親だが、保険のプロがソウ簡単に殺されるはずもない。妹は刑務所だ。私は鉄工所の社長の養女になっていたから、社長の遺族とも家族と云うことになるが、私が受取人の保険に入るとは思えぬ。やはり駄目かと思ったら、近くに格好なのが一人居た。

格好の餌食

篠地孝之は山藤証券が潰れた後、後輩とリゾート開発のベンチャー企業を立ち上げたが失敗、マンションも何もかも取られて妻とは離婚、負けを取り返そうと狙った金相場でも穴を開けて、私同様、下流下流へと流れ落ち、深み深みへと沈んで行く。その間粗密はありながら私は篠地と会い続けた、結果、篠地が堕ちて行く様をつぶさに眺めることとなった次第ですが、マアそれで何だと云う感想があるのでもない。バブル紳士の成れの果て、その典型的サンプルがそこにあるだけの話。面白くも悲しくもない。マア人間に限らず、物事駄目になるときはただ駄目になる他ないと思うばかり。

その頃は何をしていたかよくは知らぬが、私が東池袋に住みはじめると、篠地は早速転がり込んでくる。一日中ゴロゴロして、私から千円二千円と細かく借りてはパチンコをしたり、一杯引っ掛けたりする辺り、要するにヒモだ。いずれオレは復活を遂げるゼ、と云うのが篠地の口癖。然るに私から見れば復活などあり得ぬことは明々白々、運やツキが尽きているのはもちろん、魂の根太が腐りきっている。篠地は生きていても害をなしこそすれ益になることなど何一つない。私は篠地に死んでもらうことにしました。とは申せ、これこれコウ云う事情だから死んでくれと頼んで素直に死ぬような篠地ではない。むしろ全人類が滅んだって自分一人は生き延びるつもりでいるから厄介だ。

契約をするにはまずは篠地と家族にならねばならぬ。それには結婚が手っ取り早い。私が結婚してくれと云うと、「いまさら結婚してドウするんだ」と嘲笑《あざわら》う。「一度くらい人の奥さんと呼ばれてみたいのヨ」としなを作れば、「気持ち悪イ」と吐き捨てる。なかなか難しいナと弱っていたら、あるとき篠地が、必ず儲かる投資があるから十万円貸してくれないかと云ってきた。投資で十万はいくらなんでもミミッチ過ぎる、大方競馬で損でもしたんだろうが、ソンナ嘘をつく辺りで篠地の駄目具合が分かろうと云うもの、いつもなら簡単には貸さぬところだが、「結婚してくれたら貸してもいいヨ」と試しに云ってみると、篠地はアッサリ婚姻届に署名する。だいぶいい加減ですが、こうした篠地の崩れぶりは私には好都合。それにつけても書類一枚で赤の他人がカネの生る木に早変わりするのだから、保険とはじつに有り難い仕組みと申すよりない。家族の助け合いを憲法に謳うべしと主張する議員が自民党などにはあるようですが、さすがは戦後日本を主導してきた保守政党、じつに正しい主張と申すほかない。家族愛と云うならば、死んで家族を助けるのは究極の家族愛だろう。何の取り柄も能もない者でも死にさえすれば家族を助けられるのだから、こんなに善いことはない。家族の助け合い万々歳だ。

とは申せ、篠地が家族のために喜んで死ぬはずもない。婚姻届くらいなら害はないと思ったんだろうが、篠地とて元証券マン、保険契約書となるとソウはいかぬ。ここが難関だと思っていたら、それなら大丈夫と、母親がぜんぶ引き受けてくれたから助かった。加入時の健康診断は知り合いの医者から適当に書いてもらい、契約書の署名は婚姻届の篠地の筆跡を真似て、母親が自分でササっと書いたあたり、蛇の道は蛇と云うやつだ。母親は一年待って自殺にした方が絶対にいいヨと助言したが、私にソンナ余裕はない。事故で行くしかないが、これがなかなか難しい。あれこれ考えた末、私は一計を案じました。

篠地の最期

暮れも押し詰まった冬の一日、まずは私は篠地を泥酔させた。篠地は元来酒は強くなく、焼酎水割り二、三杯で酔っぱらい、五、六杯も飲めばモウ前後不覚となったが、念のために睡眠薬も一緒に嚥ませれば、ガアガア鵞鳥《がちょう》が啼くがごとき鼾をかいて眠り込む。時刻は午前零時過ぎ、木枯らしを聞きながら私は細工にかかる。と云っても大した細工ではない。かねて用意の細長い紙を石油ファンヒーターの燃焼筒へ差し込み、紙の反対側を畳に垂らす。それから紙の垂れた辺りの畳に灯油をしみ込ませ、あとはファンヒーターのタイマーをセットすれば細工は終了。ごく簡単な仕掛けだが、導火線代わりの紙は灯油に浸した半紙を使うなど、なかなかに細かい工夫がある。この種の謀略的事業は、榊春彦時代曽根大吾時代を通じ何度か経験があるから、マア慣れてもいる。風呂場にファンヒーターを持ち込んで、確実に発火することや、燃えた半紙の痕跡が残りにくいことなど確かめておいたあたりの用意周到ぶりもいつもの私だ。火災が大きくなるよう、満杯の灯油ポリタンクを二つキッチンに並べて、篠地の寝ている布団の枕元に吸い殻の詰まった灰皿を置けば準備は完了だ。

タイマーの設定は午前二時。あとは終夜営業のファミレスにでも居ればよい。ソウ思って部屋から出ようとしたが、篠地が眼を覚ますのではないかと急に不安になった。やはりここは殺しておくのが無難かもしらんと思い直し、濡れタオルで篠地の鼻と口を塞いでいると、ふいに篠地が目を開ける。これには腰が抜けかけたが、篠地はとくに暴れるでもなく、瞠《みひら》いた二つの目で私を凝っと見る。その目の色が非常に寂し気である。いいヨ、殺していいヨと、赦しの言葉を哀しく囁きかけられたように私は感じ、途端に悲しくなり、ゴメンネ、ゴメンネと呼びかけながら、グッと体重をかけてタオルを押し付ければ、やがて黒目が溶け流れるようにスウと動いて、瞳孔は緩みました。スッカリ汗をかいてしまったので、風呂場でシャワーを浴びてさっぱりしてからアパートを出た。

完全犯罪

それで近所のファミレスに居れば午前二時となる。夜の街は静まりかえって、三分、五分と過ぎても何事も起こらぬ。時折通る車とヒュウヒュウ風の吹く音だけが響く。失敗したかと諦めかけた頃合い、サイレンの音が遠くに聞こえて、それがアッと云う間に近づいたと思ったら、真っ赤な回転灯を光らせ獰猛な咆哮をあげる消防車が外の道路を走って行く。それからはコンナに集めてドウするんだと思うほど何台も何台も延々続く。私はモウ火が見たくて見たくてウズウズしている。が、そこをグッと堪えて、外に走り出たファミレスの店員から、火事は西北信用金庫の奥の方らしいと教えられるのを待ってアパートへ戻れば、辺りは騒然、消防車のホースから水が迸って、火はモウ消えかかっていたが、モルタルのアパートは完全に焼け落ちている。これで証拠は消えた、まずはよかったと胸を撫で下ろしたが、ソウなると今度は燃え盛る炎を見ることができなかったことが残念でならず、ヤッパリもっと早く来ればよかったと後悔したのだから現金なものだ。とは申せ、きちんとアリバイを作ったお陰で放火を疑われることもなく、保険金も満額貰えたのだから文句は云えません。

予想外だったのは断定された火災原因。煙草の不始末となるはずが、石油ファンヒーターが原因らしいとなったのは、当時、私が使っていたのと同じ機種が他所でも事故を起こしていた所為だ。メーカーから結構な額の見舞金を貰えたのも運がよかった。やはり人間、思い切りが大切だ。少々無理に思えても大胆に決行すれば、幸運の女神は微笑んでくれるもののようです。

あとの記憶は混濁の中

このアパート放火あたりから戸部みどりの私の記憶は著しく混濁する。場面の記憶の断片はあるが、それら断片が風に舞う木の葉のごとく脈絡なく散乱する気味がある。前後関係が判然とせぬ。加えてそれら断片を圧して燃え盛る炎と腐った動物の死骸が累々とする荒野の記憶が存する。これは太古より東京を繰り返し襲った厄災の記憶に相違なく、私は絶えずこれを眼にしていたらしい。いや、らしい、ではなく、たしかに眼にしていた、と申しますか、いまも眼にしている。東京のドンナ景色を見ても、火と廃墟の光景が二重写しになって居る。じつを申せば、これは鼠の私が普段見ている景色に他ならぬ。鼠の私は忙しく餌を求めうろつきながら、燃え盛る火と腐臭漂う荒野を絶えず見ているので、これ即ち、私が人間のまま鼠化した、と申しますか、人と鼠の境界が失われたからなんだろう。

話を急げば、戸部みどりの私は篠地の保険金で一時は潤ったものの、ほどなくまた困窮する。デリヘルはもはや無理なので、新大久保あたりに立って客を捕まえるようになる。遊びに慣れぬ学生を身ぐるみ剝いだこともあったが、逆に変態的性癖を持つ男に肩の関節を外されたこともあった。川縁のダンボールハウスで商売して毛ジラミにたかられたり、夜の公園でバッグから何から盗られた挙げ句小便をかけられたりもしたが、モウ一々詳しくは述べません。と申すより、そもそもこの辺り、記憶が鮮明ではない。火と廃墟の光景をはじめ無数の記憶がゴチャゴチャっと粥状に混じり合って、どれがどれだか、何が何だかよく分からぬ。

或る夜、戸部みどりの私は、下水道だかドブだか、汚泥のなかを蛇よろしく這いずり回っていました。あるいは鼠の記憶と混ざり合っているかとも思えるが、気に入りのチンチラのコートを着たまま、悪態を吐き散らしながら、暗い溝をズリズリ這い進んでいるのは、たしかに戸部みどりの私に違いない。水と泥に濡れたコートが重たく軀にまとわりついたことや、汚物の悪臭のなか突然自分がつけたシャネルの香水が鼻を撃ったことを覚えています。なんでソンナ事をしているのかは、しかし、見当がつかぬ。また別の夜には、ゴミ捨て場らしき所で汚物にまみれて居る。魚の頭や腸《はらわた》が生臭いのは東京湾の近くなのかもしれぬ。チラチラと光が揺れるのは、街灯りが波に反射するからだろう。遠くを行く赤い光は船の灯りに違いない。が、これも脈絡は欠いている。全体にその頃ドンナ風にして暮らしていたか、よく分からぬが、他にも鳩の餌を拾って食べたり、公園の便所に寝たりしているところからして、どちらにしてもあまりよい暮らしをしていたとは思えません。

戸部みどりの末路

総じて私は次第に拡散し、誰が誰だと云うこともなく、戸部みどりの私も自然に消滅したらしい。むろん戸部みどりと云う人間はその後も東京に在り続けたはずで、今回調べてもらったところ、二〇〇七年に死んでいたと云う。記録によれば死因は自殺。荒川区の実家で首を吊ったと云うから驚いた。と申すのも私は人を殺しこそすれ、自殺するような者ではない。もっともこの頃の私は拡散が進んでいたからよく分からぬ面もあるが――などと考えるうちに、ひょっとしたらと思い、さらに調べてもらったところ、戸部みどりには三千万円の生命保険がかけられて、保険金の支払いが行われていた。受取人は戸部小夜子。なるほど、ソウ云うことかと、愕然となりつつ私は深く頷いた。戸部みどりが簡単に保険金殺人の餌食になるとも思えぬが、戸部小夜子もまた私である訳だから、さほど不思議でもない。いずれ私のことだから、戸部みどりの方も母親を殺すことを考えたに相違ないが、やはり保険に関しては戸部小夜子に一日の長があったと云うことなんでしょう。

ついでに申せば、戸部みどりの妹は二〇〇五年に刑を終えて、戸部みどりが死んだときには実家にいたと云うから、母親が姉をカーテンレールに吊るすのを手伝ったのかもしれぬ。その辺は推測の域を出ませんが、それよりこれも調べてもらって分かったのだが、妹はその後、懲りもせず別の宗教団体に入信した、その宗教団体と云うのがナント「光の霊峰」だ。「光の霊峰」は四代目照子様が死んだ後、長女が跡を継いで五代目になって居ったが、妹は五代目に慕われ、教団の台所を預かる幹部職員にまでなったと云うから、因縁の不思議にはつくづく驚かされます。しかしマア妹のことはドウでもいい。問題は私だ。ここまで来て、いまコウして語りつつある私にようやく話が及ぶ。

拡散から再析出へ

要するところ、世紀を跨ぐ辺りから、私はまた拡散する傾向となり、鼠をはじめ地下の生き物と未分な状態のまま、東京に棲息して居ったと云ってよい。ここで鼠に限って申せば、鼠と云う生き物は絶えず餓えに苛まれ、四六時中餌を求めて血眼になっている訳ですが、その眼に映る世界は常時真っ赤に燃えあがり、あるいは瓦礫の堆積と成り果てて、煤煙と屍肉の腐臭が充満する荒野をうろつき回って居る。いつの時代の、どんな場所にあっても、そういうふうにして鼠は生きている。その頃の私は人間でもあったわけですが、半ば鼠でもあり、だから鼠と同じ風景を目にしながら、ほとんど個別性と云うものなく廃墟を彷徨して居ったらしい。

私が戸部みどり以来誰かに凝集したのは、平成二十三年、西暦で二〇一一年三月十一日の東日本大震災、あのとき私は再び私として析出し、それがいまコウして語っている私——**郷原聖士**《ごうはらきよし》の私だ。もっとも地震が起きた瞬間は、東京に居なかった所為もあって、私としての自覚はなお薄かったが、東京に出てくるにつれて次第に判然りして、脱皮を遂げて、いまのごとくクッキリした輪郭を獲得したのは、今回の「事件」のまさに最中だ——と「事件」の顚末はまもなく語ります。と申しますか、そもそもいまコウして私が自分の来歴を長々と語っているのは、「事件」の動機や経緯を明らかにすることが目的に他ならぬ。だから正確を期すためにも、ここはやはりいままで通り、順番に進めていくしかない。マア話すことはソンナにたくさんは残って居りませんが、まずは一息入れて、あとは最後まで一気に片付けたいと思います。

第六章　郷《ごう》原《はら》聖《きよ》士《し》

地震の揺れで跳ね出す

戦争になると自殺者が減少すると云う話を聞いたことがあります。これは社会の危機的状況が精神に活を入れ、ウジウジ湿った心に発破をかける所為なんだろうが、地震にも全く同様の効果がある。実際、大震災に遭遇して鬱病が治癒した例が相当数あると云うから愉かな話だ。そもそも地震の揺れは脳によい。砂箱を揺らすと砂が均され地肌が滑らかになる、あれと似た現象が脳中に生じて神経がスッキリする、とは、マア私の似《え》非《せ》生理学的見解にすぎませんが、こと私と云う存在に限って申すなら、地震の揺れは地霊の棲む土地を俄然活性化し、霊魂の凝集を促すものらしい。すでに述べたごとく、私と云う者は普段は地下の名も無き生き物に拡散分在して居る。あくまで拡散が基本、それが何かの拍子で凝集析出すると見てよい。その何かの拍子がたとえば地震である。大ナマズが砂箱を揺らして、砂がズルリ動いて、ポンと人間が跳ねて出る、いわばソンナ感じだ。どちらにしても郷原聖士の私が、東日本大震災の大揺れの最中、土中より飛び出たことだけは疑えぬ。

それで出た所はどこかと申せば、これがやや意外の感があろうかと思いますが、東京から北へ二百二十キロ、福島県は浜通りだ。どうしてソンナ所へ出たのか。震源に近いと云う理由が一つはあるのかもしらんが、縁もゆかりもない所にはやはり出ぬわけで、福島で私に縁があると云ったらもうあそこしかない。即ち福島第一原子力発電所だ。

地震発生　記憶の混乱

地震発生は三月十一日午後二時四十六分、と記録にはある。そのとき私がいたのは1F、つまり福島第一原発、四号機タービン建屋地下一階だ。六基ある原子炉のうち稼働中は一、二、三号機、四号機以下が定期点検中で、私は四号機の給水加熱器の調整弁の錆落とし作業中だったと思う。思う、と判然りせぬのは、グラリ横揺れが来て、重量のある機材、足場材がズリリ、ズリリと混凝土の床を滑り動く中、出し抜けに「私」がそこへ現れ出た所為だ。なにしろいきなりポンと砂から跳ね出てみたら原発だったのだから戸惑うのは無理もない。

もっともこの時点では、私がなんだか、鼠なんだか螻蛄なんだか、まるで見当がつかぬ。ようやく揺れが収まって、「外へ出ろ！」と誰かが叫ぶのに応じて出口に向かって走ったときは当然、その後もしばらくは夢中さながら、己が何をなし居るのか知らぬまま、ただ命ぜられる通りに木偶のごとく動いた挙げ句、ソウカ、オレはオレなのかと、ようやく少し考えられるようになったのは十四日の午後だ。私は小学校の体育館で毛布にくるまり、余震で揺れる天井の照明を眺めて居ったのだが、このときは地震発生からモウ丸三日が経っていた。

その間の我が行動を辿れば、タービン建屋を出た後、サービス建屋で着替えをして、誰かの車で西門傍にある「日望メインテナンス」の建物へ戻って、「今日はもういいヨ」と云われべつの誰かの車で浪江町の民宿へ戻って、飯を食って、一晩寝て、朝になって宿の婆さんに云われるまま公民館へ行ったら、避難勧告が出ていて、マイクロバスで町の中学校へ移って、十四日の午過ぎにさらに遠く川俣町の小学校へ避難して——と、いちおう順番に並べられはするものの、整理すればまずはコウなると云うだけの話であって、記憶は甚だしく混乱している。場面場面の記憶は存するものの、どれが誰の記憶なんだか判然としない。どうやら大半は鼠の私の記憶であるらしく、と申しますか、そもそも福島第一原発に居たのは鼠の私だったと考えてよいのだと思います。

福島原発とは因縁あり

元来東京の地霊であるはずの私が——と断じるほどの確証があるのではありませんが、少なくとも東京に縁の深い私が、いくら鼠とは申せ、どうして福島くんだりに居ったのか。居らねばならなかったのか。だいぶ疑問ですが、しかしこれは先ほど縁と申しましたとおり、福島第一原発の建設に私が尽力したことに関係があるんだろう。尽力したのはもちろん友成光宏の私。一九七一年に一号機が稼働をはじめた時点で友成はモウ死んでいたわけですが、操業に道筋をつけたのが友成だったのは間違いない。東京に原発が欲しい。これがそもそもの私の願いであった話は先に述べたとおり、東京にはドウモ作れぬとなってやむなく東海村や福島へ持って行った次第で、つまり原発のあるところ東京の出先デアル、くらいに私は感じていたんだろう。実際福島で作られた電気のほとんどは東京が使う。加えて原発立地の自治体には多額のカネが東京から投下されるのであるから、ある意味、東京が町村をまるごと買い取ったようなものだ。東京の出先ないし飛び地と見做してあながち誤りとは申せません。

我が原発労働の由来

郷原の私が原発で働くようになったのは、平成二十年、西暦で二〇〇八年の夏、南池袋公園で人夫出しの男から誘われたのがきっかけだ。私は二十六歳——とは、調べてみて分かったのですが、当時の私は漫画喫茶やネットカフェに寝泊まりしながら派遣の日雇いで糊口をしのいで居った。その日は仕事にあぶれたか、働く気がなかったのか、公園のベンチで茫として居るところへ声をかけられて、翌日はモウ敦賀《つるが》発電所へ向かっていたのだから簡単なものだ。最初は原発で働くのではなく、建設中の三号機四号機の基礎工事だから被曝の危険はないと云う話だったと思う。その辺はとくに気にしなかったが、仕事はきつそうで、何もない田舎で知らぬ他人と共同生活することには不安があったはず。それでも引き受けたのは、しばらく我慢すればアパート暮らしができるくらいには力ネが貯まるとでも思ったか、あるいは自棄《やけ》になっていたものか。ドウモ全体に曖昧なのは、「私」になる以前の自分の心持ちが摑めぬからで、いまコウして思い返しても、なんであんな気軽に敦賀くんだりへ行く気になったのか、だいぶ不思議な感じがします。もっともさらに遡って池袋で声をかけられる以前、ネットカフェに寝泊まりしていた頃となると、自分が何をドウ思って暮らしていたのか、サッパリ見当がつかぬ。そもそも郷原聖士が何者であるかさえ判然としないので——と、このことはまた後で述べます。

敦賀では三月《みつき》ほど働きました。話のとおり原子炉周りではなく、予備のディーゼル発電の建屋が現場。いわゆる原発労働ではない。私がはじめて管理区域に入り込み、高線量エリアで作業したのは伊方《いかた》だ。敦賀で一緒だった人に誘われ伊方へ移り、ここには五ヶ月くらい居た。海のきれいなところで、休日に鯵を釣って酢漬けにして喰ったら大変旨かったのを覚えています。伊方で原発労働に替わったのは、そちらの方が労働時間が短く日当がよかったからだろう。その後一度東京へ戻って、伊方で知り合った最上と云う人夫出しの男に雇われて柏崎刈羽へ、そこからさらに福島へ回ったと云う次第。一九七〇年代から黄色い防護服を着ていたヴェテランに較べたらひよっこに過ぎぬが、定期点検中の原発を渡り歩く、いわゆる「原発ジプシー」と云うやつだ。しかしなんでソンナに原発周りばかりをウロウロすることになったのか、行きがかり上ソウなったんだろうが、やはり実働時間が少ない割に日当がまずまずなのが気に入ったんだろう。とにかくこの辺りはほとんど他人事、地震前の出来事は全体に判然としない。郷原聖士の私は三・一一の地震を契機に析出した、と云うか、私然とした私として地上に出現したわけですが、その地震にしても、断片は異様に鮮明強烈であるものの、ドウモ曖昧模糊としたところがある。これはどうやら、先ほども申したとおり、それら記憶が郷原聖士の私の記憶なのか、それとも鼠の私の記憶なのか、両者混然、ハッキリしない所為だ。

半ば人　半ば鼠

火災報知器の警報が耳に突き刺さるなか、鉄材やケーブルの散乱する暗がりを急いでいるのは鼠ではない、郷原聖士の私だ。窮屈な防護服の中で気持ち悪く汗をかき、違反と知りながらマスクを毟り取って荒い息を吐き吐き走っているところからして、この私が人間の私であるのは疑えぬ。尻尾にビリリ電気が走っているのは例の架空の尻尾だろう。パイプが縦横に走る隧道《トンネル》を抜け出て、坂の砂利道を長靴で踏んで歩くのも郷原の私。灰白色の空の下、海が迫り上がり、堤防を楽々越えて押し寄せた真っ黒な水の舌がタービン建屋やらディーゼル建屋やらをゾロリ舐めとる様子を、事務本館脇の駐車場から眺めているのも郷原の私なら、ヤバイヨ、コリャ、ヤバイヨ、と運転する誰かがしきりと呟くのを聞きながら、軽トラックで西門へ向かっているのも同じ郷原の私。

一方で髭の震えから地震を予知していち早く騒ぎ出し、実際に揺れを感じた瞬間には、興奮の炎に全身を焼かれて無闇と駆け回り、ピョンピョン跳ねては壁や器物にやたらぶつかっているのは鼠の私だ。髭の湿り気から津波の到来を感じとり、鉄錆臭いパイプに逃げ込んだものの、溢れる水に逃げ場を失い溺れ足掻くのも鼠の私なら、寄せ来る水に追われて軽油タンクの鉄骨を這い上り、海から吹く風に吹かれているのも鼠の私。つまり地震からしばらくの私は、半ば鼠、半ば人、ソンナ具合で在った——と云えばだいぶ奇怪だが、ここまで話を聞いてくれた人にはマア理解して貰えるだろう。

メルトダウン　瓦礫ではしゃぐ

津波が去った後、電源を喪失した原子炉は冷却不能となる。燃料棒は高熱となった挙げ句にメルトダウン、原子炉建屋が水素爆発で吹き飛ぶ。その頃、郷原聖士の私は浪江町の民宿から町内の中学校を経て、川俣町の小学校へと動いていたわけで、危機の進行する原発の近くには居らなかった。他方、鼠の私はズットそこに居た。ただ居たばかりではない、剛毛を逆立て、歯をキイキイ鳴らし、狂喜して津波跡の泥中を駆け回っては、腹を白く晒してちらばる魚を貪り喰って居った、と云うのは、鼠の私はとにかくモウ嬉しくって堪らぬ。何が嬉しいと云って、秩序が壊れて汚物と暗黒の領域が広がることくらい鼠にとって嬉しい事はない。勝手放題出入りできる場所が増大するのも喜ばしい。死と腐敗の香しさに魂が弾んで抑えられぬ。　むろん鼠は瓦礫が大好きでデアル。ことに好きなのは、これは私だけなのかもしれませんが、有機物と無機物が微妙に混じり合う感じが堪らぬ。と云うと分かりにくいかもしれませんが、たとえば赤錆びたドラム缶にガソリン混じりの水が溜まり、水面が虹色に光っている、そこへ蛆の湧いた犬の死骸が沈んでいる。あるいは潤滑オイルで黒光りする工作機械に蛇が挟まり臓物を晒して死んでいる。ソンナ光景くらい心を震わせてくれるものはない。しかも何より素晴らしいのは、崩壊した原発の敷地には放射性物質が散乱している点だ。空気から水から土から木から草から虫から、あらゆる物が放射線を浴び汚れている。それがまた嬉しい。

放射性物質は大好物

人は放射線を感知できぬ。眼にも見えぬし、匂いも嗅げぬ。であればこそ作業員は測定器を持って管理区域に入る訳ですが、鼠は違う。放射線を肌と云うか毛衣で直接感じることができる。ガンマ線だろうがベータ線だろうが中性子線だろうが感触でたちまちそれと分かる。原発で働く際には安全教育と云うものが必ずあって、マア大半の者は居眠りをして居るだけですが、低レベルの放射線はかえって健康によいと習ったことがある。実際に健康によいか悪いかは知らぬが、鼠にとって放射線を浴びるのが頗る気持ちよいのは間違いない。北欧人が日光を浴びて喜ぶように嬉しがる。放射性物質がこれまた大好物。餌が放射線にまみれていれば、ちょうどよい調味料となる。何を食べるにもやたら唐辛子をかけぬと気が済まぬ人があるが、鼠は何にでも放射性物質をかけて喰いたい。ちなみに私はヨウ素やセシウムよりもストロンチウムが好み。骨の髄にズシンとくるヘビーな感じが堪らん。同族の噂では、プルトニウムが何と云っても最高だとの話で、しかし残念ながら私はまだ試したことはない。

鼠の名誉の為に一言申しておくなら、鼠は元来放射線を好む生き物だったわけではない。鼠がかような進化を遂げたのは二十世紀中葉、各所の原爆水爆実験で放射線を浴び、放射性物質を喰らった鼠が放射線好きとなり、いわゆる原子鼠に変じて、この原子鼠がそれこそ鼠算式に世界中に広がった結果だ。放射線を浴びれば細胞に傷がつく。ことに染色体に異常が生じると聞くが、原子鼠は異常を呼び込みたいと密かに願って居るらしい。いや、人間とてそれは同じだ。異常を求める性向は、人間を含めた生物全般に元来備わっている。むしろ人間に一番その傾向が強いことは歴史を見渡せば瞭然だろう。これ思うに、染色体の異常が突然変異を誘発する点に鑑み、生物には進化を促進したいとの願望が根にあるからに相違ない。

と、かように考えてくると、人類が原子力を開発して放射性物質をまき散らすのは、万物の霊長の権限と責任において、地球生物の進化を促進せんとの意図が隠されているとも思えてくる。核開発とはまた別にオゾン層の破壊を積極的に推し進めているのも、宇宙線を地球生命に思う存分浴びさせようとの深慮からかもしれぬ。とマア怪しげな我流進化論はこの辺にしますが、とにかく原発周辺にやたら鼠が多いのにはコウ云う事情がある。

原子炉建屋の爆発

一号機原子炉建屋の爆発が地震発生から一日経った十二日午後三時三十六分、三号機が十四日の午前十一時一分、さらに四号機建屋の爆発が十五日の朝六時十四分――と記録にはあるが、原子鼠の私はいずれの爆発にも間近で遭遇しました。それどころか建屋内で壁に叩きつけられ、落下した瓦礫の下敷きになって死んだ者も多数あった。いずれにせよ爆発の瞬間には、爆風の所為ばかりでなく、驚きと歓喜でウワッと軀が宙へ浮き上がったことを覚えています。いや、歓喜と云うのはやや正確を欠く。祭り太鼓が人をして興奮させるがごとく、腹にこたえる振動に誘い出された魂の熱が殻を破って弾け出した、とでも申せばよいか。どちらにしても、ドカン、ドカン、とくるたび、私はいよいよ威勢を得て、眼を真っ赤に血走らせ、歯をキイキイ鳴らし、快楽に痺れる尻尾をブンブンふるっては放射線の充満する汚泥を駆け回ったことだけは間違いない。

一方で郷原聖士の私は、一号機、三号機の爆発時、浪江町の中学校に居た。1Fから二十キロほどの距離だから、爆発音は両方ともしっかり聞きました。一発目のときは、エライことになったゾと、テレビを囲んで騒ぐ避難住民を尻目に一人ぼんやりして居ったが、三号機の爆発音を聞いたときには、これは本当にマズイかもしれぬと、事態の深刻さに思い至り、マイクロバスで川俣町へ移って、体育館に寝転がって天井を眺めた頃には、私が私であるとの自覚を得つつあったこともあって、これはモウ絶対確実にヤバイと、はっきり観念した途端、居ても立ってもいられぬ気持ちになってきた。と申すのは、現場へ行きたくてモウ堪らぬ。責任感と云ったものでは全然ない。早い話が野次馬根性だ。とにかく崩壊しつつある原発をこの眼で見たくて仕方がない。渡りの日雇いとは申せ、私とて原発のプロである。事故を起こした原子炉の危険性には人並み以上の知識がある。出来うる限り遠くへ逃げるにしくはないと頭では分かる。にもかかわらず、アアなんとか原発へ近づきたいものだと、我が欲望を抑えかねているところへ電話があった。

緊迫の事故現場

地震直後は携帯電話が繋がらなかったが、十四日のこの頃には復旧がなっている。連絡してきたのは最上——伊方原発以来世話になっている人夫出しの男だ。最上は事態にそぐわぬのんびりした調子で、明日からまた働けないかと訊いてくる。人手がなくて現場は困っているとも云う。元請けや東電がどんなに困ろうが知ったことではないが、渡りに船とばかりに二つ返事で承知しようとしたところ、日当は普段の五倍出るヨ、と云われてチョット嫌な気にはなった。ソンナに出すからにはよほど線量が出ているに相違なく、とは申せ、ただでも行きたいと思っていた矢先、喜んで引き受けて、翌朝の七時、迎えの車で福島第一原発へ向かいました。

私は東電の協力企業——と云う用語はなんだか意味が分かりにくいが、要は下請けの、厳密には孫請けの「日望メインテナンス」、さらにそのまた下請けの「美登里工業」の日雇いの身分。普段なら西門傍の「日望メインテナンス」の建物へ行って、名簿のチェックを受けたり、待機したりするのだが、この日は1Fから二十キロの所にあるJヴィレッジへ向かい、そこで早くもビッシリと防護服に身を固めさせられ、全面マスクも渡されたので、コリャ予想以上に線量が高いらしい、だいぶ危ないゾと思いつつ、三人の仲間と一緒に「日望」の社員が運転するバンに乗り込み、国道六号を北上して、1F正門から敷地内に入っていけば、逆に自動車やマイクロバスが続々外へ出て行く。後から聞けば、このときまで免震重要棟には五、六百の人が居たのだが、最小限の人数を残し避難させると決まって、ちょうど移送の車両に行き会ったと云う次第。それまで避難しなかったのは、敷地の放射線量が高くて外へ出られないからで、しかしモウそんなことは云って居られぬ、一刻も早く逃げるべしとなったらしい。実際、私が着いたのは四号機の建屋が爆発して間もなく、使用済み核燃料プールが危機に陥り、二号機圧力容器の破局がリアルに心配されていた頃合い、現場の緊張と不安が一番高まったときで、しかし見たところは、モウなるようにしかならんと開き直る気分があるのか、作業員らは案外と落ち着いて、ただ鼠ばかりがやたら走り回るのが眼についたのを覚えています。

私に与えられたのは放水の消防自動車が通れるよう三号機周辺の瓦礫を取り除く作業。重機もなく、数少ない作業員の人力ではハカがいかぬ。なにより防護服は動きづらく、全面マスクは息苦しい。しかも通常なら一人に一個ずつ与えられる線量計が七、八人に一つしかない。マア原子炉建屋内に入る訳でもなし、と思っていたら、壊れた建屋に近づいた途端にアラームがピイピイ鳴り出した。コリャ大変だ、と思っていたら、作業監督は線量計をあちこちへ動かしてみて、鳴らぬ場所を見つけて置くと、これでモウ大丈夫とでも云うように全面マスクで頷いてみせる。これは立派な法律違反。しかしいまはソンナことに構っている場合ではないと云うわけなんだろう。マア線量計を外して作業するのは平時でもあることで、ソウするにはむろん理由がある。

原発労働者の常識

と申すのも原発労働者には「持ち線量」があって、年間に浴びてよい放射線量の上限が決まっている。当時は五〇ミリシーベルト。その数値を超えて累積すると働けなくなる。それが困るので線量計を放射線量の少ない場所に隠して作業する。福島では緊急時だと云うので上限が二五〇ミリシーベルトまで引き上げられたが、ソウ云う次第だから、数値がドウのコウのはあまり関係ない。

放射線は人には感知できぬと先に述べましたが、全くできぬかと申せばじつはソウでもない。原子炉に近い高線量の領域に入り込めば、グラグラと空気を揺らすがごとき圧迫感が四方から押し寄せ、金属質の毒液を鼻から注ぎ込まれた具合に息が苦しくなるから嫌だ。キシキシキシと不快な音が耳元で鳴って、たぶん耳鳴りなんだろうが、無数の悪い虫がそこらを這い回るようで、ムカデが腕に張り付いているのに気がついたときのごとく、ウワッと跳ねあがりそうになる。一度、柏崎刈羽でだったか、パニックに陥り、ヒュルルルとか細い叫びをあげたまま硬直した作業員を見たことがある。こうなると非常に危ない。私自身が一番線量の高い場所へ立ち入ったのは、やはり柏崎刈羽の定検、SG内での作業だ。落片の回収が作業内容だったが、マンホールからSGに飛び込み、たった十五秒いただけで二ミリシーベルトを浴びた。十五秒で二ミリと云うことは、七分いただけで五〇ミリを超えてしまう。このときは本当に得体の知れぬ虫が後ろ首に張り付く感触が生じ、嫌らしい異物感がしばらくとれなかったのを覚えています。

つまり私は人並みに放射線を恐れていたので、しかし危険を冒さずには原発では働けぬと諦めてもいる。そこはマアつまりバランスだ。そもそも過度に放射線を危険視する者は早々に辞めていくし、逆にあまり鈍感でいい加減な者は元請けの方で嫌がる。と云う次第で、まずまずバランスのとれた人間だけが原発では長く働ける理屈になる。ところが事故の最中の1Fでは、バランスも何もない、私はモウ無茶苦茶になって居った。

事故現場で深呼吸

まずは全面マスクを外してしまった。原発で働いて何が鬱陶しいといってあのマスクくらい鬱陶しい物はない。線量の高い地域では決して外してはならぬが、湿熱のなかのきつい作業では、あまりに息苦しく、と云うかほとんど呼吸ができぬ状態となってドウ仕様もなく、外してしまうことはたまにある。瓦礫撤去の作業でも苦しいのは同じ。しかし周囲に放射性物質が飛散している状況ではマスクは絶対に必要だ。実際、監督以下の作業員はみな我慢してマスクを装着している。ところが私だけがアッサリ外して、海から渡る汐風を清々しく顔面に受けているのだから怪しい。監督は吃驚りした顔になって、マスクをしろとしきりに合図を寄越してくるが、私は笑って取り合わぬ。平気な顔で深呼吸などしてみせる。周りの者は頭がおかしくなったと思ったかもしれませんが、たしかにおかしくなっていたと云って誤りではない。

事故現場に立って、鉄骨を剥き出しパイプやケーブルの臓物を露わにした建屋を間近に眺めれば、沸き立つかのごとき興奮に駆られてしまい、私はモウ浮き浮き燥《はしや》ぎ回りたくて仕方がない。思うに、このときの私は半ば鼠だったんだろう。原発崩壊は云うならば鼠の祭り。原子鼠の祭典。放射性物質が飛散した土地は、人間にとっては不毛の地、それ即ち鼠の楽園だ。これで燃料プールが壊れて、原子炉が爆発でもすれば、放射性物質は東京全域にまで飛散して、ソウなれば人は棲めなくなり、東京は鼠王国の領土となる。アア、そうなったらドンナに素晴らしいだろう！　鼠の私は熱い期待に黒ガラスの目玉をピカリ光らせ、ビリビリ尻尾を震わせながら辺りを駆け巡る。ソンナ鼠に同調する人間がおかしくないわけがない。

野次馬根性

一時間ほど作業して、別の一隊と交代する格好で監督が引き上げを指示する。黄色い防護服の男らが長靴を引きずり免震重要棟へ向かってゾロゾロ歩き出す。私は列の最後尾に付いていて、しかし途中で列から離れ、元来た方へ戻ると、消防車の放水作業を見物したり、海際の四円盤《よえんばん》まで降りて海水取水口を覗いたり、瓦礫撤去の作業をまた少し手伝ったりと、壊れた建屋周辺をズットうろつき回って居った。外だけではない。何か作業があるらしく、決死の覚悟で原子炉建屋に突入していく作業員にくっついて格納容器へ近づき、ドガンドガンと打撃音のする圧力抑制室のドーナツ型に巡らされたキャットウオークを歩いたりもした。それで何がしたかったのかと云って、すでに述べたごとく、要は火事場の野次馬と同じ。前に我が精神の根底に存するのが野次馬根性だと云う話をしたと思いますが、そこへ加えていまや精神の半ばが鼠なのだから大変だ。鼠の祭りに人間界を代表して私ひとりが参加しているような具合。コウなると放射線などは全然怖くない。むしろ満身に浴びる放射線に惑溺《わくでき》し、なんなら放射性物質を舐めたいくらいのもの。いや、実際私はどうしてもソウしたくなって、いかにも放射性物質が付着していそうな鉄材をペロリと舐めた。舌がピリリ痺れて血の味が残りました。

事故現場を徘徊す

途中で喉が渇いたので、免震重要棟へ戻って水を飲み、ついでにビスケットを喰い、また現場へ出て行く。通常なら免震重要棟への出入りには厳しいチェックがあるが、いまはソンナことに構って居られる状況ではないのか、防護服でうろついても咎められぬ。「美登里工業」の者は私の勝手放題の振る舞いに気づいたはずですが、午前中で作業を切り上げて、私には構わず全員が帰ったらしい。マア「美登里工業」と云ったってただの寄せ集めにすぎぬ。そもそも「日望メインテナンス」に雇われる際、私は「郷原工業」の人間と書類には記入している。ソンナ会社があるはずもないが、つまり私は「郷原工業」の「社長」、その「社長」が「日望」の下で働く形になっている。ドウしてそうするのかはよく知らんが、保険やら何やら元請けの方の都合があるんだろう。とにかく二、三の顔見知りを除けば日雇いの私などに構う者はない。防護服さえ着て居れば、誰に咎められることもなく敷地内を思う存分うろつき回れるのが有り難い。

えも云われぬ快美感に涙す

1Fで燥ぎ狂っていた時点では、半ば鼠の私は、自分が何者であるか、いまだ摑んでは居らなかった。ところが壊れた原子炉建屋の前に立った瞬間に限っては、これを作ったのはオレだと、強烈な認識が腹中に涌いて出たから不思議です。戦後日本に原発を導入したのは私デアル、とソウも思えば、生き別れの子に再会した親よろしく感慨が押し寄せ、鼻の奥が潤んで仕方がない。私が作った原発、それがいまや壊れつつある、壊れて甚大な災禍を引き起こしつつある。とソウ観念すれば、滂沱《ぼうだ》の涙が眼から零れて止まぬ。涙に慚愧の念が含まれぬのではないけれど、むしろ自分が力を振るい具現化した文明の精華、それが汚辱に塗《まみ》れている、そのことにえも云われぬ快美感がある。悲しみとも喜びともつかぬ痺れるような感情がある。結局はコウなる運命だったのだ、いずれコウなることは分かっていたのだと、甘苦い認識を嚙み締めれば、耳の奥が酸に浸される具合にいよいよ泣けてドウにも仕様がない。国破れた山河に涙し、主家の滅亡に鬼哭《きこく》する古武士さながら、その一方では、鼠の廃墟祭りの歓喜が腹中で爆発するまま高笑いするのだから、これはモウ到底まともじゃありません。

下着姿で捕獲される

１Ｆにどれくらい居たのか、判然りとは分からぬ。調べてみると、自衛隊のヘリが燃料プールに空から放水したのが十七日の午前。その様子を汐見坂から見物した記憶があるから、まず三、四日は居たんだろう。その間、私は鼠と一緒になってただただ燥いで居った。他の者がなんとか原子炉の暴走を押しとどめるべく懸命な努力を繰り返していた傍らで、むしろ一層の破滅を熱望しつつ、お祭り気分の有頂天で居ったのだから、だいぶ申し訳ない気がしますが、マア半ば鼠だったと云うことで赦してもらうしかない。私が１Ｆから離れたのは、たぶん十八日、早朝、私は防護服も作業着も脱ぎ捨て、下着姿でうろついているところを捕獲された。平時なら大問題になってもおかしくないが、ヤッパリそれどころじゃないと云うことだったんだろう、そのままＪヴィレッジまで連行され、人夫出しの最上に引き渡されました。

　最上の車で国道六号を上り、開いている店を見つけて、食堂のカウンターに並んで座ると、「あんたは真面目だと思っとったけど、ナンカおかしなことをしてくれたナ」と最上は云ったが、とくに失態を責めるふうではない。冬眠中の熊のごとき茫洋然とした表情には、放射線の漏れた原発敷地内を半裸でうろついた男の精神状態を疑う様子もない。ごく当たり前の顔で煮カツを咀嚼している。マア最上が日頃集めてくる人間にはよほど変梃《へんてこ》な者があるから、いちいち気にしては居られんのだろう。ドンナ人間でも差別せず仕事を紹介する最上は、真の平等主義者と呼ばれるに相応しいかもしれぬ。

一方の私は数日に亘る狂乱の果て、にわかに酔いから醒めた具合で、宿酔《ふつかよい》に似た虚脱感と嘔吐感のなか、ナンテ馬鹿なことをしたんだろうと、しきりに反省されて仕方がない。焼魚定食を前に悄然、まことに申し訳ありませんでしたと謝ると、最上はほんの少しだけ笑い、「日望は怒っとったから無理やろうけど、他なら大丈夫かもしれんから、その気になったらまた連絡してや」と云う。改めて恐縮しつつ、しかし原発はもう駄目だろうと私が云うと、ソンナことはないと最上はまた笑う。「稼働するしないに関係なく、いろいろと仕事はあるしナ。これで廃炉と決まったらかえって大忙しや。またよろしく頼むで」と云って最上はこれまでの日当の入った封筒を寄越し、近くの駅まで送ってくれました。

東京へ

私はＪＲで東京へ向かい、秋葉原に着いたのが午過ぎ。電車が都心へ近づくにつれて、アア東京だ、またここへ戻って来たんだナと、福島での狂乱から完全に脱して、しみじみと感慨の涌き出す気配があるのが喜ばしい。東京こそ我が故郷、永遠の棲家デアル、との思いがこみ上げるまま、電気街口から外へ出て、着替え等の入ったリュックサックを背負って歩き出してみれば、しかしドウモ様子が変である。雲とも塵ともつかぬ黄灰色の空の下、自動車が殺虫剤をかけられた油虫みたいに妙にギクシャク動いて、混凝土から涌いて出た染みのような人影がくすんだ街路を行き過ぎるのが怪しい。硝子越しに覗かれる店舗の中には、たったいまトンデモナイ事件が起こったのを、みなでどうにか取り繕っているふうなぎこちない空気があって、高いビルディングの窓々は死んだ魚の眼のように黒い。昌平橋で神田川を越え、淡路町から靖国通りを神保町へ向かって歩けば、懐かしさと気味悪さが入り交じった奇怪な感覚はいよいよ大きくなる。

神保町を抜けて九段下から目白通りを北上して、飯田橋まで歩けば、夕刻が近づいて、店舗や自動車の照明が光り出す。その頃にはさらに一層気分はおかしくなり、ふと気がつけば、建物と建物の隙間や歩道橋の陰に黒いものが蠢いている。なんだと思えば、鼠だ。いや、鼠だけではない。地下の生き物が地上に大挙溢れ出て、ゾワゾワと群れている。コリャずいぶん気持ちが悪いゾ、と思ったら、道行く人も鼠になっていたから驚いた。もっとも人が地面を這い歩いていたわけではない。云い方はややおかしいが、人は人然としているのに、それがそのまま鼠である。あるいは螻蛄でありミミズである。ソンナふうである。いよいよ混乱した私は、とにかく一度休んだ方がいいと考え、飯田橋から有楽町線で池袋へ向かい、ネットカフェに入ることにしました。

ネットカフェで眠られず

東口の中華屋で飯を食い、コンビニで下着を買ってから、雑居ビル七階にあるネットカフェの扉を開け、三百円払ってシャワーを使いさっぱりして、合板で個室風に仕切られた空間の寝椅子に落ち着いてみれば、少しはホッとした感じにはなって、持ち金を確かめてみると、最上の寄越した封筒には十五万円ばかり入っている。財布には五百円ちょっとしかないが、郵便局の通帳を取り出せば、通常口座に二十数万円、これだけあれば当座は大丈夫だナと、まずは安心して、合皮の寝椅子に横向きになって眼を瞑ったところが、なかなか寝つかれぬ。思えばこの数日はほとんど眠っておらぬ。疲労困憊芯に徹しているはずなのに、なぜだか一向に眠くならぬ。

寝椅子で輾転《てんてん》としていると、足下の床をトトトトと駆ける軽い音がしたのは鼠だ。それも一匹や二匹ではなく、そこら中やたらと走り回るから喧しい。そうか、ここにも鼠が居るのだナ、と思ったら、アアそうだった、オレも先刻までは鼠だったのだと思い出した途端、だとしたらコウして暗がりに寝ているオレは誰なんだと、疑問がふいに浮かんできた。福島第一原発で働く以前、自分はどこで何をしていたのかと考えれば、敦賀原発で働きはじめた辺りまではなんとか思い出せたが、その前となるとドウモ判然とせぬ。たとえば子供時代から学校時代、その辺りの記憶がない。親はあったに違いないが、顔も名前も思い出せず、どんな家で育ったのか、それも分からぬ。丸っきりの空白と云うわけではないにせよ、なんだか薄ボンヤリして、磨り硝子越しに景色を眺める具合だ。

これはもはや認知症とか健忘症とか、名前のついた脳の病を心配してもおかしくない状態だが、本人はさほど深刻でもない。分からぬのならそれで構わん、マアいいやと考えるのをアッサリやめて、ドリンクバーに平気で立つ辺りがそもそもおかしいわけだが、しばらく来ぬうちに飲み物が充実したナなどと、素朴に喜んでいたりするのだから呑気なものだ。

ハケン労働の本質

郷原の私のこの恬淡ぶりは、思うに、ハケン労働に一因があるのかもしれません。即ち、日雇いハケンの場合、それが誰であるかなどは全然問題にならぬ。雇う方は仕事さえやってくれれば誰でもいいのだし、職場で人と一緒になっても、それが何者であるかなどは関心外、この人はやりやすいナ、とか、気に喰わないナ、とか、殺してやりたいナ、とか、単純な反応が生じるだけ。暑い寒いとさして変わらぬ。稀に言葉を交わすようになっても、作業が終わればサヨウナラ、二度と会わぬ。つまり誰でもいい。郷原聖士なら郷原聖士と名前はあるにはあるが、これはまず記号にすぎぬ。手足が動いて最低限の仕事ができればそれで十分。極端な話、働けるならそれこそ鼠でも構わぬ。だから自分が誰であるかが分からずとも困らず、自分が誰であるかなど考える必要がない。結果、考える癖が徐々になくなり、自分が誰でなくとも気にならなくなってしまう、とコウ考えられるのかもしらん。

郷原聖士の来歴素描

とマア、かくなる次第で、この夜の私は誰でもない誰かのまま、鼠の足音と他人の鼾を耳にしつつ、暗がりでボンヤリして居ったのですが、そのうちパソコンで「郷原聖士」を調べてみることを思いついた。もっともこの時点では郷原聖士の名前もそれほど判然としていたわけじゃない。Ｊヴィレッジで名簿のチェックを受けた際、身分証明できる物がないかと訊かれ、原付の免許証を出したとき、アアそうだった、オレはたしかに郷原聖士だったと、思い出すふうになっただけの話。免許証には名前のほかに生年月日と東京都大田区南蒲田三丁目云々の住所があったが、住所には覚えがあるようなないような。他に最上がくれた封筒にも「郷原聖士殿」とあり、通帳の名義も「郷原聖士」となっている。である以上、やっぱり自分は郷原聖士なんだろうナ、と納得する感じにはなっていた。

ここで郷原聖士が何者であるかを簡単に述べておくなら——と、これは「事件」を経て、郷原の私が余すところなく「私」となった時点で私にもほぼ明確になったのですが、郷原聖士は昭和五十七年、西暦で一九八二年、狛江《こまえ》市の病院で生まれ、両親と共に狛江から相模原、東村山と移り住み、九歳でアパレルメーカー勤務の父親が自殺したあとは、町田市で母親と二人で暮らし、地元中学から八王子の普通科高校へ進んだが、高校二年のとき母親がウナギ養殖の研修に来たパラグアイ人と出奔、高校を中退、中学時代の教師の紹介で川崎の印刷工場に勤めて、蒲田のアパートで一人で暮らしをはじめたものの、一年に満たずして勤め先が倒産、派遣会社に登録して日雇い仕事で糊口をしのいでいたが、やがて家賃を払えぬようになり、漫画喫茶やネットカフェに寝泊まりするようになったのが二〇〇八年の春頃、それから間もなく公園で声をかけられて敦賀原発へ向かうことになった——とコウ述べてみて、べつに間違っては居らぬが、ドウモ他人事の印象が否めぬのは、「事件」から時間が経つにつれて再び私が拡散傾向となり、郷原聖士たる私の輪郭を次第に失いつつある所為かもしれません。そもそもいま簡略な履歴を述べるについても、貰った資料に負った部分がほとんどで、かりに全然違う者の履歴を渡されても、なるほどソンナものだったかもしれないナと、納得してしまった可能性すらある。

そもそも郷原聖士の履歴はとりたてて云うほどの中身を欠いて、他の似たような境遇にある若者と入れ替えても大差ない。結果、私自身、自分が郷原聖士であることにさしたる意義を見いだせぬ。とマアそうした次第で、郷原聖士の履歴については調べて貰った以上の情報を私の口から伝えることはできぬわけですが、福島から東京へ戻ったこの夜は、いま以上に何も分からぬ。とりあえず自分は郷原聖士らしいから、グーグル検索で「郷原聖士」を調べてみようと思いついたと云う次第。それで試してみると、「郷原聖士」では何も引っかからぬ。やはり駄目かと、とくに落胆するでもなく、なお眠れぬままネットの掲示板やら何やらを覗くうち、ふいに一つのサイトに眼が吸い寄せられた。

平成二十年、西暦で二〇〇八年六月八日、静岡の自動車工場に勤める男が、秋葉原の歩行者天国にトラックで突っ込み、ダガーナイフで人を刺して回った事件がありましたが、私の眼が釘付けになったのは、犯人のKが携帯サイトに遺した書き込みを一覧にした頁だ。最初は『新世紀エヴァンゲリオン』のファンサイトを覗いていたのだが、そこでKのことがしきりに話題になっているのを見て、頁を移してなにともなく読みはじめたら俄然やめられなくなった。何故なら、書いた者が他でもない、私だと気がついたからです。

秋葉原事件が蘇る

読み進む気分はドウ云ったらよいか、引き出しの奥から出てきた昔の日記を読み返す気分とでも云ったらよいか。もっとも二〇〇八年ならばまだ三年にしかならぬ。にもかかわらず遥か昔のことのように感じられるのが奇妙と云えば奇妙だが、とにかく私が書いた文章には違いない。書き込みは二〇〇八年の二月末からはじまって、最後が同年六月八日。午前五時過ぎに、「秋葉原で人を殺します」「車でつっこんで、車が使えなくなったらナイフを使います　みんなさようなら」と書かれ、以下、午前十一時四十五分、「秋葉原ついた　今日は歩行者天国の日だよね？」のあと「時間です」で終わる。ここまで読んだとき、私が書いたとの確信はいよいよ動かし難くなり、然るに一方では、これを書いたときの心境が呼び戻せぬのがもどかしい。二〇〇八年と云えば、八月に敦賀原発へ向かったわけだから、二月から六月はその直前、その頃自分はどこで何をしていたんだろうかと自問してみても、やはり磨り硝子越しに風景を眺める印象を免れぬ。

急に不安になった私はKに関する記事を漁りました。となればKが青森出身であることにはじまり、細々した情報が自然得られる。するとそのうち、アアソウだった、たしかにコンナふうだったと、場面場面の記憶が断片ながら蘇って、ネットカフェの暗がりをめまぐるしく飛び回り出したからいよいよ眼は冴える。とりわけ鮮明になったのは、2トントラックを運転して秋葉原を目指す場面だ。東名を横浜青葉インターで降り、国道二四六を走り出した辺りからの記憶は、映写幕に映されたかのごとく、脳裏にクッキリ浮かんでやまぬ。

二子玉川で多摩川を渡った途端、眼前に見えてきたのは燃え盛る炎だ。炎は太古の富士の噴火であり、江戸の大火であり、関東大震災であり、東京大空襲の火災であり、曽根大吾の銃弾に燃え上がったシボレーであり、戸部みどりが燃やした矢凪電子の倉庫であり、新宿の雑居ビルであり、その他無数の火事であり、酷い頭痛に悩まされながら、それら天を焦がし燃え上がる火炎をひたすらに見詰め、黒煙を吐いて燃え盛る東京へ向かってただ一直線にトラックのハンドルを握っていたのを覚えています。秋葉原に着いて車を停め、パチンコ屋の便所に入ったときも、トラックの座席に戻って「時間です」と携帯に打ったときも、初夏の明るい日差しの下、人々で溢れる街路に向かってアクセルを踏み込んだときも、火は見えていた。火だけが見えていた。

深まる混迷

Kはこの後トラックから降りて人を刺し、駆けつけた警察官に取り押さえられたわけですが、その辺りから記憶は判然としなくなる。たぶんモウ訳が分からなくなっていたんだろう。しかし、当然ながら不審なのは、そもそもKのしたことをどうしてこの私が覚えていなければならぬかだ。秋葉原で事件を起こしたあと敦賀で働くようになったんだったかナ、などと考えてみたりもしたが、ソンナはずはないので、混乱するのは致し方ない。いまの私にはKもまた世界に数多《あまた》在る私の一人なのだとハッキリ断言できる。だが、この夜の私はソウは参らぬ。不安に駆られるままさらにネットを探るうち、混迷が深まる一方なのには弱りました。何より困惑したのはKの他にも私が発見されたことだ。ブログを読んでも掲示板を覗いても、至るところに私が居る。アアこれを書いたのは私だ、コンナふうに考えるのは私、アンナことをするのは私しかありえぬ、と云った具合に続々と私が見つかる。

ネット中の無数の私

ネット中に多勢の私が居る。これはいかなる事態か。最初に考えたのは私が他人になりすまして方々へ書き込みをしたのではないかとの推測だ。そんなことをした覚えはないが、しなかったと云う確信もなく、事実私が書いたとしか思えぬ書き込みが多数ある以上、複数のハンドルネームを用いて私が書いたと考えるのが理に適う。しかしそれはまだいい。むしろ問題は、明らかに私が書いたのではないのに、私の行動や考えを書いた記事が多数あることだ。これが一体ドウ云うことなのか、皆目見当がつかぬ。繰り返しになりますが、このときの私はまだ十全な私へと脱皮せず、世界にたくさん私が在ることに気づいて居らぬ。ネットの住人らが、私の知らぬうちに私を監視し、私の心を盗み読んでいるのではあるまいか。私の与《あずか》り知らぬところで私のふりをして、よからぬ事業に手を染めているのではあるまいか。ソンナ疑心に捉えられれば、モニターからモウ眼が離せなくなる。

もっともそれら多数の私がどれも等しい現実感を伴っていたのではない。濃淡がある。なんとなく私だナ、と思うような私から、これはもはや私以外ではありえぬと、確信の矢が魂の中核に突き刺さるがごとき私まで、だいぶ幅がある。なかで異様に濃密な現実性の感触を持つ私が幾つかあるのを私は見いだしました。するとそれら私には一つの共通項がある。嫌な話だが、どれもが無差別殺人の犯人デアルとの共通項だ。

通り魔事件犯人はどれも我なり

秋葉原の事件のことはモウ述べましたが、昭和五十六年、西暦で一九八一年の深川通り魔事件、平成十一年、一九九九年の池袋の通り魔事件、いずれも私の犯行だ。昭和五十五年、一九八〇年に新宿駅西口でバスに放火したのも私。モウ一々は挙げぬが他にも多々ある。つまり一九八〇年頃から東京で起こった無差別殺人、通り魔事件のほとんど全てが私の仕業。人が死なずに怪我ですみ、大してニュースにならなかった事件もずいぶんとあるが、それもほぼ私。不思議なのは平成十三年、二〇〇一年の大阪池田市の事件等、東京から離れた地域で起こった事件も、だいたいが私の犯行である事実だ。これはズット述べてきた東京地霊説からすると奇妙だが、どうやら元号が平成に替わった時分から、それこそ平に成るではないが、日本全体が東京風になった、と申しますか、日本全体に均しく東京が浸透したのデアルと断じれば、訝る人もあるとは思いますが、ドウモそうした感が否めぬ。たとえば郷原聖士の私はしばらく町田に住んだが、地方都市と云う地方都市が町田みたいになったナと、感想を抱くのは私ひとりではないはずだ。日本全土への万遍ない東京の拡散。そのことに私の分散は関係があるのかもしれぬ。

どちらにしても、この夜の私は、盛り場やら駅やらで無差別に人を刺して歩く場面の記憶を次々脳中に蘇らせては背筋をゾッと凍りつかせ、しかし頭は燠のように火照って、悪い汗をたらたらと流し放題に流したのだから辛い。刃物をかざし道行く人を襲う瞬間の心境を思い起こそうとすれば、尻がジンジンと痺れ、呼吸が切迫して、丸い汗玉がコロコロと肌を転がり落ちる。気分が悪くなった私はパソコンから離れ、寝椅子に縮こまったものの、犯行場面が瞑った瞼の裏でグルグルと回転して、そこへ加えて鼠どもが床を走り回って大騒ぎする。モウ苦しくって仕方がない。

気づかぬうちに私は悲鳴をあげていたんだろう。夜中の三時過ぎだと思うが、ネットカフェの店員が声をかけてきて、周りの迷惑になるのでモウ少し静かにして欲しいと云う。分かったと私は応えたものの、しばらくすると、今度は店員が二人来て、これ以上うるさくするのなら出て行って欲しいと宣告する。自分ではうるさくしているつもりはなかったが、ソウ何度も注意されてはやむを得まいと、私は店を出た。このときの店員の対応に腹をたてたことが犯行のきっかけになったと理解する向きもあるようですが、それは違う。事件直後に警官から尋問されたとき、ネットカフェを追い出された云々と陳述したために、ソンナ風な誤解が生じたんだろう。店員は感じがよいとまではいかぬが、人を怒らせるようではなかった点はここで申しておきます。で、話は私が表へ出たところだ。

異形の風景にたじろぐ

出てみると街路はまた様子が違う。照明の届きにくい路地や物陰の地面が黒くモゾモゾ動いている。なんだと思えば、あれだ、地下の生き物が一杯に溢れているのだ。モウ足の踏み場もない有様で、そこを鰐とも熊ともつかぬ得体の知れぬ大きいのがうろうろしているのが怪しい。表通りにも気味の悪い生き物は押し出して、寄せ退きする波さながら溢れ、それを押し潰し押し潰し、目玉を光らせた自動車がのたつく甲虫のごとくにヘコヘコ行き過ぎる。街路に面して立ち並ぶビルディングは、発光する深海魚とも見える街灯の光のなか、煤煙を浴びて黒く汚れ、焼跡の廃墟と化している。なかには滑らかな石の地肌と黒い窓硝子を整然夜空に晒す建物もあるが、これは見かけだけ、放射性物質にビットリ塗れているのは疑えぬ。原子鼠が争うように這い上り、赤黒い舌を伸ばしては夢見心地で壁面を舐めているのがその証拠だ。

人もいた。鼠類と区別はつき難いが、ソウ思ってみれば二本足で直立する者はあって、地面を這い回る生き物とはたしかに違う姿でうろついて居る。マア鼠人間くらいな感じだ。と、ファミリーレストランから男が一人出て来たナと思ったら、通りかかった三人の者にダガーナイフで切りつけ、真ん中の男が胸を刺されてパタリ倒れると、通り魔は右隣の女の肩に切りつけ、悲鳴をあげた女が逃げ出せば迅速に追いかけ背中にナイフをツプリ突き立てる。周囲からは怒号と悲鳴があがるが、しかし全体は影絵を見るがごとく、不思議に静かな印象がある。

突発事を目撃した私はむろんハッとなったが、凶行以上に驚いたのは、他でもない、刺した男が私だったからだ。立ち竦んだ私が血塗れのナイフを手にした私を眼で追えば、通り魔の私は次なる獲物を求めて歩き出し、ちょうど脇に停まったタクシーから出て来た女の腹に刃を刺し込み、前のめりになった餌食の後ろ首を上から切りつける。そうしながら今度は赤く光る眼をこちらへ向けてくる。怖くなった私は逃げ出しました。

あたりは通り魔だらけ

通りを二度三度と曲がって、ここまで追って来る気遣いはないだろうと息を吐けば、驚いたことに、そこにもまた別の通り魔が居て、道行く人を刃物で刺し回っている。其奴は凶暴さを剝き出しにするでもなく、残業でいやいや働く人の不機嫌と倦怠を顔ににじませつつ、それでも機敏に動いては人を刺して歩く。此奴も私だ、とソウ気がついた私はまた逃げ出し、すると正面の交差点を左折して来たトラックが歩道に乗り上げ、地べたを這う生き物もろとも鼠人間を次々となぎ倒す。ヨタヨタよろけたトラックは銀行のシャッターにぶつかって停まり、運転席から出てきた私が手当たり次第に刃物をふるい出す。

モウあちこちで通り魔の私が凶行に及んでいる。このままでは殺られる。とソウ思った私は自分が武器を何も持って居らぬことが不安になり、眼についた終夜営業の大型雑貨店で二千三百円の出刃包丁と九百八十円のモンキーレンチを買い、人影の少ない路に逃げ込んで、歩道脇に停まった自動車の陰に踞り、プラスチックケースから取り出した包丁の柄を握れば少しだけ安心できて、しかし全体これはドウなって居るのかと、ようやく考えはじめました。

東京人は鼠人間なり

まずは東京がどうして廃墟になったんだろうかと考えた。いや、これは考えるまでもなく判然りしていた。東京は災害に見舞われ、火に焼かれ放射性物質に汚れて、人は住めなくなり、地下の生き物の天下となったのである。つまり東京が今度は福島第一原発になったわけで、事故下の1Fで半ば鼠の私が熱望したことがとうとう実現したのである。人はみな死ぬか遠方に避難するかして、残ったのは鼠人間のみ。然してこの鼠人間とは、即ち私だ。壊れた原発同様、放射性物質に汚染された東京を平気でうろつくのは鼠人間である私、と云うか私たち以外ではあり得ぬ。と、コウ直感を言葉にしたとき、私はたちまち二つのことを悟りました。

一つは東京に住む大多数の人間がそもそも鼠人間であった事実だ。災害で壊滅し、放射能汚染された東京から逃げた人間はごく少数、それならそれで仕方がないんじゃないノ、こうなった以上やむを得ないんじゃないノと、多くの者が恬淡として事態を受け入れ、成り行き任せに過ごした挙げ句、ほとんどが死滅したなかにあって、なんとか死なずに生き残った者が鼠人間と化したと云う次第だ。思えば太古の昔から東京の地は数々の災害に見舞われてきた。その度ごとにたくさん人が死んだ。しかしいつの場合でも、それもマア仕方がないヨネ、所詮なるようにしかならないんだしネと、鼠人間的信条をその都度発揮し、根本のところで諦めて来たわけで、つまりソウ考えると、元来東京は鼠人間の住む所であったと断じて過言でない。となると、もう一つの事実に私は思い当たらざるをえぬ訳で、と申しますのは、それら東京に在る鼠人間がことごとく私デアルとの事実だ。

東京人はことごとく我なり

宇宙にたくさんの私が在るとの感覚を私がズット持っていたと云う話は何度もしてきましたが、そのたくさんの私たちがどこに居るかはよく分からなかった。たとえば友成光宏の私はマラソン折り返し地点や武道館で私たちとの遭遇を体験したが、あれは偶然に出くわす機会があっただけの話。しかし、ここにおいて私は深く悟りました。即ち、東京中の人間がじつは私だったのだ、と。東京人はほとんど全部が私だったのだ、と。東京人の大多数が私であり、ただ蛹状態の私だっただけの話なのだ、と。そしていまや私——私たちはことごとく、余すところなく脱皮を遂げ、その脱皮した私が鼠人間なのだ、と。

おそらくこのとき郷原聖士の私もまた完全脱皮を遂げて、十全の私になったんだろう。路上駐車の自動車の陰、水母《くらげ》めいた光を放つ飲料の自販機脇に踞った私の脳中に、無慮膨大な記憶が津波と成ってドッとばかりに流れ込み、巨大な渦巻きになす術なく拉し去られる感覚のなか、思考ばかりが青白く冴え渡る。柿崎幸緒も榊春彦も曽根大吾も友成光宏も戸部みどりも郷原聖士も、他のすべての私も、ことごとく、ズット鼠人間だったのだ。とソウ思えば非常にしっくりきて、東京とは私、即ち鼠人間の棲む街だったとあらためて思えば、これまたスンナリ腑に落ちる。

滅びの思想に逢着す

となると——私はなお思案した。つまり、いま無差別に人を殺し歩いている通り魔も私なら、たまたま通りかかって殺される犠牲者も私に他ならぬ。要は放射性物質にまみれた廃墟の東京で私たちが殺し合っているわけだ。ソウ考えた私は、どの犠牲者も悲鳴に喉を絞り、暴力から死にもの狂いで逃れようと足掻きながら、どこか恬然たる表情が浮かんでいた事実に気がついた。いや、たしかに殺される私は、アアこれは仕方がないナ、運が悪かったんだナと、諦めきった気分を腹中にポッカリ浮かべて居る。殺された本人が云うのだから間違いない。東京在住鼠人間の私はきわめて諦めがよいらしい、とソウ考えたとき、私が金科玉条にしてきた思想――と云うほどのものではありませんが、成り行きに棹さす思想とは、即ち、滅びの思想デアル、との真理に私は突き当たった。成り行きに任せ、やがて滅びる。万事それでよい。それ以外に人が生きる法はない。どうやら私はそのように考えて生きてきたらしい。だから滅亡を前にしてじつに心穏やかである。マア私が本当に東京の地霊であるならば、人が死に街が滅びるくらいはドウと云うことはない。むしろドンドン滅亡してもらってかまわない。

我々は対話できず　殺し合う他なし

足掻こうがドウしようが滅びるときには滅びる。人生他に何がある訳でもない。と恬然たる悟達の境地にかくて私は到達した次第ですが、となると、どうして私たちが路上で殺し合わねばならぬのか、だいぶ疑問ですが、それも私は漸次理解しました。友成光宏の私が妹の助言を受けて、私たちの間で話し合いを持たんと試みたことはすでに述べましたが、私たちが対話への欲望や希望を抱いて居ることは疑えぬ。話し合いを通じて共存共栄したいと心より願って居る。ソレは疑えぬ。ならば殺し合わずにサッサと話し合えばよさそうなものだが、ソウならぬのは、ソウならぬだけの理由があるので、つまり話し合いたい気持ちは山々なのだが、やり方が分からぬのデアル。対話の方法がないのデアル。言葉はあり、思考はあるが、皆で同じ事を考え、同じ事をワーワー云うことしか鼠人間の私たちは基本できぬ。違いはあるようでも総じてみれば似たような内容を全員が口にしてワイワイ騒ぐことしかできぬ。だからとても対話にならぬ。考えてみれば全部が同じ私なのだから、それも無理はありません。

結果、私は私が憎くなる。私は私一人居れば十分、ソウいう気持ちにどうしても傾く。全員が夢うつつの状態でフワフワしているときは問題ないが、現実の冷風に吹かれたとたん、他の私の存在がひどく邪魔に思え、憎くて堪らなくなる。曽根の私と榊の私が出会った際の憎悪には激越なものがあったが、あれは曽根と榊がともに私としての固い輪郭を有する私だったからだろう。要するに私は他の私の個性が憎くて仕方がない。蛹の殻を破って中空に飛び出し、鱗粉を盛大にまき散らしながら空を飛翔する巨大蛾の私であればこそ、唯我独尊の傲慢ぶりを隠さず飛び回る他の蛾が目障りでならない。だから殺す。テロをやる。私がそのような認識に到達したときだ。私が隠れた歩道の前に、頭からやけに大きな耳の突き出た男が現れた。変なのが来たナ、とよくよく見れば、耳は贋物、つまりはあれだ、漫画マウスだ。プラスチックの耳を頭部につけているのだ。鼠人間が鼠に扮している。とソウ思うと、なぜだか可笑しくなってしまい、私は声を殺してしばし笑ったが、そのうち笑っても居られなくなった。

富士山大爆発

車道の真ん中に立った漫画マウス男は、肩から斜めにかけた鞄からコーラの瓶を取り出し、瓶の口に詰めた布切れにライターで火を付ける。男の着たトレーナーに描かれたイラストの鼠が大笑いするや、火炎瓶が松明となって燃えあがり、ビルの壁に黒い影が揺れて、地面に蠢く地下の生き物が浜の退き波のごとくに逃げ出す。それを見た漫画マウス男は、嬉しそうに笑いながら、槍投げ選手よろしく助走をつけて、火炎瓶を放り投げた。パンと軽い音を立てて瓶が破裂し、歩道に炎の楕円ができるや、雑居ビルの入口に屯《たむろ》していた四、五人ほどの者がバラバラと飛び出してくる。声をあげて笑った漫画マウス男はまた別の火炎瓶を取り出して、百円ライターをカシャカシャ鳴らし出すと、そこへ路の反対側から黒い服の男が駆けて来て、漫画マウス男をナイフで刺した。漫画マウス男は火の付いた火炎瓶を持ったままパタリと倒れ、漏れ出た油に引火して服ごと燃える。イラストの鼠も燃えてしまう。

私のなかで殺意の種子がバチンと音を立てて弾けたのはそのときだ。火炎の明かりを浴びた黒服ナイフ男の顔を正面に捉えたその瞬間だ。男は間違いなく私であった。まるで見覚えのない顔であるにもかかわらず、私に違いなかった。他の私に較べて、云い方は変だが、一段と私度の高い私であった。私そのものとしか云いようのない私であった。明々と照らされた私の顔に、だってコウするしかないじゃないか、コウするよりほかに仕方がないじゃないか、違います？　と、言い訳して照れるようなニヤけた笑いが浮かぶのを見た途端、自制の糸はプッツリと切れ、私は自動車の陰から飛び出すや、むこう向きに歩き出した黒服の背中に包丁を突き刺しました。刺された私は声を出すこともなくモロモロッと腰から崩れ落ちる。これで火の付いた私は新たな餌食を求めて大通りに走り出しました。

するとと至るところで私たちが殺し合っている。刃物をかざした通り魔が建物の陰や路地から次から次へ現れ、襲われた人がパタリパタリと倒れる。金属バットを振るう者もあれば、缶からガソリンを撒いて火を付ける者もある。ようしオレもやってヤル、殺して殺して殺しまくってヤル、とソウ思ったときには、酔っぱらって祭り騒ぎに飛び込むがごとき興奮と、痺れるような快楽があったことを私は否定しません。

こうして私が殺し合う鼠人間の群れに身を投じたときだ。暗い空にピカリ稲妻が走った。かと思ったら、地面がグラリと揺れ動き、暗灰色の天が膨れ上がったようになり、ゴロゴロゴロゴロと轟く音響とともに火が降ってきた。富士山が爆発したのだと瞬時に理解されて、降り注ぐ火にいよいよ狂喜した私は、終われ終われ死ね終われと呪文を唱え、ほとんどピョンピョンと跳ね回り踊り回るようにしながら、殺し合い喰い合う仲間の輪に加わるべく駆け出しました。

終辞

と、これで私の話はだいたい終わりです。五人の者に重軽傷を負わせた郷原聖士の私は逮捕されたわけですが、意外だったのは、私が一人も殺さなかった事実だ。一番怪我がひどい人でも全治三ヶ月程度。自分では相当激しく暴れたつもりだったが、思うほどではなかったんでしょう。警察官が来る前に周りの者に取り押さえられたらしい。新聞を見ると、あの日東京で通り魔事件の犠牲になったのは私が襲った五人だけ。富士山が噴火したと云う話もない。しかしソウなると、ネットカフェを出てから私が見た殺し合う鼠人間の場面は一体何だったのかと云う話に当然なる。

要は幻覚だったのだ、とは、勾留《こうりゅう》されて尋問を受ける過程で教えられたわけですが、最初はとても幻覚とは信じられなかった。あれが幻覚幻想の類であったはずがない。けれども留置場の格子窓から見る限り、なるほど東京は壊滅しておらぬ。富士山も爆発した様子はない。新聞をさらに隈無く探したが、鼠人間が殺し合ったとの記事はどこにも出て居らぬ。となると、決して幻覚ではありませんでしたと、しつこく主張する事も出来にくい。私はだいぶ弱ってしまった。

が、しかし、ここまで語ってきてようやく、あれが幻覚の類ではないと、私は確信できました。と申しますか、あれが幻影でないと、確認するためにこそ語ってきた気さえする。いま私はコウ確信する。即ち、あれは鼠をはじめとする地下の生き物が見た光景なのデアル、と。東京の地霊が経験した出来事なのデアル、と。あれは個人が見た幻覚ではなく、いわば東京と云う街そのものが見た夢であり、東京が想起した記憶であり、その意味でリアルな東京の現実デアル、と。マア単純に遠からぬ東京の未来を予知したと云ってもよろしいが、この云い方はやや正確さを欠くので、何故なら、地霊には過去も未来もないからです。地霊にとっては全てが現在であり、地霊はいまだけを想起し夢に見る。だからあれは、いままさに起こっている出来事なのであり、ドウ申しますか、説明がなかなか難しいのですが、現在の東京の薄皮一枚を剝がしたところにそれはある。いまあのことはすでに東京で起こっている。起こりつつある。それが東京の地霊である私――とここまできてもまだ自信をもっては宣言できぬのですが、少なくとも長く長く東京に棲み続けてきた私にはひしひしと分かる。

それで私に責任能力があるかどうかの問題ですが、つまりそれを調べるべく、こうして我が履歴を述べることを促されてきた訳ですが、正気がドウのコウのと云う点からするなら責任能力はあるに決まっている。世の中私くらい正気な者も珍しいと思う。しかし、そもそも責任とは何デアルのかと考え出すとよく分からなくなる面はある。ここまで聞いて貰えばお分かりいただけるとは思いますが、万事がソウなるようにしかならなかったとしか私には云いようがないからだ。成り行き上アアなるようにしかならなかったと申す以外に私には言葉がない。それ以上の説明ができない。コウ云うふうにして私は――私たちは生きてきた。その結果に責任をとれと云われてもナ、と云う感じはある。

困惑する気分はややある。と申しますか、ソンナふうに云われたら、誰だって、あなただって困るのじゃありませんか?

マアどちらにせよ、近い将来、東京は壊滅してしまうのだから——と申しますか、すでに壊滅しつつあるわけですから、あれこれ考えても仕方がありません。聞く所によれば、東京は二〇二〇年のオリンピックの開催地に決まったと云う。実に喜ばしい話です。なんといっても廃墟にこそ浮かれ騒ぎはふさわしいから。幽霊たちが祭りの興奮に煽られ、狂ったように踊り出す様子が眼に見えるようです。派手やかな書き割りの裏側を走り回る原子鼠が漏らす糞の異臭や、折り重なる死骸の腐臭を異国の客人らに気取られぬよう、せいぜい芳香剤をまき散らすのだけは忘れないで欲しいものです。マアそのあたりは「おもてなしの国ニッポン」のことだからうまくやるんだろう。しかしそれは私が心配することじゃない。私——私たちはただ無責任に浮かれていればよい。無闇と景気を煽って祭りの麻薬に痺れては、意味のない言葉を喋り散らしてワイワイはしゃいで居ればよい。心配するとしたら、壊滅後の東京の行く末、しかし壊滅したからと云って東京の地がなくなるわけでもないから、これも全然心配は無用。たとえ東京の名前が消えたって、この場所はしばらくは残る。何もかもが崩壊し、人間が去った後にも、廃墟には鼠が走り、放射性物質まみれの土中でミミズや蛆虫は蠢く。やがて瓦礫の隙間からはススキが顔を出すだろう。その上を蝿やら蜉蝣《かげろう》やら飛蝗《ばった》やら、無数の虫たちが飛び回るだろう。

東京湾に夕暮れが迫り、浜風が吹き寄せるなか、瓦礫の陰から赤く染まった空を見上げる一匹の鼠、たとえばソンナものがいたとしたら、それは私です。

主な参考文献

『増補　幕末百話』篠田鉱造、岩波文庫、１９９６年
『明治百話（上・下）』篠田鉱造、岩波文庫、１９９６年
『御家人の私生活——江戸時代選書７』高柳金芳、雄山閣、２００３年
『日本人なら知っておきたい江戸の武士の朝から晩まで』歴史の謎を探る会編、ＫＡＷＡＤＥ夢文庫、２００７年

＊

『私の昭和史』末松太平、みすず書房、１９６３年
『陸軍幼年学校よもやま物語』村上兵衛、光人社、１９８４年
『陸軍士官学校よもやま物語』比留間弘、光人社、１９８３年
『陸軍省軍務局と日米開戦』保阪正康、中公文庫、１９８９年
『ノモンハンの夏』半藤一利、文春文庫、２００１年
『新装版　悪魔的作戦参謀辻政信——稀代の風雲児の罪と罰』生出寿、光人社ＮＦ文庫、２００７年

＊

『やくざと抗争（上）』安藤昇、徳間文庫、１９９３年
『東京闇市興亡史』猪野健治編、双葉社、１９９９年
『愚連隊列伝３　新宿《ジュク》の帝王　加納貢』山平重樹、幻冬舎アウトロー文庫、１９９９年
『黒幕　昭和闇の支配者　１』大下英治、だいわ文庫、２００６年
『政商　昭和闇の支配者　２』大下英治、だいわ文庫、２００６年

『謀略　昭和闇の支配者　6』大下英治、だいわ文庫、2006年
『安藤昇の戦後ヤクザ史　昭和風雲録』安藤昇、ベストブック、2012年

＊
『戦後マスコミ回遊記』柴田秀利、中央公論社、1985年
『東京オリンピックと新幹線　昭和39年▼42年――昭和　二万日の全記録　13』講談社編、講談社、1990年
『巨怪伝――正力松太郎と影武者たちの一世紀』佐野眞一、文藝春秋、1994年
『欲望のメディア』猪瀬直樹、新潮文庫、1994年
『沈黙のファイル――「瀬島龍三」とは何だったのか』共同通信社社会部編、新潮文庫、1999年
『日本テレビ放送網構想」と正力松太郎』神松一三、三重大学出版会、2005年
『六〇年安保闘争の真実――あの闘争は何だったのか』保阪正康、中公文庫、2007年
『原発・正力・CIA――機密文書で読む昭和裏面史』有馬哲夫、新潮新書、2008年
『東京タワーが見た日本　1958‐2008』堺屋太一編著／日本電波塔監修、日本経済新聞出版社、2008年
『東京オリンピック　1964』フォート・キシモト＋新潮社編、新潮社、2009年
『党人　河野一郎――最後の十年』小枝義人著＋河野洋平監修、春風社、2010年
『オリンピック・シティ　東京　1940・1964』片木篤、河出ブックス、2010年
『首都高速の謎』清水草一、扶桑社新書、2011年
『日本テレビとCIA――発掘された「正力ファイル」』有馬哲夫、宝島SUGOI文庫、2011年
『夢の原子力――Atoms for Dream』吉見俊哉、ちくま新書、2012年

＊
『真説　バブル』日経ビジネス編、日経BP社、２０００年
『告発！生保の「邪道」――だから保険金殺人は続発する』佐藤立志、小学館文庫、２０００年
『修羅場の経営責任――今、明かされる「山一・長銀破綻」の真実』国広正、文春新書、２０１１年
『東京ディスコ80's＆90's』岩崎トモアキ、K＆Bパブリッシャーズ、２０１１年
＊
『ネットカフェ難民――ドキュメント「最底辺生活」』川崎昌平、幻冬舎新書、２００７年
『アキバ通り魔事件をどう読むか!?』洋泉社ムック編集部編、洋泉社、２００８年
『秋葉原事件――加藤智大の軌跡』中島岳志、朝日新聞出版、２０１１年
『原発労働記』堀江邦夫、講談社文庫、２０１１年
『ヤクザと原発――福島第一潜入記』鈴木智彦、文藝春秋、２０１１年
『原発官僚――漂流する亡国行政』七尾和晃、草思社、２０１１年
『福島第一原発潜入記――高濃度汚染現場と作業員の真実』山岡俊介、双葉社、２０１１年
『原発放浪記』川上武志、宝島社、２０１１年
『レベル７――福島原発事故、隠された真実』東京新聞原発事故取材班、幻冬舎、２０１２年
『メルトダウン――ドキュメント福島第一原発事故』大鹿靖明、講談社文庫、２０１３年

解説

原　武史

フランスの記号学者、ロラン・バルトは、一九七〇年に発表した『表徴の帝国』のなかで西欧の都市と東京を比較し、前者の中心は「いっさいの中心は真理の場であるとする西欧の形而上学の歩みそのものに適応して」「つねに《充実》している」のに対して、後者の中心は「空虚である」と述べた（宗左近訳、ちくま学芸文庫、一九九六年）。バルトの言う東京の中心とは、「皇帝の住む御所」、すなわち皇居を指している。

もちろん「皇帝の住む御所」は、中国の北京にもあった。また皇帝を国王に置き換えれば、朝鮮王朝の都であったソウルにもあった。しかし、現在公開されている北京の故宮にせよソウルの王宮（景福宮や昌徳宮）にせよ、皇帝や国王は儒教経典の一つである『易』の「聖人南面して天下を聴き、明に嚮いて治む」（原漢文）に従い、宇宙の中心である北極星を背にしつつ、南を向いて着座するように宮殿がつくられた。故宮や王宮は方形状をしており、道路もなるべく直線状で交わるように設計された。

日本でも奈良や京都では、天皇が南を向いて着座するように大極殿や紫宸殿が設計された。つまりここには、北京の故宮やソウルの王宮同様、儒教思想からの影響が見られるわけだ。京都御所は方形状につくられ、京都の町全体も道路が碁盤の目のように交わるように設計された。東京同様、中心部に壮大な城が築かれた大阪ですら、南北の道を「筋」、東西の道を「通」と呼ぶ習慣がいまでも残っている。京都市営地下鉄烏丸《からすま》線が市の南北を貫く烏丸通の真下を走っているように、大阪市営地下鉄御堂筋《みどうすじ》線もまた市の南北を貫く御堂筋の真下を走っている。

世界中のすべての都市は、歴史的につくられたものである。もとは自然の土地だったところを、何らかの設計思想に基づいて人工的に開発し、統治者が君臨する一国の首都であれば特定のイデオロギーによって国の中心に位置する権力の支配や永続性が正当化され、それを可視化するアーキテクチャが整備される。「自然」と「人為」は、しっかりと区別されるのだ。だが東京はそうではない。

こうして見ると、東京の異様さはますます際立つ。東京は、西欧の諸都市とはもちろん、北京やソウルとも、京都や大阪とも「都市の根本原理」が異なっている。中心を占める皇居の形はいびつに曲がっており、その周囲を回る道路も、JR山手線や地下鉄の線路もやたらとカーブが多い。そこにはおよそ規則性というものがない。

確かに、明治中期に建てられ、太平洋戦争末期の空襲で焼失した明治宮殿の謁見所（正殿）では、京都御所の紫宸殿同様、天皇が南面していた。しかしその時期でも、天皇の即位礼は東京でなく、京都御所の紫宸殿で行われた。幕末の火災で焼失した江戸城本丸御殿の大広間などでは、将軍は南面していなかったし、戦後に明治宮殿に代わって建てられた現在の宮殿の正殿でも、天皇は南面していない。結局、東京という「都市の根本原理」が大きく変わることはなかったのである。

　本書にならってそれを一言でいえば、「なるようにしかならぬ」ということになる。「江戸開府の折、敵が容易に城に近づけぬよう、わざと街路をセセコマシク入り組んだ形にしたところへ、考えなしに家やビルを次々建てたもんだから、自動車が走るに向かぬのはやむを得ない。こうなると分かっていたら、大震災や空襲で焼けた際、縦横に走る幅広の道を一遍に作ってしまえばよかったわけですが、ソンナ計画性とは無縁なところがマア東京と云えば東京だ」（273頁）。時間のなりゆきとともに無原則無秩序に変化してゆくだけの東京とは、あたかも都市を成り立たせるイデオロギーのいっさいを拒絶しているかのような、「都市ならざる都市」といえるのだ。


　本書には、時代順に六人の人物が登場する。が、本当の主人公は「私」こと東京の地霊である。もちろん東京もまた歴史的に形成された都市であり、歴史年表風に言えば室町時代に太田道灌《おおたどうかん》が築いた江戸城に徳川家康が入り、関ヶ原合戦後に幕府を開いたことで大都市として発展したといえる。

　しかし本書によれば、そのはるか前から東京には地霊が住んでいた。地霊が乗り移るのは人間とは限らない。むしろ人間以外の生物に乗り移っていた時代の方が長かったのであり、それが幕末になると人間にも乗り移り、転生を重ねてきたにすぎない。「私」

の記憶がはっきりしている時代は、弘化二（一八四五）年から東日本大震災が起こった二〇一一年までの百六十年あまりである。

この「私」が信奉する思想こそ、「なるようにしかならぬ」にほかならない。その思想は、本書の随所で「私」自身によって語られる。

人間は誰だって己が宿命を従容《しようよう》として受け入れる以外に生きる方途が無いのだから、愚図々々考えたって仕方があるまい。万事なるようにしかならぬ。（24頁）

彰義隊は壊滅。残党が北へ逃げ、一番最後は箱館五稜郭に籠りましたが、結局は降参した。島岡がいったように、これも歴史の流れ。誰にも逆らえるもんじゃない。（49頁）

戦争に負ける。そんなことはあってはならぬし、考えてはならぬ。（中略）でも、そうなったからと云って野川がなくなるわけでもない。星空も変わらぬままだろう。だったらこの際は負けてもいいのかも、わりと大丈夫なのかもと、妙に軽快な気持ちになって夜道をまた歩き出したのをよく覚えています。（147頁）

そもそもイデオロギーと云うものに関心がないので、当時の左翼がさかんに吹聴して居ったごとく、共産主義がそれほどいいものなら放っておいても自然と広まっていくんだろう、（中略）共産党の天下になりそうな情勢となったら、先頭きって赤旗を振るし、猫が支配するならマタタビを賄賂に猫の首領に取り入るだけの覚悟はある。と、べつに偉そうに云うほどのことじゃありませんが、ドウ足掻《あが》いたって万事なるようにしかならぬと、根本のところで諦めて、とりあえず今がよけりゃいいと開き直りつつ、絶えず時流に棹さすのが自分の流儀と云えば流儀であるらしい。（264頁）

原発事故の深刻さを私も知らぬのではなかったが、あまり深くは考えなかった、と云うより、東京が放射能に汚染されるなら、それはそれで構わんと、どこかで考えている節が私にはあるらしい。（304頁）

本来、地震や台風や火山噴火などは「自然」であるのに対して、戦争や共産党政権や原発事故などは「人為」である。つまり戦争や共産党政権や原発事故は、人間の主体的な意思とは関係なしに発生する地震や台風や火山噴火とは異なり、意思によって防いだり別の政権に変えたりすることができるはずのものだ。

しかし、そもそも人間でなかった「私」には、「自然」と「人為」の区別がない。すべては自分の手の届かないところで発生するのであり、「誰にも逆らえるもんじゃない」から事後的に肯定するしかない——これはまさに、前述した東京という「都市の根本原理」そのものである。

あらゆるイデオロギーを拒絶する「私」は、明治以降のナショナリズムにも感染しない。明治以降に初めて東京に移ってきた天皇に対しても距離を置いている。けれども、京都で幼少期を過ごしたために東京になじめなかった明治天皇とは異なり、大正以降の天皇は生まれも育ちも東京になる。本書には出てこないが、昭和になると天皇にすら「私」が乗り移ったことは、一九四五年八月十五日正午からラジオを通して発表された「終戦の詔書」の有名な次の一節に明らかである。

然レトモ朕ハ時運ノ趨ク所堪ヘ難キヲ堪ヘ忍ヒ難キヲ忍ヒ以テ万世ノ為ニ太平ヲ開カムト欲ス

戦後に陽明学者の安岡正篤が回想したように、「時運ノ趨ク所」とは「時の運びでそうなってしまったから仕方なくということで、理想も筋道もなく行き当りばったりということ」を意味する（老川祥一『終戦詔書と日本政治　義命と時運の相克』、中央公論新社、二〇一五年）。つまり昭和天皇自身が、「私」と同じように、臣民に向かって「なるようにしかならぬ」と言っているわけだ。明治から三代を経て、天皇はすっかり東京の地霊と一体化してしまったかのようである。

だが本書では、「私」と昭和天皇の関係は、せいぜいのところ後楽園球場で行われた巨人—阪神戦の天覧試合で一度間近に見ただけにとどまっている。「その人が居ると云うだけで球場全体に居心地のよからぬ空気が漲るのが気に食わぬ」（311頁）。こう「私」が思うのも無理はない。本書の最後に明かされるように、「東京中の人間がじつは私だったのだ」とすれば、天皇もまた「私」になり得る存在なのだから。

なお、このとき一緒にいたのが正刀杉次郎である。正力松太郎をもじった名前であるのは明らかだろう。本書に登場する有名人物の多くは実名なのに、正力だけはなぜか仮名になっている。正力は「原発の父」としてその名をとどろかせているが、「私」はこの原発に早くから目をつけていた。そして正力とは異なり、原発を東京に誘致し、皇居に建設することを本気で考えるのである。すべては「なるようにしかならぬ」のであれば、皇居が永続的に東京になければならない理由もないからだ。「東京が放射能に汚染されるなら、それはそれで構わんと、どこかで考えている節が私にはあるらしい」という先に引用した一節は、この文脈のなかで出てくる。

結局、原発は東京以外のところばかりに建てられたが、東京に電力を供給した福島第一原発は東京の「飛び地」であった。そう考えると、二〇一一年の東日本大震災に伴う福島第一原発のメルトダウンは、「東京が放射能に汚染される」という先の仮定が現実のものになったことを意味する。しかし「私」に言わせれば、たとえそうだとしても、「それはそれで構わん」のである。

政治学者の丸山眞男は、記紀神話の研究を通して、日本の歴史意識の「古層」をなした思考の枠組みを「つぎつぎになりゆくいきほひ」という言葉で定式化した（「歴史意識の『古層』」、丸山眞男編『日本の思想6　歴史思想集』、筑摩書房、一九七二年所収）。永遠不変なものが在るわけではなく、すべては時間とともに不断になりゆくのであり、結果として無限に続く「いま」を肯定することにこそ、西洋や中国と比較して顕著に見られる日本的思考の特徴があるとしたわけだ。

本書で「私」が信奉する思想も、これに近いように見える。しかし同時に、「どちらにしたところで東京は、と申しますか、日本はいずれ天変地異とともに滅び去るわけだから、あまり深刻に考えても仕方がありませんし」（２６４頁）とか、「成り行きに任せ、やがて滅びる。万事それでよい。それ以外に人が生きる法はない。どうやら私はそのように考えて生きてきたらしい。だから滅亡を前にしてじつに心穏やかである」（４５２頁）などとも述べている。つまり「私」は、未来の滅亡を予見しながら、同時に「いま」を肯定していることになる。

著者自身が担当編集者に語っているように（集英社文芸単行本公式サイト「担当編集のテマエミソ新刊案内」）、ここには旧約聖書に登場するアモスの預言からの深い影響が認められる。本書の結末には、著者である奥泉光の文学を貫くキリスト教的な世界観が反映しているのである。

（はら・たけし　政治学者）

＊本書はフィクションであり、実在の個人・団体等とは一切関係がありません。

初出
「すばる」二〇一二年一二月号〜二〇一三年一一月号

本書は二〇一四年五月、集英社より刊行されました。

集英社文庫

東京自叙伝《とうきょうじじょでん》

2017年5月25日　第1刷　　定価はカバーに表示してあります。

著　者　奥泉《おくいずみ》　光《ひかる》

発行者　村田登志江

発行所　株式会社　集英社
東京都千代田区一ツ橋2-5-10　〒101-8050
電話　【編集部】03-3230-6095
【読者係】03-3230-6080
【販売部】03-3230-6393（書店専用）

印　刷　大日本印刷株式会社

製　本　ナショナル製本協同組合

フォーマットデザイン　アリヤマデザインストア　　マークデザイン　居山浩二

ISBN978-4-08-745585-4 C0193